KB020300

잠 못 이루는 그대

your sleepless nights

단글

잠 못 이루는 그대 1

초판 1쇄 인쇄 2017년 6월 22일
초판 1쇄 발행 2017년 6월 29일

지은이 이청
발행인 오영배
기획 박성인
책임편집 김보나
디자인 권지연
제작 조하늬

펴낸곳 (주)삼양출판사·단글
주소 서울시 강북구 도봉로 173
대표 전화 02-980-2112 **팩스** / 02-983-0660
편집부 전화 02-980-2116 **팩스** / 02-983-8201
블로그 blog.naver.com/dan_gul
출판등록 1999년 3월 11일 제9-00046호

ISBN 979-11-283-9186-6 (04810) / 979-11-283-9185-9 (세트)

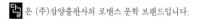 은 (주)삼양출판사의 로맨스 문학 브랜드입니다.

잠 못 이루는 그대

you sleepless nights

vol.1

이청 장편소설

달

| 차 례 |

프롤로그.

그녀는 당신의 희망이에요

이러면 안 돼.

화요는 침을 꿀꺽 삼키며 눈앞에 있는 것을 뚫어지게 쳐다보았다. 검고 하얀 건반은 지금 막 만들어 낸 것처럼 깨끗해서 사람의 손을 탄 흔적이라고는 찾아볼 수가 없었다.

이런 예쁜 건반에 손을 대는 건 절대 해서는 안 될 짓이야. 내 것도 아니잖아.

화요는 다시 한 번 자신을 타일렀다.

하지만 그녀의 다짐과 달리 화요의 작은 손은 꼼지락거리면서 피아노의 매끈한 표면을 쓰다듬어 보고 있었다.

동물의 푹신한 털처럼, 아기의 부드러운 볼살처럼 화요의 손끝에 닿는 피아노의 감촉이 너무나 황홀했다. 그녀의 손가락이 어느새 건반 위에 멈추어 있었다.

화요의 집에는 피아노가 없었다. 그녀의 부모님은 화요가 악기를 다루거나 노래를 부르는 걸 좋아하지 않으셨다. 그것을 원망할 생각은 없었다. 화요는 부모님을 충분히 이해하였다.

자신과 같이 저주받은 아이가 노래를 부르는 걸 좋아하는 사람은 아무도 없을 테니까.

문밖에서 웃음소리가 들려오자 화요는 어깨를 움츠렸다.

눈이 휘둥그레질 정도로 훌륭한 피아노에 넋이 나가 있던 화요는 그제야 자신이 친구 유진의 집에 놀러와 있다는 사실, 그리고 빨리 다른 친구들이 기다리고 있는 유진의 방으로 돌아가야 한다는 사실을 깨달았다. 그녀는 화장실에 가기 위해 방을 나섰다가 실수로 이곳으로 들어온 것이었으니까.

하지만 화요는 좀처럼 그 자리를 뜨질 못했다.

한 번만, 단 한 번만 피아노를 쳐보면 안 될까?

아마 유진은 화요가 여기서 피아노를 좀 친다고 한들, 화를 내지는 않을 것이다.

화요는 친구 유진의 성격을 잘 알고 있었다. 서글서글한 눈매의 소년은 어깨를 한 번 으쓱하고 '더 치고 싶으면 쳐도 되는데?'라고 말할 친구였다.

그는 낯가림이 심하고, 사람과 어울리는 게 서툰 화요가 저절로 친밀감을 느끼게 될 정도로 다정한 소년이었으니까.

그렇다면, 한 번만. 딱 한 번만.

화요가 손가락을 하얀 건반 위에 얹었다.

땅—

맑은 소리가 겨울 공기처럼 퍼져 나갔다. 소리가 시리고 찼다. 그녀는 크게 숨을 들이 내쉬었다. 피아노에서 흘러나온 음을 제 안에 가두려는 것처럼 깊고, 깊게.

손가락이 움직이기 시작했다. 처음에는 주춤거리던 손이 대담하게 움직이는 데는 그리 오랜 시간이 걸리지 않았다. 하얀 화요의 손가락이 건반 위에서 미끄러지듯 움직였다.

그녀가 연주하기 시작한 노래는 한 유명한 외국 팝송으로 화요가 가장 좋아하는 노래였다.

열일곱 소녀의 연주는 완벽한 것이 아니었다. 어릴 때 피아노 학원을 3개월 다녀본 게 전부였기에 화요의 연주 실력은 그렇게 훌륭하지는 못했다.

홀린 것처럼 손가락을 움직이는 화요의 귀에도 튀고 어색한 음정이 몇 곳 들려왔다. 그래도 화요는 무어라 표현할 수 없는 행복을 맛보았다.

'로렐라이는 모두 음악을 사랑할 수밖에 없어. 그게 우리의 숙명이지.'

엄마가 안타까운 얼굴로 자신을 보며 했던 말이 떠올랐다.

숙명. 엄마의 말대로 음악을 사랑하고, 노래 부르고 싶어 하는 것은 화요의 본능이었다.

자연스럽게 이 소리에 맞추어서 노래를 부르고 싶다는 욕구가, 아주 깊은 곳에 파묻어 두었던 순수한 충동이 그녀의 마음을 똑똑 두드렸다.

조금만, 조금만 부르면 괜찮을 거야. 몇 마디만, 몇 소절만. 여긴 아무도 없잖아? 아무에게도 폐를 끼치지 않을 거야.

화요의 마음속에서 은밀한 속삭임이 들려왔다. 그 달콤한 유혹에 '절대 안 돼'라고 생각했던 화요의 마음이 갈대처럼 흔들렸다. 처음에는 물결처럼 잔잔하던 흔들림이 어느 순간, 바위같이 단단하던 망설임을 완전히 넘어섰다.

화요는 조그만 입술을 벌렸다.

아주 오래전, 안에 꼭꼭 숨겨놓았던 가늘고 고운 음색이 천천히 그녀의 입을 타고 흘러나왔다. 스르르— 화요가 눈을 감았다. 그녀의 작은 얼굴에 표현할 수 없는 행복이 가득 번졌다.

제가 등진 문이 스르르 열리는 것도 알지 못한 채, 그녀는 그렇게 노래를 부르기 시작했다.

어디선가 조금 서툰 피아노 소리가 들리고 있었다.

피곤함이 가득한 얼굴로 집으로 들어왔던 우진은 얼굴을 찌푸렸다. 피아노 소리가 들리는 곳이 어디일지는 짐작이 갔다.

응접실. 이 집에서 피아노가 놓여 있는 공간은 그곳뿐이었으니까.

하지만 피아노를 치고 있을 인물이 누구일지는 짐작이 가질 않았다.

이 집에서 유일하게 피아노를 칠 수 있는 막내 혜진은 지금 외국에 있는 콩쿠르 참가를 위해 집을 비운 상태였다.

그렇다면 둘째 유진일까?

우진은 말도 안 된다는 듯 고개를 저었다.

남매 중 어머니의 재능을 이어받은 건 혜진 한 명뿐이었다. 자신이나 유진은 음악이란 것과는 도저히 연결점이 없었다. 두 형제에게 피아노를 가르치려던 가정교사는 형제의 파멸적인 음악 실력에 울며 악보를 집어던진 적도 있었다.

그러니 유진이 피아노를 친다면 이렇게 소리를 내기는커녕 부수지나 않으면 다행이었다.

누굴까, 대체.

조금 전까지 피곤이 가득했던 스무 살 청년의 얼굴에 어두운 기색이 걷혔다. 대신 호기심 어린 눈을 빛내며 그는 피아노가 놓여 있는 응접실로 향하였다.

복도를 걸어가는 동안, 유진의 방에서 요란한 웃음소리가 터져 나왔다. 새 학기가 시작된 지 얼마 되지도 않았는데, 그새 친구가 잔뜩 생긴 모양이었다. 그의 동생 유진은 떠들썩한 걸 좋아하는 소년이었다.

저와는 영 딴판이라고 생각하며 우진은 피식 웃었다.

그는 방금 전까지 모델 에이전시 동료들이 제발 술 한 잔만 같이 하자고 애걸복걸하던 모습을 떠올렸다.

남자고 여자고 할 것 없이 그들은 모두 '차우진'에게 관심이 많았다.

스무 살이라는 나이에 걸맞지 않은 예리한 눈빛, 그리고 어딘지 모르게 이국적이고 또렷한 이목구비, 보기 좋게 근육으로 뒤덮인 몸매.

이 모든 걸 가진 차우진은 데뷔한지 얼마 되지도 않아 벌써부터 여러 브랜드의 디자이너들이 탐내고 있는 모델이었다.

심지어 우진의 아버지가 ZIN 엔터테인먼트의 대표라는 게 공공연한 비밀이 되었으니 사람들의 관심이 쏠리는 건 당연했다.

특히나 우진을 보며 노골적으로 눈을 빛내는 여자들의 욕망 어린 관심은 뜨겁다 못해 짜증이 날 정도였다. 자신에게 다가오는 여자들은 마치 썩은 고기 냄새에 환장하는 하이에나 떼 같았다.

우진은 그들과 어울릴 마음이 없었다. 욕구가 아무리 동해도 그런 것들과 잘 바에는 차라리 자위를 하는 게 낫다는 것이 그의 지론이었다.

대부분의 여자를 대하는 그의 태도는 결벽증에 가까웠다. 그는 자신과의 관계를 아주 쿨하게 정리할 수 있는 여자가 좋았다.

적당히 가졌고, 적당히 자신이 있으며 적당히 놀아줄 만한 여자.

그런 여자가 요새는 없긴 했지.

우진은 이중의 의미로 피곤을 느끼며 한숨을 쉬었다.

벌써 며칠째 제대로 자지 못한 몸의 피로가 한계에 달해 있었다. 물론 집에 왔다고 해서 푹 쉴 수 있을 거라고는 생각하지 않았다. 그래도 낯선 장소에서, 낯선 이들과 부대끼며 스트레스를 받는 것보다는 익숙한 집에서 뜬눈으로 밤을 지새우는 게 훨씬 좋았다.

습관적으로 눈 주변을 비비며 우진은 응접실 문 앞에 섰다. 문 너머에서 들려오는 피아노 소리는 작았다. 틀림없이 이 연주를 하는 사람은 아주 소심한 성격의 사람이리라 생각하며 우진은 문을 열었다.

그 순간, 작은 피아노 소리에 겹치듯 부드럽고 잔잔한 목소리가 들려왔다.

당신은 오늘도 절망했고, 외로웠을 테죠. 아무리 노력해도 달라지는 건 아무것도 없다고 눈을 감아버렸을 거예요.

익숙한 가사였다. 멜로디 역시 친숙하였다.

눈을 감고 그 노래가 대체 누구의 것이었는지를 생각하던 우진은 곧 그것이 한 유명 팝가수의 노래라는 것을 떠올렸다.

가수가 부르는 노래를 들었을 때는 아무 감흥도 일지 않았던 그의 마음에 그 노래가사가 아주 선명하게 박혔다.

'내일도 오늘과 같다고 생각하지 마요. 당신에게는 그녀가 있어요.'

우진은 노랫소리가 들려오는 곳으로 조금 더 다가갔다. 피아노 앞에 한 소녀가 서 있었다. 머리를 하나로 묶고, 교복을 입고 서 있는 그 뒷모습이 아주 작았다. 등을 돌리고 있기에 그녀의 얼굴은 보이지 않았다.

하지만 그 소녀가 유진의 친구일 것이라는 걸 우진은 쉽게 짐작할 수 있었다.

소녀에게 조금 더 다가가려던 우진이 멈칫하였다. 노랫소리가 아까보다 조금 더 자신 있는 음색으로 바뀌어 있었다. 처음에는 추위에 움츠리고 있던 꽃잎이 부르르 몸을 떨며 천천히 잎사귀를 펼치는 것처럼, 그 감미로운 노랫소리가 서서히 커지고 있었다.

'그녀의 웃음소리가 당신의 절망을 밀어내고, 그녀의 체온이 당신을 외롭지 않게 해 주죠.'

우진은 문가에 기대었다. 남의 집에서 뭘 하는 거냐고 호통을 칠 마음 따위는 없었다. 그는 이 노래를 방해하고 싶지 않았다. 응접실 안을 가득 채운 음색이 물 흐르는 것처럼 잔잔하게 우진의 마음을 적시고 있었다.

'사랑을 포기하지 마요. 그녀를 포기하지 마요. 그녀는 당신의 희망이에요.'

그가 눈을 감았다. 시야를 차단하니 소녀가 내는 소리는 더더욱 커다란 파도가 되었다.

그는 음악에 대해서는 잘 알지 못했다.

하지만 지금 이곳에서 노래를 부르는 소녀의 목소리에 '울림'

이라는 게 있다는 걸 느끼고 있었다. 그녀의 목소리가 슬픔을 노래하면 듣는 사람은 세상에서 가장 비참한 기분을 느끼게 될 것이고, 그녀의 목소리가 기쁨을 노래하면 듣는 사람은 세상에서 가장 행복한 사람이 될 것이다.

마치 듣는 사람이 빨려 들어갈 것만 같은 노래.

그 노래를 듣던 우진은 문득 옛이야기를 하나 떠올렸다.

독일 라인 강 근처에 있는 한 바위에는 오래된 전설이 있다.

우뚝 솟은 그 바위에는 언제나 노을 질 무렵쯤 나타나는 여인이 있었다고 한다. 이 세상 사람이 아닌 것처럼 아름다웠던 그녀는 사실 노래로 사람을 홀리는 요정 '로렐라이'였다.

그녀가 고운 목소리로 노래를 시작하면 뱃사공들은 모두 그녀의 노래에 홀려 차가운 바다 속으로 사라지고 말았다고 한다.

소녀의 노랫소리는 마치 그 로렐라이의 노랫소리처럼 감미롭고 환상적이었다. 이대로 계속, 아니 영원히 그녀의 노래가 듣고 싶다는 생각이 들 정도로.

하지만 그의 생각은 그리 오래가지 않았다.

몸이 천천히, 아주 천천히 무거워지기 시작했다. 그 다음으로는 머릿속이 새하얗게 변하기 시작했다.

어라?

우진은 휘청거렸다. 이상했다. 이게 대체 무슨 일이지? 발끝에서부터 머리끝까지 물속에 빠진 것 같은 부드러운 노곤함이 그를 휘감았다. 우진은 크게 숨을 들이마셨다.

불편하진 않았다. 무섭지도 않았다.

다만 지독하게 졸렸다.

이상한 일이었다. 그토록 잘 듣는다는 수면제를 먹어도, 반신욕을 해도, 운동을 해도, 효과가 좋다는 온갖 방법을 써도 그는 늘 잠 못 이루는 밤을 보내야만 했다.

그런데, 지금 그는 거침없이 밀려오는 수마(睡魔)와 싸워야만 했다.

조금만 더 이 노래를 듣고 싶다. 노래가 끝난 소녀에게 말을 걸고 싶다.

그런 충동이 무거운 눈꺼풀을 밀어내기 위해 애를 썼다. 하지만 아무리 애를 써도 어쩔 수 없었다. 마치 누군가가 그를 강제로 잠의 늪에 빠트리기라도 한 것처럼 우진의 몸에서 힘이 빠져나갔다.

드르륵―

그의 긴 다리가 접히며 기대고 있던 문가에 몸이 쓸리는 소리가 들려왔다.

아, 안 되는데.

그는 다시 한 번 생각했다. 저 '로렐라이'에게 이름을 물어봐야 하는데.

그 생각을 마지막으로 그의 눈이 완전히 감겼다.

쿵―!

갑자기 들린 커다란 소리에 깜짝 놀란 화요는 뒤를 돌아보았다. 등 뒤에 낯선 남자가 쓰러져 있다는 사실을 깨달은 화요의 얼굴이 새하얗게 질리고 말았다.

그토록 조심했는데, 그토록 참았는데 결국 자신이 일을 쳤구나 싶었다.

화요는 서둘러 문 앞에서 쓰러진 남자에게 달려갔다. 잠든 남자를 깨워서 늘어놓을 억지스러운 변명 수십, 아니 수백 가지가 머릿속에 떠올랐다가 사라졌다.

"저, 저기요…… 괜찮—"

괜찮으시냐고 물어보려던 화요는 그대로 굳어버리고 말았다.

눈을 감고 있는 남자의 하얀 이마에서 피가 뚝, 뚝 흐르고 있었다. 곧 그가 쓰러진 바닥이 피로 붉게 물들었다.

부들부들 떨리는 눈동자로 화요는 주변을 둘러보았다. 열린 문에 붙어 있는 금속 받이판이 그녀의 눈에 들어왔다. 제법 날카로운 모서리에 핏자국 같은 게 보였다.

어떡해. 저기 부딪혔나 봐.

화요의 몸이 부들부들 떨리기 시작했다.

자신 때문에, 제가 부른 노래 때문에 이 남자는 이런 상처를 입고 의식을 잃은 것이라 생각하니 겁이 나서 견딜 수가 없었다.

입을 열어서 도움을 청해야 한다는 생각은 들었지만 도저히 입이 열리질 않았다.

부르면 안 되었는데, 하면 안 되었던 건데.

뒤늦은 후회가 그녀를 꽁꽁 옭아 매었다. 어느새 화요의 커다란 눈동자에 눈물이 가득 고였다.

잠든 남자의 얼굴 위로 눈물이 몇 방울 뚝뚝 떨어졌다. 오뚝한 그의 콧날을 타고 흐르는 그녀의 눈물이 마치 빗방울처럼 남자의 긴 속눈썹을 적셨다.

"화요야? 아직도 화장실 못 찾았어?"

복도에서 그녀를 부르는 반가운 목소리가 들려왔다. 유진의 목소리였다. 화요가 덜덜 떨며 유진을 불렀다.

"유, 유진아! 여, 여기!"

화요는 사시나무 떨듯 떨며 그를 불렀다. 유진이 복도를 달려와 응접실 앞으로 왔다.

"야, 여기 화장실 아니— 응? 우진 형이네? 어? 뭐야? 우리 형왜 여기서 이러고 있어?"

"유, 유진아. 이, 이분 쓰러지셔서…… 머리에, 피…… 피가나."

울음이 뒤섞인 목소리로 화요가 간신히 말을 마치자 유진이 재빨리 몸을 숙여 우진을 살펴보았다.

친 형이 쓰러진 모습에 놀랄 법도 한데, 그는 침착하게 우진을 살피더니 울고 있는 화요를 안심시켰다.

"호흡이랑 맥박 정상인 걸 보니 의식이 없는 건 아니네. 일단구급차 부를 테니까 잠깐 넌 형 상태 지켜봐 줘."

화요가 고개를 미친 듯이 끄덕였다. 유진은 휴대전화를 꺼내들어 재빠르게 119에 신고를 하였다.

전화를 한지 얼마 되지 않아 곧바로 구급대원들이 달려왔다. 실려 가는 우진을 보며 화요는 흐느껴 울었다. 누가 보면 유진이 아니라 화요가 우진의 가족인 줄 알 정도로 서럽게.

소란에 놀라 유진의 방에서 나온 친구들이 영문을 모른 채, 울고 있는 화요를 위로해 주었다.

무슨 일이냐고 묻는 친구들에게 화요는 훌쩍이며 잘 모르겠다고 대답하는 게 고작이었다. 모여 있던 친구 중 하나가 들것에 실려 가는 우진을 알아보았다.

"유진이네 큰형이네. 요새 잘 나가는 모델이잖아, 저 형. 근데 머리에서 왜 피가 나는 거야?"

정말 순수하게 궁금해 하며 반 친구가 한 말에 화요가 다시 굳어버렸다.

얼굴이 재산이나 다름없는 사람에게 상처를 입히다니, 자신이 한 짓이 너무나 끔찍했다.

그녀는 온갖 불안한 상상을 하며 제 여린 입술을 짓이기고 또 짓이겨야 했다.

1시간 후, 병원에 간 유진으로부터 '잠든 거래. 이마에 상처도 별거 아니래.'라는 연락이 왔다. 안심한 친구들은 제각기 집으로 돌아갔다.

다른 친구처럼 화요도 집으로 돌아왔다. 방으로 곧장 들어온 그녀는 문을 걸어 잠근 채, 울고 또 울었다.

다정한 부모님은 방에 틀어박혀 울기만 하는 딸에게 적잖게 당황하셨지만, 무슨 일이 있었는지 캐묻지는 않으셨다.

더 이상 나올 눈물이 없을 정도로 눈물을 펑펑 쏟아낸 화요는 베개에 얼굴을 파묻었다.

'화요야. 우리 화요는 아무리 노래를 부르고 싶어도 남들 앞에서는 절대 부르면 안 돼. 알겠지?'

엄마가 안타까운 눈빛으로 타이르던 말을 왜 듣지 않았던 걸까. 왜 나는 하필 이런 '힘'을 갖고 태어난 걸까.

몇 번이나 같은 생각을 반복하던 화요는 시트자락을 꼭 쥐었다. 소용돌이처럼 맴도는 후회 속에서 화요는 결심했다.

다시는 노래 부르지 않겠다고.

1.
가장 추웠던 오늘 밤,
가장 따듯한 내일 아침

「남은 금액 1,874원」

휴대전화를 만지작거리며 몇 번이나 통장 잔고를 확인한 화요는 한숨을 푹 쉬었다.

어제까지 넣어 준다던 돈은 결국 오늘이 되도록 들어오질 않았다. 화요는 정 사장이 전화를 받지 않을 걸 알면서도 그에게 연락을 해 보았다.

'지금 거신 전화는—'

화요는 신경질적으로 전화를 끊은 후, 한숨을 깊게 내쉬었다.

역시 사무실로 가 봐야겠어.

당장 쓸 생활비가 없다는 초조함 때문에 그녀는 평소보다 대담한 결정을 내렸다. 화요는 옷을 대충 팔에 껴입고 운동화를 구겨 신었다.

아르바이트 쉬는 날이라고 침대 위에 늘어져 있던 남자 친구 민우가 졸린 목소리로 물었다.

"어디 가, 설화요?"

"……사무실 가 보려고."

그녀의 대답에 민우가 부스스 몸을 일으켰다. 까치집을 한 그가 얼굴을 팍 찌푸렸다.

"거기 결국 돈 안 줘? 것 봐. 신생 기획사 같은 곳은 계약서 제대로 안 쓰고 곡 주면 안 된다니까? 넌 대체 사람이 얼마나 좋으면 그 사장이란 놈 말을 그냥 그렇게 덜컥 믿었냐?"

그의 잔소리를 듣기 싫었던 화요는 건성으로 대답한 뒤, 집을 박차고 나왔다. 민우가 하는 말이 옳다는 건 화요 역시 알고 있었다.

하지만 어쩌겠는가. 그녀같은 작곡가 지망생은 정당한 계약서 한 장 제대로 요구할 수 없는 입장이었다. 그나마 이번에는 화요의 이름으로 정식으로 곡 발표를 해 주겠다는 정 사장의 말이 그녀를 이제까지 버티게 하였다.

'이게 사랑인 줄 알았다면, 절대 너를 사랑하지 않았을 텐데.'

익숙한 멜로디가 어디선가 흘러나오자 화요는 저도 모르게 걸음을 멈추었다. 정류장 근처에 있는 옷가게에서 흘러나오는 노랫소리. 화요가 만든 곡이었다.

하지만 화요의 이름으로는 발표되지 않은 노래.

화요는 그 자리에 서서 가만히 그 노래를 들었다.

이 곡을 처음 들은 연예 기획사 '헬로우'의 정 사장은 화요를 마구 칭찬했다.

아직 젊은 친구인데도 감각이 있다, 곡을 참 잘 만든다.

좀처럼 칭찬을 받아본 적이 없는 화요는 그 후한 칭찬에 어깨가 저절로 들썩일 정도였다. 그래서였다.

언젠가 유명 작곡가가 될 때까지 함께 해 보자는 사장의 말만 믿고 유령 작곡가 생활을 1년이나 버텼던 것은.

자신이 작곡한 노래가 다른 사람이 만든 노래로 발표되는 걸 세 번이나 참아야 했다.

다음에는 내 이름으로 발표를 해 주겠지, 다음에는 내 노래가 세상에 나올 거야.

그 기대가 점점 실망으로 바뀌어갈 무렵. 정 사장은 새로운 아이돌 그룹의 데뷔곡으로 화요의 노래를 쓰겠다고 했다. 이번에야말로 자신의 이름으로 노래가 발표된다는 생각에 화요는 밤잠을 설칠 정도로 기뻤다.

하지만 곡을 넘기고 몇 주가 지난 후부터 정 사장은 슬슬 화요의 연락을 피하기 시작했다. 그는 화요에게 받아간 다른 한 곡의 대금도 제대로 지불하지 않은 상태였다.

결국 참다못한 화요는 사무실을 발칵 뒤집으리라 결심하고 '헬로우'로 향하였다.

헬로우에 도착한 화요는 불안하게 주변을 두리번거렸다. 평소에는 조용한 사무실이 이상할 정도로 소란스러운 것이 마음에 걸렸다.

원래 헬로우는 소속된 연예인이 일곱 명이 채 되지 않는 작은 회사였다.

허영심이 강한 정 사장은 무리해서 논현동에 건물 하나를 임대하여 녹음실과 연습실까지 갖춘, 그럴싸한 회사를 내세우고 있었다.

세상 물정 모르는 어린아이들을 속이기에는 참 적절한 환경이었다.

자신 역시 그랬다는 사실을 떠올리고 화요는 쓸쓸한 기분을 곱씹었다.

9년 전, 자신의 '능력' 때문에 친구의 가족을 다치게 했던 날 이후 화요는 단 한 번도 노래를 부른 적이 없었다. 하지만 참으면 참을수록 화요의 안에 고여 있는 소리가 점점 병들어가는 것을 알 수 있었다.

결국 화요는 크게 앓았다. 40도를 넘는 고열에 시달리면서 그녀는 헛것을 보았다. 가족들은 화요가 죽는 줄 알고 울며불며 난리를 쳤을 정도였다.

엄마는 말했다. 차라리 네가 힘이라도 없는 평범한 '로렐라이'였다면, 이렇게 힘들지는 않았을 텐데.

기묘한 힘을 가진 '로렐라이'의 숙명은 어쩔 수가 없었다.

노래로 사람들을 홀리는 아름다운 요정과 같은 이름을 가진 그들은 노래를 해야만 했다.

설령 누군가를 상처 입히는, 혹은 자신이 상처 입는 일이 있더라도.

병을 앓고 일어난 화요는 서점에서 작곡 책을 한 권 사왔다. 노래를 부르지 못한다면 만들어야 한다. 그것은 강박관념에 가까운 집착이었다.

흐르는 피가 멈추면 죽는 것처럼, 몸 안에서 맴도는 소리를 끄집어내지 않으면 죽을지도 모른다는 불안 때문이었다.

엄마는 그런 화요를 안쓰러워했다. 자신과 같은 '로렐라이' 이면서도 화요는 자신과는 달리 '힘'을 가진 로렐라이였다.

화요는 자신을 가여워 하는 가족 앞에서 힘든 티를 내지 않았다. 누군가에게 자신의 비밀을 털어놓을 수 없었기에 그녀는 더욱 고독했다.

하지만 작곡을 시작한 후로 화요는 행복했다. 비록 노래를 부르지 못하더라도, 자신이 만든 노래를 다른 누군가가 불러 주면 그것만으로도 가슴속이 따뜻해졌다.

작곡을 위해 그녀는 재수까지 하여 작곡가가 되는 길을 택했다. 가족들은 벌이가 시원찮을 거라고 걱정했지만, 화요는 그래도 버틸 거라고 말했다.

불안하긴 해도 좋아하는 일이니까, 버틸 수 있을 거라고 생각했다. 그러나 화요는 그 애정이 애증이 될 수 있다는 것을 반년 만에 깨달았다. 당장 입에 거미줄을 치게 생기니 눈에 뵈는 게 없었다.

헬로우의 정 사장은 바로 그런 때, 화요가 만난 인물이었다. 그녀에게 프로가 될 수 있다는 꿈을 심어 준 사람. 죽어 가던 꿈에 다시 힘을 실어준 정 사장에게 화요는 아주 큰 고마움을 느꼈다.

그 고마움 때문에 질기게 잡고 있던 끈을, 이제는 놓아야 했다.

화요는 크게 심호흡을 하고 사무실 안으로 들어섰다. 사람들이 아무리 자신을 막아도 반드시 정 사장을 만나서 담판을 지으리라. 좀처럼 큰 소리를 내는 일이 없는 화요의 얼굴이 긴장으로 상기되어 있었다.

하지만 문을 열고 안으로 들어간 화요는 그대로 굳어버리고 말았다.

사무실 안은 자신이 생각한 것과는 전혀 다른 모습이었다.

"저, 정말 이제 망한 거야? 우리, 이대로 잘리는 거냐고?"

"그걸 내가 알겠냐? 내 코도 지금 석자구만!"

화요는 멍하니 자신의 앞에서 다투는 사무실 사람들을 지켜보았다. 무언가를 묻고 싶었지만, 도저히 물어볼 만한 분위기는 아니었다.

사무실 안을 둘러보던 화요는 구석자리에서 훌쩍이고 있는 이 대리를 발견했다. 몇 번 인사를 주고받아 그나마 편한 얼굴이었다. 화요는 그녀를 향해 다가가서 조심스럽게 입을 열었다.

"저기, 이 대리님. 어떻게, 된 거예요? 사무실 꼴이 왜 이래요?"

엉엉 우느라 정신이 없던 이 대리는 조심스럽게 고개를 들어 올렸다. 이 대리는 이 회사에서 신인캐스팅과 프로듀싱을 맡고 있었다.

공들여 화장했을 그녀의 얼굴은 눈물과 콧물, 심지어 흐느껴 우느라 흘린 침 때문에 엉망진창이었다. 화요가 저도 모르게 옆에 있는 티슈상자를 그녀에게 건넬 정도였다.

"흑, 화요 씨…… 웬일, 훌쩍, 이에요?"

"……저, 사장님 만나러 왔는데."

화요가 한 말에 이 대리는 휴지에 코를 팽 풀며 고개를 저었다.

"튀었어요, 흑."

"네?"

"화요 씨, 돈 못 받은 거죠?"

얼떨떨한 얼굴로 화요가 고개를 끄덕이자 이 대리는 마스카라가 번진 판다 같은 눈으로 그녀를 보았다. 내 코가 석자지만 너도 참 불쌍하다는 눈빛이었다.

"튀었다고요, 정 사장. 빚만 남기고."

"네? 빚? 튀어요? 그게 무슨 말이에요?"

뒤통수를 쿵 하고 한대 얻어맞은 것 같은 충격에 화요는 두리번거렸다. 다시 보니 서류 같은 것이 바닥에 나뒹구는 사무실 풍경은 딱 '망한 회사' 느낌이었다. 화요의 등골이 서늘해졌다.

"정 사장, 그 미친놈이…… 여기 건물 임대하느라 돈 빌린 것도 모자라…… 지 차 산다고 돈을 또 꿨대요."

맙소사. 화요는 입이 쩍 벌어지는 것을 감출 수 없었다. 빚이 있는 사람이 차를 사겠다고 또 빚을 져? 대체 무슨 배짱으로 그런 짓을 저지른 것인지 알 수가 없었다.

"그, 그럼…… 이제 어떻게 되는 건데요? 여기 어떻게 되는 거예요?"

"그걸 내가 어떻게 알아요? 나도 지금 답답해 죽겠구만!"

이 대리는 코를 훌쩍이며 다른 사원들을 보았다. 이미 진즉 도망친 사장에게 연락하는 사람, 책상을 발로 치며 화풀이를 하는 사람, 사장실에서 밀린 월급 대신 가져갈 물건이 없나 살펴보는 사람.

사무실 안은 아수라장이었다. 화요는 자신의 질문이 정말 바보 같고 아무 의미가 없다는 걸 알면서도 이 대리에게 물었다.

"저기, 이 대리 님. 그럼 제 작곡 대금은요?"

"아, 진짜! 지금 화요 씨만 돈 못 받은 줄 알아요? 나도 월급 두 달 치 밀렸는데! 그걸 나한테 말하면 어떡해요?!"

조금 전까지만 해도 화요가 묻는 말에 곧이곧대로 대답해 주던 이 대리가 버럭 화를 냈다.

밀린 돈을 자기한테 내달라고 할까 봐 겁이 났거나 인내심이 다했거나 둘 중 하나인 모양이었다. 하지만 화요 역시 순순히 물러설 수는 없었다.

"잠깐요! 저, 분명 밀린 돈 주신다는 말 믿고 지금까지 기다린 거예요! 당장 생활비도 없는데, 어떻게⋯⋯."

"그걸 나한테 말하면 어쩌라는 거예요? 계약서 들고 경찰서에 신고라도 하러 가요. 우리도 직원들끼리 사장 그 자식 신고할 거예요."

이 대리가 휴지로 얼굴을 벅벅 문지른 후 바닥에 아무렇게나 그것을 내동댕이쳤다.

계약서, 라는 이 대리의 말에 화요는 가슴이 덜컥 내려앉았다.

설화요라는 이름으로는 계약서를 쓴 사실이 없으니 자신이 곡을 써 주었다는 증거가 없었다. 급한 마음에 화요는 이 대리를 붙잡고 늘어졌다.

"이 대리님, 정 사장님 어디 있는지 모르세요?"

"모른다니까요! 알면 지금 우리가 이러고 있겠어요?"

짜증을 부린 이 대리가 화요를 팍 밀쳤다. 뒤로 몇 걸음 밀려난 화요에게 이 대리는 짜증스러운 얼굴을 하더니 다른 사람들이 있는 곳으로 부리나케 가 버렸다.

혼자 남겨진 화요는 바보같이 입을 벌리고 멍하니 그 모습을 바라보았다.

물건이 부서지는 소리, 욕하는 소리, 우는 소리.

귓속으로 들려오는 소리가 하나같이 다 현실감이 없었다.

화요는 휘청거리며 뒤로 물러섰다. 그녀는 후들거리는 다리로 구석에 놓여 있는 의자에 간신히 걸터앉았다.

어쩌지? 어떡하지?

생각지도 못했던 상황에 머릿속이 새하얗게 변하였다. 드라마나 영화에 보면 종종 등장인물이 돈을 떼어먹히는 장면이 나왔다.

화요는 그것을 보면서 참 안됐다고 생각했지만 설마 자신이 이런 일을 당하게 될 줄은 상상도 못했다.

한동안 주저앉아 있던 화요가 무거운 몸을 일으켰다. 여기 이러고 있다고 해서 해결될 일은 아니었다. 화요는 법률적으로 도움을 받을 수 있는 방법을 생각해 보았다.

하지만 계약서를 쓰지 않은 이상, 화요가 구제받을 방법은 암만 생각해도 없어 보였다.

'그러니까 내가 말했잖아. 계약서 쓰라고.'

뻐기면서 저를 무시할 민우의 얼굴이 눈앞에 선하였다.

화요는 당장 며칠 후에 내야 하는 월세를 어디서 마련해야 할지 생각하며 무거운 발걸음을 옮겼다. 엘리베이터에서 내려 현관 로비를 빠져나가려던 그녀는 잠시 걸음을 멈추었다.

때마침 입구로 들어오는 사람의 모습에 혹시나, 하는 기대 때문이었다.

하지만 안으로 들어온 것은 정 사장이 아니었다.

화요랑 신장이 비슷한 정 사장과 달리 남자는 얼핏 봐도 키가 190은 족히 되어 보였다.

그는 큰 키에 어울리는 긴 다리를 척척 움직이고 있었다. 다리가 얼마나 긴지, 화요는 정신이 없는 와중에도 저 다리 긴 남자는 바지 길이가 잘 안 맞겠다는 쓸데없는 생각을 하고 말았다.

사실 남자가 남들보다 월등한 것은 다리 길이만이 아니었다. 고급스러워 보이는 양복에 가려진 몸매 역시 군살 하나 없을 것처럼 완벽함을 자랑하고 있었다. 게다가 뚜렷하고 선명한 이목구비 덕에 얼굴에서는 이국적인 분위기마저 풍겼다.

만일 이곳이 이런 상황만 아니었다면 화요는 그가 오디션을 보러 온 모델이라고 생각했을 정도였다.

"김 비서. 정 사장하고는 연락이 아예 안 됩니까?"

키 큰 남자의 질문에 뒤에 서있던 남자가 얼른 고개를 끄덕였다.

"네, 차 이사님. 직원들 월급도 몇 달 밀린 상태라고 하니, 아무래도 계좌 동결 이후 바로 해외로 도피한 듯합니다."

차 이사라고 불린 잘생긴 남자는 기가 막힌다는 것처럼 고개를 작게 저었다. 아무래도 그는 다른 연예 기획사 사람인 모양이었다. 이사치고는 굉장히 젊어 보였지만, 연예계에서는 젊은 대표이사가 드문 일도 아니었다.

"현금은 좀 갖고 있었단 이야기네요. 차도 바로 팔았던 모양이니까."

"아무래도 그런 것 같습니다. 차 이사님."

대화 내용을 얼핏 들은 화요는 그들이 말하는 '정 사장'이 자신이 지금 찾고 있는 '정 사장'과 같은 인물일 거라고 예상하였다. 화요는 저들에게 정 사장에 대한 걸 물어봐야겠다고 결심하였다.

자신의 딱한 사정을 설명하면 좀 한심한 눈으로 볼지언정 차갑게 내치지는 않을 것 같았다.

"이 회사 직원들은 어쩔까요? 아마 이쪽으로 책임 소재 묻는 사람도 분명 있을 겁니다."

김 비서의 질문에 차 이사가 픽 웃었다.

"어쩌긴 뭘 어쩝니까? 김 비서는 이곳에 우리가 데려갈 정도로 유능한 인재가 있다고 생각해요? 정 사장이 다 어디서 지 같은 것만 주워 와서 처박아두었던데?"

"……이사님."

비서가 조금 당황한 얼굴로 차 이사를 보고 있었다. 그것을 알아차린 차 이사는 무표정한 얼굴로 비서를 보았다.

"헬로우가 어찌 되건 말건 알 게 뭡니까? 결국 정 사장 그 정신 나간 인간이 지 뒤처리 하나 제대로 못한 거잖아요? 내가 왜 그 인간 뒤를 닦아 줘야 합니까? 기분 더럽게."

남자의 차가운 말에 화요는 그대로 굳어버리고 말았다. 세상에나.

분명 차 이사의 말은 틀린 말이 아니었다. 정 사장의 잘못으로 벌어진 일이니 그걸 타인인 차 이사가 책임질 필요는 없었다. 그래도 저렇게까지 말할 필요는 없다는 생각이 들었다.

하지만 굳어 버린 화요와 달리 김 비서는 익숙한 듯 한숨을 쉬었다.

"하지만 이사님. 아무래도 사람들의 눈도 있고—"

"김 비서. 우리 회사는 헬로우를 인수하는 게 아닙니다. 그건 정확히 해야죠. 정 사장한테 돈을 빌려준 건 나고, 정 사장은 담보를 걸고 차용증을 썼죠. 난 돈 대신 담보를 받는 것뿐입니다."

"그거야 그렇지만, 사정을 모르는 사람들이 뭣대로 떠들 겁니다. 안 그래도 이사님은 전에 있었던 일 때문에 요새도 간간히 악플이 달릴 때가 있는데……."

김 비서가 안타까워하는 얼굴로 한 말에 차 이사는 어깨를 으쓱하였다. 그런 건 자신의 관심 밖이라는 것처럼.

"냅둬요. 멋대로 떠들게. 수위 좀 센 악플이 있으면 경찰 조사 의뢰하거나 법무 팀이랑 상의해서 소송 진행하면 그만입니다. 고작 그런 일 때문에 우리 회사 분위기를 흐려놓을 순 없죠. 무능한 인간은 우리 회사에 필요 없어요. 애초에 정 사장한테 자금 대준 건, 아버지 부탁 때문에 한 겁니다. 이 회사 자체는 내 관심 밖이에요."

"그럼 자금 회수는 어떻게 하시겠습니까?"

"회수는 이 건물과 '베일'로 하죠. 얼마 전 데뷔한 그 아이돌. 아, 그리고 여기 전속으로 있던 작곡가 김형우, 그 남자도. 이 회사에서 그나마 돈 되는 건 그거 밖에 없잖습니까. 나머진 다 불필요한 쓰레기니까 버려야죠. 쓰레기는 쓰레기통에. 기본이잖습니까. 내가 분리수거까지 해 줄 필요는 없잖아요."

칼로 전신을 동강동강 잘라 내는 것 같은 차가운 말에 화요는 몸이 부르르 떨리는 걸 느꼈다.

마치 자신 역시 불필요한 쓰레기라는 말을 들은 기분이었다. 그는 결코 소리를 높여 말하지 않았다. 그런데도 화요의 귀에는 그가 하는 말이 선명하게 들렸다.

화요는 바짝 긴장하여 구석에서 몸을 웅크렸다. 저 남자의 눈에 띄었다간 뭔가 무서운 일을 당할 것 같은 불안감 때문이었다.

앞으로 나서서 정 사장에 대한 걸 물어보려고 했던 화요의 결심은 이미 저 멀리로 사라지고 없었다. 지나치게 살벌한 저 남자의 분위기를 견디기에 화요는 너무 겁이 많고 심약하였다.

"그럼 회사에서 못 나가겠다고 버티는 사람이 나오면 어떻게 할까요?"

"밀어내요, 전부. 못 나가겠다고 버티면 크레인 끌고 와서라도 미세요."

한 치의 망설임도 없는 대꾸에 화요는 쿵쾅거리는 심장 앞에 두 손을 모아 쥐었다.

어쩜 저렇게 차갑고 잔인할 수 있을까. 저 남자의 목소리에 형태가 있다면 틀림없이 사람의 심장을 예리하게 난도질하는 커다란 칼날일 거라는 생각이 들었다.

차 이사는 졸부 취향으로 꾸며진 건물 안을 휙휙 둘러보며 얼굴을 찌푸렸다.

"여기 이대로 쓸 수가 없겠네요. 손 좀 봐야지. 아, 아니다. 차라리 그냥 건물을 파는 게 낫겠어요."

"위치는 나쁘지 않아서 매매는 금방 될 것 같습니다."

"요새 시세 어느 정도 선이죠? 흠…… 여기 정리해도 수지가 안 맞네요. 사람 풀어서라도 정 사장 찾아요, 김 비서. 남의 돈 빌려갔으면 갚을 줄을 알아야지."

어떡해. 저 사람, 조폭인가 봐.

연예 기획사는 알게 모르게 조직폭력배와 연결이 되어 있는 경우가 제법 있었다. 조폭이라기에는 참 귀티가 나기는 했지만, 저 살벌한 말투와 분위기를 보아 분명 충분히 가능성은 있어 보였다.

더더욱 겁을 집어먹은 화요는 들키면 자신이 무슨 짓을 당할지 모른다는 공포에 숨을 죽였다.

"알겠습니다, 이사님. 그럼 일단 사장실부터 확인하시겠습니까?"

"그러죠."

두 남자가 완전히 시야에서 사라지자 화요는 그제야 작게 쉬던 숨을 크게 몰아쉬었다. 대체 이게 무슨 일인가 싶었다.

돈은 떼어먹히고, 사장은 도망가고, 작곡가로서 데뷔한다던 꿈은 물 건너가고. 이번에는 진짜 데뷔할 수 있을 줄 알았는데.

억울했다. 남을 속이고 산 적도 없었고, 큰 욕심을 부린 적도 없었다. 그런데도 뭐 하나 제대로 되는 일이 없다. 대체 왜 내가 이런 일을 당해야 한단 말인가.

그렇게 생각하며 작은 손으로 얼굴을 감싸고 있던 화요의 머릿속에 순간적으로 한 남자의 얼굴이 스쳐 지나갔다.

피를 흘리며 눈을 감고 있던 남자. 자신의 노래 때문에 다쳤던 사람.

그 죗값을 아직도 치르고 있는 중일지도 모른다. 몸에서 힘이 주르륵 빠져나갔다.

9년 전, 그 사건 이후에 화요는 죄책감 때문에 유진의 얼굴을 볼 수 없었다. 유진은 괜찮다고 말했지만, 겁이 난 화요는 그를 피하기에 급급했다.

그로부터 얼마 지나지 않아 유진이 제대로 학교에 나오지 않게 되었다.

소문에 의하면 그림 공부 때문에 외국 이곳저곳을 다닌다는 이야기가 있었다. 그래도 졸업할 때는 꼭 인사라도 한 마디 하자고 생각했건만, 막상 졸업식 때도 유진의 얼굴을 볼 수 없었다.

그렇게 유진과 연락이 끊어진지 어언 몇 년이 되었다.

그날 이후 화요의 가슴속에는 줄곧 커다란 구멍이 있었다. 미안하다는 말 한 마디 제대로 하지 못했던 자신에 대한 분노와 죄책감.

언젠가 다시 유진이를 만날 날이 오면 좋겠다. 그리고 유진이네 형도 만나서 사과해야만 한다.

아직도 마음속에 앙금처럼 남은 죄책감을 떠올린 화요가 감고 있던 눈을 떴다. 이상하게도 이렇게 때때로 자신의 잘못을 되새기는 것이 복잡한 머릿속을 차분하게 만들어 주었다.

그녀는 한결 침착해진 얼굴로 걸음을 옮겼다.

입구를 향해 걸어 나가던 화요는 몇 발자국을 뗀 후, 저도 모르게 멈추어서 뒤를 돌아보았다.

"······어? 아까 그 사람······."

그러고 보니, 저 사람 어디서 본 것 같기도 하네.

화요는 기억을 더듬어 보았다.

TV에서 봤던 걸까? 아니면 잡지에서?

하지만 아무리 기억을 더듬어도 떠오르는 이렇다 할 얼굴은 없었다.

고개를 갸웃거리던 화요는 곧 자신이 착각했다는 결론을 내렸다. 저렇게 잘생긴 사람을 본 적이 있다면 이렇게 기억이 안날 리가 없지 싶었다.

무엇보다도 저 남자를 보고 있으면 이상한 기분이 들어서 더 이상 그를 생각하고 싶지가 않았다. 그리운 것 같으면서도 무서움에 가까운 감각이 가슴 속을 꼭 조여 왔다.

그는 마치 무서운 공포 영화의 결말 같은 남자였다.

궁금히지만, 누구인지 알고 싶지 않은 남자.

게다가 이상하게도 저 남자와 또 만나게 될지 모른다는 예감이 들었다. 그것도 아주 가까운 시일 내에.

에이, 아닐 거야. 화요는 고개를 저었다.

설마, 저런 사람이랑 내가 마주할 일이 뭐가 있겠어.

그렇게 스스로를 타이르던 그녀는, 그 '설마'가 사람을 잡는다는 것을 미처 알지 못했다.

"집에 라면 없냐?"

술에 취해 새벽녘에 들어왔던 민우가 머리를 긁적이며 얼굴을 찌푸렸다. 그에게서 아직도 역한 술 냄새가 풍겼다. 화요는 속이 울렁거리는 걸 느끼며 고개를 저었다.

"없어. 얼마 전에 끓인 게 마지막이었어."

"아씨, 나 해장은 라면으로 해야 하는 거 알면서 왜 안 사다놨어?"

투덜거리는 민우를 노려보며 화요는 속으로 참을 인자를 새겼다. 그렇게 라면이 먹고 싶으면 지가 좀 사다 먹을 것이지, 대체 왜 나한테 이러는 걸까.

"……내가 요새 바빴던 거 너도 알잖아? 라면 사다 둘 정신이 있었을 것 같아?"

화요가 뾰족한 목소리를 내자 민우가 멋쩍은 얼굴을 하더니 냉장고 안으로 얼굴을 들이밀었다. 그것을 보며 화요는 한숨을 푹 쉬었다.

정 사장이 야반도주를 했다는 걸 안 이후, 화요는 우선 급하게 돈부터 해결하러 다녔다. 친구들에게는 더 이상 손을 빌릴 수 없었기에 집에 전화해서 아쉬운 소리를 몇 번 들어야만 했다. 그래도 그 덕에 당장 이번 달 생활비와 월세 문제는 해결이 된 상태였다.

"……너 어디가? 설마 또 헬로우 가냐?"

냉장고에서 물을 꺼내던 민우가 가방을 챙기는 화요를 보고 물었다. 화요는 고개를 끄덕였다. 민우는 질렸다는 얼굴을 하였다.

"사장 그 새끼 진즉에 튀었다면서? 그렇게 매일 간다고 돈 받을 수 있을 것 같아?"

"……오늘까지만 가 볼 거야."

소심한 걸로는 세상에서 둘째가라면 서러운 화요였지만, 대신 그녀는 남들보다 고집이 세고 끈기가 있었다. 민우는 참 독하다고 혀를 끌끌 찼다.

"그래서 몇 시에 들어올 거야?"

"모르겠어. 왜?"

"아니, 나도 이따 나가 봐야 해서."

민우가 묘하게 화요의 시선을 피하며 말끝을 흐렸다. 평소 같으면 이상하다 생각했겠지만, 화요는 떼먹힌 돈을 생각하느라 그것을 대수롭지 않게 여겼다.

집을 나선 화요는 이제는 익숙한 번호의 버스를 타고 회사가 있는 곳으로 향하였다.

회사에 다니기 시작한 지는 오늘로 4일째였다.

주변을 끈질기게 맴돌며 직원들을 붙잡고 늘어져도 사라진 정 사장에 대한 단서는 전혀 얻을 수가 없었다. 그래도 화요는 도저히 포기할 수가 없었다. 떼먹힌 돈도 돈이지만 그에 대한 배신감이 너무나 컸다.

사람을 쉽게 믿는 게 아니라는 교훈을 얻은 셈 치기에는 결과가 너무 비참했다.

버스에서 내린 화요는 곧바로 회사 근처로 향하였다. 그러자 저 멀리서 사람들이 건물 입구에 우글우글 모여 있는 것이 보였다.

뭔가 심상치 않은 일이 있구나 싶어서 화요는 단번에 달려갔다.

사무실 직원뿐만이 아니라 헬로우에서 데뷔를 준비하던 연습생들, 그리고 처음 보는 얼굴의 사람들이 입구에 진을 치고 있었다.

"왜 우리보고 들어가지 말라는 건데요? 우리 여기 직원이에요!"

"사장하고 연락 되는 거지, 당신들!?"

"아, 나 올해 데뷔 시켜준다고 했었잖아요!!"

사람들이 저마다 억울해 죽겠다며 악을 써대고 있었다. 화요는 머리를 하나로 질끈 동여맨 화장기 없는 얼굴의 이 대리가 그 틈에 섞여 있는 걸 보았다.

대체 저들이 누구에게 야단인 건가 싶어 고개를 돌리던 화요는 낯익은 얼굴을 발견하고 깜짝 놀랐다. 표정 없는 얼굴로 사람들을 내려다보고 있는 건, 바로 우진이었다.

사람들의 흥분이 점점 과해지자 우진 옆에 서 있던 김 비서가 한 걸음 나서서 입을 열었다.

"여러분, 안타까운 사정은 알겠지만 저희가 해드릴 수 있는 건 아무것도 없으니 돌아가 주십시오. 이 건물은 이제부터 ZIN 엔터테인먼트에서 관리하는 사유건물이므로 여러분의 출입을 허가할 수 없습니다."

김 비서가 정중하게 사람들을 진정시켰지만, 이미 흥분하기 시작한 사람들을 말리는 데에는 역부족이었다.

"정 사장한테 건물 인수 받은 거죠? 그럼 정 사장 어디 있는지 알 거 아닙니까?!"

"이보세요, 차 이사님! 여기 인수를 ZIN 엔터테인먼트에서 한다면 우리도 고용 승계해야 하는 거 아니에요?"

아, ZIN 엔터테인먼트. 그 이름은 화요 역시 아주 잘 아는 연예 기획사의 이름이었다. 아니, 대한민국에서 ZIN의 이름을 모르는 사람이 더 드물지 않을까 싶었다.

화요는 우진을 힐끔 보았다. 깊고 그윽한 눈매의 저 남자가 바로 그, 'ZIN 엔터테인먼트'의 대표이사라고 생각하니 놀라웠다.

ZIN 엔터테인먼트는 한국 뿐 만이 아니라 해외에서도 유명한 연예인이 대거 소속되어 있는 한국의 탑 쓰리 연예 기획사 중 하나였다.

아시아의 귀공자라고 불리며 해외에 수많은 팬을 보유하고 있는 배우 '이로운', 최근 수많은 히트작을 내면서 가장 잘나가는 연기파 배우 '장건우', 나오는 노래는 모두 차트 올킬을 놓치지 않는 만능 엔터테이너 남성 보컬 그룹 '온오프', 전국민이 사랑하는 국민여동생이자 실력파 가수 '메이'.

그들은 모두 ZIN 엔터테인먼트 출신 연예인이었다. 이외에도 ZIN 엔터테인먼트에는 업계에서 선호도가 높고, 대중에게는 인지도가 높은 연예인이 잔뜩 있었다. 그 성장세가 거침없어 요새는 해외로도 활동 영역을 차츰 넓히고 있다는 소문까지 돌 정도였다.

"고용 승계라."

가만히 침묵을 지키며 사람들을 보고 있던 우진이 처음으로 입을 열었다. 그는 한쪽 입꼬리를 비스듬히 올리며 말했다.

"뭔가를 단단히 착각한 모양인데, ZIN 엔터테인먼트가 인수한 건 어디까지나 이 건물입니다. 우린 '헬로우'를 인수한 게 아니라 고용 보장을 해 줄 의무가 없죠."

우진의 말이 끝나가기 무섭게 이 대리가 우진 앞에 나섰다.

"하지만 '베일'은 데려 간다면서요!? 그럼, 적어도 베일이랑 같이 움직이던 프로듀서도 데려가셔야죠!"

이 대리의 말에 주변에 있던 사람들의 시선이 따가워졌다. 곳곳에서 "뭐야, 지금 딴 사람은 몰라도 자기는 데려가야 한다고 주장하는 거야, 이 대리?"라는 빈정거림이 들려왔다.

화요는 다른 사람들과 마찬가지로 이 대리가 왜 저런 말을 꺼낸 것인지 알 수 있었다. '베일'은 기획 단계부터 캐스팅까지 전부 이 대리가 참여했던 아이돌이었다. 그러니 그녀도 나름 애착이 깊겠다 싶었다.

"베일이랑 같이 움직이던 프로듀서? 당신이 베일 프로듀서였습니까?"

우진은 기계적인 동작으로 그녀를 위아래로 훑었다. 그는 생각에 잠겼다.

베일이 저번 앨범으로 활동할 당시 마케팅이나 앨범 컨셉은 모두 10점 만점에 5점을 주기도 힘들었다.

우진이 보기에 '베일'이 그나마 인기를 얻은 건 순전히, '노래'가 좋았기 때문이었다. 소속사와 프로듀서는 그들에게 좋은 곡을 준 것 외에는 해 준 게 아무것도 없어 보였다.

ZIN에서라면 그들은 지금보다 더 높은 인기를 얻으며 사랑받는 아이돌이 될 수 있을 게 분명했다.

보는 눈이 좋은 우진은 그들이 돈이 되는 '상품'이라고 판단했다. 그렇기에 '베일'은 ZIN 엔터테인먼트로 데려가기로 했던 것이었다.

하지만 그 외 인력은 전부 필요가 없다고 생각했다. 그리고 지금도 그 생각에는 변함이 없었다.

"필요 없습니다. ZIN 엔터테인먼트에는 당신들보다 훨씬 능력 있는 인재가 있으니까."

그러니 능력 없는 너희는 꺼져라.

우진이 한 말에 담긴 뜻을 알아챈 이 대리의 표정이 험악하게 바뀌었다. 뒤에서 누군가가 야유와 함께 무슨 말을 하였다.

성가시게. 우진이 김 비서에게 눈짓을 하자, 김 비서는 눈치 빠르게 그가 하고 싶은 말을 감지하였다.

곧 주변에서 대기하고 있던 경비원 몇 명이 우진의 양옆에서 쑥 빠져나왔다. 사람들이 깜짝 놀라 뒤로 물러섰다. 그런 사람들을 비웃는 것처럼 돌아보던 우진은 문득 사람들 틈에 섞이지 않은 채 홀로 떨어져 있는 화요를 발견하였다.

작은 체구의 그녀는 눈을 커다랗게 뜨고 우진을 보다가 그와 시선이 마주치자 고개를 휙 돌렸다. 마치 작은 초식동물이 맹수를 만나 겁을 먹은 것처럼 보이는 동작이었다.

우진은 그녀의 작은 정수리에서 시선이 떠나지 않는 걸 느꼈다.

이상했다. 분명 처음 보는 여자일 텐데, 저 여자에게서 눈을 떼면 안 될 것 같다는 생각이 들었다.

"……차 이사님?"

뒤에 있던 김 비서가 우진을 부르자 그는 그제야 화요에게서 눈을 뗐다. 그는 다시 한 번 화요가 있던 쪽으로 고개를 돌렸다.

그러나 남들 보다 머리 하나는 작은 그녀는 어느샌가 사람들 틈에 섞여 보이질 않았다.

묘한 상실감에 얼굴을 찌푸린 우진은 휙 몸을 돌렸다.

길가에 세워져 있는 차에는 어느새 시동이 걸려 있었다. 우진이 뒷좌석에 올라타자 김 비서가 후다닥 운전대를 잡았다. 몇몇이 그 차를 붙잡으려고 달려들었지만, 험악한 경비원들이 나서자 모두들 뒤로 물러서야 했다.

사람들이 우왕좌왕하는 사이, 우진이 탄 차는 그대로 길 너머로 사라지고 말았다.

남겨진 사람들이 욕설을 내뱉으며 화를 냈다. 하지만 그들이 아무리 화를 내도 떠나간 차가 돌아올 리가 없었다.

안에서 돈 될 물건은 아무거나 가지고 오자는 말을 누군가 하였다. 선동당한 사람들이 건물 안으로 들어가려고 하였다.

하지만 안으로 억지로 들어가려던 사람들은 모두 입구를 지키던 경비원들에게 밀려 바닥으로 나뒹굴었다. 엉겁결에 사람들 사이에 섞였던 화요는 그 틈에서 빠져나오다가 누군가와 툭 어깨가 부딪혔다.

"죄송, 아…… 이 대리님."

그녀가 부딪힌 상대는 죽상을 한 이 대리였다. 화요가 우물쭈물 그녀를 부르자 이 대리가 깊고 무겁게 한숨을 쉬었다. 한동안 화요를 보던 이 대리는 쓴 웃음을 지었다. 무언가를 털어내 버린 것 같은 얼굴이었다.

"또 왔어요? 화요 씨도 참 독하네. 와도 정 사장 그거 못 잡는다니까요."

"그건 아는데요, 그래도……"

그래도 할 수 있는 게 이것밖에 없었다. 경찰에 신고를 할 수도 없고, 법의 도움도 받을 수 없으니 이것 뿐.

화요의 말을 들은 이 대리가 쓴웃음을 지었다.

"하긴…… 나도 화요 씨한테 남 말할 입장은 아니네. 구질구질하게 차 이사한테 매달렸다가 저런 말이나 들었는데."

화요는 그녀를 어떻게 위로해야 좋을지 알 수 없었다. 얼마 전에 자신을 매섭게 밀어버렸던 때와는 달리 지금은 독기가 전혀 없는 그녀가 그저 가엾게 느껴졌다.

말주변이 없는 화요가 고민에 빠진 사이, 한숨을 푹 쉰 이 대리가 말했다.

"화요 씨. 지금 시간 괜찮죠? 나랑 잠깐 기분전환 안 할래요?"

"기분전환이요?"

이 대리가 회사 근처에 있는 편의점을 가리켜 보였다. 편의점에서 기분전환이라니 대체 뭘 하려는 건가 싶어서 화요는 눈을 동그랗게 떴다.

안 그래도 커다란 눈이 구슬처럼 툭 튀어나올 것 같다고 이 대리는 웃었다.

"가요. 내가 살 테니까."

그렇게 말한 이 대리가 화요의 팔을 잡아당겼다. 어어, 하는 사이에 그녀는 이 대리에게 잡혀 편의점 안으로 질질 끌려들어갔다.

잠시 후, 화요는 편의점 구석에 놓여 있는 의자에 앉아 테이블 위에 널려 있는 술병을 내려다보고 있었다.

"저번에는 미안했어요. 나도 신경이 꽤 예민해져 있어서."

이 대리가 갑자기 꺼낸 사과에 화요는 화들짝 놀라 고개를 저었다. 생각해 보니 그녀 역시 당황스러웠을 텐데, 자신이 이것저것 캐묻는 통에 얼마나 피곤했을까 싶어 미안해졌다. 이 대리는 화요에게 맥주 캔을 내밀었다.

"이걸로 퉁 쳐요. 어차피 앞으로 우리 볼 일도 없을 텐데, 화끈하게 술로 다 흘려보내죠?"

이 사람이 이런 성격이었구나. 화요는 그동안 시종일관 딱딱하고 날카로운 얼굴을 하고 있던 이 대리를 떠올리며 살짝 웃었다.

그녀는 이 대리가 내민 맥주 캔에 제 캔을 툭 부딪쳤다. 그리고 손에 든 맥주를 단숨에 들이켰다.

"오오! 화요 씨, 생각보다 술 잘 먹네요?"

놀란 눈으로 이 대리가 화요를 보았다. 이 대리의 목소리가 제법 컸기에 카운터에 있던 편의점 알바생이 힐끔 그들을 보았다. 화요는 괜스레 부끄러워져서 고개를 숙였다.

"그동안 우리 회식할 때 불러도 안 끼기에 술 잘 못 하는 줄 알았는데."

"아, 그런 건 아니고…… 남자 친구가 제가 술자리 끼고 그러는 걸 안 좋아해서요."

"응? 남자 친구 있어요? 뭐하는 사람인데?"

"……클럽에서 밴드해요."

그마저도 요새는 제대로 공연을 안 하는 날이 더 많지만. 화요가 뒷말을 하지도 않았는데, 이 대리는 얼굴을 찌푸리더니 물었다.

"같이 살아요?"

"네."

"생활비랑 집세 화요 씨가 대죠?"

"그, 렇기는 한데."

"처음에는 반반 내고 지금은 화요 씨가 다 내는 거겠지, 뭐. 남자 친구가 뭐라고 말했을지 맞춰 볼까요? 메이저 데뷔 준비하면서 장비 준비할 게 많아서 당분간만 화요 씨가 버텨달라고. 맞죠?"

친하지도 않은 사람에게 제 사정을 전부 들킨 화요는 무어라 대답하지 못하고 맥주만 들이켰다. 이 대리가 고개를 절레절레 저었다.

"화요 씨. 내가 지금 남한테 뭐라고 할 군번은 아니긴 한데, 왜 그러고 살아요?"

이 대리가 아마도 악의 없이 물은 그 말에 화요는 마음이 무거워졌다.

다른 사람 눈에 자신이 얼마나 바보 같아 보일지 알고 있었다.

계약서를 제대로 못 써 곡은 빼앗기고, 돈은 받지도 못했다. 처음에는 마냥 다정하던 남자 친구와 시작한 동거는 점점 최악의 패턴으로 흘러가고 있었다. 어쩌다 집에 전화를 하면 부모님이 걱정 어린 잔소리를 하는 건 당연했다.

하지만 화요는 억울했다.

"이렇게…… 될 줄 몰랐어요."

정 사장은 자신의 재능을 믿어 주는 사람이라고 생각했다. 그가 다른 작곡가의 이름으로 제 노래를 발표해도 이번만 참자고 생각했다. 계약서 없이 곡을 달라고 정 사장이 말했을 때도 순순히 그러자고 했다.

화요가 월세를 제때 못 내서 쩔쩔 맬 때 정 사장은 두 번이나 그녀를 도와준 적이 있었다. 그걸 기억하고 있었기에 정 사장을 믿었다.

민우와 처음 만났을 때, 그는 지금과는 전혀 다른 사람이었다. 술을 자주 마시지도 않았고, 담배도 목이 상한다며 피우지 않았다.

그는 화요가 작곡한 노래를 불러 유명한 가수로 성공할 거라는 꿈을 꿨다. 자신의 노래를 즐겁게 부르는 민우를 보며 화요는 기뻤다. 그래서 그에게 애정을 갖고 있다고 생각했다.

하지만 지금은 확신이 없었다.

그게 정말 애정이었나?

그냥 같은 꿈을 꾸는 사람에게 느꼈던 연민과 정이 아니었을까?

화요는 언제나 그때마다 옳다고 생각한 선택을 했다.

그런데 그 선택의 결과가 옳지 않았다.

"⋯⋯하긴, 그럴 때 있지. 사람이 뭐에 홀린 것처럼 누굴 믿게 되고, 홀라당 넘어가고. 나도 그랬던 적 있어요, 젊은 시절에 몇 번. 그래도 이제는 남한테 뒤통수 안 맞을 거라고 생각했는데⋯⋯ 하하."

빈 맥주 캔을 옆으로 밀어젖힌 이 대리가 맥주 캔을 새로 땄다. 슬슬 그녀를 말려야겠다는 생각이 들어 화요가 입을 열려는 찰나였다.

"이럴 줄 알았으면 화분 한번 시원하게 깨보고 오는 건데."

"네? 화분이요?"

이 대리가 꺼낸 엉뚱한 말에 화요가 눈을 휘둥그레 떴다. 그러자 이 대리가 짓궂은 아이 같은 얼굴로 입을 열었다.

"네, 화분. 정 사장이 나 갈굴 때, 사장이 애지중지하는 난 화분 깨 버리고 싶다고 생각한 게 한두 번이 아니었거든요. 이렇게 될 줄 알았으면 정 사장 튄 거 안 날, 그 화분이나 한번 속 시원하게 깨버릴걸."

이 대리의 말에 화요가 어색하게 웃었다.

화분을 깨다니. 비폭력 평화주의자인 화요로서는 상상도 못할 행동이었다.

"화요 씨는 그런 거 없어요? 하고 싶은 거?"

"저요? 저는, 별로―"

그런 게 없다고 대답하려던 화요는 멈칫하였다.

해 보고 싶은 게 딱 하나 있긴 했다.

화요는 고개를 들어 편의점 너머로 보이는 회사 건물을 보았다.

2층에 있는 녹음실.

음악을 잘 모르는 정 사장이 그놈의 허세 때문에 최고로 좋은 장비만 모아 둔 그곳을 볼 때마다 화요는 온몸이 근질근질하였다.

단 한 번이라도 좋으니 여기서 노래를 불러보고 싶다는 생각 때문에.

"왜요? 뭐 하고 싶은 거 있어요?"

"……녹음실에 들어가고 싶어요."

술기운 때문인지 화요는 조금 솔직해졌다. 그녀의 말에 이 대리는 눈을 깜박이다가 푸흡 웃었다.

"와, 못 말린다. 화요 씨, 진짜 일 좋아하는구나. 이런 꼴 당하고도 그렇게 좋아요, 이 일이?"

당연한 말에 화요가 고개를 위아래로 움직였다. 작곡은 비록 직접 노래를 부르지 못하더라도 간접적으로 그녀가 노래를 부를 수 있게 해 주는 수단이었다. 소심하고 사람을 대하는 게 서툰 화요가 능숙하게 자신의 감정과 이야기를 표현할 수 있는 방법이었다.

그러니까 좋았다.

이런 일을 겪고도 계속 곡을 쓰고 싶다고 생각할 만큼.

"……흠. 화분 깨는 것보다는 낫네, 녹음실에 숨어 들어가는 게."

혼자 중얼거리며 무언가를 생각하던 이 대리가 갑자기 테이블 위에 있던 영수증을 집어 들었다. 그리고 그 뒷면에 볼펜으로 무언가를 적어 내려가더니 그것을 화요에게 내밀었다. 엉겹결에 그것을 받아 든 화요는 영수증 뒷면에 적혀 있는 숫자를 보고 고개를 갸웃하였다.

"그거 녹음실 비밀 번호예요."

"이걸 왜 주시는……."

"한번 가 봐요. 나처럼 뭐 부수러 가는 것도 아니고, 그냥 녹음실 들어가는 정도야 걸려도 별일 없을 테니까."

"하지만 저기 사람들이 지키고 있는데요. 들어갈 수 없을 것 같은데."

"입구로 들어가면 당연히 안 되죠. 뒷문 있어요. 가끔 업자들만 쓰는 거라서 지금 아무도 안 지킬 거예요. 그리로 가면 안 들키고 들어갈 수 있을 걸요?"

이 대리의 부추김에 화요의 마음이 심하게 흔들렸다. 텅 빈 녹음실에서 노래를 부를 기회는 좀처럼 찾아오는 게 아니었다. 어쩌면 이번이 아니면 영영 기회가 없을지도 모른다.

9년 전 이후 묻어 두었던 열망이 목구멍 밖으로 금방이라도 튀어나올 것만 같았다.

"난 지금부터 화분을 깨러 갈 테니까, 화요 씨도 잘해 봐요."

그렇게 말한 이 대리가 자리에서 벌떡 일어서더니 편의점 밖으로 나갔다.

이 대리는 마치 영화에 나오는 닌자처럼 벽에 숨어 건물 뒤쪽으로 슬금슬금 향하였다. 그것을 멀리서 지켜보고 있자니, 여간 웃긴 게 아니었다.

전혀 안 그런 것 같았는데, 사실 이 대리님 취했나 보구나. 화요는 손바닥에 놓여 있는 종이를 보았다.

4670.

숫자를 입 안으로 몇 번 중얼거린 화요가 주먹을 꾹 쥐었다.

화요가 옳다고 생각한 선택은 전부 잘못된 결과로 돌아왔다. 그렇다면 이번 한 번쯤은 반대로 선택해 보는 것도 나쁘지 않을지 모른다.

굳은 결심을 한 그녀가 자리에서 부스스 일어섰다.

편의점 알바생은 비장한 표정으로 걸음을 옮기는 화요와 벽 사이에 끼어 낑낑거리는 이 대리를 보며 생각했다.

아무래도 오늘 소금 좀 뿌려야겠다.

달리는 차 안에서 생각에 잠겨 있던 우진이 미간을 찌푸렸다.

"김 비서. 차 좀 돌리세요. 헬로우로 돌아갑시다."

"네? 무슨 일이십니까?"

"휴대폰을 두고 왔네요. 아마 아까 녹음실 둘러볼 때 거기 두고 온 모양입니다."

우진의 말에 김 비서가 알았다며 핸들을 능숙하게 꺾었다.

끼이익—

방향을 돌린 차는 다시 헬로우 건물로 향하기 시작했다.

녹음실까지 숨어드는 건 생각보다 어렵지 않았다. 덕분에 입구를 지키고 서 있는 인상 사나운 남자들에게 붙잡혀 질질 끌려나가는 불상사는 벌어지지 않았다. 내내 긴장했던 화요는 녹음실까지 들어와서야 간신히 숨을 어푸어푸 내쉬었다.

혹시나 불을 켜면 누군가 알아차릴까 싶어 그녀는 전등 스위치를 찾을 생각조차 하지 않은 채, 주변을 둘러보았다.

화면이 큼지막한 모니터, 보통 사람은 용도를 짐작하기 어려운 수백 개의 컨트롤 버튼이 달린 하드 레코더, 대형 오디오 인터페이스, 레코더에서 삐져나와 군데군데 이어진 전선, 여러 개의 스피커.

마치 보물 창고에 들어온 사람처럼 화요가 눈을 반짝반짝 빛내며 주변을 둘러보았다. 이 회사에 노래를 주는 작곡가지만 화요는 정작 자주 와보지 못한 곳이었다.

정 사장은 언제든 편하게 와서 작업을 하라고 했다. 하지만 정작 화요가 이 녹음실을 찾아오면 그는 갖은 핑계를 꾸며내며 화요를 방해하였다.

결국 그녀는 이 작업실을 제대로 이용해 본 적이 한 번도 없었다.

화요는 테이블 밑을 당겨 숨겨져 있던 키보드 건반을 찾아냈다. 어둠 속에서도 하얀 건반의 모습은 또렷하게 보였다. 그녀는 건반 위로, 가느다란 손가락을 가볍게 얹었다.

하지만 소리가 나지 않았다.

'어라?'

얼빠진 얼굴로 고개를 갸웃한 화요는 스피커가 꺼져 있다는 것을 깨닫고 혼자 얼굴을 붉혔다.

그녀의 손가락은 복잡한 버튼 사이에서도 망설임 없이 움직였다.

달칵, 달칵.

몇 개의 스위치를 움직인 후, 화요가 다시 건반에 손을 올리자 이번에는 부드러운 피아노 음이 스피커를 타고 흘러나왔다.

키보드 건반을 가지고 즉흥 연주를 하던 화요는 테이블 옆에 있는 컴퓨터 전원을 켰다. 모니터에 깜빡이며 불이 들어오자 이번에는 날짜별로 정렬될 폴더를 뒤져 자신이 작곡한 음원 파일을 찾아냈다.

화요는 더블클릭으로 파일을 실행한 뒤, 재빨리 스피커를 서브 스피커로 전환하였다. 서브 스피커에서 흘러나오는 낯익은 멜로디에 그녀의 심장이 쿵쿵쿵 뛰었다. 비록 자신의 이름으로 발표하지 못했던 노래지만 전부 소중한 자신의 작품이었다.

이제 이 노래는 전부 어떻게 되는 걸까. 베일이 부른 노래는 전부 ZIN 엔터테인먼트에서 관리하겠지만, 그 외의 노래는 화요가 아닌 작곡가의 노래로 세상에 떠돌아다닐 것이다.

우울한 얼굴로 모니터를 들여다보며 노래에 귀를 기울이던 화요가 의자에서 벌떡 일어났다. 그녀는 레코딩 준비를 마친 후, 마이크 케이블을 들고 녹음실로 들어갔다.

원래는 다른 사람의 도움을 받아가며 할 작업을 혼자 하려니 여간 어려운 게 아니었다. 집에서 하는 작업 설비야 홈 레코딩 장비들이라 녹음 준비가 간단했지만, 여기 있는 것은 전부 비싸고 다루기 어려운 장비뿐이었다.

그래서 오히려 화요는 대범해졌다. 이 기회 아니면 이런 녹음실에서 언제 내 노래를 녹음해 보겠냐는 생각 때문이었다.

화요는 마이크에 팝 필터를 채우는 것으로 준비를 전부 끝냈다. 혹시 소리가 밖으로 새나갈지도 모른다는 걱정에 메인 스피커는 아예 꺼두었다. 용의주도하게 준비를 마치고도 화요의 심장은 여전히 요란하게 쿵쾅거렸다. 그녀는 심호흡으로 마음을 달랬다.

마지막으로 한 번 깊게 숨을 들이마신 뒤, 그녀는 마이크 앞에 서서 헤드폰을 귀에 댔다. 어느새 전주 부분이 거의 끝나 가고 있었다.

하나, 둘, 셋.

속으로 박자를 맞춘 후 그녀는 입을 열어 소리를 냈다.

「햇살이 눈물처럼 밀려오는 아침, 나는 억지로 눈을 떠.」

9년 만에 부르는 노래는 어색하기 짝이 없었다. 누구 하나 들는 사람이 없는데도 바싹 긴장한 화요의 목소리가 살짝 떨리고 있었다. 그래도 자신이 노래를 부르고 있다는 사실은 화요는 감격했다.

다른 사람이 보았다면 뭘 그런 걸 가지고 감격씩이야, 하고 비웃을지도 모른다.

하지만 이제까지 단 한 번도 마음 놓고 노래를 부를 수 없었던 그녀에게 있어서 지금 이 순간은 특별했다.

내가 '힘'을 가진 로렐라이가 아니었으면 좋았을 텐데.

스르르 눈을 감으며 화요는 그런 생각을 하였다. 빙글빙글 같은 자리를 도는 회전목마처럼 몇 번이나 반복하는 생각이었다.

만약 내가 '힘'을 가진 '로렐라이'가 아니었더라면, 그랬다면 어땠을까? 그랬다면 지금처럼 노래를 좋아하지 않았을까?

로렐라이.

고운 노래로 사람들을 꾀어 죽음에 이르게 했던 이야기 속 요정.

보통 사람들은 로렐라이 하면 그 정도만을 떠올릴 것이다.

혹은 사람을 홀릴 것처럼 아름답게 노래하는 어떤 이를 로렐라이에 비유할지도 모른다.

하지만 '로렐라이'는 전설 속의 요정 같은 게 아니었다.

그들은 엄연히 실존했으며 지금도 세상에 존재하고 있었다. 다만 사람들이 아는 것과 달리 로렐라이는 요정이 아니었다.

진짜 로렐라이는 사람이었다. 보통 사람처럼 몸에는 붉은 피가 흐르고, 수명이 다하면 숨을 거두는 사람. 그렇다고 해서 로렐라이가 그저 노래를 잘 부르는 사람을 뜻하는 건 아니었다.

로렐라이에는 크게 두 가지 유형이 있었다.

하나는 그저 듣는 사람을 매혹시키는 '매력(appeal)'을 가진 로렐라이. 이 '매력'을 가진 로렐라이의 노래는 사람들에게 해를 끼칠 일이 없었다.

하지만 반대로 '힘(power)'을 가진 로렐라이의 노래는 달랐다. 어떤 로렐라이는 노래로 사람을 조종하는 일이 가능한가 하면 또 다른 로렐라이는 노래로 다친 사람을 치료하는 일도 가능하였다.

노래로 각양각색의 신기한 힘을 쓸 수 있는 사람. 그게 바로 전설 속에서 수많은 배를 바다 속으로 가라앉힌 로렐라이의 진짜 정체였다.

그리고 화요는 바로 그런 로렐라이 중 한 사람이었다.

세상에는 생각보다 많은 로렐라이가 존재했다. 화요는 TV에서 자신과 같은 로렐라이를 발견한 게 한두 번이 아니었다.

듣는 사람의 눈에 눈물이 고이게 하고, 입가에 미소가 저절로 떠오르게 만드는 가수. 자꾸 노래를 듣고 싶게 만드는 묘한 매력이 있는 가수.

생각보다 꽤 많은 가수가 로렐라이였다. 하지만 그중에서 화요 같은 '힘'을 가진 로렐라이는 존재하지 않았다.

심지어 화요의 엄마 역시 '힘'이 아니라 '매력'을 가진 로렐라이였다.

「네 이름을 부를 수조차 없는 하루하루가 쌓여가고 있어.」

자신이 노래로 사람을 잠재워버린다는 사실을 화요가 처음 안 건 6살 때였다. 유치원에서 친구들을 앞에 두고 노래를 불렀다가 같은 반 아이들 뿐만이 아니라 선생님까지 모두 재워버린 적이 있었다.

아이들과 담임교사가 병든 닭처럼 곯아떨어져 자는 모습에 다른 선생님이 깜짝 놀라 구급차를 불러 제법 큰 소동이 벌어졌다.

그날, 유치원으로 바로 달려 온 부모님은 아직 어린 화요에게 남들 앞에서는 절대로 노래를 부르면 안 된다고 말했다.

유치원에서는 화요 때문에 큰 소동이 벌어졌다며 난색을 표했다. 화요가 무슨 짓을 한 건진 몰라도 다른 아이들과 달리 그녀는 잠들지 않았으니 소동이 화요 탓이라고 생각한 모양이었다. 불행 중 다행은 다친 사람이 아무도 없다는 사실이었다.

화요는 유치원을 옮겨야만 했다.

그날 이후로 화요는 제대로 노래를 불러본 적이 없었다.

한 번은 참지 못하고 혼자 노래방에 가서 노래를 불러본 적도 있었다. 하지만 노래방 시설은 완벽하게 방음이 되지 않은 곳이 대부분이다 보니 옆방 사람이 픽픽 쓰러지다가 타박상을 입는 사고가 벌어지기도 했다.

몇 번의 실패와 죄책감으로 그녀는 점차 소심해졌다.

그리고 그녀에게 결정적인 트라우마를 만든 것은 바로 9년 전, 친구 유진의 집에서 벌어졌던 일이었다.

화요는 아직도 가끔 악몽을 꿨다. 머리에서 피를 뚝뚝 흘리는 청년이 자신을 무섭게 노려보는 악몽.

갑자기 떠오른 그 얼굴에 숨이 턱 막혔다. 그녀의 입에서 흘러나오던 노래가 잠시 중단되었다.

화요는 헤드폰에서 흘러나오는 음악 소리를 들으며 어깨를 들썩였다. 그리고 호흡을 몇 번 고른 후에 천천히 다시 노래를 시작했다.

텅 빈 복도를 걸으며 우진은 묘한 기분이 들었다. 지금 이 건물 안에는 분명 사람이 없을 텐데, 인기척이 느껴졌다.

입구에 있는 경비원들은 개미 새끼 한 마리 들여보내지 않았다고 장담을 했지만, 우진은 그 말을 믿을 수가 없었다.

그는 기본적으로 다른 사람을 신뢰하지 않았다. 신중해서라기보다는 괴팍한 성품 때문이었다. 그의 동생 유진은, 형은 인간으로서 큰 결함이 있다는 말을 자주 입에 담았다.

우진은 딱히 그 말에 반박할 생각이 없었다. 실제로 자신이 괴팍, 아니 지랄 맞은 성격의 남자인 건 사실이었다.

그는 자신을 아주 객관적으로 분석하는 냉정함을 갖고 있었다.

복도를 걷다가 무거운 현기증을 느낀 우진은 눈가를 비볐다. 습관적으로 주머니를 뒤져 알약 두 알을 입 안으로 넣은 그는 그것을 물도 없이 씹어 먹었다. 나쁜 습관이라는 걸 알고 있지만, 어쩔 수 없었다.

벌써 오 일 째였다. 한숨도 못 자고 뜬눈으로 밤을 지새운 날이.

이미 한계에 달한 몸은 아프다고, 쉬고 싶다고 아우성이었다. 그런데도 잠들 수 없는 우진은 그 피로감과 통증을 전부 진통제에 의지해서 버틸 수 밖에 없었다.

그는 잠시 복도 벽에 기대어 통증이 가라앉길 기다렸다.

자고 싶다. 자고 싶다. 정말 자고 싶다.

우진은 쑤시는 머리를 손끝으로 누르며 이를 악물었다.

아는 이가 거의 없지만, 사실 그는 중증의 불면증 환자였다. 한창 심할 때는 2주가 넘게 잠을 못 잔 시기도 있었다.

모델로 활동 할 때는 자신과 같은 불면증 환자가 주변에 제법 있었다. 그들은 잠이 오지 않는 밤에는 여자를 옆구리에 끼고 놀았으며 술을 마시고, 약에 취해서 기절하듯 곯아떨어졌다.

그렇게 하면 잠시나마 잠을 잘 수 있다며 점차 그 퇴폐적인 생활에 젖어들었다.

하지만 우진은 달랐다. 아무리 잠을 못 자도 그들처럼 여자와 어울린 적도 없었고, 약이나 술에 손을 댄 적도 없었다. 그는 오히려 누군가가 옆에 있으면 더더욱 잠을 잘 수 없었으며 신경이 예민해질 수 있는 약품과 알코올을 혐오하였다.

'차우진 씨의 불면증은 아무래도 심리적인 거부 반응에서 오는 것일 가능성이 높군요. 무의식중에 '잠을 자서는 안 된다'고 생각하는 거죠.'

제법 유명한 의사에게 진찰을 받았을 때, 그는 그렇게 말했다. 우진은 그가 명의는 맞나보다 생각하고 웃었다.

'잠을 자면 안 된다는 생각부터 바꿔야 합니다. 그 원인이 짐작이 가십니까?'

이유는 알았다. 잠을 잘 수 없는 이유. 자신의 몸이 잠드는 걸 거부하는 이유. 하지만 안다고 해서 고칠 수 있는 이유는 아니었다.

벽에 기대어 있던 우진이 깊게 숨을 내쉰 뒤, 눈을 떴다.

방금 전까지 찌푸려져 있던 그의 미간은 다림질이라도 한 것처럼 말끔했다.

그는 조금 전보다는 가벼운 발걸음으로 녹음실 앞에 도착했다.

문 앞에서 비밀번호를 누르고 문을 연 우진은 잠시 자리에 멈칫하였다. 녹음실 안의 모습이 이상했다. 분명 아무도 사용한 사람이 없을 텐데, 기계에 사람 손을 탄 흔적이 있었다.

역시 누군가 있다. 그는 벽을 더듬어 스위치를 눌렀다. 천장에 달린 전등이 몇 번 깜빡인 후, 녹음실 안에 밝은 빛이 가득 찼다. 테이블 위에 얌전히 놓여 있는 제 휴대폰을 확인한 우진은 고개를 옆으로 돌려 녹음 부스를 확인하였다.

하— 그는 실소를 흘렸다. 그의 예상대로 커다란 유리창 너머에 있는 부스 안에는 한 여자가 서 있었다. 그 여자의 얼굴이 낯이 익었다.

아까 입구에서 본 여자군. 우진은 팔짱을 꼈다. 녹음 부스 안에 서 있다는 이야기는 가수 지망생인가?

하지만 분명 그녀의 얼굴은 우진이 입수한 '헬로우' 소속 연예인이나 연습생 명단에는 없던 얼굴이었다.

우진은 이제 갓 대학을 졸업한 것처럼 보이는 앳된 화요의 얼굴을 한참 보았다.

이상해. 그는 가슴에서 무언가가 자신을 콕콕 찌르는 것 같은 기묘한 감각을 느꼈다. 저 얼굴이 낯이 익다. 그리고 어쩌면 저 여자의 목소리도 그에게는 그리운 목소리일지도 모른다.

부스 안에 있는 화요를 보던 우진은 레코더 앞에 섰다. 부스 안에 있는 화요는 열심히 노래를 부르고 있었지만, 소리는 아무 것도 들리지 않았다. 스피커가 꺼져 있나.

우진은 기계를 노려보며 고민에 빠졌다. 비록 그가 연예 기획사의 이사긴 했지만, 그는 이런 녹음장비에 대해서는 아는 게 없었다.

기왕이면 녹음장비 다루는 것도 좀 배워둘 걸 그랬다고 생각하며 눈으로 빠르게 기계를 훑었다.

그의 시선이 곧 speaker1, speaker2, speaker3이라는 명표가 붙어 있는 버튼 앞에 닿았다. 그는 고민 끝에 speaker1 버튼을 눌러보았다.

「잠들지 못하는 밤, 꿈꾸지 못하는 시간」

그는 스피커에서 흘러나오는 소리에 가볍게 웃었다. 하지만 그 웃음은 오래가지 않았다.

「안녕, 안녕, 지금은 안녕.」

스피커에서 흘러나오는 노래는 그 역시 몇 번 들은 적이 있는 노래였다. 음악에 문외한이 그가 들어도 상당히 괜찮다고 느꼈던 노래였다. 하지만 그가 놀란 건 노래 때문이 아니었다. 그 노래를 부르는 목소리 때문이었다.

—사랑을 포기하지 마요. 그녀를 포기하지 마요. 그녀는 당신의 희망이에요.

10년을 다 채우지 못한 9년 전. 그가 21살 청년이던 어느 날. 분명 그는 이 목소리를 들은 적이 있었다.

자신에게 등을 돌린 작은 체구의 소녀가 피아노를 치며 노래하던 날이었다.

마치 사람을 홀리는 로렐라이의 노래처럼 감미롭고 달콤한 노랫소리에 취한 그가 그대로 잠에 빠져들었던 날.

그가 태어나서 처음으로 깊은 잠에 빠졌던 날.

바로 그날 들었던 그 환상적인 노랫소리였다.

우진의 시선이 유리 너머에 있는 화요에게 박히듯 새겨졌다. 그는 바짝 긴장한 얼굴의 화요가 노래를 부르는 모습에 눈조차 깜빡일 수 없었다.

지금 스피커에서 흘러나오는 저 여자의 목소리는 그가 단 한 번도 잊어본 적이 없는 목소리였다. 사실 노래 자체는 군데군데 음정이 불안정하고, 호흡이 거칠었다. 그러나 목소리가 소름이 끼치도록 좋았다.

문자 그대로 그것은 사람의 마음을 잡고 뒤흔드는 것 같은 음색이었다.

9년 전 병원에서 깨어났을 때, 그가 제일 먼저 찾은 건 노래 몇 마디로 자신을 잠재운 소녀였다. 하지만 병실에는 그 혼자뿐이었다.

유진은 우진이 갑자기 쓰러져서 머리에 문을 부딪쳐 상처가 생겼다고 했다. 머리에 거즈를 대고 붕대를 둘둘 감은 우진은 자신이 헛것을 보고 환청을 들었다고 생각했다.

하긴 그렇게 예쁜 목소리로 노래 부르는 사람이 어디 있겠어, 라고 중얼거리며.

하지만 아니었다.

그 예쁜 목소리로, 사람 숨통을 조일 것처럼 나긋하고 달콤하게 노래 부르던 소녀는 우진의 헛것이 아니었다.

바로 지금 그의 앞에서 노래하고 있는 여자, 저 여자.

우진의 가슴속에서 알 수 없는 감정이 터졌다. 마치 계속 닫혀 있던 꽃잎 봉오리가 한 번에 피어난 것처럼.

대체 어디서 나타난 건지는 몰라도 저 기적을 잡아야만 한다.

우진은 당장에라도 문을 박차고 들어가 그녀를 잡을 생각이었다. 환상이 아니라면, 저 여자가 실존하는 존재라면 반드시 잡아야 한다는 생각이 들었다.

그러나 어쩐 일인지 몸에 힘이 들어가질 않았다.

기시감이 들었다. 9년 전 그날도 분명 이랬다. 저 여자의 노래를 듣다보니 몸에서 힘이 주르륵 빠져나갔다. 그리고 도저히 참을 수 없는 졸음이 밀려왔다. 이번에도 마찬가지였다.

무슨 짓을 해도 잘 수 없던 우진의 눈꺼풀 위로 졸음이 덕지덕지 달라붙었다. 평소라면 이 졸음이 반가웠을 그는 자꾸만 내려오는 눈꺼풀을 밀어내기 위해 눈에 힘을 주어야 했다. 그래도 밀려오는 잠을 어찌할 수가 없었다.

아. 갑자기 그의 눈앞으로 레코더 기계가 솟아올랐다. 동시에 그의 눈이 푹 감겼다.

쿵―!!!

한창 노래에 열중하고 있던 화요는 이상한 느낌에 눈을 깜빡였다.

그녀가 지금 서 있는 녹음부스 안에서는 바깥의 모습이 보이지 않았다. 보통 부스와 녹음실을 연결하는 유리창은 거울 유리기 때문이었다.

화요는 귀를 틀어막고 있던 헤드폰을 떼어 낸 후, 주춤주춤 방음문으로 다가갔다.

방음문에 있는 작은 유리로 바깥 상황을 살피던 화요가 저도 모르게 헉 소리를 냈다.

바닥에 분명 누군가가 쓰러져 있었다.

문을 열고 밖으로 뛰쳐나가 그 사람을 붙잡은 화요는 다시 한번 놀랐다.

"어, 어……."

쓰러져 있는 남자는 ZIN 엔터테인먼트의 차 이사였다. 분명 아까 차타고 어디론가 가는 걸 봤는데 이 남자가 대체 왜 여기 있단 말인가.

잔뜩 겁먹은 화요는 부들부들 떨며 우진을 살펴보았다. 일단 붉은 흔적이 없는 걸 보니 유혈사태는 벌어지지 않은 모양이었다. 그나마 다행이었다.

하지만 가슴을 쓸어내리던 화요는 우진의 모양 좋은 이마에 커다란 혹이 올라와있다는 사실을 깨닫고 얼굴이 굳어졌다.

어, 어쩌지. 이거 진짜 엄청 아플 텐데.

화요는 울고 싶은 기분이었다. 대체 뭣 때문에 자신은 여기서 노래를 불렀던 걸까.

알싸하게 돌던 술기운이 날아가자 남은 건 될 대로 되라는 뻔뻔함이 아니라 큰 잘못을 저질렀다는 죄책감뿐이었다.

마음 같아서는 걸음아 나살려라 도망치고 싶었지만, 사람 된 도리로 그럴 수는 없었다. 화요는 우선 우진이 무사한지 확인하기 위해 그의 가슴께에 귀를 올렸다.

쿵— 쿵—

규칙적으로 심장 뛰는 소리가 들리자 적잖이 안심이 되었다. 고개를 슬그머니 든 화요는 우진의 얼굴에 제 얼굴을 들이밀어 그의 얼굴을 유심히 살펴보았다. 잡티 하나 없는 하얀 피부에 닿는 화요의 손이 파르르 떨렸다.

그는 이제까지 화요가 살면서 본 남자 중에, 아니 사람 중에 가장 아름다웠다. 남자에게 아름답다는 표현은 이상할지도 모르지만, 자로 재어 만든 것 같은 완벽한 비율의 이목구비는 아름다운 예술작품을 연상케 할 정도였다.

하지만 그런 남자를 앞에 두고도 화요는 감탄을 할 수가 없었다. 혹시나 자신의 실수로 이 근사한 남자가 큰 상처를 입었을까 무서울 뿐이었다. 그녀는 바짝 겁먹은 목소리로 우진을 불러보았다.

"저, 기요?"

우진은 아무 대답이 없었다. 불안해진 화요는 다시 한 번 우진의 가슴에 얼굴을 댔다. 심장은 여전히 뛰고 있었고, 그의 가슴이 위아래로 오르내렸다.

아, 살아있는 거 맞구나. 조금 진정하고 찬찬히 우진을 살펴보니, 이마의 혹 외에는 눈에 띄는 상처가 없었다.

아무래도 그냥 혹만 났나 봐. 이제 완전히 안심하고 만 화요는 저도 모르게 우진의 위로 푹 엎어졌다.

옷감 너머로 그의 가슴에서 쿵— 쿵— 심장 뛰는 소리가 들려왔다. 오랜만에 느끼는 다른 사람의 따스한 온기에 화요는 온몸에 들어간 힘이 주르륵 풀리는 기분이었다. 좀 전까지 얼마나 긴장했던지 어느새 눈에는 눈물방울 같은 것이 맺혔다.

한동안 우진을 꼭 끌어안고 놀란 마음을 진정시키던 화요는 곧 깜짝 놀랐다. 자신이 얼마나 터무니없는 짓을 하고 있는지 깨달았기 때문이었다. 당황한 그녀는 후다닥 몸을 일으켰다.

화요가 난리 블루스를 추거나 말거나 우진은 여전히 쌕쌕 잠들어 있었다. 그 잠든 얼굴은 평온하다 못해 행복해 보였기에 이 남자가 조금 전 사람들 앞에서 그렇게 차가운 얼굴을 했던 남자라는 걸 믿을 수가 없었다.

조금 연한 갈색 머리칼이 헝클어져서 이마를 뒤덮고 있는 걸 본 화요는 저도 모르게 그 머리칼을 쓸어 넘겨주었다. 그러자 그녀의 손끝에 무언가 닿았다.

의아해서 살펴보니 우진의 이마에는 방금 난 혹 말고도 흉터 같은 것이 있었다. 그렇게 크지는 않은데다가 워낙 잘생긴 얼굴이라 그 흉터마저도 장신구처럼 어울리긴 했지만, 매끄러운 이마에 난 흉터는 분명 이상했다.

어쩌다가 이런 상처가 생긴 걸까 싶어서 그 흉터를 가만히 내려다보고 있자니 무언가 가슴에 울컥하는 게 치밀어 왔다.

피를 뚝뚝 흘리며 쓰러져 있던 남자의 얼굴이 우진의 얼굴에 겹쳐졌다.

소스라치게 놀란 화요가 자리에서 벌떡 일어섰다.

설마. 에이, 아니야. 설마, 그럴 리가.

그녀는 고개를 붕붕 저었다. 아무리 세상이 좁아도 그렇지 어떻게 이 사람이 그 사람이겠어.

화요는 불안한 제 가슴을 진정시키기 위해서 아닐 거라고 수없이 중얼거렸다. 그녀는 바닥에 누워 잠든 우진을 내려다보았다.

핑핑 도는 머리로 화요는 열심히 기억을 더듬어 보았다.

하지만 그녀는 유진의 형에 대해 아는 것이 거의 없었다.

잘나가는 모델이라는 것, 성은 차씨라는 것 정도.

일단 직업은 겹치지 않는다. 이 사람은 ZIN 대표 이사고, 유진이네 오빠는 모델이었으니까.

하지만 이 사람도 성은 차씨였다. 혼란에 빠진 화요는 초조하게 입술을 깨물며 생각에 잠겼다.

유진이네 오빠 이름이 뭐였더라?

유명한 모델이라는 건 알지만 이름이나 나이는 도무지 기억이 나질 않았다.

그녀는 다시 한 번 시선을 아래로 내렸다. 잠들어 있는 남자의 얼굴을 내려다보며 기억 속에 흐릿하게 남아 있는 남자의 얼굴을 비교해 보았지만 확신은 없었다. 피가 흐르는 남자의 머리를 보고 너무 놀란 탓인지 그때의 기억은 희미했다.

한동안 멍하니 서 있던 화요는 우진의 이마에서 서서히 부풀어 오르는 혹을 보고 정신을 차렸다. 급한 대로 응급처치를 해야겠다는 생각에 화요는 가방을 뒤져 손수건을 꺼내 들었다. 그리고 생수병에서 물을 살짝 따라 수건을 적신 뒤, 그것을 그의 이마에 대주었다.

제법 차가운 물수건이 이마에 닿았는데도 우진은 미동조차 없이 고른 숨소리만 내었다. 잠든 모습이 마치 아이처럼 무방비하였기에 화요는 더더욱 그에게 미안해졌다.

"……미안해요. 정말로요."

수건으로 이마를 몇 번 닦아 주며 화요가 중얼거렸다. 기왕이면 그가 정신을 차린 후에 사과하고 싶었다. 하지만 그럴 수는 없었다. 그에게 사과를 하려면 자신이 왜 사과를 하는지 설명해야 했고, 그렇게 된다면 자신이 가진 로렐라이의 '힘'에 대해서도 밝혀야만 했다.

화요는 우진이 자신을 정신 나간 여자처럼 보며 경찰에 신고하는 모습을 어렵지 않게 상상할 수 있었다. 경찰에 잡혀가서도 로렐라이에 대해 떠든다면 틀림없이 9시 뉴스에도 나올지 모른다. 그리고 사람들은 화요를 미친 거짓말쟁이라고 욕하리라.

끔찍한 결론에 도달한 화요는 고개를 절레절레 저었다.

암만 생각해도 그가 정신을 차리기 전에 빨리 이곳을 빠져나가는 게 상책이었다.

어서 도망쳐야겠다며 화요는 자리에서 일어섰다. 하지만 찬 바닥에 잠든 우진을 두고 발걸음이 쉽게 떨어지지는 않았다.

한동안 고민하던 그녀는 우진을 소파 위로 옮겨주자는 큰 결심을 했다.

화요는 끙끙거리며 우진의 상반신을 들어 올렸다. 일반 사람보다 체구가 작은 편인 그녀가 다른 남자보다 키크고 몸매 좋은 우진을 쉽게 옮길 수 있을 리가 없었다.

결국 화요는 온몸에서 비 오듯 땀을 흘리며, 우진의 긴 다리를 질질 바닥에 끌 수밖에 없었다. 질질질— 그가 신고 있는 구두가 바닥에 끌리면서 나는 소리에 마음이 덜컹거렸다.

엄청 비싼 구두인데 상처라도 나면 어쩌지. 이대로 우진이 눈을 뜨면 어쩌지.

겹쳐오는 불안감에 그녀는 젖 먹던 힘까지 끌어냈다. 그 눈물나는 사투 끝에 간신히 우진을 소파 위에 눕힐 수 있었다.

보통 사람이라면 누워도 딱 맞을 크기의 소파 끝으로 우진의 다리가 삐죽 튀어나왔다. 이 사람은 뭘 먹고 이렇게 큰 걸까. 화요는 아주 잠시 부러움을 담아 그의 긴 다리를 보았다.

제 이마에서 줄줄 흐르는 땀을 손등으로 대충 닦은 뒤, 화요는 우진의 이마 위에 물수건을 다시 올려 주었다. 그리고 잠든 우진에게 한 번 더 사과하였다.

정말 미안해요.

그리고 아주 작은 목소리로 덧붙였다.

"기왕이면…… 꿈이라도 좋은 꿈꾸세요."

말을 마친 화요는 바닥에 내려놓았던 가방만 챙겨 들고 녹음실을 빠져나왔다.

얼마나 정신이 없었던지, 제 목소리가 녹음된 파일이 담긴 USB를 챙길 생각조차 하지 못한 채.

집으로 돌아오는 화요의 발걸음이 무거웠다.

오늘은 정말 최악의 하루였다.

돈을 절대 못 받을 거라는 확인 사살을 당한데다가, 또다시 자신의 노래로 다른 사람에게 폐까지 끼치고 말았다.

속이 상했던 그녀는 집 근처 편의점에 들러 소주를 샀다. 술이라도 진탕 마셔서 이 울적함이라도 달래고 싶었다.

그래도 설마 이것보다 더 나쁜 일은 없겠지. 화요는 스스로를 그렇게 위안했다.

하지만 집에 도착해서 현관문을 열었을 때, 그녀는 깨달았다.

최악의 하루가 아직 끝난 것이 아니라는 것을.

"서, 설화요!? 너 왜……."

민우가 집에 없을 거라고 생각했던 화요는 초인종을 누르지 않았다. 가지고 있던 열쇠로 문을 열고, 아무 소리 없이 현관을 들어섰다.

그리고 바닥에 낯선 여자 구두가 있다는 걸 눈치채지 못할 정도로 지친 화요가 현관에서 본 것은—

경악 어린 얼굴을 한 민우와 옷을 거의 다 벗은 여자의 모습이었다.

화요는 뒤통수를 한 대 세게 얻어맞은 것 같은 충격에 그 자리에 그대로 굳어버리고 말았다. 짧은 순간에 수십, 수백 가지의 생각이 머릿속에 스쳐 지나갔다.

"너, 어, 언제 올지 모른다고……."

민우가 더듬거리며 입을 열었다. 화요는 평소에는 마냥 뻔뻔한 민우가 이렇게 당황하는 모습을 처음 본다는 생각에 헛웃음이 나왔다.

그녀는 민우 옆에 서서 굉장히 난처한 얼굴을 하고 있는 여자를 보며 물었다.

"……잤어?"

"뭐?"

화요의 입에서 흘러나온 소리에 민우가 당황한 듯 눈을 꿈벅거렸다.

평소의 화요였다면 이런 상황을 마주했을 때, 일단 눈물부터 뚝뚝 흘렸으리라. 그런데 생각보다 화요의 태도가 담담하였다. 잘하면 이대로 없던 일로 넘어갈 수 있지 않을까, 하는 기대가 생길 정도로.

"내가 뭘 묻는 건지 모르겠어?"

하지만 그 담담한 태도와 달리 그녀의 조그만 입술에서 흘러나온 목소리가 싸늘했다.

민우 옆에 있는 여자가 심상치 않은 기색을 감지하고 옷을 주섬주섬 입기 시작했다.

"아, 니, 그게……."

"잤냐고 묻잖아. 이 집에서."

민우가 아는 설화요는 겁이 많고 소심했다. 그런 주제에 정이 많아서 경계심이 별로 없었다.

어찌 보면 사람이 좋은 거였고, 어찌 보면 멍청했다.

이제까지 민우는 화요의 그런 점을 잘 이용했고, 앞으로 잘 이용할 속셈이었다.

지금도 순간적으로 당황하긴 했지만, 그는 이 문제를 잘 해결할 수 있다고 믿었다. 설화요처럼 만만한 봉을 또 만나기가 어디 쉽겠는가. 민우는 아부하듯 웃으며 입을 열었다.

"화요야, 이게 오해가 있는데……."

"나가."

단호한 화요의 목소리에 민우가 눈을 크게 떴다. 자신을 보는 화요의 눈빛에는 그 어떤 흔들림이나 동요가 없었다. 너무나 당당하게 나가라고 하는 그녀의 목소리에 순간적으로 고개를 끄덕일 뻔했을 정도였다.

"나 지금 기분 진짜 더러워, 이민우. 너 당장 나가. 그 여자 데리고."

"야, 나가라니 어떻게 네가 나한테 그런 말을 해?"

"왜 못해? 여기 내 집이잖아. 넌 얹혀사는 거고. 집주인이 나가라면 당연히 나가야 하는 거 아냐?"

이거 정말 설화요 맞아? 지한테 좀 잘해 줬다고 마음 홀랑 줘서 돈 떼어먹히고, 빌붙어 사는 나한테도 싫은 얼굴 못 하던 설화요?

화요를 잘 안다고 자부했던 민우는 생각지도 못했던 그녀의 모습에 기가 막혔다. 밖에서 대체 무슨 일이 있었는지 모르지만, 눈앞에 있는 화요는 설화요가 아닌 것 같았다. 설화요 탈을 쓴 딴 사람이라면 모를까.

"야, 이게 어떻게 네 집이야? 너랑 나랑 같이—"

"너 처음 두 달 빼고는 집세 반씩 내자는 약속 지킨 적 없어."

화요는 주변을 둘러보더니 근처에 있던 보스턴 백 하나에 민우의 옷 몇 벌과 물건을 담아 그것을 현관에 휙 내동댕이쳤다.

그래도 맨몸으로 내쫓지 않고, 가방 하나는 챙겨 주는 점이 참으로 화요다웠다.

그것을 보며 민우가 기가 막힌다는 것처럼 허, 웃음을 흘렸다. 민우 옆에 있던 여자는 상황을 보며 빠져나갈 타이밍만을 재고 있었다.

"설화요, 너 지금 뭐하냐?"

화요는 대답 대신 거실 한구석에 놓여 있던 베이스 기타를 집어 들었다. 요새는 제대로 만지지도 않는 주제에 민우가 목숨처럼 아끼는 것이었다.

불길한 예감에 민우가 침을 꿀꺽 삼켰다. 화요는 베이스의 끝 부분을 잡고 민우를 보았다. 평소에는 순한 눈에 무어라 할 수 없는 독기가 가득 서려 있었다.

"빨리 나가. 당장."

보통 사람이라면 욕을 한바탕 퍼부을 상황이었지만, 화요는 여전히 차분하였다. 민우는 화요가 화가 많이 난 건지 아닌지 알 수가 없었다. 평소에는 화를 내는 일도 없는 순한 성격의 여자였으니까.

하지만 다음 순간, 화요가 한 행동에 민우는 깨달았다.

설화요가 지금 눈이 홱 뒤집힌 상태라는 걸.

쾅, 쾅, 쾅―!

민우가 목숨처럼 아끼는 기타가 바닥에 내려쳐졌다. 바닥 장판이 패였지만, 화요는 멈추지 않았다. 얼마나 세게 내리쳤는지 어느새 몸체가 대부분 깨져 있었다. 너덜너덜해진 베이스 기타의 꼬락서니가 처참했다.

미친, 저게 얼마짜린데!!

화가 난 민우가 새하얗게 질린 얼굴로 욕설을 내뱉으며 화요에게 딤버들려고 하였다.

"당장 꺼지라고!!!!!!!! 이민우!!!"

그러나 민우가 화요를 막기도 전에 화요의 입에서 엄청난 성량의 고함이 터져 나왔다. 화들짝 놀란 민우가 뒤로 물러서자 화요는 이제 목만 남은 기타를 휘둘렀다.

화요의 손에 있는 그것이 그다지 위압적인 무기는 아니었지만, 겁먹은 민우는 뒤로 물러설 수밖에 없었다.

평소에는 겁 많은 토끼처럼 마냥 순하던 화요가 살쾡이처럼 눈을 희번덕 뜨고 덤비는 모습은 여간 무서운 게 아니었다.

어느새 민우가 데리고 온 여자는 흔적도 없이 사라진 지 오래였다. 화요는 부러진 기타의 목 부분을 민우에게 들이밀고 있었다. 잘못 찔리면 그 조각에 크게 다칠 것 같다는 생각에 민우는 허둥지둥 가방을 챙겨 들었다. 신발을 챙겨 신을 여유조차 없었다.

그가 집 밖으로 도망치자마자 화요는 달려가 문을 잠그고, 체인까지 걸었다.

일련의 과정을 신속하게 끝낸 그녀는 현관문에 기대어 주르륵 주저앉았다.

"……하아, 하아."

흥분 때문에 거칠어진 숨을 몰아쉬던 화요의 커다란 눈에 눈물이 그렁그렁 고였다. 눈을 깜빡이자 눈에 고여 있던 눈물이 그녀의 하얀 뺨을 타고 주르륵 흘러내렸다.

화요는 이를 악물고 눈물을 멈추려고 했지만, 한 번 터진 눈물은 쉽게 멎지 않았다. 한동안 소리 없이 눈물을 뚝뚝 흘리던 화요는 양손으로 바닥을 두들겼다.

맨손으로 딱딱한 바닥을 두들기니 손이 아팠다. 그런데도 멈추지 않고 화요는 계속 바닥을 치댔다. 그 나쁜 자식을 이렇게 쉽게 내쫓지 말고, 내쫓기 전에 힘껏 패줄 걸 하는 후회가 밀려왔다. 후회가 밀려올수록 화요는 더더욱 바닥을 세게 내리쳤다.

누가 보면 미친 게 아닐까 생각할 정도로 바닥에 화풀이를 해대던 화요는 새빨개진 손으로 얼굴을 감쌌다.

"흑, 허엉—"

결국 참았던 울음이 터지고 말았다. 그동안 꾹꾹 눌러 담아왔던 설움이 한 번에 폭발한 것인지, 그녀는 스스로 깜짝 놀랄 만큼 큰 소리로 울었다.

만일 다른 곳에서라면 창피해서라도 참았겠지만, 여긴 아무도 없는 그녀의 집이었다. 그러니까 울음을 참을 필요가 전혀 없다.

터져버린 둑처럼, 그녀는 목 놓아 꺽꺽 울기 시작했다.

이건 그냥 손이 아파서 우는 거라고, 나는 절대 그 나쁜 놈 때문에 우는 게 아니라고 스스로에게 핑계를 대면서.

민우 앞에서, 그리고 낯선 여자 앞에서 울지 않고 참은 것만 해도 용했다.

화요는 엉엉 울며 바닥에 엎드렸다. 비참했다. 은인이라고 믿었던 사람에게는 사기나 당하고, 남자 친구에게는 배신까지 당했다.

이렇게 다른 사람에게 이용당하기만 하는 자신의 모습이 스스로도 바보 같고, 한심하게 느껴졌다.

—화요 씨, 왜 그러고 살아요?

문득 아까 이 대리가 했던 말이 떠올랐다. 자신을 미련하다는
듯 바라보던 그녀의 시선이 아직도 살갗에 아프게 박혀 있는 것
만 같았다.

화요는 더욱 서럽게 울었다. 그리고 속으로 물었다.

내가 나쁜가? 내가 잘못한 거야? 사람을 믿었던 게 나쁜 거였
어?

정 사장을 믿었고, 민우를 믿었다.

아무 이유 없이 두 사람을 믿은 건 아니었다. 어려울 때 그들
에게 도움을 받은 적도 있었다. 자신에게 호의를 베풀었던 사람
들이니 그들에게 고마움을 느꼈다.

좋은 사람이라고 생각했다. 배신당할 거라고는 생각하지 않
았다.

그래서 믿었다. 그녀 나름대로 이유 있는 믿음이었다.

하지만 믿음에 대한 대가는 이렇게나 깊은 상처였다.

화요는 이제 무엇이 옳고 그른지 알 수 없었다.

나에게 다가오는 사람은 다 의심해야 하는 걸까? 나도 그들처
럼 다른 사람을 이용하고, 약삭빠르게 살아야 하는 건가? 그게
정말 사람답게 사는 건가?

한참을 울던 화요는 천천히 고개를 들어 올렸다.

어느새 창밖은 새카만 어둠이었다. 대체 몇 시간을 이러고 있

었던 걸까. 퉁퉁 부은 그녀의 얼굴에는 피곤함이 가득했다.

화요는 휘청거리며 자리에서 일어섰다. 오랫동안 쪼그리고 앉아 있었던 탓인지 몸을 가누는 것이 쉽지 않았다. 그래도 어떻게든 다리에 힘을 주고 집안으로 들어갔다.

코를 훌쩍이며 집안을 둘러보니 꼴이 엉망이었다. 아무렇게나 바닥에 널려 있는 잡동사니 가운데 가장 눈에 띄는 것은 원래 형태를 알아볼 수 없는 민우의 기타였다. 거의 박살이 난 기타를 본 화요는 저도 모르게 픽 웃음이 나왔다. 대체 저걸 저렇게 박살 낼 힘이 어디서 나왔던 건지 알 수가 없었다.

그것을 물끄러미 보고 있던 화요의 눈에 다시 눈물이 맺혔다. 더 이상 울 기운조차 없을 정도로 엉엉 울었는데도 가슴속이 여전히 답답했다.

화요는 코를 훌쩍이며 바닥에 털썩 앉았다. 앞에는 손을 뻗으며 닿는 거리에 작은 오디오 플레이어가 있었다. 처음 이 집에 이사 왔을 때 민우와 함께 둘이 골랐던 오디오였다.

나중에 민우가 데뷔해서 앨범이 나오면 제일 처음 이 오디오 플레이어로 노래를 듣자고 속삭이며 웃었던 추억이 흐리게 떠올랐다.

무의식중에 전원 버튼을 누르자 스피커에서 잔잔한 음악 소리가 흘러나왔다. 귀에 익은 피아노 선율이 그녀의 마음처럼 슬프게 울고 있는 것 같았다. 화요는 스르르 눈을 감았다.

집안도, 그녀 자신도 엉망이었다.

잔뜩 패여 상처가 난 바닥처럼 그녀의 마음도 상처투성이였다.

이제 그만 포기하지? 지쳤잖아, 너도. 이렇게 했는데도 안 되는 걸 보면 재능이 없는 거라니까.

화요의 깊은 마음속에서 누군가가 그렇게 자신에게 속삭이는 것 같았다. 그 소리에 가만히 귀를 기울이던 화요는 빨갛게 부어오른 양손을 모아 쥐었다.

분명 자신은 재능이 없는 걸지도 모른다. 벌써 몇 번이나 실패하고, 몇 번이나 좌절을 맛보았다. 마음 어디에선가는 이대로 포기하고 싶다는 생각도 분명 있었다.

그래도—

화요가 감고 있던 눈을 떴다. 곧 죽어 가는 사람 같던 그녀의 눈에는 빛이 조금 돌아와 있었다. 스피커에서 흘러나오는 음악이 거의 끝에 달했다는 걸 안 화요는 음악을 앞으로 되감았다.

같은 음악이 다시 시작되었다.

하지만 아까 전에는 마냥 구슬프던 그 잔잔한 선율이 지금은 또 다르게 들렸다. 퉁퉁 부은 그녀의 눈덩이를 매만져주듯 다정하고 부드러웠다. 마치 다음에는 괜찮을 거라고 그녀의 등을 다독여주는 것만 같았다.

"—안 돼."

역시 포기하고 싶지 않았다. 도저히 포기가 안 되었다. 단순히 고집을 부리는 게 아니었다.

이런 상처 때문에 포기하기에는 그녀가 이 일을, 그리고 노래를 너무 사랑했으니까.

이번에는 실패했고, 상처만 받았지만 다음에는 더 잘할 수 있을 거라고 스스로를 다독였다. 이런 실패로 주저앉고 싶지 않았다.

화요는 생각했다. 다음에는 실패하지 않는 방법들에 대해서.

다음에는 좀 더 사람을 경계하자. 아무리 나한테 잘해 줘도 사람을 믿지 말자. 누군가가 하는 달콤한 말에 현혹되지 말자.

화요는 세 번째로 음악을 되감았다.

추울 리 없는 날씨인데도 몸이 으스스 춥게 느껴졌다. 제 몸을 양손으로 감싸 안은 화요는 고개를 무릎 사이에 파묻었다.

지금은 추워도 내일은 따뜻하겠지. 밤이 지나면 아침이 오는 것처럼.

그렇게 중얼거린 화요는 마지막으로 한 번만 더 눈물을 흘렸다.

한참을 기다려도 우진이 차로 돌아오지 않자 걱정이 된 김 비서는 녹음실로 올라갔다. 그리고 거기서 그가 본 것은 매우 놀랍게도 녹음실 소파를 제집 침대처럼 쓰며 잠든 우진의 모습이었다.

"차 이사님? 차 이사님!"

김 비서가 당황하여 우진을 흔들어 깨우자, 긴 속눈썹을 몇 번 부르르 떨더니 그가 눈을 떴다. 평소에는 신경질만 가득한 그 눈이 잠에서 막 깨자 무방비한 달콤함으로 가득 차 있었다. 같은 남자인 김 비서가 봐도 심장이 덜컹 내려앉을 정도로.

"김 비서? 여긴 무슨 일—"

잠에 취한 것인지 입으로 소리를 웅얼거리던 우진이 갑자기 정신이 번쩍 든 얼굴로 몸을 일으켰다. 그 바람에 그의 이마에 있던 손수건이 주르륵 미끄러져 흘러내렸다.

우진은 손을 뻗어 그것을 주워들었다. 병아리 무늬가 그려진 귀여운 손수건이었다.

손수건? 이게 대체 누구 것이지?

그가 그것을 들여다보고 있는 사이, 김 비서는 걱정스러운 얼굴로 물었다.

"대체 어떻게 되신 겁니까, 차 이사님? 왜 여기서 주무시고 계셨던 겁니까?"

요새 일이 너무 바빠서 몸에 문제라도 있냐는 김 비서의 질문에 우진이 어깨를 으쓱하였다.

문제라면 이미 옛날부터 있었다. 그것을 남 앞에서 티 내지 않도록 버티고 있을 뿐.

제 손에 있는 손수건을 내려다보며 생각에 잠겨 있던 우진은 주변을 둘러보다가 문득 무언가를 발견하고 자리에서 일어섰다. 데스크탑 본체에 다가간 우진은 고개를 숙여 자신이 발견한 것의 정체를 확인해 보았다. 그를 따라온 김 비서가 어리둥절한 얼굴로 말했다.

"어라? 그거 USB아닙니까?"

김 비서의 말대로 우진이 발견한 것은 USB 메모리였다. 우진은 손을 움직여 메모리에 들어 있는 파일을 확인하였다.

USB 안에는 음악 파일이 한 개 들어 있었다. 파일명은 '김형우_상사병'. 그것을 본 우진은 입가를 매만지며 씨익 웃었다. 예전에는 흔적도 없이 사라졌던 그 소녀가 이번에는 아주 큰 단서를 남겨 준 게 고마웠다.

"……김 비서. 헬로우 전속 작곡가 분명 '김형우' 맞죠?"

"네? 아, 맞습니다. 데뷔 때 한 번 히트곡 낸 이후로 줄곧 내리막길이더니 올해 초부터 헬로우에서 제법 괜찮은 노래를 몇 곡 냈죠."

우진의 입가에 걸린 미소가 더욱 짙어졌다. 그는 아직 축축한 수건을 꼭 쥐며 말했다.

"연락해 봐요. 당장 만나야겠습니다."

"하지만 미팅은 이번 주말로 잡았는데요."

김 비서가 곤란하다는 얼굴을 하였다. 이번 미팅을 얼마나 어렵게 잡았던가. 김형우는 몸값을 부풀리기 위해 최대한 시간을 끌며 튕기는 수작을 부리고 있었다. 그런 상대를 간신히 어르고 달래서 잡은 약속이었다. 그러니 당장 그를 만날 자리를 세팅하라는 상사의 명령이 곤란할 수밖에 없었다.

하지만 우진은 단호했다.

"바로 연락 넣으세요."

"……알겠습니다. 그런데 대체 왜 이렇게 서두르시는 겁니까?"

어쩔 수 없이 알았다고 대답을 하면서도 김 비서는 호기심을 감출 수 없었다. 그가 급하게 헬로우의 작곡가를 찾는 일이 녹음실에서 잠들어 있던 우진과 무언가 연관이 된 건 분명해 보였다.

김 비서의 질문에 우진이 눈가를 부드럽게 접었다. 보는 사람이 황홀해질 만큼 달콤한 미소였다. 물론 오랫동안 그를 보았던 김 비서는 그 달콤한 미소가 사실은 먹잇감을 노리는 맹수의 얼굴처럼 흉흉한 것이라는 걸 단번에 알아차렸다.

한 번 마음에 든 건 무조건 자신의 손에 쥐어야만 하는 상사라 김 비서는 상대가 조금 걱정되었다. 그리고 다음 순간, 우진이 뱉은 말에 김 비서의 걱정은 더욱 깊어졌다.

"잡아야 할 상대가 생겼거든요. 반드시."

2.
얼음이 녹은 자리에서 꽃이 피다

띠리릭 띠리릭—

우진은 손끝으로 책상을 두드리며 초조하게 전화가 연결되기를 기다렸다. 하지만 아무리 기다려도 상대는 좀처럼 전화 받을 생각을 하지 않았다.

이 망할 놈, 이번에는 대체 어딜 갔기에 이렇게 전화를 안 받아?

우진이 얼굴을 찌푸리며 상대에 대한 분노를 표출하던 순간, 기가 막힌 타이밍에 전화가 연결되었다.

〈헬로우, 차유진입니다.〉

"헬로우는 얼어 죽을 헬로우냐? 어디야, 차유진? 안 죽고 살아 있는 거 맞아?"

우진의 입에서 튀어나온 곱지 않은 말에 수화기 너머에서 유진이 쿡쿡 웃었다.

〈당연히 안 죽고 살아 있지. 형님 동생 몸 하나는 튼튼하잖아.〉

"그거 다행이네. 너 어디야? 저번에는 프랑스 남부에 있다고 했잖아."

〈지금은 맨해튼이야. 아는 동생이 전시회 해서 도우러 왔어.〉

"네가 지금 남 도울 팔자야? 네 작품 준비나 좀 해. 미술계에서는 천재 화가 차유진의 다음 작품은 언제 공개되느냐고 난리던데."

〈천재는 무슨.〉

오랜만에 연락을 했지만 형제의 대화는 물 흐르듯 매끄럽게 이어졌다. 유진은 제 형이 아무 이유 없이 자신에게 연락을 할 사람이 아니라는 걸 알았기에 적당한 타이밍에 말을 끊었다.

〈그래서 무슨 일이야? 우리 형님이 내 안부나 묻자고 전화할 양반은 아닌데.〉

눈치 하나는 기가 막힌 제 동생의 말에 우진은 피식 웃었다.

형제 사이가 나쁘지는 않았지만 그렇다고 해서 전화통을 붙들고 서로에 대한 끝없는 염려를 내뱉을 정도로 절절하지도 않았다. 쓸데없는 수고를 생략하기로 한 그는 대놓고 물었다.

"9년 전에 내가 쓰러졌던 거 기억나? 머리 다쳤던 날 말이야."

〈……아아, 그거. 그게 왜?〉

"그때 분명 내가 응접실에서 노래 부르던 여자 어디 있냐고 물었지? 넌 그런 여자 없었다고 했고."

〈응, 그렇긴 한데―〉

"그날 왔던 네 친구 이름 다 대봐. 여자 이름."

〈……무슨 일인데?〉

어느새 유진의 목소리가 진지해졌다.

우진은 책상 위에 있는 USB를 한 번 본 뒤, 모니터로 고개를 돌렸다. 화면에는 헬로우와 관계있는 모든 인물의 이름이 적힌 파일이 실행되어 있었다.

"내 환상이 어쩌면 환상이 아닐지도 몰라서 말이야."

〈……형, 요새도 잠 못 자? 잠 못 잔 지 며칠 된 거야?〉

유일하게 우진의 불면증을 아는 유진이 제법 걱정스레 물었다. 잠을 못 잔 형이 헛소리를 한다고 생각하는 모양이었다. 자신이 원하는 답이 쉽게 손에 들어오지 않자 우진은 서서히 짜증이 나기 시작했다.

"잔말 말고 불러. 아니, 잠깐. 아니지. 피부 하얗고, 눈 동그랗고 키 작은 여자. 너 짚이는 사람 없어?"

낮은 목소리로 윽박지르던 우진이 급하게 말을 바꾸었다. 그냥 이름을 부르라고 하는 것보다는 이편이 훨씬 더 효율적일 거라고 판단했다.

만일 그날 본 로렐라이가 우진의 환상이 아니었다면, USB를 남기고 사라진 여자가 그 로렐라이와 동일인물이라면.

그리고, 우진의 판단은 옳았다.

〈피부 하얗고, 눈 동그랗고 키 작은……. 혹시 입술 조그맣고 귀엽게 생긴 애 맞아?〉

우진은 미간 사이에 주름을 잡고 잠시 생각에 잠겼다. 그 여자가 귀엽게 생겼던가. 그는 기억을 더듬어 화요의 모습을 떠올렸다.

쉴 새 없이 움직이던 작은 입술, 그리고 긴 속눈썹을 파르르 떨며 노래를 부르던 모습은 '귀엽다'기보다는 '아름답다'는 표현이 더 어울리는 모습이었다.

하지만, 뭐 아무렴 어떤가. 아름답다나 귀엽다나 그게 그거지.

"맞을 거야."

〈그럼 그거 화요일 거야. 설화요.〉

우진은 재빠르게 설화요라는 이름을 검색해 보았다. 하지만 명단에서는 화요라는 이름을 찾을 수가 없었다.

어라. 잘못 짚었나?

"설화요? 그게 본명이야?"

〈본명이야. 좀 특이한 이름이지?〉

"혹시 그 이름 말고 다른 이름은 없어?"

〈음……없는데. 그리고 생각해보니까 형 쓰러진 걸 화요가 제일 먼저 발견하긴 했어.〉

역시나, 그 여자가 맞다.

우진은 설화요라는 이름을 입속으로 중얼거렸다. 그사이, 유진이 수화기 너머에서 화요에 대한 이야기를 계속 들려주고 있었다.

〈화요가 엄청 겁이 많고 소심해서, 형 쓰러졌을 때 펑펑 울었거든. 그날 피를 본 게 어지간히 충격이었는지 내가 말 걸 때마다 엄청 겁먹은 얼굴을 하기에 되도록 말을 안 걸었어. 그리고 그 후에는 내가 한국을 아예 떠나…….〉

유진이 갑자기 하던 말을 멈추었다. 모니터를 계속 훑던 우진 역시 멈칫하였다. 제 동생이 왜 한국을 떠났는지 그 역시 알고 있었으니까.

잠시 형제 사이에는 아무런 말이 없었다. 무거운 공기를 견디기 힘들었는지 유진이 가볍게 헛기침을 하였다.

〈그래서? 화요는 왜?〉

"좀 확인할 게 있어서."

키보드를 두들기며 계속 화요의 이름을 찾던 우진은 한숨을 쉬었다. 명단 그 어느 곳에서도 화요의 이름은 보이지 않았다. 어떻게 된 일일까. 분명 녹음실에 있었던 걸 보면 그녀는 헬로우의 관계자일 터였다. 하지만 그녀의 이름은 없었다.

깊은 생각에 잠겨 있던 우진은 한 가지 가능성을 떠올렸다.

"……너 혹시 설화요가 어떤 일을 하는지에 대해서 들은 거 없어?"

〈난 화요랑은 연락을 전혀 안 해서 모르겠는데…… 아! 그런데 다른 친구 말로는 화요가 실용음악을 전공했다고 들은 것 같아. 정확히는…… 작곡이던가.〉

역시나. 우진은 자신이 떠올린 추측이 정확하다는 것을 깨닫고 입꼬리를 올렸다.

설화요는 분명 자신의 이름으로 계약하지 못한 유령 작곡가일 것이다. 그러니 아무리 명부를 뒤져도 그녀에 대한 게 나올리 없었다.

"고맙다, 차유진. 도움이 됐다."

친동생에게 하는 인사치고는 상당히 딱딱했지만, 유진은 개의치 않았다. 제 큰형이 살갑게 굴면 그게 더 무서울 테니까.

〈그나저나 무슨 일 때문에 그러는 건데? 혹시 화요랑 관계있는 일이야?〉

화요에 대해 꼬치꼬치 캐묻는 게 이상했는지 유진의 목소리가 조심스러웠다. 우진은 유진의 걱정을 덜기 위해 말을 얼버무렸다.

"아니, 진짜 별 거 아니야. 뭣 좀 확인하려고 물어 본건데, 아무래도 내 착각이었던 모양이다."

〈뭐야. 괜히 사람 불안하게 만들기는.〉

유진이 툴툴거리자 우진은 얼른 화제를 돌렸다.

"한번쯤은 한국 들어와라. 얼굴 보고 밥이라도 한 끼 먹게."

〈오케이. 돈 많이 버는 형님이 사 주실 거지? 맛있는 거 많이 사 주시죠, 형님.〉

붙임성 있는 인사를 날린 유진이 먼저 전화를 끊었다.

우진은 휴대폰을 책상 위에 내려두고 USB를 집어 올렸다. 마음 같아서는 이 안에 들어 있는 노래를 다시 한 번 듣고 싶었지만, 그랬다간 밀려오는 잠을 주체할 수 없다는 걸 알고 있었다.

그는 손에 든 USB를 빙글빙글 돌리며 생각에 잠겼다.

참 이상하단 말이지.

우진은 USB가 마치 화요 본인이라도 되는 것처럼 의뭉스러운 눈으로 그것을 보았다.

대체 무슨 원리인지는 모르겠지만, 우진은 화요의 노래를 들으면 몇 분이 지나지도 않아서 바로 곯아떨어졌다.

혹시 자신에게만 이런 현상이 벌어지는가 싶어서 시험 삼아 김 비서에게도 화요의 노래를 들려주었다. 그리고 1분도 채 되지 않아 침을 질질 흘리며 자는 김 비서를 보며 화요의 노래 그 자체가 특별하다는 걸 깨달았다.

혹시나 싶어서 그는 '잠 오는 노래'라는 검색어로 인터넷을 뒤져 보았다. 어쩌면 화요 같은 특이한 사람에 대한 이야기가 나오지 않을까 하는 기대로.

결과는 허탈이었다. 검색 결과는 대부분 잠이 잘 오는 노래 이름을 줄줄 늘어놓은 포스팅이 대부분이었다.

우진은 결국 화요의 노래가 듣는 사람을 왜 잠들게 하는 것인지 알 수 없었다.

하지만 분명한 건 단 하나였다.

그의 '로렐라이'는 실존인물이었고, 심지어 매우 특별한 능력을 갖고 있었다.

우진은 재빠르게 머릿속으로 계산해 보았다.

앞으로 화요를 어떻게 움직이면 좋을지. 그리고 어떻게 하면 '로렐라이'를 곁에 둘 수 있을지.

곧 그의 머릿속에 매우 괜찮은 계획 하나가 떠올랐다. 전화기를 집어 드는 우진의 입가에, 어느새 꿍꿍이가 가득한 미소가 걸려 있었다.

신경질적인 얼굴을 한 남자 앞에서 화요는 잔뜩 주눅이 든 얼굴로 두 손을 가지런히 모으고 있었다. 남자는 화요의 이력서를 훑어보더니 고개를 저었다.

"경력이 하나도 없네? 아무리 정 팀장 소개라고 하더라도 작은 프로젝트 참여 경력 정도는 있어야 하는데."

"아, 그게요. 제가 제 이름으로 쓴 계약서는 없지만 작곡 의뢰를 받아서 일했던 적이……."

지금 화요의 눈앞에 있는 남자는 작은 음반 퍼블리싱 업체의 사장이었다. 이런 회사는 의뢰가 들어오면 회사에 소속된 작곡가에게 일거리를 넘겨주는 작곡가 에이전시 역할도 맡아 하였다.

물론 소개비 명목으로 떼 가는 수수료가 있긴 했지만, 대신 인지도가 없는 작곡가에게는 자신의 이름을 알릴 수 있는 좋은 기회가 되기도 하였다.

"흠……."

사장은 그녀를 위에서 아래로 훑어보더니 마치 짐승 내쫓듯 손을 마구 휘저었다.

"알았어요. 일단 포트폴리오 확인하고 연락 줄 테니까 가 봐요."

글렀구나.

화요는 이곳에서는 절대 연락이 오지 않을 거라는 걸 깨달았다.

그래도 소개해 준 친구의 체면을 생각하여 예의 바르게 인사한 후, 사무실을 빠져나왔다.

무거운 발걸음을 옮기며 화요는 한숨을 푹 내쉬었다. 안 신다 신은 구두 탓에 발뒤꿈치가 욱신거렸다.

정 사장을 찾아 돈 받는 걸 포기한 후, 벌써 몇 군데 이력서와 포트폴리오를 돌렸지만 화요를 받아주는 곳은 없었다. 그나마 화요의 친구가 사정을 알고, 왜 진즉 자신에게 상담하지 않았냐는 잔소리와 함께 회사 몇 곳에 화요를 소개해 주었다.

그 덕에 이렇게 열심히 돌아다니며 얼굴 도장을 찍었지만, 아직 이렇다 할 만한 성과는 없었다.

이제 슬슬 잔고가 위험한데, 어쩌지.

월세, 전화 요금, 식비, 교통비. 아무리 허리띠를 바짝 졸라매도 한 달 지출을 0으로 만들 수는 없었다. 화요는 초조하게 입술 끝을 꾹 깨물었다.

문득 고개를 들어 주변을 보니 거리를 지나가는 사람들의 얼굴은 모두 밝았다. 이곳에서 오로지 자신 혼자만 곤경에 처한 것 같아 화요는 기가 죽었다.

띠리릭—

갑자기 울리는 휴대폰 소리에 화요는 얼른 액정을 확인하였다. 하지만 혹시나 하는 기대에 찼던 그녀는 금방 실망한 얼굴을 하였다. 낯선 번호로부터 메시지가 하나 와 있었다.

〈화요야, 일단 우리 차분하게 이야기부터 하자. 자꾸 이렇게 나 피한다고 해결되는 게 아니잖아.〉

민우에게서 온 문자였다.

제대로 신발도 못 신은 채 쫓겨났던 민우는 화요에게 끈질기게 연락을 했다. 한 번만 만나자. 만나서 이야기하자. 전부 오해다. 너무 뻔하고 상투적인 변명과 애원에 웃음도 나오지 않았다.

처음 민우에게 연락이 왔을 때는 너무 속상해서 울었다. 한 번은 믿어 줄까 생각도 하였다.

화요에게 이민우라는 남자는 처음이었다.

소심해서 좀처럼 다른 사람에게 다가가지 못하는 자신에게 적극적으로 다가와서 좋아한다고 말해 준 사람, 그리고 화요가 만든 노래를 아름답다고 칭찬하며 함께 꿈을 이루자고 응원해 준 사람.

자신을 다정하게 대해 주는 그의 태도에 가슴 설레어 했던 기억이 아직 그녀의 안에 남아 있었다.

하지만 그 애틋함은 바로 다음 순간 깨져 버렸다.

〈그 여자가 하도 졸라대서 한 번 만난 것뿐이야. 나한텐 너밖에 없어.〉

시종일관 남 탓만 하는 민우의 태도에 이제 진절머리가 났다.

생각해 보면 그는 언제나 그랬다.

민우에게는 자신이 데뷔하지 못하는 것도, 일이 잘 풀리지 않는 것도 모두 남 탓이었다. 이번에 용서한다면 틀림없이 또 이런 일이 생길 거라는 예감이 들었다. 그때도 민우는 절대 제 잘못을 인정하지 않을 것이다.

'그럼 또 그렇게 믿어주려고?'

찬물을 온몸에 끼얹은 것처럼 정신이 번쩍 들었다. 남을 쉽게 믿지 말자고 단단히 결심했던 게 떠올랐다.

미쳤지, 설화요. 이렇게 바보칠푼이처럼 굴다니.

자조적인 반성과 함께 화요는 다시 한 번 다짐했다.

절대 민우를 용서해 주지 않겠다고.

화요는 망설임 없이 번호를 차단해 버렸다. 그리고 입을 앙다물며 속으로 칼을 갈았다. 갑작스럽게 닥친 여러 불행한 사건은 오히려 화요를 단단하게 만들어 주는 계기가 되었다.

방금 전까지 축 늘어져 있던 화요의 어깨에 힘이 들어갔다.

어디 한 번 두고 보라지. 방금 자신을 막 대했던 사장이나 민우에게 여봐란 듯 당당하게 성공하겠다며 그녀는 씩씩하게 걸음을 옮겼다.

그 때, 또다시 휴대폰이 울렸다. 이번에도 민우에게 걸려온 연락일 거라 생각한 화요는 얼굴을 팍 찌푸렸다.

서둘러 그 번호를 차단하려던 화요는 멈칫하였다. 액정에 떠오른 번호는 분명 저장된 번호는 아니지만 묘하게 낯이 있었다.

잠시 생각에 잠겼던 화요는 그 번호가 헬로우에 있던 이 대리의 번호라는 걸 깨닫고 얼른 전화를 받았다.

"여보세요!? 이 대리님?"

〈화요 씨, 오랜만이네요. 잘 지내고 있어요?〉

수화기 너머에서 들려오는 이 대리의 목소리는 밝았다. 화요는 반갑기도 하고 놀라기도 해서 얼른 대답했다.

"네, 전 잘 지내고 있어요! 근데 대체 무슨 일이세요? 혹시 정 사장—"

〈—은 못 찾았어요. 해외로 튄 것 같으니까 앞으로도 찾기는 어려울 것 같고요.〉

아, 역시나. 기대 때문에 아주 약간 위로 올라갔던 화요의 어깨가 축 늘어졌다.

〈그나저나 화요 씨, 요새는 어디 일 받아서 하는 거 있어요?〉

"저요? 아니요…… 이곳저곳 포폴은 내고 있는데, 잘 안 되네요."

부끄럽기도 하고 답답하기도 한 마음에 화요는 한숨처럼 푸념을 하였다. 그러자 이 대리가 반가운 목소리로 말했다.

〈그래요? 그럼 화요 씨, 내가 사람 좀 소개해 주려고 하는데 어때요?〉

"네? 어떤 사람이요?"

〈음, 자세한 건 나도 잘 몰라서 말해 줄 수가 없어요. 어쨌든 그분이 괜찮은 기획사 관계자인데, 요새 신인 작곡가를 찾고 계시더라고요. 그래서 화요 씨를 소개해 주고 싶어서요.〉

이 대리의 말에 화요의 눈이 커다래졌다. 방금 전까지만 해도 우중충하던 기분이 그 고마운 말만으로도 확 밝아지는 기분이었다.

〈화요 씨만 괜찮다면 오늘 만나면 좋을 텐데, 지금 어디에요?〉

"아, 저 지금 어디 좀 나갔다가 집에 가는 중인데……."

엉겁결에 화요는 제가 있는 위치를 순순히 밝혔다. 수화기 너머에서 부스럭거리는 소리가 들리더니 다시 이 대리가 입을 열었다.

〈음— 화요 씨 집은 구로 쪽 맞죠?〉

"네? 아, 네."

우리 집이 구로 쪽이 맞긴 한데, 내가 그걸 말했던가. 대답을 하면서도 화요는 고개를 갸웃하였다.

〈그래요? 그럼 마침 그분이 거기로 나갈 일 있다는데 화요 씨 집 근처에서 보는 건 어때요? 아니면 일자를 다시 잡는 게 나으려나? 그래도 기왕 이렇게 된 빨리 만나서 이야기를 들어보는 게 낫지 않아요?〉

마치 생각할 틈을 주지 않으려는 것처럼 이 대리가 속사포처럼 떠들어댔다. 화요가 반쯤 넋이 나가 네, 네, 라고 대답하는 동안 어느새 약속이 잡혔다.

〈좋아요, 그럼 이따가 3시에 카페 N에서 보면 되는 거죠?〉

카페 N은 화요가 사는 빌라 바로 맞은편에 있는 작은 카페였다. 엎어지면 코 닿을 거리에 있는 곳까지 와준다는 상대의 친절에 화요는 당황하였다. 피곤했기에 멀리 안 나가도 된다는 점은 고마웠지만, 상대가 너무 자신에게 맞춰 주는 것도 부담스러웠다.

"저, 근데 굳이 여기까지 안 오셔도 괜찮은데. 제가 갈게요."

〈아, 괜찮아요. 그분이 화요 씨 직접 만나러 가고 싶다고 하신 거니까. 그분한테 화요 씨 연락처 알려드릴 테니, 이따가 낯선 번호로 전화와도 받으세요. 알았죠?〉

"네, 아…… 근데 그분이 대체 누구세요?"

화요가 궁금하다는 듯 던진 질문에 이 대리가 쿡쿡 웃었다.

〈화요 씨한테 아주, 아주 큰 기회를 주실 분이죠. 나쁜 조건 절대 아닐 거예요. 한번 만나서 이야기 들어보세요.〉

아주 큰 기회? 대체 어떤 사람이기에? 화요는 궁금한 걸 전부 묻고 싶었다. 하지만 이제 전화를 끊겠다는 말에 궁금증을 입안으로 삼킬 수밖에 없었다.

〈어쨌든 건강하게 지내고, 좋은 일로 다시 보면 좋겠네요, 화요 씨.〉

"저도요. 아! 이렇게 신경 써 주셔서 감사합니다, 이 대리님."

인사를 해야 한다는 것을 뒤늦게 떠올린 화요가 허둥지둥 감사를 하자 이 대리는 웃었다. 그리고 의미심장한 말을 덧붙였다.

〈나도 고마워요, 화요 씨.〉

"네?"

〈아무것도 아니에요. 그럼 잘 지내요.〉

뚝, 전화가 끊기고 나서 화요는 눈을 깜빡였다. 그녀는 왜 이 대리가 자신에게 '고맙다'는 말을 한 건지 알 수 없었다.

그 이유가 무얼까 고민하던 화요는 곧 자신이 이럴 때가 아니라는 걸 깨달았다. 약속 시간에 맞추려면 늦장을 부릴 여유가 없었다. 그녀는 마음 한구석에 떠오른 의문을 뒤로 한 채, 서둘러 약속 장소로 향하였다.

약속 시간 10분 전.

아슬아슬하게 시간을 맞춘 화요는 불편한 구두를 편한 운동화로 갈아 신은 채 집을 나섰다. 곧바로 카페로 향하던 화요는 근처를 서성이는 사람을 보고 저도 모르게 그 자리에 멈추어 섰다. 상대 역시 화요를 단번에 알아보고 달려왔다.

"화요야!"

그녀를 보자마자 잽싸게 달려오는 것은 민우였다. 화요는 뒤로 한 걸음 물러서며 날카로운 목소리로 물었다.

"네가 여긴 왜 왔어?"

한 번도 본 적 없는 화요의 싸늘한 태도에 민우는 짐짓 당황한 얼굴이었다. 하지만 그는 곧 동정심을 유발하려는 것처럼 슬픈 얼굴로 그녀의 팔을 붙잡았다.

"이러지 말고, 우리 얘기 좀 하자."

화요는 그 손을 팍 뿌리쳤다. 민우에게 닿은 부분이 불쾌하여 참을 수가 없었기에 한 손으로 팔을 감싸며 그녀는 고개를 저었다.

"싫어. 난 너랑 할 말 없어."

"야, 설화요……! 너, 진짜 이럴래?!"

마치 아이 달래는 것처럼 굴던 민우가 제 성질을 못 이겨서 결국 짜증을 부렸다. 그는 마치 화요가 애처럼 군다는 듯 불퉁한 어조로 말했다.

"사람이 좋게 말하자고 하면 좀 차분하게 들어볼 생각을 해야지. 넌 왜 그렇게 네 생각만 하냐?"

……뭐? 내가 내 생각만 한다고?

화요는 너무 기가 막힌 나머지 코웃음을 쳤다. 애초에 이 일은 민우의 바람이 원인이었다. 그런데도 민우는 아주 당당하게 헛소리를 늘어놓고 있었다.

"분명히 내가 오해라고 했잖아? 그런데 사람 말─"

"무슨 오해? 내가 나간 사이에, 내 집에 여자 끌어들인 건 사실이잖아."

그건 분명 반박의 여지가 없는 사실이었기에 민우는 잠시 주춤했다. 하지만, 곧 다시 큰소리를 쳤다.

"내 집? 야, 저게 왜 네 집이야? 너랑 내가 같이 살던 집이잖아!"

"너 월세 제대로 낸 적 없잖아. 처음 두 달만 내고 그 뒤에는 생활비 한 푼 제대로 보탠 적도 없으면서 뭐가 그렇게 떳떳해?"

화요의 담담한 목소리에 당황한 민우가 입을 쩍 벌렸다.

그가 아는 화요는 아무리 싫은 일이 있어도 제 안에서 그것을 꾹꾹 눌러 참는 바보 같은 여자였다. 그러니 정 사장에게는 돈도 떼이고, 자신에게도 좋을 대로 이용당했다. 그랬던 화요가 지금 자신에게 따지고 드는 모습은 낯설 수밖에 없었다.

멍하니 화요를 보던 민우가 쯧, 혀를 찼다. 잘 구슬리고 달래면 또 등쳐 먹을 수 있을 거라는 계산이 보기 좋게 빗나간 게 불쾌했다.

"썅, 그래. 됐다, 됐어! 너 잘났다, 설화요! 그럼 내 기타 값이나 물어내."

거친 욕설과 함께 민우가 한 말에 화요는 팍 얼굴을 찌푸렸다. 그가 말하는 기타 값이라는 건, 분명 얼마 전 자신이 박살 내 버린 민우의 베이스 기타 값을 뜻하는 것이었다.

예전의 화요라면 자신이 망가트린 물건에 대해 당연히 변상을 하겠다고 생각했을 터였다. 하지만 화요는 절대 그러지 않겠다고 다짐하며 고개를 저었다.

"싫어."

"……뭐?"

"싫다고. 그동안 네가 제대로 안 낸 생활비랑 월세 값 대신으로 쳐, 그거."

지금 이게 뭐라는 거야? 민우의 입에서 실소가 터져 나왔다.

"야. 너 지금 내가 호구 새끼로 보이냐? 그게 얼마짜린데 그걸 날로 먹겠다는 거야? 너 진짜 죽고 싶냐!?"

민우가 한쪽 손을 들어 올려 위협하는 동작을 취하였다. 당장이라도 그가 주먹을 휘두를 것 같았기에 화요는 움찔하였다.

그녀의 머릿속에 순간적으로 여러 생각이 스쳐 지나갔다. 그중에서도 제일 선명하게 떠오르는 것은 홧김에 여자 친구를 살해한 남자에 대한 뉴스 보도였다.

마치 자신이 그런 사건의 피해자가 될 것 같은 불안감에 화요는 뒤로 물러섰다. 그녀가 겁먹었다는 걸 알아차린 민우는 의기양양해졌다.

"너 남의 물건 망가트려 놓고 배 째라고 나오는 거 범죄행위인 거 알지? 내가 지금 당장 너 경찰서에 데려가면 콩밥도 먹일 수 있어! 알아?!"

"―설화요 씨 보다는 당신이 먼저 콩밥 좀 먹어야겠는데."

화요의 뺨에 민우의 손이 날아오려는 찰나, 누군가가 조용히 민우의 팔을 붙잡았다. 갑자기 팔이 붙잡힌 민우는 당황했고, 그 사람이 누군지 알아본 화요도 깜짝 놀랐다.

"차 이사……?"

민우와 화요 사이에 껴든 것은 ZIN 엔터테인먼트의 차우진 이사였다.

갑작스러운 상황에 당황한 화요가 느리게 눈을 깜빡였다. 우진은 그런 화요를 향해 싱긋 웃었다. 마치 벌꿀향이 날 것 같은 다정한 미소에 화요는 순간적으로 정신이 멍해졌다. 대체 왜 이 남자가 여기 있는 건지 생각할 여유조차 없었다.

"당신 뭐……야?"

민우는 소리를 지르려다가 자신보다 머리 하나는 큰 우진에게 기가 죽은 모양이었다. 우진은 조소를 흘리며 민우의 팔을 붙잡고 있던 손을 놓아주었다. 그리고 부드러운 어조로 화요에게 물었다.

"설화요 씨, 괜찮으십니까?"

"네? 아, 네. 저, 어……."

응? 대체 이 사람이 내 이름을 어떻게 알지?

화요는 상황이 어찌 돌아가는지 알 수 없어서 우진과 민우를 번갈아 쳐다보았다. 그 눈에는 당혹감이 고스란히 배어있었다. 두 사람이 서로 잘 아는 사이가 아니라는 걸 알아차린 민우는 우진의 어깨를 턱 잡았다.

"당신 진짜 뭐야? 뭔데 남의 일에 끼들어?"

"설희요 씨에게 볼일이 있는 사람입니다. 전 화요 씨와 대화를 좀 나눠야 하는데, 당신이 참 거슬리네요. 그러니 좀 비켜 주시죠?"

우진의 말투는 민우처럼 난폭하거나 거칠지 않았다. 그가 욕설을 내뱉은 것도 아니었다. 그런데도 민우는 무어라 표현할 수 없는 찝찝한 불쾌함을 느꼈다.

"무슨 헛소리를 지껄이고 있어? 나 지금 얘랑 대화 중인 거 안 보여? 당신이야말로 빨리 꺼져."

민우가 우진을 밀어내기 위해 손에 힘을 주었다. 하지만 우진의 단단한 어깨는 쉽게 떠밀리지 않았다. 그는 오히려 몸을 반쯤 비틀어서 가볍게 민우를 뒤로 물러서게 만들었다.

"설화요 씨. 이 남자랑 할 말이 있으십니까? 없으시다면 제가 상황 정리 좀 해도 될까요?"

멍하니 상황을 지켜보던 화요는 퍼뜩 정신을 차렸다. 대체 왜 이렇게 친절을 베푸는 것인지는 몰라도 자신을 위해 나서주는 우진이 고마웠다.

"괜찮아요. 저는 더 이상 저 남자랑 할 말 없어요."

"그래요? 그렇다면 다행입니다."

우진은 화요를 향해선 매우 살갑게 웃더니 민우에게는 서늘한 눈빛을 드러냈다.

"설화요 씨가 이렇게 말씀하시는데요. 꺼져야 하는 건 그쪽 아닙니까?"

"야!! 설화요, 너!"

민우가 화요를 향해 소리를 버럭 지르자 화요는 반사적으로 몸을 움츠렸다. 그것을 본 우진은 민우의 팔을 휙 낚아챈 뒤, 화요에게 말했다.

"이분이 알아듣게끔 말 좀 하고 오겠습니다, 잠시만 기다리세
요."

화요가 말 잘 듣는 아이처럼 고개를 끄덕이자 우진은 그녀를
향해 싱긋 웃더니 고래고래 소리를 지르는 민우를 가볍게 끌어
냈다.

이윽고 화요의 모습이 보이지 않는 곳까지 오게 되자, 우진은
민우를 바닥으로 내동댕이쳤다. 엉덩방아를 찧은 민우의 입에서
저절로 쌍욕이 튀어나왔다.

"이 새끼야, 너 대체 뭐야!?"

"내가 그걸 왜 말해 줘야 해? 너 같은 놈한테."

화요의 앞에서는 정중한 신사인 척 굴던 우진의 태도가 돌변
하였다. 그는 마치 벌레를 보는 것 같은 경멸 어린 눈빛으로 민
우를 내려다보고 있었다.

민우는 어리둥절한 얼굴이었다. 조금 전까지만 해도 봄바람
이 살랑살랑 부는 것처럼 화요를 대하던 남자라고는 도저히 믿
을 수가 없을 만큼 그의 얼굴은 차가웠다.

잠시 우진을 위아래로 살펴보던 민우는 무슨 생각을 한 것인
지 천박한 미소를 지었다.

"쯧, 그년 그거 내숭은 있는 대로 까더니 벌써 남자 만나는 거
야? 하, 설화요. 재주도 좋네? 그렇게 안 봤는데."

민우의 말에 우진의 표정이 서서히 굳어졌다. 자신과 화요 사
이를 민우가 오해하는 것이 싫기 때문이 아니었다.

그가 화요에 대해 함부로 말하는 것이 매우 불쾌하였다.

민우는 우진의 칼날 같은 눈빛을 눈치채지도 못한 채 이죽거렸다.

"내가 전 남친으로서 말해 주는 건데, 저거 진짜 튕기긴 더럽게 튕겨. 반년 넘게 동거하면서 내가 손을 못 댔다니까. 시발, 지가 무슨 양갓집 규수라고 더럽게 까탈을―"

화요에 대한 험담을 신나게 늘어놓던 민우는 뒷말을 끝까지 잇지 못했다. 우진이 거칠게 민우의 머리채를 끌어당겼기 때문이었다.

머리칼이 송두리째 뽑혀 나갈 것 같은 통증에 민우가 으악 소리를 질렀다. 우진이 손을 흔들 때마다 민우의 머리가 우진의 손바닥 안에서 휘청거렸다.

그때마다 목뼈가 우두둑거리는 소리가 음산하게 들려왔다.

"내가 참 좋아하는 말인데, 이런 말이 있어. 입 밖으로 내뱉은 말이 닥치고 있는 것보다 나은 말이 아니라면 그냥 입을 열지 말라는 말. 그걸 좀 머리에 새겨둬. 그래야 오래 살지."

이곳으로 오기 전, 우진은 이미 설화요에 대해 어느 정도 조사를 마친 상태였다. 그 덕에 그는 화요가 얼마나 사람을 쉽게 믿는 바보인지도 알고 있었다. 그녀는 정말 한숨이 나올 정도로 물가에 내놓은 아이 같은 여자였다.

"이, 이럴 필요는 어, 없잖아요."

겁을 먹은 것인지 민우가 덜덜 떨기 시작하였다. 한심하긴.

우진은 이딴 쓰레기에게 속았던 화요에 대한 연민과 분노를 동시에 느꼈다.

민우를 붙잡고 있는 제 손이 더러워지는 것만 같았기에 우진은 머리채를 잡고 있던 손을 휙 놓아 버렸다. 민우가 신음을 흘리며 바닥을 기었다.

"좋게 말할 때 꺼져. 너 같은 놈을 보는 것만으로도 기분이 더러워지니까."

그녀는 모처럼 어렵게 다시 만난 사람이었다. 귀하고 소중한 차우진의 환상, 그리고 희망인 설화요. 그런 존재가 이딴 놈에 의해서 더럽혀지는 건 절대 있어선 안 될 일이었다.

우진은 민우를 손끝으로 툭툭 쳤다.

"경고 하나 해 줄까? 앞으로 설화요 근처에 얼씬도 하지 마. 한 번만 더 얼씬거리다 눈에 띄면……."

거기까지 말한 우진이 차갑게 웃었다. 분명 웃고 있는 얼굴인데도 그를 보는 민우의 얼굴에는 점점 공포 어린 기색이 서렸다. 웃는 얼굴이 이렇게까지 무섭고 소름 끼칠 수 있다는 걸 처음 안 사람처럼.

"내가 무슨 짓을 할지 모르거든."

우진이 서서히 굽혔던 허리를 폈다. 그런데도 민우는 일어서거나 소리를 지를 생각조차 하지 못한 채, 멍청하게 앉아 있었다. 우진은 볼썽사납게 쓰러져 있는 민우의 다리를 의도적으로 한 번 밟아 주었다.

"악!"

민우가 소리를 지르거나 말거나 그는 유유자적 등을 돌려 그곳을 벗어났다. 뒤에서 자신을 노려보는 남자의 흉흉한 시선이 느껴졌지만, 그것은 우진에게 어떠한 감흥도 주질 못했다. 불필요한 방해물을 제거한 그는 이제 오로지 화요에 대한 걸 생각하고 있었다.

화요네 집 앞으로 다시 돌아 온 우진은 안절부절못하는 화요를 발견하였다. 그는 화요를 안심시키려는 것처럼 빙긋 웃었다.

"아까 그 남자 분과는 대화를 잘 끝냈습니다."

우진의 말에 화요는 믿을 수 없다는 눈으로 그를 보았다. 그렇게 끈덕지게 연락하고, 집까지 찾아온 민우가 '대화'만 나누고 그냥 갔다고? 우진은 화요가 의심스러워 하는 걸 알아차렸는지 어깨를 으쓱하였다.

"생각보다 말이 잘 통하는 사람이었습니다."

거짓말. 화요는 우진이 새빨간 거짓말을 하고 있다는 걸 알아차렸다. 화가 난 이민우는 분명 대화가 통할 만한 상대가 아니었다.

하지만 자신을 도와준 상대에게 이것저것 따지고 싶지 않았기에 그녀는 고개를 꾸벅 숙였다.

"도와 주셔서 감사합니다."

"아닙니다. 전 당연히 할 일을—"

부드럽게 말하던 우진은 멈칫하였다. 자신이 아직 제대로 자기소개를 하지 않았다는 걸 깨달았기 때문이었다.

"아, 인사가 늦었네요. 설화요 씨. 초면에 실례했습니다. 저는 ZIN 엔터테인먼트의 차우진이라고 합니다."

우진은 정중하게 자신의 명함을 내밀었다. 화요는 허둥지둥 그가 내민 명함을 받아 든 후, 명함에 새겨진 〈ZIN 엔터테인먼트 대표이사 차우진〉이라는 글자를 확인하였다.

차우진, 차유진. 역시 유진이 이름이랑 비슷한 것 같은데. 가슴속에 꼭꼭 묻어 놓았던 불안함이 다시 고개를 슬쩍 들어 올렸다.

"헬로우의 이 대리에게 연락 받으셨죠?"

"네?! 그럼 이 대리님이 소개해 주신다고 한 분이…… 차 이사님, 이세요?"

이게 대체 무슨 상황이지. 화요가 눈을 깜박이며 당황스러워하자 우진은 부드럽게 웃었다.

"네, 제가 화요 씨를 뵙고 싶어서 이 대리에게 연락을 부탁했습니다. 잠시 대화를 좀 하고 싶은데, 시간을 내주실 수 있을까요?"

마음 같아서는 아니요, 라고 외치고 집안으로 도망치고 싶었다.

지금 자신 앞에서 이렇게 다정한 얼굴을 하고 있는 이 남자가 남들 앞에서 얼마나 차갑고 무서운 사람이었는지 화요는 분명 기억하고 있었다.

게다가 화요는 이미 이 남자 앞에서 자신의 '노래'를 들려주는 실수를 한 번 저지르고 말았다. 아무리 우진이 로렐라이에 대해 모른다 하더라도, 그 상황이 이상하다는 생각 정도는 할 수 있다.

만일 이 남자가 그때 일에 대해 캐묻기 위해 온 거라면—

화요는 침을 꼴깍 삼키며 우진을 올려다보았다.

"이 대리님한테 들을 때는…… 신인 작곡가를 찾고 계신다고 들었는데, 정확히 어떤 일 때문에 그러시는 건지 알 수 있을까요?"

자신을 경계심 가득한 눈으로 올려다보는 화요를 보며 우진이 화사하게 웃었다. 남들 앞에서는 좀처럼 안 웃는 그였지만, 이상하게 화요 앞에서는 웃음이 절로 흘러나왔다.

"단도직입적으로 말씀드리죠. 설화요 씨에게 작곡을 의뢰하고 싶습니다."

"작곡 의뢰요? 저한테요? ZIN에서요? 작곡 의뢰라고요?"

예상하지 못했던 우진의 말에 화요는 앵무새처럼 같은 말을 반복하고 말았다.

"대체 왜 저한테…… 저는 제대로 곡을 낸 적이 없는 아마추어인데요."

"아마추어는 아니죠. 베일 데뷔 타이틀 곡 앨범은 거의 화요 씨가 작곡하신 거잖습니까."

"네?! 어떻게 그걸 아셨어요?"

화요가 눈을 동그랗게 뜨고 우진을 올려다보았다. 키가 작은
편에 속하는 화요는, 남들보다 키가 큰 우진을 볼 때 고개를 힘
껏 위로 들어야만 했다. 우진은 그런 화요가 마치 온몸을 꼿꼿
하게 세운 미어캣처럼 귀엽다고 생각하였다.

"김형우 작곡가의 예전 곡과 헬로우에서 발표했던 곡이 너무
달라서 이상하다고 생각을 했습니다. 그래서 김형우 작곡가를
만나서 이야기 하다가 알게 되었습니다. 헬로우에서 그 사람 이
름으로 나왔던 곡은 사실 전부 화요 씨가 작곡한 거라는 걸요."

정확하게는 김형우를 만나기 전부터 사실을 알았지만 우진은
대충 둘러댔다. 앞뒤가 맞는 말에 화요는 그제야 상황이 이해가
간다는 얼굴로 고개를 끄덕였다.

"베일의 정규 앨범은 사람들의 평가가 아주 좋았죠. 저 역시
개인적으로 '상사병'을 아주 좋아합니다. 그것도 화요 씨가 작곡
한 노래 맞죠?"

우진이 던진 질문에 화요의 귓불이 살짝 달아올랐다. 그녀는
기어들어 가는 목소리로 맞다고 대답하며 고개를 숙였다.

상사병은 베일이 처음으로 1위 후보에 오를 수 있게 해 준 노
래였다. 우진은 그 노래 외에도 화요가 작곡한 다른 노래들을 칭
찬해 주었다.

"베일뿐만이 아니라 헬로우 소속 가수의 노래 중 인기가 제법
있었던 노래는 모두 설화요 씨가 작곡한 노래더군요. 그래서 어

떻게든 화요 씨를 만나고 싶어 수소문을 했는데, 마침 이 대리란 분이 자기가 연락을 해 주겠다고 나서 주시더군요."

정확히는 거래를 제안하긴 했지만.

우진은 살쾡이처럼 약삭빠르게 움직이던 이 대리를 떠올리고 속으로 픽 웃었다.

이 대리는 화요의 간단한 신상 정보를 넘기고, 그녀에게 연락을 해 주는 조건으로 자신의 새 일자리를 제안했다. 우진은 비록 ZIN은 아니지만, 다른 회사에 적당한 자리를 마련해 주는 것으로 그 제안에 응하였다. 그의 입장에서는 매우 괜찮은 거래였다.

"저는 사실 음악에 대해서는 잘 모릅니다. 하지만 화요 씨의 노래는 말로 설명할 수 없는 매력을 갖고 있다고 느꼈습니다."

놀랍게도 그것은 우진의 진심이었다. 설화요가 '만든' 노래나 '부르는' 노래 모두 그의 마음을 사로잡았으니까.

"감사, 합니다."

칭찬을 받는 게 익숙하지 않은 것인지 화요의 볼이 잘 익은 사과처럼 발그스름하게 물들어 있었다. 그 표정을 보아 짐작하건대 그녀가 자신의 제안을 거절할 것 같지는 않았다.

생각한 것보다도 훨씬 더 빠르게 설화요를 손에 넣을 수 있겠다는 생각에 우진은 웃었다.

듣기 좋은 말로 그녀를 회유해 계약서에 도장을 쾅 찍게 할 것. 그리고 설화요의 '노래'를 손에 넣을 것.

그것이 화요를 찾아온 우진의 진짜 목적이었다.

"근데 왜 작곡 의뢰를 하시는데 이사님이 직접 오셨나요? 그냥 다른 분을 보내도 되셨을 텐데."

뺨을 붉게 물들이며 눈알을 데굴데굴 굴리던 화요가 조심스럽게 입을 열었다. 사기와 배신을 크게 당한 덕에 어느 정도는 사람을 경계하게 되었으니까.

그것을 알 리 없는 우진은 속으로 적잖이 놀랐다. 완전히 경계를 푼 줄 알았던 화요가 생각보다도 침착하게 상황을 살펴보고 있다는 점 때문이었다.

하기야 어린애도 아니고 너무 사람을 쉽게 믿는 것도 곤란하지. 그렇게 생각한 우진은 재빠르게 머리를 굴렸다.

자, 그럼 이제 내가 뭐라고 해야 이 순진한 아가씨가 날 믿고 따라올까? 그는 신중하게 말을 골랐다.

"물론 지금의 화요 씨는 다른 기성 작곡가에 비하면 부족한 점이 있는 게 사실입니다."

우진이 솔직하게 꺼낸 말에 화요는 시무룩한 얼굴을 하는 대신 고개를 끄덕였다. 그녀는 생각 외로 자신의 실력을 냉정하게 파악하고 있었다.

우진은 그런 화요에게 또 다른 종류의 호감을 느꼈다.

그는 주제 파악도 못한 채 나서는 사람을 아주 싫어하였다. 그 대신 발전하기 위해 노력을 게을리하지 않는 사람에 대해서는 후하게 평가하였다.

비록 아주 짧은 시간이었지만, 우진이 파악한 설화요는 후자에 속하는 사람이었다. 그렇기에 그는 진심을 담아 입을 열었다.

"하지만 저는 화요 씨에게서 가능성을 보았습니다. 화요 씨에게 경험과 좋은 환경이 주어지면 당신은 충분히 제 실력을 발휘할 수 있을 겁니다. 전 그런 화요 씨에게 한 가지 제안을 하기 위해 만나자고 한 거고요."

제안이라고? 화요는 ZIN 엔터테인먼트의 대표씩이나 되는 사람이 직접 자신을 찾아와 어떤 제안을 하려는 것인지 알 수 없었다.

우진은 샘물처럼 맑은 화요의 눈동자에 대고 속삭이듯 말했다.

"화요 씨에게 전속 계약을 제안하고 싶습니다. 우리 회사가 새로 준비하는 메인 프로젝트의 작곡가로 활동해 주시지 않겠습니까?"

"전속, 계약이요?"

그것도 ZIN 엔터테인먼트가 새로 준비하는 메인 프로젝트라고? 화요는 자신의 상상을 훨씬 뛰어넘은 말에 입을 쩍 벌리고 말았다.

"자세한 건 아마 정식으로 미팅 잡고 말씀드려야겠지만, 간단히 말씀드리자면 이번에 ZIN에서 걸그룹을 준비 중입니다. 국내 시장뿐만이 아니라 세계시장을 무대로 움직일 아이들이죠. 전설화요 씨가 그 걸그룹의 정규 데뷔 앨범 작업에 참여해 주셨으면 합니다."

진심으로 하는 말일까. 화요는 우진을 향해 의심 가득한 눈빛을 보냈다.

ZIN 엔터테인먼트라면 자신 같은 햇병아리 작곡가가 아니더라도 얼마든지 훌륭한 작곡가를 기용할 수 있었다. 게다가 이미 그곳에는 유명 작곡가와 작사가가 전속으로 소속되어 있기도 하였다.

그런데 왜 굳이 이름 없는 자신에게 이런 제안을 하는 지 알 수가 없었다.

"말씀은 굉장히 감사한데…… ZIN에는 작곡가가 충분한 걸로 아는데요? 거기 유명한 분들 많으시던데, 왜 하필 저한테 그런 제안을 하시는 거죠?"

"새 걸그룹은 말 그대로 '새롭게' 모든 걸 시작할 예정이기 때문입니다. 물론 경험이 풍부한 기성 작곡가도 참여하겠지만, 개인적으로는 좀 더 신선한 감각을 가진 신인 작곡가의 의견도 반영하고 싶습니다. 그렇기에 오디션 단계부터 작곡가를 참여시켜서 캐스팅까지 함께 진행할 생각이고요."

우진은 망설임 없이 설명을 이어 나갔다.

실제로도 회사에서 이런 프로젝트를 준비 중인 건 사실이었다. 다만 원래는 ZIN에 소속된 작곡가들만 데리고 일을 할 예정이었다. A&R(Artist and Repertoire)팀 역시 그렇게 알고 계획을 세우고 있었다.

하지만 화요의 존재를 알게 되고, 그녀가 작곡한 노래를 전부 찾아 들어 본 우진이 급하게 계획을 변경하였다.

설화요를 프로젝트 '릴라'에 참여시키기로 한 것이었다.

그것은 단지 화요를 붙잡아 두기 위한 구실만은 아니었다.

화요에게 말했던 것처럼 우진은 그녀가 만든 노래가 매우 매력이 있다고 생각하였다. 실제로 A&R팀에서도 화요가 작곡한 노래에 대한 평가는 상당히 좋았다. 몇몇 사람은 이 작곡가에게 노래를 한두 곡 받아와 보는 게 어떠냐는 말을 먼저 꺼낼 정도였다.

지극히 사업가적인 관점에서 그는 작곡가 설화요의 능력을 판단하였고, 그 결과 그녀의 노래가 충분히 음악 시장에 통한다는 결론을 내렸다. 그렇기에 우진은 화요의 능력이 탐났다.

그녀가 부르는 노래도, 만드는 노래도 모두 다.

"우리와 함께 일해 보시지 않겠습니까, 설화요 씨?"

그렇게 물은 순간, 우진은 화요의 눈 속에 어리는 설렘과 기쁨을 똑똑히 확인하였다.

이 여자는 절대 이 제안을 거절할 수 없다. 그는 그렇게 확신하였다.

설화요는 노래가 너무 좋아서 녹음실에 몰래 숨어들어 노래를 불렀던 여자였다. 심지어 무슨 사연이 있는지는 몰라도, 그 좋아하는 노래를 부르지 못해서 대신 노래를 만드는 길을 선택한 만큼 노래를 좋아한다.

그런 그녀에게 이 제안은 생각하지도 못한 행운일 것이다. 사람은 누구나 행운을 갈망한다. 그리고 지금 이 순간 화요에게는 자신이 행운일 터였다.

그러나—

"저, 말씀은 감사하지만…… 너무 갑작스러워서…… 생각을 좀 해 보고 싶어요."

우진의 예상과 달리 화요는 머뭇거렸다. 그는 감정을 숨기지 못하는 화요의 동그란 눈에 불안과 망설임이 뒤섞이는 것을 보고, 조금 당황하였다.

설화요. 2남 1녀 중 막내인 그녀는 대학 졸업 후에 얼마 지나지 않아, 헬로우 정 사장을 통해 유령 작곡가 생활을 했다. 업계 사정이나 세상물정을 아직 잘 모를 법도 하였다.

그녀에 대해 알아본 우진이 화요에 대해 내린 평가는 '순진한 아가씨'였다. 그런 순진한 아가씨 하나 꼬드기는 정도야 우진에게는 그다지 어려운 일이 아니었다.

그런데 만만하게 본 설화요가 사실은 전혀 만만한 상대가 아니라는 점에 그는 충격을 받았다.

"물론 저한테는 정말 감사하고 굉장한 기회인데, 그게…… 너무 좋은 조건이라 오히려 조금 당황스러워요."

화요가 조심스럽게 한 말에 우진은 그제야 아, 작게 소리를 냈다.

생각해 보면 그녀는 얼마 전에 믿었던 사람에게 배신을 당한 상태였다.

정 사장에게는 사기당하고, 이유는 모르지만 동거하던 남자 친구와도 끝났고.

그런 상태에서 잘 모르는 사람이 한 달콤한 제안에 마냥 들떠 고개를 끄덕이면, 그건 순진한 게 아니라 멍청한 거였다.

우진은 한걸음 물러서야 한다는 걸 깨달았다. 갖고 싶다고 해서 무조건 끌어당기는 게 능사는 아니었다. 때로는 밀기도 해야 제 가치가 높아진다는 걸 우진은 알고 있었다.

"알겠습니다, 설화요 씨. 그럼 혹시 모르니 명함을 주시면 계약서 사본을 보내드리죠. 마음을 정하면 제 명함에 적힌 연락처로 연락주시면 됩니다."

"네? 어, 명함이요? 어, 없는데."

명함이 없다는 게 적잖이 부끄러웠는지 화요가 고개를 푹 숙였다. 그녀가 마음이 상할까 걱정된 우진은 얼른 입을 열었다.

"아, 그러시군요. 그럼 연락처를 따로 적어주실 수 있겠습니까?"

고개를 끄덕인 화요는 가방에서 수첩을 꺼내 메일 주소를 적어주었다. 동글동글한 글씨체와 인형이 달린 볼펜이 마치 사춘기 소녀의 물건처럼 귀여웠다. 그는 저도 모르게 웃음이 새어 나오는 것도 모른 채, 그 쪽지를 받아 지갑에 넣었다.

"감사합니다. 그럼 서로에게 좋은 결정, 기다리겠습니다."

우진의 정중한 태도에 화요 역시 허둥지둥 고개를 숙여 인사하였다.

"저야말로 감사합니다. 여기까지 와주셔서— 아! 그리고 아까 도와주신 것도요."

이미 한 번 인사를 했건만, 화요는 재차 고마움을 표현하였다. 혹시나 곤란한 일이 있으면 편하게 연락하라 할까. 그렇게 생각하던 우진은 속으로 고개를 저었다. 안 그래도 자신을 경계하는 사람에게 지나친 친절은 금물이었다.

"아니요, 괜찮습니다. 전 이만 가보겠습니다. 화요 씨도 조심해서 들어가세요."

미소를 지은 그는 그대로 몸을 돌렸다. 물러설 때는 아주 깔끔하게 물러서는 것이 중요했다.

그는 어차피 화요에게 선택의 여지가 없다는 걸 알고 있었다.

머지않아 그녀는 분명 자신에게 연락을 할 것이다. 그때까지 우진이 할 일은 계약서를 만들어 두고 기다리는 것뿐이었다.

로렐라이가 직접 그물 속으로 헤엄쳐 들어올 때까지.

어머나, 세상에. 대체 이게 무슨 일이지.

우진과 헤어진 후 바로 집으로 들어온 화요는 현관 앞에서 주르륵 주저앉았다. 방금 전 있었던 일이 너무나 드라마틱해서 도저히 현실처럼 느껴지지가 않았다.

혹시 내가 정말 서서 꿈을 꾼 게 아닐까? 아까 민우 그 자식이 왔던 것만 사실이고, 차우진 대표가 나한테 명함 주고 간 건 꿈인가?

화요는 무의식중에 시선을 아래로 내렸다. 그러자 손 안에 곱게 쥐어져 있는 우진의 명함이 눈에 들어왔다.

꿈은 아닌가 봐. 그렇게 생각한 화요는 그 명함을 들여다보며 함지박 웃음을 지었다.

하지만 그녀는 곧 의심스러운 얼굴로 명함을 노려보았다.

어쩌면 명함이 가짜일지도 몰라.

며칠 사이, 세상에 대한 의심이 많아진 화요는 명함 가장 아래쪽에 적혀 있는 휴대폰 번호를 확인하였다.

"010……."

명함에 적혀 있는 번호를 소리 내어 읽은 그녀는 저도 모르게 휴대전화를 손에 쥐고, 명함에 적혀 있는 번호대로 버튼을 꾹꾹 누르고 있었다. 번호를 다 누른 화요는 여전히 미심쩍은 눈으로 명함을 보며 통화 버튼을 눌렀다.

몇 번의 신호음이 들린 후, 조금 전 들었던 잘생긴 남자의 목소리가 전화기에서 흘러나왔다.

〈ZIN 엔터테인먼트 차우진 대표입니다.〉

뚝―!

우진의 목소리를 확인하자마자 화요는 전화를 끊어 버렸다. 그리고 자신이 한 행동에 너무 놀라 휴대폰만 바라보았다.

헉! 받았어, 전화를……! 이거 진짜야? 진짜 ZIN에서 나보고 계약하자는 거야?

화요는 휘청거리며 자리에서 일어섰다.

그때 휴대전화가 울렸다. 조금 전 화요가 걸었던 우진의 번호가 액정에 떠 있었다. 그것을 본 화요는 재빠르게 전화를 꺼버리고는 그것을 멀리 던져 버렸다. 마치 휴대폰이 폭탄이라도 되는 것처럼 기겁을 하면서.

휴대폰이 둔탁한 소리와 함께 바닥을 데굴데굴 굴러갔다. 아직 할부가 한참 남은 휴대폰을 던져 버렸다는 사실도 깨닫지 못한 채 화요는 다시 한 번 명함을 보았다.

차우진, ZIN 엔터테인먼트. 그 글자를 몇 번이고 읽어본 화요는 눈을 감았다.

설마 이런 일이 자신에게 일어날 거라고는 생각도 못 했기에 아직도 머릿속이 멍하였다. 조금 전 민우 때문에 느꼈던 불쾌한 감정은 이미 온데간데없이 사라지고 없었다.

이제 화요의 머릿속을 채우고 있는 것은 온통 ZIN과 우진에 대한 것뿐이었다.

ZIN에서? 나한테 계약을 하자고? 전속 계약? 이게 지금 꿈이야? 꿈인가? 내가 지금 사실 꿈을 꾸고 있는 거겠지?

한동안 현관에 서서 자신의 정신 상태를 의심하던 화요는, 아직 신발도 벗지 않고 있었다는 사실을 조금 늦게 깨달았다.

일단 침착하자. 그녀는 심호흡을 여러 번 한 후, 운동화를 벗고 집안으로 들어섰다. 그리고 조금 전 자신이 내던지고 말았던 휴대전화를 집어 전원을 켜보았다.

다행히 전원이 들어왔고, 우진에게서 다시 전화가 걸려오지는 않았다.

자신이 얼마나 바보 같은 짓을 했는지를 생각하며 화요는 얼굴을 붉혔다. 아무리 의심스러워도 전화를 했다가 뚝 끊어버리다니, 애도 아니고 이게 뭐하는 짓이람.

화요는 머리를 감싸고 앓는 소리를 냈다. 대체 우진이 자신을 뭐라고 생각할지 심히 걱정이 되었다.

나중에, 기회가 있으면…… 사과하자.

한숨을 쉬며 그렇게 결심하던 화요는 멈칫하였다.

"아…… 사과."

화요는 자신이 우진에게 사과해야 할 게 또 있다는 걸 그제야 깨달았다.

헬로우 녹음실에서 우진을 재워버리고 말았던 일.

하지만 그것은 우진에게 직접 할 수 있는 사과가 아니었다. 사과하기 위해서는 자신이 가진 '로렐라이'의 힘을 설명해야 할 테니까.

화요는 명함이 마치 우진 본인인 것처럼 중얼거렸다.

"……미안해요, 차 이사님."

직접 하지 못한 사과를 몰래 숨어 하는 화요의 목소리에는 미안함이 가득 담겨 있었다.

이제 정말 다시는 함부로 노래를 부르지 말자. 그 누구에게도 폐를 끼치지 말자. 다시 한 번 자신의 경솔함을 반성하며 화요는 천천히 손바닥을 폈다.

구겨질세라 조심조심 쥐고 있던 덕에, 차우진의 이름 석 자가 박힌 명함은 아직도 빳빳하였다. 화요는 그 명함을 다시 이리 보고 저리 보았다.

'진짜 이게 꿈은 아니겠지?'

화요는 바닥에 휙 드러누워서 눈을 감았다.

ZIN엔터테인먼트? 전속 계약? 메인 프로젝트? 조금 전 우진을 통해 들었던 말들이 머릿속에서 풍선처럼 둥실둥실 떠나녔다. 아무리 냉정해지려고 해도 머릿속이 뒤죽박죽이라 차분하게 생각을 하는 게 쉽지가 않았다.

그때, 갑자기 바닥에 있던 휴대폰이 울리기 시작했다. 다시 우진에게 연락이 온 것일까 긴장한 화요는 조심조심 액정을 보았다. 혹시라도 장난 전화를 걸었다고 화를 내면 어쩌나 싶어서 덜컥 겁이 났다.

하지만 다행히도 상대는 우진이 아니었다.

〈시간 날 때 연락해.〉

그것은 화요에게 회사 몇 곳을 소개해 준 친구, 미나로부터 온 메시지였다. 그녀는 바로 미나에게 전화를 걸었다. 통화음이 몇 번 울리기도 전에 미나가 얼른 전화를 받았다.

〈화요야, 오늘 간 회사 면접 어땠어? 거기 수수료가 좀 세긴 한데, 일감은 잘 주는 곳이래.〉

미나의 목소리에 걱정이 가득했기에 화요는 괜히 코끝이 찡해졌다.

대학에서 우연히 교양과목 때문에 알게 된 두 사람은 전공이 전혀 달랐다. 화요는 작곡, 미나는 무대 기획. 심지어 성격도 극과 극이라고 해도 좋을 만큼 달랐다. 그런데도 둘은 대학에서 제일 친한 친구 사이가 되었고, 졸업 후에도 꾸준히 연락을 주고받았다.

아직 변변한 제 작품 하나 없는 화요와 달리 미나는 벌써 기획사에서 제법 큰 무대 기획을 맡고 있었다. 덕분에 그녀는 제법 업계 정보에 밝았다. 화요는 그런 미나에게 물었다.

"……미나야. 너 ZIN 엔터테인먼트 알지?"

〈ZIN 엔터테인먼트? 알지, 당연히. 우리나라에서 거기 모르는 사람이 더 드물걸?〉

"그럼 말이야. 만약에 ZIN 엔터테인먼트에 들어갈 수 있으면 어떨 것 같아?"

〈당연히 대박이지! 대박 오브 대박. 불러만 준다면야 지금 회사도 때려 치고 가야지!!!〉

미나가 흥분한 듯 목소리가 제법 커졌다. 화요는 "역시 그렇지?"라고 중얼거리며 고개를 끄덕였다.

ZIN 엔터테인먼트는 들어가고 싶다고 해서 아무나 들어갈 수 있는 회사가 아니었다. 작년 분기 매출액은 약 3천억에 달했고, 자산 규모는 4천억을 육박하는 어마어마한 대형 회사였다. 음반과 연예 매니지먼트 사업뿐만이 아니라 콘텐츠 제작과 투자에도 손을 대고 있는 만큼 여러 문화 산업 분야에서 인력을 많이 기용하고 있었다.

〈업계 최고가 기준으로 몸값 쳐주는 건 기본이고, 복지가 그렇게 쩔어준다잖아.〉

"어떤데?"

〈나도 들은 건데, 뭐 일단 자녀 학자금 지원이랑 본인 학비 지원은 당연히 무료고. 직원 전원한테 생명 보험과 상해 보험 가입시켜주고, 매달 도서 구입비랑 교육 지원 장려금? 같은 걸 준대. 그리고 생일이랑 결혼기념일에는 보너스랑 특별 휴가도 주고.〉

여기까지만 들어도 ZIN의 복지가 꽤 나쁘지 않다는 생각이 들었다. 하지만 진짜 화요를 놀라게 만든 건 미나의 다음 말이었다.

〈사옥 식당에서는 호텔 요리사가 만든 밥이 나오고, 유명 트레이너들을 고용한 피트니스 센터도 있고, 좀 작긴 해도 영화관 시설도 있고, 사내 병원도 있다더라. ZIN 건물은 거의 주상복합 느낌이라는 말까지 있더라니까. 심지어 그거 사내 직원뿐 만이 아니라 ZIN 관계자는 다 쓸 수 있대.〉

마치 미리 준비하기라도 한 것처럼 줄줄 흘러나오는 미나의 설명을 듣던 화요는 입을 쩍 벌렸다.

그녀 역시 ZIN 엔터테인먼트의 복지가 상당히 훌륭하다는 이야기를 들은 적은 있었지만, 막상 들어 보니 생각한 것보다도 훨씬 조건이 좋았다.

ZIN 엔터테인먼트 소속 연예인뿐만이 아니라 일반 사원들의 사내 만족도가 거의 100%에 가까운 이유를 이제 알 것 같았다.

〈거긴 진짜 꿈의 직장이지. 갈 수만 있으면 당연히 가야하고. 못 가서 문제지, 에휴.〉

나도 가고 싶다며 미나가 한숨 섞인 웃음을 흘렸다. 하지만 화요는 미나를 따라 웃을 수가 없었다.

〈근데 갑자기 ZIN 엔터테인먼트 이야기는 왜 물어보는 거야?〉

한참 떠들던 미나가 그제야 궁금하다는 듯 물었다. 잠시 머뭇거리던 화요는 대답 대신 엉뚱한 질문을 던졌다.

"미나야. 지금 이거 꿈은 아니지?"

〈……너 술 마셨니? 면접 잘 안 된 거야?〉

얘가 청심환 대신 술을 마시고 면접을 갔나. 소심한 화요의 성격을 잘 아는 미나가 어이없다는 목소리로 물었다. 화요는 고개를 붕붕 저었다.

"아니, 그게…… 나, 있지. 명함 받았어."

〈명함? 무슨 명함? 누구 명함?〉

"어…… ZIN 엔터테인먼트 대표이사 명함? 나보고 계약하자고 하더라?"

물음표로 화요가 말을 끝마치자 수화기 너머에서 잠시 아무 소리가 들리지 않았다. 혹시 전화가 끊겼나 싶어 휴대폰 액정을 한 번 보려고 귀를 떼는 순간─

〈뭐?!〉

기차 화통을 삶아먹은 것처럼 우렁차게 미나가 소리를 내질렀다.

〈야, 설화요! 너 진짜야? 너 지금 자고 일어나서 막 꿈꾼 거 말하는 거 아니지?!〉

"아, 마도? 나도 잘 모르겠어. 일단…… 명함이 내 손에 있긴 해. 그리고 아까 전화를 해 보니까 명함 주었던 차 대표가 전화를 받았어."

〈미친…… 대박, 대박! 야, 어떻게 된 거야!? 얼마 전까지 어떻게 먹고 사냐고 엉엉 울더니! 대체 ZIN 이사가 널 어떻게 안 건데?〉

화요는 우진이 자신에게 했던 말을 그대로 미나에게 설명하였다.

면접 허탕을 치고 돌아오는 길에 헬로우에서 알던 사람이 누군가를 소개해 준다고 하여 만나보니 그 상대가 ZIN 대표이사 차우진이었다는 것. 그리고 우진은 김형우의 이름으로 발표된 노래가 사실은 화요의 곡이라는 걸 알고 왔다는 사실과 그가 화요에게 메인 프로젝트 전속 계약을 제안했다는 것.

미나는 연신 추임새를 넣어가며 화요의 말을 끝까지 들어주었다. 그리고 화요의 말이 끝나는 동시에 이렇게 말했다.

〈야, 무조건이야.〉

"무조건?"

〈무조건 계약해야 한다고! 살면서 사람은 세 번의 행운이 찾

아온다잖아! 이게 그 살면서 만나는 처음이자 마지막 행운일지도 모르고!〉

미나의 말대로 이건 분명 행운이라고 밖에 생각할 수 없는 일이긴 했다.

하지만 화요는 묘하게 껄끄러운 기분이 들었다.

다른 사람들 앞에서는 그렇게 차갑던 남자가 자신에게만 다 다정할 정도로 다정한 것이 불안하기도 했고, 그가 옛 기억 속의 한 남자를 닮았다는 게 불편하기도 했다.

"무, 무조건 해야 할까? 뭔가 너무 갑작스럽고, 나 지금 좀 얼떨떨해서……."

화요의 조심스러운 말에 미나가 덩달아 고민하듯 짧게 신음을 흘렸다.

〈음…… 일단 계약 조건에 대해서는 물어봤어?〉

"아직. 메일로 보내 준다고 내 메일 주소 적어갔어. 계약서 사본 미리 보내 줄 테니까, 확인하고 조정하고 싶은 부분 있으면 연락 달라고 했고."

〈메일 주소를 적어갔다고? 그냥 명함주면…… 아, 너 명함 안 만들었지, 참.〉

미나의 말에 화요는 착잡한 얼굴을 하였다. 아까 전, 우진에게 명함이 없다 말하던 부끄러운 기억이 떠오른 탓이었다.

스스로 작품을 팔아야 하는 프리랜서일수록 명함이 필요하다는 이야기를 듣긴 했지만, 아직 명함의 필요성을 느끼지 못했기에 화요는 그 말을 가벼이 들어 넘겼다.

하지만 우진이 명함을 달라고 했을 때는, 진즉 싸구려 명함이라도 하나 파둘걸 그랬다는 후회가 들었다.

〈ZIN이니까 계약을 후려치기 할 가능성은 없겠지만, 혹시 모르니 계약서 오면 꼼꼼하게 확인해 봐. 너무 좋다고 덜컥 도장찍지 말고. 알겠지?〉

화요가 또 무슨 일을 당할까봐 걱정한 듯 미나가 조심스레 말했다. 그 깊은 마음을 짐작한 화요가 혼자 슬그머니 웃었다. 한창 바쁠 텐데도 이렇게 자신을 걱정해 주는 친구가 있다는 게 새삼 고마웠다.

"응, 알았어. 계약은 절대 함부로 안 할 거야. 사실 지금 좀 찝찝하기도 하거든. 뭔가 마음에 걸리는 게……."

그 남자 눈빛이 너무 애틋했어. 뒷말을 삼킨 화요는 잠시 생각에 잠겼다.

자신을 보던 우진의 눈은 분명 예사로운 것이 아니었다. 그 눈은 마치 애타게 그리워하는 이를 만났던 사람의 눈과 비슷하였다.

대체 그는 왜 그렇게 나를 바라보았을까.

속내를 알 수 없는 그 갈색 눈이 자신을 향해 웃을 때마다 심장이 쿵— 내려앉았던 이유는 그저 그의 웃음에 홀려서만은 아니었다.

이 사람에게 가까이 다가가면 위험하다.

화요의 머릿속 어딘가에서 그런 적색 신호가 울리고 있었다.

"……있지, 미나야. 내가 이대로 ZIN에 연락 안 하고, 다른 데 계속 포폴 돌리면 어떨까? 다른 데 어디 한 군데 정도는 연락이 오지 않을까?"

그 말을 들은 미나가 버럭 소리를 질렀다.

〈야! 이 바보야! 쉽게 갈 수 있는 길이 코앞인데 너 왜 돌아가려고 그래? 내가 네 친구긴 하지만, 냉정히 말하면 지금 찬밥 더운밥 가릴 처지가 아니잖아.〉

윽, 아픈 지적에 화요는 얼굴을 찌푸렸다. 누구보다 자신을 걱정해주는 친구는 지극히 현실적인 사고방식의 소유자이기도 하였다.

"그, 거야 그렇긴 하지만……"

〈그래! 그렇지? 그런데 지금 친절한 어떤 사람이 네 앞에다가 오성급 호텔 뷔페를 차려 준다잖아. ZIN 대표 명함이 바로 그 호텔 뷔페 초대권이라고!〉

그렇구나. 지금 난 오성급 호텔 뷔페 초대권을 받은 거구나. 미나의 적절한 비유에 화요는 감탄할 수밖에 없었다.

〈신중하게 생각하는 것도 좋지만, 모처럼 좋은 기회잖아. 잘 생각해.〉

화요는 미나의 잔소리가 계속될까봐 얼른 대답하였다.

"응, 알았어."

〈그래, 네가 알아서 잘 하겠― 아참! 그나저나 네 남자 친구는 아직도 하는 거 없이 데뷔 준비한다고 그러고 있어? 너 ZIN 전속 되면 네 덕 보려고 할 텐데…… 괜찮겠어?〉

미나의 물음에 화요는 잠시 당황하였다. 민우가 바람을 펴서 헤어졌다는 이야기는 아직 미나에게 하지 않은 상태였다. 헬로 우의 정 사장에게 돈을 떼였을 뿐만이 아니라 민우가 바람을 폈 다는 걸 구구절절하게 말하자니 자신이 너무 비참하게 느껴졌 기 때문이었다. 하지만 굳이 거짓말을 하거나 감출 일은 아니었 기에 사정을 솔직하게 털어놓았다.

"그건 괜찮아. 헤어졌거든."

〈뭐? 걔랑 헤어졌어? 진짜?〉

"설명하자면 긴데…… 그렇게 됐어."

〈야, 잠깐! 설화요 너 내가 정신없는 사이에 무슨 일이 있었 어, 대체? 갑자기 ZIN에서 계약 제안을 받았다고 하질 않나, 바 닥에 붙은 껌 딱지 같던 그 구질구질한 놈이랑은 헤어졌다고 하 질 않나? 잠깐! 그럼 너 지금 집은? 원래 걔랑 같이 살았잖아.〉

당황한 것인지 미나가 정신없이 말을 쏘아대기 시작했다. 반 대로 화요는 차분하게 대답하였다.

"나 지금 혼자 살아. 민우를 내쫓았거든."

〈……뭐? 너 지금 진심이야? 네가 걜 내쫓았다고?〉

전화 너머에서 들리는 미나의 목소리에는 그녀의 당혹감이 고 스란히 느껴졌다.

그럴 만도 하지 싶어서 쓴웃음이 나왔다. 미나는 화요가 얼마나 소심한지 잘 알고 있었다. 평소의 그녀라면 되레 집에서 내쫓기면 모를까 상대를 내쫓는 일은 있을 수가 없었다. 그러니 민우를 내쫓았다는 화요의 말은 미나에게 전혀 예상하지 못한 상황일 터였다.

"너 지금 진행하는 공연 종연하면 한 번 보자. 내가 그때 다 설명할게."

〈……약속이다, 너? 진짜 다 말해 줘야 해?〉

미나에게 몇 번이나 알겠다고 다짐을 한 끝에야 화요는 전화를 끊을 수 있었다.

휴대폰을 바닥에 내려놓은 화요는 한숨을 푹 쉬었다. 미나와 통화를 하며 이런저런 말을 한 덕에 어지럽던 머릿속이 오히려 차분해진 기분이었다.

"오성급 호텔 뷔페……."

우진의 명함이 정말 고급 호텔 뷔페 초대권으로 보이는 환각에 화요는 고개를 저었다. 그녀는 다시 한 번 아까 전 우진의 모습을 떠올렸다.

신사적이고 정중한 태도와 자신을 향한 부드러운 눈빛, 그리고 사탕처럼 달콤한 미소.

하지만 화요는 그게 우진의 본모습이 아니라는 사실을 알고 있었다.

'헬로우가 어찌 되건 말건 알 게 뭡니까? 결국 정 사장 그

정신 나간 인간이 지 뒤처리 하나 제대로 못 한 거잖아요?
내가 왜 그 인간 뒤를 닦아 줘야 합니까? 기분 더럽게.'

　'다 어디서 지 같은 것만 주워 와서 처박아 두었던데?'

　'나머진 다 불필요한 쓰레기니까 버려야죠. 쓰레기는 쓰
레기통에. 기본이잖습니까. 내가 분리수거까지 해 줄 필요
는 없잖아요.'

　'필요 없습니다. ZIN 엔터테인먼트에는 당신들보다 훨씬
능력 있는 인재가 있으니까.'

　그는 분명 한쪽 입꼬리를 비틀어 올리며 사람의 마음을 후벼
파는 소리를 아무렇지 않게 하던 남자였다. 처음에 그녀는 분명
그런 우진을 무섭다고 생각하였다.

　그랬던 사람이 왜 나한테는 그렇게 다정했을까?

　사실 화요의 눈에 비친 차우진이라는 남자는 거만하다기보다
는 차가운 사람이었다.

　철저하게 이해득실을 따져서 움직이는 그런 남자.

　물론 그 때문에 그를 나쁜 사람이라고 할 수는 없다. 하지만
그렇다고 그가 착한 사람인 것도 아니었다. 실제로 그는 자신에
게 와서 억울함을 호소하던 헬로우 직원들을 무자비하게 뿌리
치고 자리를 떠나 버리기도 했었다.

　아직도 그 모습이 기억 속에 선명하였기에 화요는 더더욱 꺼
림칙할 수밖에 없었다.

만일 정말로 화요에게 계약 제안을 하려고 온 것이라고 해도, 굳이 한 회사의 이사인 그가 움직일 필요는 없었다. 신인에게 임원이 직접 제안을 하러 오는 경우가 얼마나 있겠는가.

'역시 이상해.'

미나는 무조건 이 제안을 받아들이라고 열을 올렸지만, 화요는 마음 한구석에 남아 있는 의심을 지울 수가 없었다.

예전의 화요였다면 마냥 기뻐하며 아무 의심 없이 계약서에 사인을 했을 것이다. 하지만 믿었던 사람들에게 실컷 배신을 당하고 나니, 우진의 제안이 상당히 수상하게 느껴졌다. 게다가 엉엉 울며 다시는 사람을 함부로 믿지 말자고 결심했던 게 불과 얼마 전 일이었다.

그 날의 결심을 재차 되새기며 화요는 주먹을 불끈 쥐었다.

입에 달다고 무조건 삼키지 말자. 일단 계약서가 오면 그걸 차분히 살펴보자. 계약서에 뭔가 터무니없는 함정이 있을 수도 있어. 예를 들면 계약 내용이 거의 노예 계약서 수준이라거나…….

화요가 그런 생각을 하던 찰나, 휴대전화에서 메일이 왔다는 알람이 울렸다. ZIN 법무 팀에서 보낸 메일이었다. 화요는 컴퓨터 전원을 켜고 메일함을 확인하였다. 메일에는 정중한 인사와 함께 계약서가 동봉되어 있었다.

워낙 어려운 말들이 줄줄 나와 눈이 핑핑 돌았지만, 최대한 꼼꼼하게 시간을 들여 계약서를 읽어 내려갔다. 그리고 계약 조건을 전부 확인한 화요는 다시 한 번 머리를 부여잡았다.

"미쳤나 봐……."

정말 말도 안 되게 조건이 좋았다.

한 곡당 계약금 1천만 원 지급. 수정 작업시 최대 3백만 원 지급. 매출의 1.5% 지급. 크레딧 표기.

헬로우에서 유령 작곡가로 곡을 쓰며 곡당 2백만 원을 받고, 그마저도 일부는 떼인 화요에게는 손이 덜덜 떨리는 획기적인 조건이었다.

화요는 책상에 머리를 툭 박고 눈을 감았다.

역시 수상했다.

아무리 자신에게서 잠재력을 보았다고 하더라도, 아직 별다른 성과 없는 신인에게 이런 계약을 제시한다는 건 말이 안 되었다.

일단 이게 꿈이 아닌 건 분명했다. 그렇다고 계약서를 다시 봐도 내용은 변하지 않았다. 그렇다면 남은 가능성은—

머리를 쥐어뜯던 화요는 한 가지 가능성이 떠오르자 고개를 번쩍 들었다.

그녀는 얼른 검색 사이트에서 차우진이라는 이름을 입력해 보았다. 자신에게 명함을 주었던 우진이 정말 'ZIN'의 대표이사가 맞는지 다시 한 번 확인하기 위해서였다.

곧 우진에 대한 정보가 화면 가득 떠올랐다.

차우진 기업인, 전직 모델.

출생 11월 27일

신체 185cm, 72kg

소속 ZIN 엔터테인먼트

학력 Y대학교 경영학과

작은 프로필 사진 속에 있는 남자의 조각 같은 얼굴은 아무리 봐도 분명 아까 전, 화요가 마주했던 그 얼굴이었다. 화요는 우진에 대한 사진을 조금 더 찾아보았다.

마우스로 이미지 버튼을 클릭하자 그가 모델 시절에 활동했던 사진이 줄줄이 나왔다. 모니터 너머로 보이는 우진의 모습은 눈이 휘둥그레질 정도로 근사하였다. 한동안 원래 목적을 잊고 우진의 모델 시절 사진을 신나게 감상하던 화요는 곧 정신을 차렸다.

아차, 지금은 이럴 때가 아니지.

그녀는 재빨리 자신이 보고 있던 창을 닫은 다음, 생각에 잠겼다.

이럴 때, 조언을 구할 만한 상대가 대체 누가 있을까?

제일 먼저 떠오른 것은 가족의 얼굴이었다.

이런저런 잔소리를 해도 결국은 자신을 누구보다 걱정해 주는 부모님, 무뚝뚝하지만 다정한 큰오빠, 그리고 평소에는 시녀처럼 자신을 부려먹으면서도 화요가 어디 가서 괴롭힘을 당하면 누구보다 빠르게 주먹부터 쥐고 보는 둘째 오빠.

자신의 이야기를 들은 가족들이 어떤 반응을 보일지는 뻔하였다. 우선 큰오빠는 화요에게 사기를 친 정 사장에 대한 분노를 격하게 보일 것이고, 둘째 오빠는 그 사기꾼을 잡아야 한다며 방방 날뛸 것이다. 그리고 그들을 진정시키기 위해 ZIN에 대한 이야기를 꺼내면 부모님은 또 사기당하는 게 아니냐고 걱정하실 게 분명했다.

화요는 한숨을 푹 쉬며 고개를 저었다. 가족들에게는 역시 말할 수 없다. 그렇다면 대체 누가 좋을까.

기계적으로 마우스를 움직이며 인터넷 창을 보던 화요는 문득 고민을 상담할 만한 적당한 사이트가 있다는 사실을 떠올렸다.

작곡모. 일명 작곡가들의 모임이라는 커뮤니티 사이트가 있었다. 그 사이트에서는 현역 작곡가들과 작곡가 지망생이 여러 정보를 나누고, 고민 상담을 하기도 하였다.

잘 아는 사람에게 상담할 수 없다면 차라리 생면부지의 남에게 이런 고민을 털어놓는 것도 나쁘지 않을 것 같았다.

화요는 얼른 작곡모 사이트 주소를 인터넷 검색창에 쳐보았다. 마지막으로 접속한 게 몇 개월 전이긴 했지만, 줄곧 드나들었던 사이트인지라 아직도 주소를 외우고 있었다.

사이트에 들어온 화요는 고민 상담란에 마치 친구의 일인 것처럼 꾸며내어 제 이야기를 적었다. 그래도 가장 중요한 포인트인 '데뷔 한 번 한 적 없는 신인 작곡가'에게 '엄청 유명한 대형 기획사 임원'이 '직접' '엄청 좋은 계약'을 제시했다는 말은 빠짐없이 적었다.

글을 올리고 얼마 지나지 않아 댓글이 달리기 시작하였다. 좋은 말을 해 주는 사람이 아예 없는 건 아니었지만, 대부분 부정적인 반응이었다.

특히 그중에서 화요의 눈을 끄는 댓글이 하나 있었다.

「혹시 그 작곡가 지망생 친구 여자예요? 그리고 그 연에 기획사 임원은 남자? 그런 거라면 남자 임원이 그 친구한테 흑심을 품고 있는 거일 수도 있어요. 실력 칭찬하는 거야 당연히 겉치레로 하는 거고요. 생각 잘하라고 하세요.」

'흑심?'

화요는 아까 자신이 마주했던 우진의 모습을 다시 한 번 떠올려 보았다. 그는 그냥 가만히 서 있기만 해도 여자들이 마치 꽃을 찾는 나비처럼 날아와서 그 곁을 떠나지 못할 것처럼 생긴 남자였다.

그런 남자가 자신에게 흑심을 품어?

화요는 자신도 모르게 근처에 있던 거울을 한 번 살펴보았다. 자신이 그렇게 못생겼다고 생각하지는 않았지만, 그렇다고 ZIN의 대표이사가 눈독을 들일만한 외모인 것도 아니었다.

에이, 말도 안돼. 화요는 고개를 절레절레 저었지만 생각보다 많은 사람들이 그 댓글에 동조하였다.

「전에 XX엔터에서 비슷한 일 있었다고 하네요. 그리고 이번에 사장이 야반도주한 헬로우도 비슷한 문제가 있었다면서요?」

자신이 잘 아는 이름이 하나 나오자 화요의 관심사가 금세 헬로우로 옮겨갔다. 그녀는 혹시나 정 사장에 대한 정보가 더 나오는 게 아닌가 싶어서 열심히 댓글을 살펴보았다.

「나도 들은 적 있어요. 그러고 보니 헬로우는 결국 어떻게 된대요? 소문에 의하면 ZIN이 회수한다던데.」
「그거 사실 아니래요. ZIN이 헬로우에서 가져가는 건 헬로우 사옥이랑 베일 정도라던데? 근데 그럴 만도 한 게 솔직히 헬로우에서 ZIN이 데려갈 만한 건 그 정도긴 하죠. 작곡가 김형우도 '상사병' 같은 건 괜찮았는데 그 전에는 좀…… 헬로우에서 유령 작곡가 썼다는 말 아무래도 진짜 같아요.」
「저도 동감이에요. 누군지 모르지만, 김형우 시다바리 노릇한 그 신인은 반성 좀 해야 할 것 같아요. 그런 사람 때문에 우리 작곡가들을 만만하게 보는 인간들이 많은 거잖아요.」

댓글을 읽어 내려가던 화요의 심장이 덜컥 내려앉았다.

잘못한 건 없다고 생각했지만, 모르는 사이에 자신에 대한 안좋은 말이 이렇게 오르내리고 있다는 걸 알게 되니 손끝이 차가워졌다.

고민 상담에 대한 답변으로 시작된 댓글들은 어느새 업계에 부조리한 현실을 통탄하는 내용으로 이어지고 있었다. 화요를 맹렬히 비난하는 사람도 많았다.

댓글이 어느새 100개가 넘게 달렸다. 제 일이 아닌 남 일이라고 모두 한 마디, 한 마디를 쓰는 게 참 쉬웠다.

마지막 댓글까지 모두 읽은 화요는 책상 위에 머리를 올리고 눈을 감았다. 조금 전까지는 우진의 제안으로 인해 마냥 들떠 있던 기분이 순식간에 바닥으로 곤두박질치는 기분이었다.

변명을 하려고 한다면 얼마든지 할 수 있었다.

처음 정 사장이 자신에게 보여 주었던 계약서에는 노래를 발표할 때 화요의 이름도 표기해주기로 했던 조항이 있었다. 하지만 실제로 사인한 계약서에는 그 조항이 사라져 있다는 걸 나중에 알았다.

그 사실을 따지자 정 사장은 문제가 생겨서 계약서 내용을 변경해야 하지만 대신 다음에는 더 좋은 조건으로 계약을 하자고 화요를 달랬다.

그게 사기꾼의 전형적인 수법이라는 걸, 화요는 뒤늦게 깨달았다.

'그래, 결국 내가 바보였지.'

다른 작곡가들이 자신을 안 좋게 보고, 험담을 해도 어쩔 수 없다는 생각이 들었다.

무거운 한숨과 함께 눈을 뜬 화요는 제 눈앞에 있는 우진의 명함을 보고 엎드려 있던 몸을 일으켰다.

명함을 손에 쥔 화요는 생각에 잠겼다.

달콤한 말 뒤에는 반드시 독이 있는 법이다.

그렇다면 차우진이라는 이 남자가 준비한 독은 대체 무엇일까.

문득 헬로우 녹음실에서 있었던 일이 떠올랐다.

'차우진'이라는 남자의 이마에 오래된 흉터가 있는 건 우연이었을까? 어쩌면 그는 정말 유진의 형인 게 아닐까? 그리고 화요가 9년 전, 자신을 다치게 만든 소녀라는 걸 알아차린 게 아닐까?

어느새 화요의 손가락이 다시 키보드를 두드리고 있었다.

검색어는 '차우진 가족 관계'.

포털 사이트에 우진에 대한 정보가 주르륵 나왔다.

하지만 가족 관계에 대한 정보 중 신뢰가 가는 정보는 별로 없었다.

그가 외동이라는 이야기, 혹은 여동생이 하나 있다는 이야기, 그게 아니라 삼형제 중 막내라는 이야기 등.

근거 없는 소문만이 무성할 뿐, 믿을 수 있는 진실은 어디에도 없었다.

우진이 모델 시절 인터뷰를 했던 내용도 몇 개 보았지만, 그가 가족에 대해 이야기하는 부분은 좀처럼 찾을 수 없었다.

결국 그녀가 확인할 수 있는 것이라고는 우진이 ZIN의 창업주이자 현재 회장인 차성규의 아들이라는 정보뿐이었다. 혹시나 싶어 차성규의 가족 관계도 검색해보았지만, 별다른 정보는 없었다.

역시 이건 아닌가봐. 한참 동안 끙끙 앓던 화요는 우진이 제 친구 유진과는 관련이 없는 인물이라는 결론을 내렸다.

그럼 대체 뭘까, 이 남자의 진짜 속셈은? 그녀는 명함을 다시 한 번 보았다. 해답없는 고민에 머리가 지끈지끈 아파오기 시작하였다.

다만 적어도 한 가지는 분명했다.

우진이 했던 말이 전부 진심은 아닐 것이라는 점.

「실력 청찬하는 거야 당연히 겉치레로 하는 거고요.」

아까 전 보았던 댓글이 떠오르자 화요의 얼굴이 어두워졌다. 그녀 역시 그 댓글을 단 사람의 의견에 공감하였다. 정말 자신이 그렇게 뛰어난 자질을 갖추었다면 진즉에 데뷔하여 히트곡을 연달아 터트리는 유명 작곡가가 되었을 것이다.

하지만 현실은······.

화요는 정신을 차리라고 말하는 것처럼 제 뺨을 툭툭 두들겼다. 테이블 위에 둔 우진의 명함을 내려다보며 생각에 잠겼던 화요는 '일단 보류'라고 중얼거렸다. 상대가 무슨 생각을 하고 있는지 모르는 이상, 그 제안에 순순히 고개를 끄덕일 수 없었다.

일단 다른 회사 몇 곳에서도 포트폴리오를 돌려 두었으니 그 결과를 기다리는 게 좋을 것 같았다. 만일 정말로 자신이 재능 있는 작곡가라면 굳이 ZIN이 아니더라도 다른 곳과 작업할 기회를 얼마든지 얻을 수 있을 것이다.

마음을 굳힌 그녀는 컴퓨터를 끄고 자리에서 벌떡 일어섰다. 그 얼굴이 아까보다는 한결 밝았다. 설화요의 단점이 극도의 소심함이라면 장점은 아무리 힘든 일이 있어도 그것을 극복하고 일어날 수 있는 끈기였다.

그녀는 우진의 명함을 들어올렸다. 조금 전까지만 하더라도 호텔 뷔페 초대권으로 보이던 것이 지금은 그냥 종이쪼가리로만 보였다.

"……내 팔자에 오성급 호텔은 무슨."

자조적으로 중얼거린 화요는 그것을 서랍 안 깊숙이 넣어 두었다.

그렇게 우진의 명함은 화요의 서랍 속에서도, 기억 속에서도 잊혀 갔다.

〈죄송하지만, 설화요 씨 작업 스타일이 우리랑 맞지 않는 것 같습니다.〉

벌써 몇 번째일지 모르는 거절 멘트에 화요는 알겠다는 대답을 기운 없이 한 뒤 한숨을 푹 쉬었다.

우진이 한 수상한 제안을 보류하기로 결심한 뒤, 그녀는 다른 곳에서 연락이 오길 열심히 기다렸다. 그래도 두어 군데 정도는 연락이 오겠거니, 기대하며.

하지만 시간이 차츰 지날수록 예상과 다른 결과에 화요는 점차 초조해지기 시작하였다.

어떤 회사는 포폴만 보았을 때는 제법 살갑게 연락을 하더니, '설화요'라는 이름 석 자를 듣고는 연락을 뚝 끊어 버렸다.

지금 전화 통화를 막 마친 회사 역시 마찬가지였다.

그녀가 '저, 설화요라고 합니다.'라고 하는 순간, 수화기 너머에서 전화를 받은 사람이 당황하는 기색이 느껴졌다. 그리고 결국 그녀와는 일을 할 수 없다는 말을 하고 단호하게 전화를 끊어 버렸다.

상황이 이렇다 보니 누군가 의도적으로 화요를 채용하지 못하게 손을 쓰고 있는 게 아닐까 의심마저 갔다.

'에이, 설마. 아니겠지.'

자신이 스스로 품은 의심에 화요는 말도 안 된다는 것처럼 고개를 절레절레 저었다. 대체 누가 이름도 없는 아마추어 작곡가가 일을 못하도록 손을 쓰겠는가 싶었다.

아무래도 일이 잘 안 풀리니 사람이 점점 안 좋은 쪽으로만 생각에 잠기는 것 같았다. 상황이 이쯤 되니 일이 잘 풀리기만 한다면 악마에게 영혼이라도 팔고 싶다는 생각이 들 정도였다.

악마, 라. 엉뚱한 생각을 한 화요는 무심코 우진의 명함이 들어 있는 서랍장을 힐끔 보았다.

"……미쳤나 봐, 내가 지금 무슨 생각을 하는 거야."

화요는 다시 절레절레 고개를 저었다.

안 돼, 안 돼. 아무리 돈이 궁해도 섣부른 결정은 옳지 않아.

그녀의 머릿속에 속셈을 알 수 없는 미소를 지은 우진의 모습이 떠올랐다가 사라졌다.

다리를 둥글게 말은 화요는 무릎에 얼굴을 파묻었다.

왜 사람이 살기 위해 돈이라는 게 필요할까. 옛날 원시시대처럼 물물교환으로 살면 얼마나 좋을까?

이런 엉뚱한 생각을 할 만큼 화요는 당장 돈이 급했다. 월세, 생활비, 그리고 추가로―

"수리비……."

화요가 민우를 내쫓던 날, 기타로 바닥을 신나게 두들긴 덕에 장판이 갈기갈기 찢긴 상태였다. 당장 새로 장판을 깔려면 몇십만 원은 필요할 터였다.

제집도 아닌 집에 이 난리를 쳤으니 무슨 일이 있어도 장판은 새로 해야만 했다.

'야, 설화요. 머리 좀 굴려봐. 전속 말고 그냥 한 곡만 주면 되잖아?'

문득 화요의 마음속에서 악마의 속삭임 같은 게 들렸다.

'전속은 부담스러우니까 타이틀 한 곡만 계약하자고 하는 거야. 그거라면 ZIN에 묶일 일도 없으니까 괜찮잖아?'

화요가 푹 숙이고 있던 고개를 부스스 들어 올렸다. 제 마음속에서 들린 목소리에 혹하는 얼굴이었다.

"어— 음……."

끙끙 앓으며 화요는 생각에 잠겼다.

딱 한 곡만 계약하면 천만 원까지는 아니더라도 한 오백은 주지 않을까? 그럼 일단 두 달은 버틸 수 있으니까 그사이에 다른 일이라도 찾고 알바라도 좀 하면서…….

어느새 머릿속에는 구체적인 계획이 차곡차곡 쌓여 갔다. 화요는 부들부들 떨리는 손으로 서랍장을 열어 그 속에 처박아 두었던 우진의 명함을 꺼내 들었다.

이래도 되는 걸까? 정말 괜찮을까? 에이, 일단 연락이나 한 번 해보자. 몇 번이나 망설이던 그녀는 결국, 우진의 연락처로 전화를 걸었다.

〈ZIN의 차우진입니다.〉

오랜만에 듣는 우진의 목소리는 여전히 살가웠다.

"아, 안녕하세요. 기억하실지 모르지만, 설화요라고 합니다."

인사하던 목소리가 긴장 때문에 갈라졌기에 얼굴이 화끈 달아올랐다. 창피해라. 그나마 상대를 앞에 둔 게 아니라 천만다행이었다.

〈네, 물론 기억합니다. 설화요 씨. 이렇게 전화를 주신 건 좋

은 결정을 내리신 건가요?〉

그 질문에 화요의 숨이 탁 막혔다. 그가 기대하는 좋은 결정과 자신의 결정은 결코 같은 게 아니었다. 그녀는 무심코 죄송하다는 말만 하고 전화를 끊고 싶어졌다.

"저기, 그게…… 그게, 말이죠."

〈괜찮습니다, 화요 씨. 천천히 말씀하셔도 됩니다.〉

우진이 부드러운 목소리로 화요를 다독여 주었다. 역시나 그는 화요에게는 다정하였다. 그 사실에 화요는 또 다시 당혹감을 느꼈다.

우진에게 느끼는 화요의 감정은 복잡했다.

대체 그가 무슨 속셈인지 모르겠다는 의심과 어쩌면 그가 정말로 자신의 능력을 높이 평가해 주는 게 아닐까 하는 흔들림. 그리고 헬로우 녹음실에서 있었던 일 때문에 자신의 비밀을 들킬지도 모른다는 불안감.

그녀는 쿵쾅거리는 가슴을 억누르며 조심스럽게 질문했다.

"그, 계약 말인데요. 혹시 전속이 아니고…… 타이틀 한 곡 계약은 안 되나요?"

〈타이틀 계약이요? 음…… 계약서 조건이 마음에 안 드십니까? 조정은 얼마든지 가능한데.〉

"아니요! 그래서가 아니라, 그…… 저, 제가 부담스러워서요. 그런 큰 프로젝트에 참여한다는 것 자체가."

〈그렇게 부담을 가지실 필요는 없습니다. 화요 씨 혼자만 참

여하는 게 아니라 다른 작곡가들도 참여하는 작업이니까요.〉

"그, 그건 그렇겠지만 그게……."

뭔가 적당하고 좋은 구실이 없을까? 화요는 미간을 확 찌푸리고, 필사적으로 머리를 굴렸다. 하지만 좀처럼 마땅한 핑계가 떠오르지 않았다.

사실 엄밀히 말하면 이건 인생 역전의 기회에 가까웠다. 단지 부담스럽다는 이유만으로 이런 기회를 제 발로 걸어차는 바보가 얼마나 있을까? 화요가 무슨 말을 하던 우진이 그것을 믿어 줄 것 같지는 않았다.

수화기 너머에서 후우— 작은 한숨 소리가 들려왔다. 자신이 괜히 연락을 한 것 같다는 생각에 가슴이 덜컥 내려앉았다. 그가 언제 화를 낼지 몰라서 조마조마하기까지 했다.

〈그럼 우선 한 번 회사에 오셔서 이야길 해 보는 건 어떨까요?〉

하지만 화요의 걱정과 달리 우진은 끝까지 부드러운 어조였다.

〈전 되도록 화요 씨가 원하시는 대로 해 드리고 싶네요. 한번 다시 만나서 이야길 해 보죠.〉

"……알겠습니다. 그럼 언제 뵐까요?"

반쯤 자포자기한 화요가 물었다. 설령 이 태도가 가식이라고 해도, 이렇게 배려해 주는 우진에게 싫다는 말을 할 수는 없었다.

〈오늘 뵙죠. 전 계속 회사에 있을 테니까 언제든 오세요, 설화요 씨.〉

"네!? 오늘이요?"

〈어려우신가요?〉

딱히 어려울 건 없었다. 약속은 없고, 일도 없고, 덤으로 돈도 없는 처지라 집 밖으로 아예 나가질 않고 있었으니까.

"그건…… 아닌데요."

〈다행이네요. 그럼 오늘 뵙도록 하죠.〉

"……알겠습니다."

그렇게 대답하면서도 그의 페이스에 질질 끌려가고 있다는 생각에 영 기분이 찝찝하였다.

〈회사 주소를 문자로 보내드리죠. 혹시나 찾아오시기 어려우면 오시는 길에 연락주세요. 마중 나가겠습니다.〉

우진은 화요를 세 살배기 아이처럼 생각하고 있는 모양이었다. 은근히 자존심이 상한 화요는 "혼자 잘 찾아갈게요."라고 큰소리를 쳤다.

〈알겠습니다. 그럼 기다리고 있겠습니다, 설화요 씨. 조심해서 오세요.〉

자신을 기다린다는 우진의 말이 묘하게 달았다. 일 때문에 만나는 건데도 마치 사적으로 만날 약속을 잡은 것처럼 가슴이 살짝 두근거릴 정도였다.

전화를 끊은 후, 문자에 적힌 ZIN의 주소를 확인한 화요는 간단한 준비를 마치고 집을 나섰다.

크다. 진짜 크다. 엄청 정말 크다.

화요는 ZIN 건물 앞에서 입을 쩌억 벌리고 위를 올려다보았다.

ZIN 사옥을 전에 한 번 TV에서 본 적이 있었지만, 실물을 보는 건 이번이 처음이었다. 그래서 생각한 것보다도 훨씬 더 큰 건물의 모습에 기가 죽고 말았다.

나쁜 짓을 하지도 않았는데 괜스레 가슴이 쿵쾅거렸다. 바짝 긴장한 채, 화요는 입구에 들어섰다. 근처에 있던 경비원이 그녀를 막아서며 방문한 목적을 물어보았다. 하지만 화요가 이름을 밝히자마자 그는 얼른 정중하게 그녀를 안으로 들여보내 주었다.

마치 굉장한 사람처럼 자신을 대하는 경비원의 태도에 화요는 오히려 주눅이 들고 말았다.

"7층 가장 안쪽 방이 대표실입니다. 엘리베이터는 저쪽에 있는 걸 쓰시면 됩니다."

엘리베이터 앞까지 안내해 준 경비원이 제자리로 돌아간 후, 화요는 엘리베이터에 올라탔다.

긴장 때문에 차가워진 손끝을 문지르며 화요는 후, 심호흡을 하였다. 말실수하지 말자. 행동도 신중하게 하자.

몇 번이고 같은 다짐을 반복하는 사이, 엘리베이터가 7층에

도착하였다. 엘리베이터 밖으로 나와 보니 제법 긴 복도에는 문이 달랑 두 개 밖에 없었다. 화요는 경비원이 했던 말을 떠올리고 가장 안쪽 문으로 다가가 문을 두드렸다.

"들어오세요."

마치 온 사람이 누구인지 알고 있다는 것처럼 우진이 선뜻 들어오라는 허락을 하였다. 머뭇거리던 화요는 문을 열고 빼꼼 고개를 내밀었다. 책상 앞에서 무언가를 들척이고 있던 우진이 고개를 들어 화요를 보고 싱긋 웃었다.

무심코 멍해질 정도로 살갑고 상냥한 웃음이었다.

"어서 와요, 설화요 씨. 오랜만이네요, 우리."

자리에서 일어난 우진이 문가로 다가왔다. 화요는 안으로 들어갈 생각도 하지 않은 채, 문고리를 꼭 잡고 있었다. 그러자 우진이 문을 활짝 열더니 화요에게 들어오라는 눈짓을 하였다. 화요가 엉거주춤 안으로 들어오자 우진은 그녀를 소파로 데리고 갔다.

"오는 길에 헤매거나 하진 않았어요? 마음 같아선 제가 직접 가고 싶었는데, 오늘은 회사를 떠날 수가 없어서."

"아, 아니에요. 괜찮습니다."

화요는 우진의 사무실을 힐끔거렸다. 깔끔한 걸 좋아하는 우진의 성격을 반영한 것처럼 방안은 깨끗하였다.

검은 색상의 가죽 소파, 묵직한 우드 브라운 컬러의 사무용 데스크, 한쪽 벽면 전체를 차지한 커다란 브라운관, 그리고 책상 뒤 장식장에 놓여 있는 책 몇 권과 앨범. 불필요한 물건이 별로 없는 사무실은 조금 살풍경해 보이기도 하였다.

우진은 겁 많은 토끼처럼 주변을 살펴보는 화요를 보며 속으로 웃었다. 만약 다른 사람이 자신 앞에서 이렇게 노골적으로 겁먹은 티를 냈다면 짜증부터 덜컥 났을 게 분명했다.

하지만 이상하게도 화요에게는 그런 감정이 전혀 일지 않았다. 오히려 티가 날 정도로 자신을 경계하는 그녀의 모습이 머리만 수풀에 숨기고 안전하다고 착각하는 작은 동물처럼 귀엽게 느껴질 뿐이었다.

"자리에 앉아요, 화요 씨. 차는 뭐가 좋아요? 홍차랑 커피…… 주스도 있고, 뭐든 다 나옵니다."

"저는, 음…… 그냥 아무 거나 괜찮아요."

우진이 아무리 다정하게 굴어도, 아직도 긴장이 덜 풀린 화요는 그렇게 말을 하는 게 고작이었다.

"음, 그럼 제가 마시는 거랑 같은 거 괜찮아요?"

화요가 고개를 끄덕이자 우진은 김 비서에게 더치커피 두 잔을 가져오라고 지시하였다. 곧 김 비서가 예쁜 컵에 담긴 커피 두 잔을 우진과 화요 앞에 각각 두고 사라졌다. 화요가 선뜻 커피를 마시지 못하자 우진이 먼저 커피를 들었다.

"마셔 봐요, 우리 회사 바리스타 솜씨가 좋거든요."

"회사 바리스타요?"

"네. 회사 안에 임직원이 이용 가능한 전용 카페가 있거든요.

재작년 월드 바리스타 챔피언이었던 바리스타가 관리 중인 곳이라 커피 맛이 상당히 괜찮아요."

우진의 말에 화요는 잔을 들어 커피를 슬쩍 맛보았다. 그러더니 깜짝 놀란 얼굴로 "맛있다."라고 중얼거렸다. 그녀는 한결 경계심이 사라진 얼굴로 커피를 홀짝거렸다. 우진은 그녀가 아무래도 커피를 꽤 좋아하는 모양이라 생각하였다.

"그럼, 이제 일 얘기를 좀 할까요, 화요 씨?"

커피를 몇 모금 마신 화요가 제법 차분해졌다는 걸 확인한 우진이 먼저 입을 열었다. 그제야 자신이 이곳에 왜 왔는지를 떠올린 것처럼 화요의 얼굴이 다시 긴장으로 딱딱하게 굳어졌다.

"아까 전화로 화요 씨 생각을 듣긴 했지만, 역시 저희 쪽에서는 가급적 화요 씨가 전속 계약을 하는 방향으로 이야기가 진행되었으면 합니다. 혹시나 계약 조건이 마음에 안 드는 부분이 있다면 전적으로 화요 씨 요구를 받아들일 생각도 있습니다."

"아니요! 계약 조건은 괜찮아요!"

양심 있는 사람이라면 그 계약 조건에 불만을 가질 수 있을 리가 없었다. 그리고 매우 양심적인 소시민인 화요는 손까지 내저으며 우진의 말을 극구 부인하였다.

"그럼 뭐가 문제입니까, 화요 씨? 조건이 좋다면 굳이 전속 계약을 거부할 이유도 없을 것 같은데."

우진이 도통 화요를 이해할 수 없다는 얼굴을 하고 있었다. 그의 눈치를 살핀 화요는 고개를 푹 숙였다. 이해할 수 없는 건

제 쪽이에요, 차우진 대표이사님. 그렇게 중얼거린 화요는 크게 숨을 한 번 들이쉬었다.

에이, 모르겠다. 기왕 이렇게 된 거 그냥 할 말을 해버리자.

"……솔직하게 말씀드려도 되나요?"

"물론이죠. 솔직하게 말해 주시는 편이 더 좋습니다."

"저는, 차 이사님이 무슨 생각이신지 모르겠어요."

"……제가 무슨 생각인지 모르겠다니요?"

우진의 목소리에 의아함이 담겼다. 화요는 숙이고 있던 고개를 들어 올렸다. 마음을 다잡은 것인지, 조금 전까지는 겁먹은 작은 동물처럼 우진의 눈을 피하던 그녀가 어느새 고개를 꼿꼿하게 세우고 있었다.

"사실 이사님의 제안이 저 같은 신인에게 너무 좋은 조건이라 의심스러워요. 혹시 이사님께서 어떤 다른 생각 때문에 저한테 이런 제안을 하신 게 아닌가, 하는…… 그런 의심이요."

어차피 이곳에 오기로 한 이상 이 질문을 던지는 걸 피할 수는 없었다. 게다가 끝까지 사람을 의심하고 불신하는 건 화요의 성격에도 맞지 않았다.

그녀는 차라리 이 자리에서 모든 의혹을 깔끔히 정리하자고 결심했다. 만일 모든 게 자신의 오해였다면 이대로 ZIN과 계약을 하면 되는 것이고, 그렇지 않을 경우에는 계약을 하지 않으면 그만이었다.

'아니, 그만……은 아닌가.'

사실 ZIN 같은 대형 회사와 사이가 껄끄러워 질 경우, 앞으로 이 나라에서 작곡가로 살아가기는커녕 정식으로 데뷔하는 것조차 어려워질 수 있었다.

최악의 경우에는 이대로 작곡가에 대한 꿈을 포기해야 할지도 몰랐다.

노래도 부를 수 없고, 작곡도 할 수 없는 자신의 미래에는 대체 무엇이 남아 있을까. 아무리 생각해도 노래 없는 삶을 상상하기는 어려웠다.

무엇보다 노래해야 하는 로렐라이의 숙명이 그녀를 그대로 둘 리가 없었다.

차라리 따로 일을 구하고, 직장인 밴드 같은 걸 하면서 악기 연주라도 시작해 볼까. 노래와는 분명 다르긴 하지만, 악기 연주도 결국 음을 표현하는 행위의 일종이니까 어떻게든 되지 않을까.

화요가 진지하게 새로운 제2의 삶을 그려보는 동안, 우진은 가늘게 눈을 뜨고 그녀를 보았다. 그 눈이 사냥감을 노리는 매의 눈빛처럼 매서웠다.

한동안 생각에 잠겨 있던 화요는 우진의 눈이 마치 그를 처음 보았던 날처럼 서늘하다는 것을 깨닫고 화들짝 놀랐다.

"의심, 이라. 흠."

그의 입에서 흘러나온 목소리는 생각보다는 담담하였지만, 그 눈은 여전히 차가웠다. 화요는 긴장 때문에 바짝 목이 타는 걸 느끼면서 입을 열었다.

"저, 불쾌……하실 수 있다고 생각은 하지만…… 실은 제가 헬로우에서 그런 일이 있기도 했고, 개인적으로 너무 힘든 일도 있어서 이렇게 좋은 기회가 갑자기 찾아왔다는 게 믿기지 않거든요. 그래서 좀 신중히 결정을 내리고 싶었는데, 이사님이 전속 제안을 하신 후로 이상하게 다른 업체들은 저를 다 피해서…… 지금 당장 저에게 남은 선택지는 ZIN 밖에 없었어요. 그래서 몇 년 동안 묶이는 전속 계약 보다는 타이틀 계약을 더 원했던 거고요."

우진은 겁먹은 얼굴을 하면서도 자신의 생각을 또박또박 얘기하는 화요의 차분함에 속으로 꽤 놀랐다.

사실 화요의 의심은 매우 당연했다. 그리고 전속이 아니라 타이틀 계약을 원하는 그녀의 판단은 매우 현명하였다. 그녀의 말대로 전속으로 계약이 한번 묶이면 화요는 좀처럼 ZIN, 아니 우진과의 연을 끊을 수 없었다.

하지만 우진의 입장에서는 당연히 그래야만 했다.

그동안 그가 했던 모든 일이, 바로 지금 이 순간을 위한 준비였다.

"그리고 한 가지 더, 확인하고 싶은 게 있는데…… 지금 여쭤봐도 되나요?"

우진이 어떻게 화요를 안심시킬지 고민하는 사이, 화요가 머뭇거리며 입을 열었다.

이 겁 많은 아가씨는 또 뭘 의심하는 걸까. 우진은 어서 말해 보라는 것처럼 고개를 끄덕였다. 이제 그녀의 입에서 무슨 말이 나올지 내심 기대마저 되었다.

"……차 이사님은 절 만나러 오셨을 때, 초면이라고 하셨지만 저희는 초면이 아니에요. 이사님도, 알고 계시죠? 분명 헬로우에서 한 번 만난 적이 있지 않나요?"

어차피 털어놓은 속마음, 마지막 의심까지 해결 하자는 생각에 화요는 넌지시 그를 떠보았다. 만일 여기서 우진이 아니라고 부정한다면 더욱 의심이 커질 것 같았다.

사실은 그가 자신의 '비밀'에 대해 무언가를 눈치챈 게 아닌가, 하는 그런 의심이.

이제 이 사람은 뭐라 대답할까? 화요는 바싹 긴장하여 우진의 반응을 지켜보았다. 어쩌면 그가 이제 슬슬 신사의 가면을 벗고, 냉혹한 차우진 이사의 모습을 드러낼지도 모른다고 생각하며.

하지만 화요의 걱정과 달리 우진은 여전히 부드러운 태도로 물었다.

"그렇군요. 그럼 그게 화요 씨가 그동안 고민했던 문제입니까?"

"……네. 그러니까 솔직하게 대답……해 주세요. 사실 저한테 전속 계약 제안을 하신 건, 말씀하신 것 외에 다른 이유가 있는 건가요?"

화요의 질문에 우진은 무어라 할 수 없는 표정을 지었다. 그것을 본 화요는 서둘러 덧붙였다.

"제가 굉장히 무례한 말을 한 것이라면 죄송해요."

"아, 아닙니다. 전혀 그렇게 생각하지 않으니 걱정하지 마세요. 다만……"

이곳에 올 생각은 않고, 그동안 다른 곳에 포트폴리오를 그렇게 돌려댄 이유가 그거였던 건가. 그제야 상황을 이해한 우진은 씩 웃는 대신, 입가를 커피 잔으로 가렸다.

그는 화요가 삼 일 안으로 연락을 할 거라 확신했지만, 기대와 달리 화요는 삼 일은커녕 일주일이 지나도록 연락을 하지 않았다.

결국 초조함에 화요의 근황을 알아보던 그는 그녀가 다른 곳에 포트폴리오를 돌리고 있다는 사실을 알고 기겁했다. 설마 업계 최고의 조건을 내민 계약서를 무시하고 다른 곳에 연락할 거라고는 생각하지 못했으니까.

마음이 급해진 우진은 급기야 다른 모든 기획사와 관련 업체에 '설화요'를 절대 채용하거나 외주 인력으로 받지 말라는 은밀한 압력까지 넣었다.

받아주는 곳이 아무 곳도 없어야 울며 겨자 먹기로라도 다시 자신에게 연락을 할 거라는 계산에서였다.

그리고 그런 우진의 노력은 빛을 발하여 그는 다시 화요와 대화할 수 있는 기회를 손에 넣었다. 제 인내심에 스스로 감탄이 나올 정도였다. 그런 그가 실수로라도 화요를 놓칠 리가 없었다.

　사실 그간 얼마나 마음 졸였는지를 생각하면 그녀의 발목에 족쇄라도 채워버리고 싶은 기분이었다. 화요 본인이야 그럴 생각은 눈곱만큼도 없어 보였지만 그녀는 본의 아니게 매우 수준 높은 밀당을 한 셈이었다.

　우진은 불안해 보이는 화요의 얼굴을 물끄러미 보았다. 그녀가 유독 자신을 무서워하고 경계하던 이유를 알고 나니 안심하는 마음과 쾌씸한 마음이 동시에 들었다.

　자, 이제 어떻게 안심시켜 준다? 이 귀여운 사람을.

　우진에게 있어서 화요를 속이는 건 쉬운 일이었다. 다만 그 과정에서 화요에게 안 좋은 인상을 남겨서는 안 된다.

　한동안 방법을 고심하던 그는 곧, 한숨과 함께 고개를 절레절레 저었다.

　"하아. 아무래도 마음이 급해서 직접 나선 제 방법이 좀 오해를 산 것 같군요, 저야말로 죄송합니다. 설화요 씨."

　우진의 사과에 화요의 커다란 눈동자가 크게 흔들렸다. 그는 그녀가 더 터무니없는 말을 꺼내기 전에 얼른 말을 이었다.

　"낮습니다. 녹음실에서 뵈었죠, 우리. 아니, 뵈었다는 표현은 맞지가 않군요. 제가 일방적으로 화요 씨의 노래 부르는 모습을 본 거니까요."

　어라? 뭔가 생각한 거랑 좀 다른 말인데 이거?

　화요는 눈을 깜빡였다. 금방이라도 무서운 얼굴로 화를 내거나, 혹은 대체 무슨 짓을 했기에 자신이 쓰러져서 잠든 거냐고 기분 나빠 하리라 생각한 우진의 표정이 생각한 것과 전혀 달랐다.

"이거, 화요 씨 것이 맞죠?"

우진은 주머니 안에서 곱게 접힌 병아리 모양의 손수건을 꺼내 들었다. 녹음실에서 혹이 난 우진의 이마에 화요가 대주었던 바로 그 손수건이었다.

"네, 제 것이 맞아요."

"덕분에 잘 썼습니다. 감사합니다."

화요를 향해 우진이 손수건을 내밀었다. 그것을 조심스럽게 받아 든 화요가 우진을 올려다보며 야단맞는 걸 두려워하는 아이 같은 얼굴을 하였다.

"……화 안내세요?"

"제가 왜 화요 씨한테 화를 냅니까?"

우진은 어리둥절한 얼굴을 하였다. 화요는 우진보다 더 어리둥절한 얼굴을 하다가 물었다.

"어…… 차 이사님. 녹음실에서 절 보았다고 하셨죠? 그때 무슨 생각을 하셨나요?"

남들이 듣기에는 저게 무슨 엉뚱한 질문인가 싶겠지만, 화요는 진지하였다. 자신의 노래를 들은 그는 분명 잠이 들어 쓰러졌다. 그런데 그가 정작 기분 나빠하거나 불쾌한 기색 하나 없이, 오히려 상냥한 보이는 얼굴을 하고 있는 게 의아했다.

"무슨 생각이요? 음…… 노래를 잘한다?"

그 대답을 들은 화요가 얼굴을 팍 구겼다. 마치 자신이 원한 대답은 그런 것이 아니라고 말하는 것 같은 얼굴이었다. 화요가 심각한 걸 알아차린 것인지 우진도 나름대로 진지하게 대답하였다.

"진심이에요. 사실 처음에 화요 씨가 노래하는 걸 듣고, 가수 지망생인 줄 알았습니다. 그래서 얼른 헬로우 직원들을 통해 헬로우에서 데리고 있던 연습생이나 가수들을 확인했죠. 하지만 알고 보니 가수나 지망생이 아니라 작곡가라고 해서 놀랐어요. 그리고 화요 씨가 김형우 대신 작곡을 했던 분이라는 걸 알고 더 놀랐죠. 헬로우에서 김형우 작곡가의 이름으로 나왔던 곡은 정말 전부 좋았거든요."

이 말은 거짓 없는 그의 진심이었다. 그에게는 좋은 노래와 나쁜 노래를 구분하는 기술은 없었다. 그만큼 음악에 박식하지도 않았다.

하지만 그런 그에게도 팔리는 노래와 안 팔리는 노래를 구분하는 사업적인 감각은 있었다.

화요의 작곡은 그녀 나름의 스타일을 갖추고 있으면서도 대중의 취향에도 맞았다. 어느 정도의 운과 기회가 주어진다면, 그녀는 틀림없이 크게 성공할 것이다. 하지만 그렇다고 해서 그녀가 다른 곳에서 날개를 펴는 건 절대 두고 볼 수가 없었다.

설화요는 반드시 ZIN, 아니 우진이 손에 넣어야만 했다.

"화요 씨의 이야길 들으면서 왜 그런 의심을 하는 건지는 충분히 이해했습니다. 그동안 나쁜 일이 겹쳐 일어났다면 그러실 수 있을 거라고 생각하고요. 하지만 제 제안에는 다른 뜻이 없습니다. 전 정말 화요 씨의 가능성을 믿습니다. 그래서 당신이 탐납니다."

그래, 우진은 설화요가 탐났다. 머리끝부터 발끝까지 통째로 손에 넣고 싶을 만큼.

존재하지 않는 줄 알았던 환상이 실재한다는 걸 알았을 때 느낀 기쁨은 말로 표현할 수 없는 그런 것이었다. 그 전율을 되새기며 우진은 마음속 깊은 곳에 숨겨 두었던 욕망을 끄집어냈다.

"그게 내 전부입니다. 나는 당신이 필요해요."

하지만 또다시 머리가 복잡해진 화요는 그것도 모른 채, 혼란에 빠져 있었다. 지금 그녀의 머릿속을 채우고 있는 생각은 단 하나 뿐이었다.

어째서? 왜? 노래를 듣던 자신이 '갑자기' 잠든 것인지 묻지 않지?

보통 사람이라면 당연히 그 사실부터 이상하게 생각하고 지적할 게 분명했다. 그런데 우진은 화요의 노래에 대해서는 별다른 언급이 없었다.

"이사님, 혹시 다른 할 말은 없으세요? 저한테 뭔가 묻고 싶은 게 있다거나…… 혹은 제 사과를 받고 싶다든가."

제 머리로는 도저히 답을 찾을 수 없다고 생각한 화요가 결국 다시 한 번 우진에게 직접적인 질문을 던졌다.

"제가 화요 씨한테 묻고 싶은 거나 사과요? 흐음."

대체 화요가 왜 이런 말을 꺼내는 건가 알 수 없었던 우진은 얼굴을 찌푸렸다.

내가 설화요한테 묻고 싶은 거? 그거야 넘쳐흐르게 많긴 했다.

하지만 그걸 하나로 요약하면 '대체 노래로 사람을 잠들게 하는 당신의 그 능력은 뭐지?'라는 질문이 나왔다.

'아— 그렇군.'

우진은 그제야 화요가 무슨 말을 하고 싶은 것인지 이해할 수 있었다.

자신이 헬로우 녹음실에서 화요와 마주했던 사실을 인정했으니, 당연히 그다음 순서는 화요의 노래가 가진 '힘'에 대한 이야기가 나와야 맞았다. 일반적인 사람이라면 노래를 듣자마자 사람을 기절한 것처럼 잠들게 만드는 그 능력이 무엇인지 궁금하리라.

하지만 우진은 달랐다. 지금 당장은 그 능력의 비밀을 캐내는 것보다도 그런 힘을 가진 이 여자를 자신의 옆에 두는 게 더 중요했다.

그러려면 당장은 그녀의 '비밀'을 모른 척해 주어야만 했다.

"……화요 씨는 저한테 뭔가 사과해야 할 일을 했나요?"

"네!? 어, 아— 아뇨, 그게요……."

우진의 질문에 화요는 당황한 기색이 역력한 얼굴로 커다란 눈동자를 데굴데굴 굴렸다. 필사적으로 변명 거리를 생각하는 화요의 모습에 우진이 슬그머니 웃었다.

뭐가 그리 혼자 심각하고 뭐가 그리 혼자 필사적인지, 보고 있으면 전혀 질리지가 않는 여자였다. 놀려주고 싶은 마음에 우진이 짐짓 이해가 안 간다는 얼굴을 하였다.

"난 그런 일이 기억에 전혀 없거든요."

"저, 저도 기억이 전혀 없어요!"

당황한 것인지 화요가 엉뚱한 말을 하며 고개를 저었다. 우진은 웃음이 새어 나오는 것을 꾹 참으며 여전히 의아한 얼굴로 말했다.

"근데 아까 사과 이야긴 뭔가요? 그동안 화요 씨가 우리 회사 제안을 계속 보류한 것도 사실 저한테 뭐 미안한 일 있어서 그런 거 아니에요?"

"어, 그, 그게요. 그…… 자, 잠든 이사님 두고 가 버려서 죄송했다고요……"

암만 머리를 써봐야 나오는 변명은 참 단순했다. 그래도 이런 변명이라도 떠오른 게 어디냐며 화요는 속으로 한숨을 내쉬었다.

"화요 씨가 미안할 게 뭐 있어요. 제가 멋대로 잠든 건데."

아니요, 이사님. 제 잘못이에요. 차마 그렇게 털어놓을 수 없는 화요는 고개를 푹 숙였다. 우진이 이렇게 생각해 주니 고맙긴 했지만, 그만큼 양심의 가책도 느껴졌다.

"옛날부터 그랬어요. 전 좋은 노래를 들으면 이상하게 잠이 오더라고요. 그래서 녹음실에서도 그렇게 푹 잠이 들었었나 봐요."

우진의 말은 새빨간 거짓말이었다. 애초에 노래 한두 번 들은 걸로 잠이 올 정도면 불면증으로 평생을 고생할 일도 없었을 테니까. 하지만 그는 화요의 경계심을 풀기 위해 혼신의 연기를 펼쳐야만 했다.

"화요 씨는 노래도 참 잘하던데 가수로는 생각 없으세요?"

"아, 아뇨! 저는 사람들 앞에서 노래하는 거, 진짜, 진짜, 진짜! 싫어해요!"

화요가 기겁하며 고개를 저었다. 누가 보면 우진이 엄청 혐오스러운 말이라도 꺼낸 줄 아리라. 그는 웃음이 새어 나오는 걸 간신히 참아야만 했다.

"그렇군요, 그건 참 유감입니다. 어쨌든 화요 씨를 찾은 건 그래서였습니다. 제가 화요 씨의 실력을 확인했으니 직접 계약을 하고 싶었거든요."

"아— 그런, 거였군요."

이제 우진을 보는 화요의 눈에는 그 어떤 경계심이나 두려움도 없었다. 그는 자신의 계획이 아주 성공적으로 진행되고 있음을 확신했다.

"화요 씨. 이야기가 상당히 돌아오긴 했지만, 다시 한 번 부탁드리고 싶습니다."

어느새 화요의 검은 눈망울이 여러 가지 감정을 담고 있었다. 두근거림, 기쁨, 당혹스러움, 떨림. 저 눈은 분명 간절한 꿈을 가진 사람이 기회를 얻었을 때 보이는 눈빛이었다. 그것을 잘 알고 있는 우진은 웃었다.

"저희 ZIN과 전속 계약을 맺고 함께 일해 보시지 않겠습니까?"

머뭇거리던 화요가 마침내 고개를 끄덕이자, 그의 미소가 더욱 짙어졌다.

드디어 로렐라이가 제 발로 그물에 걸어 들어온 순간이었다.

3.
당신이 열어준 세계,
네가 갇힌 세계

얼마 전까지만 해도 잿빛으로 보이던 세상이 이제는 총천연색으로 빛나고 있었다.

역시 세상은 마음먹기에 따라 달라 보이는 거구나.

화요는 어느 위인의 말을 떠올리면서 조그만 감동에 벅차 혼자 고개를 끄덕였다.

그녀의 앞에는 자신과 아무런 인연이 없을 줄로만 알았던 건물이 있었다.

ZIN Entertainment.

커다란 간판을 오래도록 들여다보던 화요는 문 앞에 있는 경비원과 눈이 마주치자 멋쩍게 웃었다. 이미 그녀의 얼굴을 기억하고 있는 경비원이 어서 들어가라며 문을 열어 주었다.

화요는 곧바로 7층으로 향하였다. 이제는 대표실까지 가는 길이 그리 떨리지도 않았다.

똑똑, 두 번 문을 두드리자 기다렸다는 것처럼 다정한 목소리가 들려왔다.

"들어와요, 화요 씨."

그녀를 맞이하는 그의 태도는 한결 같았다. 처음에 화요가 기억하던 차가운 차우진의 모습은 이제 어디에도 없었다. 그는 화요 앞에서 만큼은 웃음이 많은 남자였다.

"안녕하세요, 차 이사님."

화요가 꾸벅 인사를 하자 우진은 자리에서 일어섰다.

오늘은 그가 화요에게 회사 사옥을 안내 해 줄 테니 찾아오라고 한 날이었다.

기본적으로 화요는 회사로 출퇴근을 할 필요가 없었다. ZIN과 계약한 대부분의 아티스트들은 출퇴근이라는 개념이 없었다. 그들은 꼭 필요한 일이 있을 때만 회사로 나왔다.

다만 그녀의 계약서에는 다른 아티스트와 달리 특이한 조항이 하나 있었다. 바로 출퇴근 시간은 자유이지만, 일주일에 두 번 정도는 회사에 나와 작업을 진행한다는 내용이었다.

우진이 계약서에 그런 조건을 건 이유는 단순했다.

화요와 아주, 자주 만나고 싶었으니까.

"아침은 먹었어요?"

"네, 먹었어요."

우진의 질문에 화요가 살포시 웃으며 대답하였다. 경계심을 누그러트린 화요는 이제 제법 웃는 얼굴도 잘 보여 주었다. 우진은 그게 매우 마음에 들었다.

"그럼 좀 걸어도 괜찮죠? 회사가 좀 커서 돌아다니려면 체력이 많이 필요하거든요."

우진이 장난스럽게 한 말에도 화요는 진지하게 고개를 끄덕였다.

"괜찮아요. 저 걷는 거 되게 좋아해요."

별거 아닌 일에도 진지하게 대답하는 화요가 귀여웠다. 우진은 쿡쿡 웃으며 저도 모르게 손을 들어 올리려다가 움찔하였다. 그는 자신이 방금 화요의 머리를 쓰다듬으려고 했다는 사실을 깨닫고 굳어 버렸다.

머리를 쓰다듬어? 내가?

나이 차가 많던 막냇동생에게도 한 번도 해본 적이 없는 행동이었다. 심지어 그는 어린아이나 동물을 보면서 귀엽다는 생각도 별로 해본 적이 없는 무심한 남자였다.

하지만 화요를 볼 때마다 그는 동그란 정수리를 쓰다듬고 싶어 손이 간질거렸다. 자신의 말에 가만히 귀를 기울이고 있는 화요의 모습이 참 예뻤으니까.

"이사님?"

화요는 딱딱한 얼굴로 제 손을 노려보는 우진을 보며 고개를 갸웃하였다. 화요가 자신을 지켜보고 있다는 사실을 떠올린 우진은 그제야 평소처럼 웃는 낯으로 돌아왔다.

"아무것도 아닙니다. 그럼 나가죠."

먼저 앞장서자 화요는 쫄래쫄래 우진의 뒤를 따라왔다. 자신이 조금 빠른 속도로 걸었다는 걸 깨달은 우진이 걸음의 속도를 슬그머니 늦추어 주었다.

생각해 보니 자신보다 머리 하나는 작은 화요가 제 속도에 맞추어 걸으려면 어지간히 용을 써야겠다 싶었다. 화요는 제 옆에 선 우진을 보고 방긋 웃었다.

"감사합니다, 이사님."

이제 우진을 전혀 의심하지 않는 화요의 태도는 예전과는 사뭇 달랐다. 잘 웃어줄 뿐만이 아니라 솔직하게 자신의 감정을 표현하였다.

자신을 향한 화요의 눈이 마치 별처럼 잔잔하게 빛나고 있었다. 그것을 본 우진은 유진이 화요를 '귀엽다'고 표현했던 이유를 알 것 같았다.

제 눈에 뭐가 씌인 게 아니라 화요는 정말 귀여운 사람이었다. 무심코 머리를 쓰다듬어 주고 싶어서 손이 근질거릴 만큼.

"일단 인사팀부터 가죠."

우진은 화요를 데리고 엘리베이터에 올라탔다.

3층에서 내린 두 사람은 인사팀 사무실로 향하였다. 일에 열중하고 있던 직원들은 우진이 등장하자 모두 놀란 얼굴을 하였다. 그는 당황한 사람들을 무시하고 태연하게 인사팀 팀장을 불렀다.

똑 부러지는 인상의 인사팀 팀장이 우진 옆에 선 화요를 보고 무언가를 짐작한 얼굴로 다가왔다.

"한 팀장님, 이쪽이 우리 새 전속 작곡가 설화요 씨입니다. 화요 씨, 이쪽 분이 인사팀 한석민 팀장입니다. 한 팀장님이 화요 씨를 위해 준비한 게 있으니까 받고 설명도 들으세요."

"안녕하세요, 한석민 팀장입니다."

"안녕하세요."

화요가 인사를 하자 한 팀장은 얼른 책상 위에 있던 작은 증을 하나 화요에게 건네주었다. 화요는 그것이 ZIN의 사원 증이라는 걸 깨달았다.

"설화요 씨 사원 증입니다. 앞으로 회사 내 시설을 쓰실 때는 이것만 보여주시면 됩니다."

화요의 얼굴과 이름이 적혀 있는 사원 증을 받아 든 화요는 살짝 당황하였다. 한 팀장은 그녀가 당황하는 이유를 알아차렸는지 웃으면서 설명하였다.

"사내 시설을 이용하실 때는 원칙적으로 사원 증을 제시해야 합니다. 전속 아티스트뿐만이 아니라 외주 작가나 계약직 스태프들도 다 가시고 계신 겁니다. 잊어버리지 않게 조심하세요."

"아, 네. 조심하겠습니다."

화요가 진지한 얼굴로 대답하더니 사원 증을 양손으로 꼭 붙잡았다. 마치 유치원에서 선생님의 말을 듣고 그대로 따르는 아이 같은 모습이었다. 한 팀장은 그것을 보고 귀엽다는 것처럼 빙긋 웃었다.

그것을 본 우진은 얼굴을 팍 찌푸렸다. 이상한 필터가 낀 그의 눈에는 한 팀장이 화요를 향해 음흉한 미소를 짓는 것처럼 보였고, 그 것이 영 탐탁지 않았다.

"한 팀장, 업무 복귀하세요. 그리고 화요 씨는 이제 다른 곳으로 갑시다."

우진이 화요를 향해 손짓하자 그녀는 "네!"라고 대답하더니 달려왔다. 꼭 주인이 부르자 달려오는 강아지 같다는 생각에 우진은 저도 모르게 웃음을 터트릴 뻔했다.

인사팀 사무실을 빠져나온 두 사람은 바로 옆에 있는 총무팀 사무실에 들어갔다. 그는 거기서도 팀장만 따로 불러 화요와 인사를 시켰다.

"화요 씨, 이쪽은 총무팀 이 팀장입니다. 앞으로 녹음실에서 필요한 장비나 물품 생기면 바로 이 팀장한테 이야기하세요. 이 팀장, 이쪽은 설화요 씨. 아까 한 팀장한테 이야기하는 걸 들었겠지만, 프로젝트 릴라에 함께 참여할 신인 작곡가입니다."

형식적인 인사를 끝낸 우진은 또다시 화요를 데리고 총무팀 사무실을 빠져나왔다. 그리고 이번에는 옆에 있는 사무실로 들어가는 대신 다시 엘리베이터를 탔다. 한층 위로 올라간 우진은 A&R팀의 사무실을 가리켰다.

"이번 프로젝트에는 총 15명의 멤버가 참여하는데, 그중 가장 많은 팀원이 들어간 게 A&R팀이에요. 이유는 알죠?"

화요는 고개를 끄덕였다. A&R은 아티스트 앤 래퍼토리의 줄임말로 신인 아티스트를 발굴하고 육성할 뿐만이 아니라 레코드 기획과 제작, 관리까지 맡는 부서였다.

"A&R팀의 팀장과 차장이 모두 프로젝트 릴라에 참여할 겁니다. 팀장은 김성일 프로듀서라고 아마 알지 모르겠는데……."

"DY컴퍼니에 계셨던 분이죠? 성함 들어 본 적 있어요."

"맞아요, 그 사람. 회장님이 직접 데려온 분이라 솜씨가 좋죠. 그리고 윤미나 차장은 원래 M사 PD 출신인데, 뮤직데이 연출 1년 하고 바로 우리 회사로 옮겨왔죠. 음악 예능 경력이 긴 건 아닌데 실력은 확실해요."

간단하게 설명을 마친 우진은 A&R팀 사무실 문을 두드린 후, 문을 열었다. 사무실 안에 있던 열댓 명의 사람들이 우진을 보고 입을 헤, 벌렸다. 심지어 몇몇 사람은 자리에서 일어서기까지 하였다. 보통 우진이 직접 이렇게 사무실로 오는 경우는 거의 없기 때문이었다.

우진은 혼자 놀라지 않고 시큰둥하게 제 할 일을 하는 단발머리 여성을 향해 말했다.

"윤 차장, 김 팀장은 어디 갔습니까?"

"아, 이사님. 오셨어요? 팀장님 잠깐 미팅 있다고 나가셨어요."

명색이 대표이사인 우진을 보고도 윤 차장은 덤덤해 보였다. 우진은 텅 빈 김 팀장의 자리를 한 번 노려본 후, 곧 표정을 관리하였다. 그는 사람들이 제 뒤에 숨은 것처럼 붙어 있는 화요를 힐끔힐끔 보고 있다는 것을 알아차렸다.

"그래서 무슨 일 때문에 오셨어요, 이사님?"

하던 일이 끝났는지 윤 차장은 비로소 자리에서 일어서서 우진에게 물었다. 우진은 대답 대신 A&R팀 사람들을 주목하게 하였다.

"잠시 실례하겠습니다. 이쪽은 앞으로 우리와 함께 일할 작곡가 설화요 씨입니다. 설화요 씨는 프로젝트 릴라에 참여할 겁니다. 프로젝트 릴라가 얼마나 중요한 인지는 다들 알고 있으리라 생각합니다. 그러니까 잘 지냈으면 합니다."

말을 마친 우진이 화요를 힐끔 보았다. 그녀는 A&R 사무실 안이 신기한 듯 이리저리 둘러보느라 정신이 없어 보였다. 피식 웃은 우진이 화요를 불렀다.

"화요 씨."

그제야 퍼뜩 정신을 차린 그녀가 반사적으로 고개를 꾸벅 숙여 인사하였다.

"설화요라고 합니다. 잘 부탁드립니다."

그녀가 인사를 하자 몇몇 사람이 박수까지 쳐주며 제법 환영의 뜻을 비쳤다. 우진은 박수를 쳐주는 사람이 대부분 남자직원이라는 사실에 또 불쾌해지고 말았다.

"우리가 업무를 방해했네요. 미안합니다. 다들 하던 일 계속하세요. 가죠, 화요 씨."

사원들이 여전히 화요에게 호기심 어린 눈길을 보냈다. 하지만 우진은 아무에게도 틈을 주지 않으려는 것처럼 재빠르게 화요를 데리고 사무실 밖으로 사라졌다.

그 모습은 마치 사탕 준다는 달콤한 말로 아이를 꾄 사기꾼과 그 사기꾼 뒤를 따라가는 아이처럼 보였다. 아니면 집 구경을 시켜준다는 핑계로 귀여워하는 강아지를 데리고 다니는 주인과 그 주인 뒤를 따라가는 강아지라거나.

"……이런 말 좀 그런데."

다들 비슷한 생각을 하고 있지만 차마 입 밖으로 그 말을 꺼내지 못하던 찰나, 용감한 윤 차장이 입을 열었다.

"뭐랄까, 이사님이…… 마치 귀여워하는 강아지한테 새집 구경 시켜주는 것 같은 느낌 들지 않아요?"

"에이, 하필 표현이 강아지가 뭐예요? 윤 차장님도 너무하시네."

직원 하나가 냉큼 그를 핀잔하자, 윤 차장은 어깨를 으쓱했다.

"아니, 그렇긴 한데 설화요 씨? 저 사람 되게 강아지 같지 않아요? 나쁜 의미 말고, 좋은 의미로."

"좋은 의미로 강아지 같다는 건 뭔데요?"

"뭔가 머리 쓰다듬어 주고 싶게 생겼잖아요. 몸집은 작고, 눈은 크고, 머리도 보들보들해 보이고."

하긴 그건 그랬어. 사무실에 있던 직원들이 모두 저도 모르게 고개를 끄덕이고 말았다. 그러자 화요가 인사했을 때 박수를 친 직원 중 한 명이 입을 열었다.

"그러네요. 설화요 씨 보는 이사님 눈도 좀 그렇더라고요. 다들 못 봤어요, 그 눈? 마치 말 잘 듣는 귀여운 강아지 보는 것 같은 눈빛! 맨날 눈에 힘 팍 주고 다니던 분이 저러니까 되게 어색하던데."

그 말을 들은 직원들은 얼음장같이 차가운 평소의 얼굴과 방금 전 화요를 보면서 다정하게 웃던 얼굴에는 큰 차이가 있다는 걸 인정할 수밖에 없었다.

직원들이 어색하게 허허 웃는 가운데, 눈치 없는 걸로 사내에서 이름 높은 직원 하나가 입을 열었다.

"우리 이사님이 귀여움에 약하신 줄은 몰랐네. 내일부터는 나도 좀 귀엽게 이사님에게 인사해 볼까? 아잉, 이사니임. 주말 출근 싫어, 싫어!"

"……그렇게 주말 출근 싫으면 아예 안 나와도 되는데. 이제 나오지 말지 그래요?"

헉— 다들 문 근처에서 들려오는 싸늘한 목소리에 얼어붙고 말았다. 특히나 입방정을 떨어대던 직원은 완전히 망했다는 얼굴로 뒤를 돌아보았다.

"이, 이사님…… 왜, 왜 다시…….."

"왜요? 난 여기 오면 안 됩니까?"

우진이 뚜벅뚜벅 걸어올 때마다 입이 방정인 직원 이마에는 식은땀이 줄줄 흐르기 시작했다. 그는 자신을 구해 줄 수 있는 유일한 사람, 윤 차장을 향해 애절한 눈빛을 보냈다. 하지만 윤 차장은 시큰둥하게 그것을 무시하며 우진을 향해 물었다.

"무슨 일이세요, 이사님?"

"아까 말하는 걸 깜빡했는데 김 팀장 오면 설화요 씨 다시 인사시키러 올 테니까 연락주세요."

"네, 알겠습니다. 이사님."

윤 차장의 대답에 우진은 고개를 끄덕이고 뒤로 돌아섰다. 괜히 캥긴 A&R팀 직원들은 갑자기 분주하게 일하는 척하기 시작하였다. 입방정을 떨던 직원 역시 우진의 눈치를 보며 슬슬 엉덩이를 뒤로 뺐다. 우진은 나지막한 목소리로 그를 불렀다.

"김한철 대리."

"네, 넷!"

ZIN에는 총 200명도 넘는 직원이 있었지만, 우진은 모든 정직원의 이름과 직급을 알고 있었다. 그의 기억력이 매우 뛰어나다는 건 이미 회사 내에서 모르는 사람이 없을 정도였다.

우진은 이 대리를 잠시 노려보았다. 그가 입방정을 떤 것도 문제지만, 아까 전 그가 화요에게 유독 호의적인 눈빛을 보낸 점도 그의 눈빛이 더욱 사나워지는 데 한몫을 하였다.

"내가 귀여운 거에 약한지 어떤지는 모르겠는데…… 이 대리는 그거 하지마세요. 귀여운 게 아니라 역겨우니까."

듣는 사람에게는 엄청난 상처가 될 말을 아무렇지 않게 하더니 우진은 그대로 사무실을 빠져나갔다. 김 대리는 혼자 가슴을 부여잡고 "어떻게 그렇게 심한 말을?!"이라고 외쳤지만, 다른 직원들은 모두 속으로 우진에게 동의했다.

많이 보기 흉하기는 했다고.

우진은 그 후로 화요를 법무팀과 마케팅팀, 그리고 아티스트 매니저팀과 캐스팅팀에도 데려갔다. 사내에 있는 모든 부서 사무실을 다 돈 셈이었다. 화요는 일개 작곡가인 자신에게 왜 이렇게 일일이 인사를 하게 시키는 것인지 몰랐지만 순순히 우진을 따라다녔다.

인사를 다 마친 후에는 다시 회사 시설 안내가 시작되었다. 친구 미나가 말했던 것처럼 ZIN에 있는 시설은 깜짝 놀랄 만큼 다양하였다. 둘러보는 재미는 있었지만, 넓이 때문에 그만큼 피곤하기도 하였다.

그 때문에 마지막으로 어느 방문 앞에 섰을 때는, 화요도 제법 지친 얼굴을 하고 있었다.

"여기가 마지막입니다. 먼저 들어가세요."

조심조심 안을 들여다 본 화요는 저도 모르게 커다란 목소리로 감탄사를 내뱉고 말았다.

"와!"

우진이 화요를 데려간 곳은 녹음실이었다. 헬로우에 있던 녹음실도 갖추어진 장비가 수준이 높았지만, 이곳은 한수 더 위였다. 이런 곳에서 작업할 수 있다면 얼마나 좋을까. 화요는 역시 ZIN은 대단하다며 반짝반짝 빛나는 눈으로 우진을 보았다.

ZIN에는 다른 작곡가들도 있으니 자주는 무리더라도 가끔은 여길 써도 되지 않을까. 화요는 그런 기대를 담아 우진을 보았다.

"마음에 들어요, 설화요 씨?"

그녀의 얼굴만 봐도 대답을 알 수 있을 텐데, 우진은 뻔한 질문을 던졌다. 화요는 얼른 고개를 끄덕였다.

"네! 이사님, 저도 허락을 받으면 여기 가끔 써도 될까요?"

화요가 그렇게 묻자 우진의 얼굴이 묘해졌다. 그것을 본 화요의 가슴이 덜컥 내려앉았다. 역시 안 되나 하는 실망과 괜한 말을 꺼냈나 하는 불안.

하지만 그 시무룩함은 우진이 내뱉은 말로 인해 완전히 박살이 나고 말았다.

"여기, 화요 씨 개인 작업실인데 누구한테 허락받고 쓰게요? 나한테?"

"······네?"

"설화요 씨 작업실이라고요, 여기. 그러니까 하고 싶은 거 마음대로 다 해요. 남 눈치 보지 말고."

"네? 어? 하, 하지만······."

당황한 화요는 주변을 둘러보았다.

전 세계 사운드 프로덕션에서 가장 많이 사용되는 아비드 사의 프로툴즈 오디오 인터페이스, 가격만큼 성능도 어마어마한 것으로 유명한 야마하제 디지털 믹서, 유명 작곡가나 가수들이 사용하는 것으로도 유명한 코르그 사의 Korg OASYS, EBS사에서 나온 베이스 앰프 헤드 등.

대충 훑어봐도 범상치 않은 장비로만 가득한 공간이었다. 여기가 내 작업실이라고?

아까는 큰 회사의 공동 작업실이라 당연히 있는 거라고 생각했던 것들이 전부 자신 하나만을 위해 놓여 있는 것이라고 생각하니 입이 다물어지질 않았다.

"저, 저거 다 엄청 비싼 건데요."

너무 놀라고 당황한 나머지 화요는 그만 촌스러운 말을 내뱉고 말았다.

그도 그럴 것이 오디오 인터페이스는 1천만에 달했으며 야마하의 제품은 3천만, 베이스 앰프도 못해도 4백만 원 이상의 고가 장비였다. 심지어 코르그 사의 신디사이저는 이미 단종된 모델이었는데, 그 단종 사유가 '너무 비싸서'라는 말까지 있는 제품이었다. 그 외에 다른 리얼 악기나 스피커만 하더라도 몇 백은 하는 물건들이었다.

그동안 집에서 홈레코딩 수준의 장비를 갖추어 놓고 혼자 작업을 하던 화요에게는 이곳이 눈이 핑핑 돌만큼 눈부신 공간이었다. 하지만 우진은 그게 뭐 대수냐는 식으로 어깨를 으쓱하였다.

"그래요? 전 이런 건 잘 몰라서 이곳 공사는 A&R팀이랑 다른 녹음실 직원들한테 맡겼거든요. 혹시 부족한 거 있으면 아까 인사한 총무팀 이 팀장에게 말하세요. 준비는 금방 될 겁니다."

"아니요! 하나도 안 부족해요!"

여기서 부족한 게 있다고 말하면 양심이 없어도 너무 없었다.

물론 실제로 부족한 게 없기도 했지만.

"부족한 게 아니라…… 여기를 정말로 제가, 써도 되나요?"

화요는 어쩔 줄 몰라 하는 얼굴로 우진을 보았다. 그 커다란 눈동자에 담긴 당혹스러움을 고스란히 읽은 우진이 싱긋 웃었다.

"왜요? 부담스러워요, 화요 씨?"

"……네, 실은 좀 그래요."

신인에게는 어림도 없을 조건의 파격적인 계약서를 써주는 것도 고마운데, 이렇게 엄청난 개인 작업실까지 내주다니. 아무리 자신을 좋게 봤다 하더라도 이건 너무 과한 친절이 아닌가.

화요는 도저히 우진의 속내를 알 수 없었다. 그러자 우진이 씩 웃었다.

"부담 가지셔도 됩니다. 부담 가지라고 일부러 완벽한 환경 만들어 드리는 거예요. 그만큼 화요 씨가 참여할 프로젝트 릴라에거는 기대가 크니까요."

우진의 친절에 이유가 있다는 사실에 화요는 조금 안심하였다. 속셈이 없다 말하는 것보다는 이편이 더 믿음이 갔다.

'정말 나한테 거는 기대가 큰 거구나.'

기대를 배신하지 않게 열심히 해야겠다는 압박감이 새삼 들기 시작하였다. 잘해보자며 마음을 단단하게 다잡던 화요는 문득, 아까부터 우진이 말하던 프로젝트 릴라가 무엇인지 궁금하였다.

"그런데 이사님. 프로젝트 릴라라는 게 대체 뭔가요?"

"아……그러고 보니 아직 제대로 설명을 안 했네요. 잠깐 자리에 앉아보세요. 설명하죠."

두 사람은 녹음실 안에 있는 테이블에 앉아 서로를 마주 보고 앉았다.

"전에도 화요 씨한테 말한 것처럼 ZIN은 회사를 대표할 새로운 걸그룹을 준비하고 있습니다. 요 몇 년간 걸그룹 중 제일 인기 있었던 건 로하 엔터에 있던 '러블리데이'인 거 아시죠?"

"네, 알아요. 총 멤버가 4명인 걸그룹 말하시는 거죠? 거기 리더인 정혜가 인기 많잖아요."

"맞아요. 그 정혜가 리더인 러블리데이. 그동안 러블리데이가 상당히 인기가 좋았지만, 최근엔 영 예전 같지가 않죠. 연이어서 터진 문제들 때문에 팬들도 많이 빠져나갔고. 그래서 로하에서는 러블리데이의 동생 그룹을 준비 중이라고 합니다."

"그럼…… ZIN도 그 시기에 맞추어서 걸그룹을 내보내려는 건가요?"

한국 대중음악 시장에서는 아이돌이 가장 잘 팔리는 '상품'이 된 지 오래였다. 이제 연예 기획사는 너나 할 것 없이 아이돌 육성에 힘을 쏟고 있었다. 인기가 있는 아이돌의 월드 투어 콘서트 수입은 1000억을 육박하며, 음반 수입 역시 100억을 가볍게 상회하였다. 인기 있는 대형 아이돌 하나가 회사를 먹여 살린다고 해도 과언이 아니었다.

그런 만큼 대부분의 연예 기획사는 아이돌의 육성과 데뷔에 엄청난 시간과 노력을 투자하고 있었다. ZIN 역시 예외는 아니었다.

"그동안 우리 쪽에는 걸그룹이라고 내세울 만한 여성 아이돌이 별로 없었습니다. '퍼펙트걸'이라고 하는 여성 보컬 그룹이 하나 있긴 한데, 연령대나 부르는 노래 스타일을 보았을 때 걸그룹이라고 하기에는 무리가 있거든요."

우진의 말대로 ZIN에는 ZIN을 대표한다고 할 수 있는 걸그룹이 딱히 없었다.

ZIN을 세운 회장 차성규가 원래 영화감독이었던 만큼, 가수보다는 연기자가 더 많았다. ZIN에서 본격적으로 가수를 캐스팅하고 밀어주기 시작한 건 우진이 대표이사를 맡으면서부터 시작된 일이었다.

"전에도 말한 것처럼 프로젝트 릴라에 속할 걸그룹은 처음부터 해외 데뷔까지 염두에 두고 준비할 생각입니다. 앨범도 국내용과 해외용을 따로 둘 계획이고요. 일단 가볍게 중국과 일본, 이렇게 두 나라로 시작할 겁니다. 물론 그 외 다른 나라들도 고려 대상이죠. 그리고 어느 정도 안정적으로 자리를 잡은 후에는 유명 팝 아티스트와의 합동 작업을 통해서 미국 진출까지 생각하고 있습니다."

우진이 척척 설명해 나가는 내용에 화요는 입을 쩍 벌렸다. 그가 아주 중요한 프로젝트에 참여하게 될 거라는 말을 했을 때는 '중요한'이라는 그 표현이 일반적으로 쓰는 관형사라고 생각하였다. 하지만 프로젝트 릴라는 화요가 생각한 것보다도 훨씬 더 스케일이 큰 프로젝트였다.

"제가, 그런 프로젝트에 참여한다고요?"

덜컥 겁이 난 화요가 자신을 가리키며 묻자 우진이 웃으며 고개를 끄덕였다.

"네. 적어도 화요 씨한테는 정규 앨범 속에 있는 타이틀 세 곡은 화요 씨한테 맡길 생각입니다. 총 트랙은 열두 개 정도고요."

"열두 개 중 세 개나요?!"

그럼 그게 얼마냐. 어, 그러니까 1/4? 적어도 사분의 일을 내가 맡는 거야? 말도 안 돼! 무거워진 부담감에 심장이 입 밖으로 튀어나올 것만 같았다.

그녀가 비 맞은 강아지 같은 얼굴을 하자 우진의 입가가 실룩거렸다. 겁먹고 놀랄 거라고 생각하긴 했지만, 어쩜 이렇게 기대를 배신하지 않는지.

"많이 부담되세요?"

"네, 많이…… 아주 많이요."

화요는 정직하게 불안을 털어놓았다.

"되게 중요한 프로젝트라고 하셨지만…… 설마 이런 것일 거라고는 생각을 못해서요. 전 경험도 별로 없고…….."

"경험이 아예 없는 건 아니잖아요. 화요 씨 이름으로 발표하지 못했을 뿐이지, 화요 씨가 만든 곡이 버젓이 음원 차트에 오른 적도 있고."

"그렇긴 한데…….."

그래도 그건 아무것도 모르던 때라 오히려 부담이 적었다. 하지만 지금은 업계의 냉혹함을 어느 정도 알게 되었기에 오히려 겁이 났다.

"화요 씨. 이건 기회예요. 화요 씨한테는 엄청 좋은 기회. 제대로 잡고 싶지 않아요?"

사람은 누구나 살면서 한 번쯤은 찾아온다는 기회를 꿈꾼다. 기회만 잡으면 성공할 거라는 다짐도 한다. 하지만 막상 생각하지도 못한 기회가 찾아오면 불안해지기 마련이었다.

내가 과연 잘할 수 있을까? 실패하지 않을까? 이번에 잘 못하면 영영 다시는 기회가 찾아오지 않는 게 아닐까?

화요 역시 마찬가지였다. 지나치게 큰 기회가 사실은 행운이 아니라 불행의 씨앗이 아닐까 하는 마음에 그녀의 표정이 어두워졌다.

"걱정하지 마세요. 설화요 씨가 스스로의 능력을 못 믿겠다면, 당신을 선택한 날 믿으세요."

그 단호한 말에 화요가 살짝 숙이고 있던 고개를 들어 올렸다. 우진은 자신만만한 얼굴을 하고 있었다.

"사실 난 음악에 대해서는 잘 모릅니다. 그래서 프로젝트 릴라에서도 영업 기획을 중점적으로 맡아 진행할 예정이었죠. 하지만 화요 씨의 '노래'를 들은 순간 말로는 표현할 수 없는 느낌을 받았습니다."

흔히들 말한다. 운명의 상대를 만나면 몸에서 찌릿한 전류가 흐르는 것처럼 느낀다거나, 아주 좋은 음악을 들으면 가슴이 울컥거릴 때가 있다고.

예전의 우진은 그런 이야기를 코로 비웃었었다. 노래로 사람에게 감동을 주다니. 그건 허풍 떨기 좋아하는 사람들이 과장하는 것에 불과하다고 생각했다. 그는 살면서 그런 감정의 변화를 느낀 순간이 단 한 번도 없었으니까.

하지만 9년 전, 처음 화요를 만났던 그날.

그는 온몸에서 찌릿한 전류가 흐르는 것 같은 전율과 동시에 심장이 덜컥 내려앉는 것 같은 충격을 맛보았다. 노래로 사람의 마음을 움직일 수 있다는 게 진짜라는 걸 우진은 그 순간, 알았다.

설화요는 그런 노래를 갖고 있는 여자였다.

그녀가 누군지 안 순간부터, 우진은 그녀의 재능을 의심한 적이 단 한순간도 없었다.

설령 그녀가 스스로 노래를 부르지 않더라도 그녀의 손에서 나온 노래는 설화요가 부르는 노래 그 자체나 마찬가지였다.

"날 믿어요. 당신은 그저 당신이 만들고 싶은 노래를 만들기만 하세요, 설화요 씨. 대신 난 당신 노래를 제대로 부를 수 있는 가수를 찾아내겠습니다."

아무리 화요가 좋은 노래를 만들어도 노래를 부르는 가수의 실력이 형편없다면 그 노래는 그대로 묻히고 말 것이다.

모처럼 좋은 노래를 만들어 준 작곡가가 있으니 이번에는 그 좋은 노래를 제대로 살릴 가수가 필요하다. 그렇게 된다면, 반드시 '릴라'는 성공하는 걸그룹이 될 것이다. 우진은 회사를 위해서

만이 아니라, 화요를 위해서도 반드시 이 프로젝트를 성공시키리라 생각하였다.

"만들고 싶은 노래, 내 노래……."

자극을 받은 것인지 화요의 커다란 눈동자 안에서 불꽃이 튀어 올랐다. 마치 밤을 집어삼킬 듯 너울거리는 불길 같은 눈빛이었다.

얼핏 보면 고등학생으로 오해를 받을 정도로 작은 체구에 겁도 많은 여자였다. 그런데도 그녀는 노래에 대한 열정에 불이 붙으면 누구보다도 반짝거리는 얼굴을 하고 있었다. 우진은 화요의 그런 점이 좋았다.

"그래요, 화요 씨가 만들고 싶은 노래를 만들어요."

그가 테이블 위에 있던 화요의 손을 가만히 잡았다. 갑작스러운 우진의 행동에 화요는 조금 놀랐다. 하지만 그 손을 뿌리치지는 않았다. 이상하게도 불쾌하거나 싫지가 않았다.

다른 사람에게 이 사람이 얼마나 차가운 남자인지 알고 있었다. 그런데 설화요 앞에 있는 차우진은 달랐다. 어디가 다른지 딱 꼬집어 말할 수는 없었지만 달랐다.

커다란 날개를 가진 맹금류가 자신 앞에서만큼은 날개를 접고 네가 좋다며 몸을 비벼 오는 것 같은 느낌이었다. 화요는 우진이 절대 자신에게 해가 될 행동을 하지 않을 거라는 확신이 들었다.

"말해 봐요, 화요 씨. 당신이 만든 노래를 당신 이름으로 발표하지 못했을 때, 아무렇지도 않았나요?"

대답이 뻔한 질문에 화요의 눈썹이 파르르 떨렸다.

그럴 리가.

거리에서 나오는 제 노래를 들을 때마다, 이 노래 참 좋지 않느냐고 말하는 사람을 볼 때마다 몇 번이고 외치고 싶었다.

이 노래는 사실 내가 만든 노래라고.

작곡에는 전혀 관여하지 않고 이름만 준 주제에, 자신의 음악 철학이 어쩌고저쩌고 떠들던 꼴 보기 싫은 작곡가 김형우의 얼굴도 떠올랐다. 인터넷 기사에서 그의 인터뷰를 보고 얼마나 분했던가.

화요의 손에 힘이 꾹 들어가는 걸 느낀 우진이 다시 한 번 속삭이듯 물었다.

"당신이 가진 재능을 알아보지 못하고 이용하려고만 했던 사람들이 원망스럽지는 않아요?"

응원해 준 사람이 아예 없었던 것은 아니었다. 하지만 다들 힘들 거라고 했다. 해 보라고 등을 떠밀어 준 사람은 아무도 없었다. 그게 화요의 자신감을 조금씩 갉아 갔다.

결정적으로 그녀를 좌절하게 만든 건 그녀의 재능을 믿는다고 했던 두 사람의 배신이었다.

"그동안 힘들었죠? 하지만 걱정 말아요. 내가 화요 씨에게 날개를 달아줄게요. 그러니까 어디 한 번 마음껏 날아 봐요."

우진이 고개를 옆으로 살짝 기울이며 웃었다. 그 얼굴은 나라면 당신이 하고 싶은 걸 반드시 할 수 있게 해 준다는 자신감에 가득 차 있었다.

화사하게 웃고 있는 우진의 얼굴이 거절할 수 없는 매혹적인 제안을 하는 악마처럼 아름답고 우아했다.

그 얼굴을 마주 한 화요의 심장이 요란스레 뛰었다. 사실은 내가 정말로 악마와 계약을 해버린 건 아닐까, 하는 엉뚱한 생각마저 들었다.

"이사님. 저 사실 자신은 없어요."

잠시 침묵하던 화요가 조심스레 입을 열었다.

그녀는 자신이 이제 막 걷기 시작한 어린아이에 가깝다는 걸, 잘 알고 있었다. 그런데도 우진은 화요가 사실은 날 수 있다며 부추기니 그녀가 당황하는 건 당연했다.

사실 아무리 누군가 칭찬해줘도 지금은 제 실력에 자신이 없었다. 그저 저를 믿어 주는 사람이 있다는 것이 순수하게 기뻤다.

"그래도 잘하고 싶어요. 그러니까 열심히 할 거예요."

멋있게 '당연히 잘 할 수 있어요!'라고 외치고 싶었다. 하지만 그렇게 말하는 대신, 잘하기 위해 노력하겠다고 말했다. 그것이 지금 화요가 할 수 있는 최선의 약속이었다.

"……그래요, 지금은 그걸로 충분합니다."

우진은 만족스레 웃더니 화요의 손을 잡고 있던 손으로 그녀의 머리를 가볍게 쓰다듬어 주었다. 성실한 그녀의 모습이 귀여워서 무의식중에 흘러나온 행동이었다.

하지만 갑작스러운 그의 행동에 놀란 화요는 눈을 커다랗게 떴다. 우진 역시 자신이 무슨 짓을 했는지 깨닫고, 잠시 굳어버렸다.

"……죄송합니다. 화요 씨가, 뭐랄까…… 제 동생 같은 생각이 들었나 봅니다."

거짓말이 입에서 참 술술 나온다고 생각하며 우진은 손을 슬그머니 아래로 내렸다. 화요가 동생인 유진과 같은 나이인 건 사실이지만 그녀를 동생 같다고 여긴 적은 단 한 번도 없었다.

상황을 모면하기 위해 우진이 둘러댄 말에 화요가 멈칫하였다. 어쩌면 지금이야말로 우진이 유진의 형일지 아닌지를 확인할 좋은 기회가 아닐까. 머뭇거리던 화요는 조심스럽게 입을 열었다.

"이사님은 동생이 있으신가 보네요. 혹시 남, 동생이신가요? 아님 여동생?"

질문을 마친 화요는 저도 모르게 침을 꿀꺽 삼켰다. 우진의 입에서 만일 '남동생이 있다'는 말이 나오는 날에는 또다시 '차우진=차유진 형'이라는 의심이 머릿속을 가득 채울 것만 같았다. 잔뜩 긴장한 화요와 달리 우진은 대수롭지 않게 입을 열었다.

"둘 다요."

"아, 둘 다……."

우진의 대답에 화요는 안심한 것 같이 어깨를 축 늘어트렸다. 그녀는 유진에게는 분명 형이 하나 있다고만 알고 있었다.

여동생이 있다는 말을 유진에게 들은 적— 이 없던가? 어라? 있었나?

이제는 10년 가까이 된 기억 속에 남은 정보 중 확실한 것은 아무것도 없었다. 그녀가 혼자 고민에 빠져 있는 것을 본 우진이 빙그레 웃으며 물었다.

"그런데 화요 씨, 그건 왜 물어요?"

우진이 던진 질문에 화요가 눈에 띄게 당황하였다.

"어, 그— 그러니까! 궁금, 궁금해서요! 인터넷에서 이사님에 대한 정보 보면 가족 관계에 대한 이야기가 다 달랐거든요!"

제 딴에는 매우 그럴싸한 대답을 했다고 생각하는 것인지 화요의 얼굴이 밝아졌다. 하지만 그렇게 대답하는 화요의 얼굴은 '나 지금 거짓말 하고 있어요.'라고 써 붙인 것 같았다. 살다 살다 이렇게 거짓말 못하는 사람은 처음 봤다고 생각하면서 우진은 턱을 괴었다.

"호오. 화요 씨, 설마 저에 대해 검색해 본 거예요?"

"어? 네!? 아니요, 그게!"

"화요 씨가 나한테 그렇게 관심이 많은지 몰랐는데요. 궁금하면 직접 물어봐요. 뭐든 대답해 줄게요. 화요 씨가 알고 싶어 하는 건 뭐든."

우진이 의미심장하게 말하며 능구렁이처럼 웃자 화요가 이러지도 저러지도 못하는 얼굴로 고개를 붕붕 저었다.

"아니요! 안 궁금해요! 궁금한 거 없어요!"

"어? 그렇게 말하면 좀 섭섭하네. 나한테 관심 없는 것 같아서. 나 상처받아요?"

"네!? 아니요. 제가 이사님한테 관심 없다는 게 아니라, 관심 있어…… 아! 물론 이상한 관심은 아니고요—"

당황한 것을 넘어서서 이제는 공포에 질린 것처럼 보이는 그 얼굴을 보고 있자니 커다란 웃음이 나올 것만 같았다. 새어 나오는 웃음을 참기 위해 우진은 입을 꾹 다물어야만 했다.

이상했다. 그녀를 놀려주고 싶다는 심술궂은 마음이 뭉게뭉게 피어났다. 그는 자신이 비록 성격은 썩 바르지 못하나 상당히 정상적인 성향의 소유자라고 믿어 의심치 않았다.

하지만 일부러 화요를 당황하게 만든 게 꽤 즐겁다는 걸 깨달으니 조금 불안해졌다. 우진은 작게 헛기침을 하였다.

"흠, 흠. 어쨌든 화요 씨가 동생 같아서 그런 거예요. 불쾌했다면 미안해요. 다음부터는 조심하겠습니다."

우진이 진지한 음색으로 정중하게 사과하자 화요는 오히려 자신이 미안하다는 얼굴로 손사래를 쳤다.

"앗! 아니요, 괜찮아요, 저는 누가 머리 쓰다듬어 준 적이 별로 없어서 놀란 거라서요. 하나도 기분 안 나빴어요."

"어라? 그래요? 화요 씨는 다른 사람들한테도 굉장히 사랑받을 것 같은데. 다들 화요 씨 귀엽다고 머리 쓰다듬고 그러지 않아요?"

우진이 의외라는 얼굴로 고개를 갸우뚱하였다. 어지간한 일에는 감흥이 없는 자신이 이 정도니 주변 사람은 누구나 그녀의 머리를 쓰다듬고 싶어 할 것 같았다.

게다가 화요에게는 오빠가 두 명이나 있지 않은가.

우진은 만일 화요가 제 동생이라면 매일 예쁘다고 머리를 쓰다듬어 주었을 거라는 생각을 하였다. 그러자 화요는 우진의 말이 더 의외라는 듯 눈을 동그랗게 떴다.

"제가요? 저 절대 그렇지 않아요. 제가 낯가림을 좀 해서 처음 보는 사람들하고 쉽게 못 친해져요……."

화요가 부끄러운 듯 고개를 숙였다.

거짓말이 아니라 화요는 정말로 낯을 가리는 편이었다.

심지어 그녀는 일주일, 아니 한 달은 집 밖으로 나가지 않고 생활할 수 있을 만큼 혼자 보내는 시간을 좋아했다.

안 그래도 좁은 화요의 인간관계는 그렇게 점차 좁아졌다. 급기야 지금은 제대로 연락을 주고받는 친구가 몇 안 되는 지경이었다. 화요는 둘째 오빠가 자신을 왕따냐며 놀리던 것을 떠올리고 시무룩해하였다.

"이상하네요. 전 화요 씨가 절 처음 봤을 때도 말을 잘하기에 낯가림 같은 거 없는 줄 알았는데."

그건 처음 본 게 아니라서 그랬어요.

화요가 입 밖으로 내지 못할 말을 입 안으로 중얼거렸다.

우진과의 첫 만남이 워낙 충격적이었고, 그 후에 그와 대화를 할 때는 다른 일에 정신이 팔렸던지라 낯가림을 할 겨를도 없었다.

"그나저나 낯가림이 심하다면 좀 걱정이네요."

"네? 뭐가요?"

우진이 살짝 미간을 찌푸리며 툭 내뱉자 화요가 깜짝 놀랐다. 대체 무슨 일 때문에 걱정 같은 건 전혀 모를 것 같은 이 남자의 입에서 걱정이라는 말이 나온 걸까.

"아까 말하다 말았지만, 화요 씨 이제부터 프로젝트 릴라에 같이 작업하기로 했잖습니까."

"네. 제가 3곡 정도 맡는다고 하셨잖아요."

그게 뭐가 문제 인걸까. 화요가 두 손을 무릎 위로 모으고 우진을 올려다보자 우진이 저도 모르게 미소를 지었다. 교장 선생님의 훈화 말씀을 듣는 것 같은 그 단정한 모습이 귀여웠다.

"화요 씨. 전에 제가 말한 내용, 혹시 기억 못 하세요?"

"어……? 전에 어떤……."

"'오디션 단계부터 작곡가를 참여시켜서 캐스팅까지 함께 진행할 생각이고요.'라고 말했던 거."

"아……!"

우진이 화요를 찾아왔던 날, 그는 분명 그런 말을 하였다. 전속 계약 제안을 거절하리라 생각하고 있었던지라 머릿속에서 깔끔하게 지워 버렸던 내용이었지만.

"아까 말한 것처럼 프로젝트 릴라 팀과 자주 미팅을 가질 겁니다. A&R팀은 물론 다른 팀 직원들도 대거 참여하고요. 게다가 멤버로 뽑힌 연습생도 만날 기회가 잦고. 괜찮으시겠습니까?"

우진이 걱정스레 묻는 질문에 화요는 잠시 굳어버렸지만, 곧 웃는 얼굴로 고개를 끄덕였다. 이 사람이 날 얼마나 사회 부적응자로 봤으면 이런 걱정을 하나 싶었지만, 그래도 자신을 걱정하는 그의 눈빛이 진심인 것 같았기에 화요는 밝게 말했다.

"괜찮아요. 낯을 가리기는 하지만, 일에 지장을 줄 정도로 심하진 않아요."

"그래도 걱정이네요."

"괜찮은데……."

혹시 이것 때문에 계약을 무르자고 하는 건 아닐까 화요는 불안해졌다. 하지만 다음 순간 우진이 내뱉은 말은 화요의 불안감을 단숨에 산산조각 내다 못해 아주 새로 만들어 주는 말이었다.

"하아— 어쩔 수 없네. 프로젝트 진행되는 동안, 화요 씨 옆에 제가 딱 붙어 있어야겠네요."

"네!?"

"화요 씨는 저 봐도 낯가림 없었잖아요. 그러니까 제가 같이 있으면 안심할 수 있겠죠?"

아니요, 차 이사님. 전혀 안심되지 않는데요. 오히려 불안한데요. 너무 불안해서 다른 건 하나도 안 무서울 정도로 이사님이 제 옆에 딱 붙어있겠다는 그 말이 제일 무서운데요.

대체 이 사람은 왜 이렇게 불안할 정도로 날 친절하게 대해주는 거람. 화요는 커다란 눈동자로 호소하였다. 제발 그 무서운 말을 취소해달라는 것처럼.

하지만 우진은 그저 웃을 뿐이었다.

"너무 그렇게 고마워하지 마세요. 말했잖아요. 내가 화요 씨한테 날개를 달아줄 거라고."

대체 이게 어딜 봐서 고마워하는 거로 보이는 걸까? 화요는 눈앞에 있는 남자의 눈에 심각한 문제가 있는 것이 분명하다고 생각하였다.

화요가 그런 생각을 하고 있다는 걸 전혀 모르는 우진은 농담처럼 가벼운 어조로 입을 열었다.

"정 그렇게 고마우면 대신 내 부탁 좀 하나 들어줄래요?"

딱히 고맙지는 않았지만, 우진이 무슨 부탁을 할지 궁금했기에 화요는 고개를 갸웃하였다.

"부탁이요? 어떤 부탁이요?"

"저한테 노래 한 곡 불러 주실 생각 없으세요?"

"노, 노, 노래요?"

전혀 예상하지 못한 말 때문에 등에서 식은땀이 주르륵 흘렀다. 비록 화요가 소심한 건 사실이었지만, 그렇다고 사람들 앞에서 말더듬이가 되는 것까지는 아니었다. 하지만 유독 우진의 앞에서는 말을 더듬거리게 될 일이 많았다.

"왜, 제가 노래를……."

"전에 말했잖아요. 좋은 노래를 들으면 전 기분 좋게 잠들거든요. 그런데 화요 씨 노래를 들었을 때, 제일 푹 잤던 기억이 있어서요."

아, 그런 거였구나. 난 또 뭐라고. 우진이 별거 아니라는 식으로 말하자 화요는 얼른 안심한 얼굴을 하였다.

"……음, 죄송하지만 이사님. 제가 진짜 노래를 좋아하긴 하는데요. 남들 앞에서는 절대 노래를 못 불러서……."

부르고 싶어도 부를 수가 없답니다. 화요가 뒷말을 꾹 입 안으로 삼킨 뒤 웃었다. 우진이 무심코 놀랄 만큼 처연한 웃음이었다. 그녀는 더 이상 아무 말도 하고 싶지 않다는 것처럼 입을 다물었다. 그는 풀이 죽은 화요의 기분을 풀어 주려는 것처럼 가벼운 어조로 말했다.

"그렇군요. 그냥 농담 삼아 한 말이니까 신경 쓰지 마세요. 어쨌든 앞으로 작업은 편하게 해 주세요. 집에서 하셔도 괜찮고, 여기 작업실을 마음대로 쓰셔도 좋고."

한결 표정이 밝아진 화요가 고개를 끄덕였다. 안 그래도 이곳에 들어왔을 때부터 이것저것 장비를 만져보고 싶어서 손이 근질거리고 있었다.

호기심이 가득한 강아지처럼 커다란 눈동자가 작업실 이곳저곳을 살피기 시작하였다. 그것을 조용히 지켜보던 우진이 나지막하게 화요를 불렀다.

"설화요 씨."

"네?"

힐끔힐끔 키보드를 살피던 화요가 눈을 동그랗게 뜨고 대답하였다. 우진은 테이블 근처에 있던 서랍장을 열어 그 안에 든 작은 통을 꺼내 들었다. 그것은 이곳에 화요를 데리고 오기 전부터 준비해둔 작은 선물이었다.

"이건 회사 차원이 아니라 제가 드리는 선물? 뇌물…… 이라고 할까요? 받아 주세요."

그렇게 말하며 우진이 건넨 통은 휴대폰보다 작은 사이즈의 직사각형이었다. 받아보니 제법 무게가 있었다.

이게 뭘까?

화요는 고개를 갸우뚱하며 통의 뚜껑을 열어보았다.

"어? 이건……"

안에서 나온 건 뜻밖에도 명함이었다.

그것도 화요의 이름이 새겨져 있는.

"……ZIN 엔테테인먼트 전속 작곡가 설화요."

명함에 적혀 있던 문구를 또박또박 읽어 내려가던 화요가 눈을 깜박이며 우진을 보았다.

"저번에 화요 씨가 명함이 없으셨던 게 생각나서요. 앞으로는 이 명함을 쓰시면 어떨까 싶어서 제가 대신 만들어왔습니다. 마음에 드세요?"

생전 처음 제 이름으로 된 명함을 쥔 화요는 아무 말도 하지 않았다.

업계 최고 조건의 계약서, 자신을 위해 준비된 최고의 장비, 그리고 인생에 다시없을 기회인 대형 프로젝트 참여.

물론 모든 게 다 꿈 같고 고마웠다. 하지만 화요는 지금 우진이 내민 이 명함에 제일 감동하고 말았다.

화요를 위해 명함을 만들어 준다는 건, 정말 사소한 일이었다. 하지만 오히려 그렇기에 가슴이 벅찼다. 우진이 자신을 정말 세심하게 신경 쓰고 있다는 것이 느껴졌다.

'이 사람은 정말로 나를 노래하게 해 주고 싶은 사람이구나.'

감동한 화요가 명함 통을 꼭 쥐었다. 무언가가 목구멍에 걸린 것처럼 울컥거렸다.

"……감사합니다. 차 이사님."

화요가 고개를 꾸벅 숙이는 것과 동시에 그녀의 전화가 울렸다. 깜짝 놀란 화요는 얼른 휴대폰을 확인하더니 묘한 얼굴을 하였다.

"죄송합니다, 이사님. 저 잠시 통화 좀……."

"다녀와요."

우진의 대답을 들은 화요는 얼른 휴대폰을 들고 작업실 밖으로 빠져나갔다.

혼자 남겨진 우진은 테이블 위에서 손을 딱딱 두드리며 생각에 잠겼다. 그는 조금 전 있었던 일을 떠올리고 있었다. 자신이 노래를 한 곡 불러줄 수 있냐고 물었을 때, 화요는 마치 종잇장처럼 안색이 창백해지고 말았다.

마치 노래 부르는 걸 엄청나게 무서워하는 것처럼.

이상한 일이었다. 우진은 화요가 헬로우 녹음실에서 혼자 노래를 부르고 있던 모습을 똑똑히 기억하고 있었다. 지긋하게 눈을 감고 노래에 열중해 있던 그녀의 모습은 어딜 보나 행복해 보이는 얼굴이었다.

우진은 양복 주머니 안에서 USB를 꺼내 들었다. 겉보기에는 평범해 보이지만, 그것은 화요가 부른 노래가 들어있는 귀중한 메모리였다.

사실 이 USB만 있어도 불면증으로 시달릴 일은 없을 게 분명 했다. 실제로 그는 여기 든 노래 덕에 끔찍하게 자신을 괴롭히던 불면증에서 벗어날 수 있었다.

"그래도 역시 실제로 듣는 것만은 못해."

미간에 주름이 잡힌 채, 우진은 중얼거렸다. 마음 같아서는 매일 밤, 그녀를 옆에 앉혀두고 노래를 부르게 하고 싶었다. 하지만 본인이 원하지 않는 이상 강제로 그런 일을 시킬 수는 없었다.

"……아직은 말이지."

일단 설화요를 ZIN에 묶어 두는 계획은 성공했다. 그렇다면 이제 남은 건 두 가지였다.

어떻게 그녀의 비밀을 알아낼 것인가? 그리고 그녀가 노래를 부를 수 있도록 할 것인가?

시간은 충분했다. 그는 조바심 낼 필요가 없다는 생각을 하며 테이블 위에 있는 명함 한 장을 집어 들었다.

ZIN 엔테테인먼트 전속 작곡가 설화요

그 문구를 눈으로 훑는 우진의 입가에 어느새 짙은 미소가 걸려있었다.

4

모든 일은 계획대로 되지 않는다

'미안해요. 급한 일 때문에 첫 미팅은 내가 옆에 있어줄 수가 없네요. 아마 시작이 쉽지 않을 수는 있어요. A&R팀 프로듀서가 제법 연배도 있고, 다른 작곡가도 꼬장꼬장하기로 유명한 양반이라. 그래도 화요 씨라면 잘 할 수 있을 겁니다.'

화요는 우진이 했던 말을 떠올리며 무릎 위에 올린 손가락을 만지작거렸다.

오늘은 프로젝트 릴라에 참여하는 사람들끼리 모이는 첫 미팅이 있는 날이었다. 회의실에는 어느새 열 명 남짓한 사람들이 모여 있었다. 자신에게 쏟아지는 시선이 부담스러웠던 화요는 바닥만 보고 있었다.

"다들 모인 것 같으니까 슬슬 시작할까요?"

누군가가 입을 열자 곧 동조하는 목소리가 뒤따라 들렸다. 화요는 그제야 슬그머니 고개를 들어 올려 주변을 둘러보았다.

그곳에는 우진이 일부러 인사를 시켰던 사람들이 제법 많이 모여 있었다. 사람들에게 눈인사를 가볍게 하던 화요는 딱딱한 얼굴을 한 중년 남자를 발견하자마자 완전히 굳어버리고 말았다.

아, 정서유 교수님이시네!

정서유는 이제까지 숱한 히트곡을 만들어서 히트곡 제조기라는 별명까지 갖고 있는 작곡가인 동시에, 화요가 다닌 학교의 전공 교수였다. 그에게 가르침을 받은 제자인 동시에 팬이기도 한 화요의 눈이 반짝반짝 빛이 났다.

그가 ZIN 엔터테인먼트 소속 작곡가인 것은 어렴풋이 알고 있었지만, 설마 이번 프로젝트에 참여하는 줄은 몰랐기 때문이었다.

"그럼 간단히 자기소개부터 한번 하고 갈까요? 우선 전 이번 프로젝트의 총괄 진행을 맡은 A&R팀 김성일 프로듀서라고 합니다. 잘 부탁드립니다."

짝짝짝, 박수 소리가 터져 나오고 화요도 한 박자 느리게 박수를 쳤다. 김 프로듀서가 가장 왼쪽에 있던 사람을 지목하자

순서대로 자기소개를 하기 시작하였다.

마케팅 담당, 캐스팅 담당, 해외사업부 담당, 영상과 포토 담당, 트레이닝 담당. 여러 팀에서 온 담당자들이 인사를 하나둘씩 끝내자 화요의 차례가 돌아왔다. 화요는 극도의 긴장 때문에 혀를 깨물지 않도록 조심하며 입을 열었다.

"안녕하세요, 이번에 작곡 일부를 맡게 된 설화요라고 합니다. 아직 부족한 점이 많지만 최선을 다하겠습니다. 잘 부탁드립니다."

사람들이 호의적인 눈빛으로 화요를 보며 박수를 쳐주었다. 하지만 김 프로듀서는 홀로 못마땅한 얼굴로 한 채, 물었다.

"이번이 같이 하는 첫 작업이라 물어보는 건데 설화요 씨는 예전에 어떤 작업에 참여하셨죠?"

김 프로듀서의 질문에 화요는 말문이 막히고 말았다.

이곳에 모인 사람들은 모두 자기 분야에서 자신 있게 이름을 밝힐 수 있는 경력을 갖고 있었다. 그렇기 때문에 각 팀을 대표하여 이 프로젝트에 참여한 것이리라.

하지만 화요는 아직까지 당당히 말할 수 있는 성과가 없었다. 유령 작곡가 생활은 결코 경력으로 인정받을 수 있는 것이 아니었다.

화요는 마른 입술을 축이며 입을 열었다.

"저는…… 아직 제 이름으로 작업을 했던 경험이 없습니다."

"흐음. 본인 이름으로 한 작업이 없다면 뭐 어떤 분 밑에서 서브나 막내 일이라도 했습니까?"

요새는 그런 일이 거의 없지만, 예전에는 작곡이 도제식으로 이루어지는 경우가 있었다. 메인 작곡가와 바로 밑에 서브 작곡가, 그리고 그 밑으로 다시 여러 막내 작곡가들이 하나의 노래를 만드는 게 바로 그런 경우였다.

메인 작곡가는 보통 비즈니스 업무와 방송 출연 등으로 스케줄이 바쁘기 때문에 본인이 전부 작곡을 하는 일이 없었다. 대신 메인 테마나 기본 골격을 만들어서 서브 작곡가에게 넘겨주면, 서브 작곡가는 그것을 편곡하고, 막내 작곡가는 소스 수급이나 오디오 편집 같은 잡다한 일을 하였다.

"그…… 헬로우에서 김형우 작곡가님 밑에서 몇 곡을 작업했어요."

사실 처음부터 끝까지 모든 노래를 다 자신이 하였지만, 그렇게 말할 수가 없었던 지라 화요는 대충 말끝을 얼버무렸다. 김형우라는 이름이 나오자 가만히 상황을 지켜보던 정 선생이 흥미로운 얼굴을 하였다.

"흐음, 헬로우 김형우? 요새 그 친구가 작곡한 노래 괜찮은 게 꽤 있던데. 그럼 그 친구가 최근에 발표한 노래는 모두 설화요 씨가 서브를 맡은 겁니까?"

존경하는 선생님 앞이라 긴장한 화요는 굳은 얼굴로 고개를 끄덕였다. 그러자 김 프로듀서가 차가운 목소리로 말했다.

"그렇군요. 전 또 이사님과 많이 친하셔서 여기 오신 줄 알았는데, 꼭 그렇지만은 않은 모양이네요."

화요를 향한 김 프로듀서의 말은 의미심장하였다. 그는 아무래도 화요가 연줄 하나로 여기 끼게 된 거라고 생각하는 모양이었다. 우진이 말한 것처럼 김 프로듀서가 자신을 환영하지 않고 있는 게 분명했다.

이미 각오하고 있던 상황이었기에 화요는 상처를 받거나 주눅이 들지 않았다. 입으로 아무리 떠들어 봐야 결국 자신을 증명할 수 있는 건 실력뿐이라는 걸 알고 있었다.

"제가 아직 부족한 게 많아서 다른 분들의 도움이 많이 필요하겠지만, 좋은 작품을 내놓을 수 있게 노력하겠습니다."

"그럼 어디 한 번 기대해 봐야겠네요. 정 선생님, 마지막으로 인사 부탁드립니다."

김 프로듀서는 그다지 화요에게 큰 기대가 없다는 얼굴로 정 선생을 불렀다. 그는 이미 50대 중반을 훌쩍 넘긴 나이에도 머리를 노랗게 물들인 범상치 않은 사람이었다. 물론 실력은 더욱 비범한 것으로 유명했다.

정 선생은 천천히 주변을 둘러보았다. 그는 유독 오랫동안 화요를 본 다음 입을 열었다.

"이번에 회장님과 이사님이 이 프로젝트에 거는 기대가 아주 크다고 들었습니다. 모두들 자신이 맡은 자리에서 최선을 다해 최고의 결과를 냅시다."

정 선생의 인사가 끝나고 난 후, 김 프로듀서가 다시 자리에서 일어섰다. 그는 노골적으로 화요를 노려보며 사람들을 주목하게 만들었다.

"좋습니다. 그럼 일단 이번 프로젝트 일정 확인부터 하죠. 일정 설명은 경영기획팀 담당자 분이 해 주실 겁니다."

곧 사람들에게 자료가 하나씩 배부되었다. 제법 두툼한 종이 더미를 받아 든 화요는 종이 위에 적힌 내용을 빠르게 읽어 내려갔다.

'아, 이런 식으로 진행이 되는구나.'

종이에 적힌 일정표에는 매우 꼼꼼하게 예정이 적혀있었다.

한국을 포함한 다른 몇 개 국가에서 동시다발적으로 오디션을 진행하여 그룹 멤버 5인 선발. 혹시 모를 경우를 대비하여 2명의 추가 인원 선발. 이후 트레이닝 성과에 따라 최소 5인 혹은 최대 7인 체제로 운영할 것.

작곡가와 사진작가, 영상 감독 모두 오디션 과정부터 참여하여 함께 심사 점수를 매길 것. 그리고 오디션 선발 이후 바로 주제를 선정하여 작곡, 작업 진행. 이후 총 12트랙의 곡 선정이 완료되면 마케팅팀과 공연팀이 무대 기획과 퍼포먼스, 컨셉을 구체화할 것.

한참을 읽어 내려가던 화요는 저도 모르게 한숨을 내쉬었다.

차세대 스타가 될 걸그룹을 만드는 프로젝트니 만만치 않은 일이 되리라고 생각은 하고 있었다. 하지만 생각한 것보다도 규모가 거대하였다. 대체 얼마나 많은 예산이 투입되는 걸까 계산해보는 것만으로도 눈이 핑핑 돌 정도였다.

"일단 가장 중요한 건 오디션 공고입니다. 여러 가지 여건을 고려하여 국내 오디션보다 해외 오디션이 조금 더 빨리 이루어질 예정입니다. 오디션은 한국을 포함하여 미국, 일본, 중국 이렇게 4개국에서 열립니다. 하지만 국적에 제한이 없기 때문에 다른 나라에서 온 참가자도 분명 있을 겁니다. 해외 오디션은 현지 협력 업체와 우리 팀 직원 몇 명이 출장을 통해서 심사를 할 거고, 국내 오디션은 우리 팀 전원이 참여하여 심사합니다. 여기까지 질문 있으신 분?"

조용히 대화를 경청하고 있던 정 선생이 손을 들더니 입을 열었다.

"해외 오디션부터 오디션을 진행하는 이유는 뭡니까?"

그러자 경영기획팀 직원이 입을 열기 전에 김 프로듀서가 먼저 답했다.

"그건 제가 설명해드리죠, 선생님. 그룹이 결성되면 바로 합숙 훈련에 들어가서 적어도 1년은 트레이닝을 진행할 예정입니다. 국내에서 선발된 아이들은 괜찮겠지만, 해외에서 선발된 지원자는 이런저런 준비가 많이 필요할 겁니다. 제일 급한 건 일단 비자 발급 문제겠죠. 그래서 적어도 두세 명의 해외 멤버를 먼저 뽑아 데리고 들어온 후, 바로 국내 오디션을 진행하여 최종 멤버를 확정짓는 거죠."

"아, 그럼 저도 질문이……"

한 사람, 두 사람씩 궁금한 것을 묻기 시작하자 어느새 회의실 안 분위기가 제법 열기를 띄었다. 화요는 귀를 쫑긋 세운 채, 사람들이 주고받는 대화를 열심히 듣고 있었다.

"해외로 출장을 나갈 심사 위원 후보는 누군가요?"

"일단 중국 쪽은 트레이닝팀 김진우 차장님이 가실 거고, 일본 쪽은 A&R팀 이동구 대리가 갑니다. 그리고 미국에는 차우진 이사님이 가실 거고요."

"이사님이요?"

회의실 안이 살짝 소란스러워졌다. 다들 설마하니 우진이 심사를 위해 해외로 나갈 거라고는 생각하지 못했기 때문이었다.

"아, 물론 해외 오디션 일정이 좀 빡빡하다 보니 차 이사님은 아마 본선만 심사하러 가실 겁니다."

그래도 일주일은 회사를 비울 수도 있다는 말에 화요는 괜스레 풀이 죽었다. 그래서 오늘 미팅도 못 오신 거구나. 낯가림이 있는 화요를 위해 곁에 있어 주겠다던 그의 말은 아무래도 정말 농담인 모양이었다. 이미 예상했던 일이었는데도 이상하게 그것이 서운하게 느껴졌다.

"해외 오디션이 진행되는 동안 저희는 국내 오디션 진행 준비를 하죠. 오디션 광고는 홈페이지와 SNS 계정에 먼저 고지하고, 이후 각 음악 학원이나 대학에 포스터와 공고문을 보낼 겁니다. 이 부분은 마케팅팀이 전면적으로 진행하는 걸로 부탁드립니다. 급한 건 저나 윤 차장에게 연락주시면 되고, 나머지는 다음 회의 때 또 논의합시다. 그럼 다시 한 번 모두, 잘해봅시다."

그 말을 마지막으로 첫 미팅이 끝났다.

짝짝짝—

사방에서 박수가 터져 나오자 김 프로듀서는 고개를 가볍게 꾸벅 숙인 후, 먼저 회의실을 빠져나갔다. 남은 사람들 역시 차츰 회의실을 빠져나갔다.

제일 마지막으로 나가야겠다는 생각에 화요는 괜히 미적거렸다. 마찬가지로 마지막까지 의자에 앉아 있던 정 선생은 화요를 힐끔 본 뒤, 그녀를 불렀다.

"설화요 씨. 내가 뭣 좀 물어도 되겠어요?"

"네? 아, 네!"

"혹시 예종대 작곡과 나오지 않았어요?"

"어? 저 기억하세요, 교수님!?"

화요가 깜짝 놀라 자리에서 벌떡 일어섰다. 학교를 다닐 때 화요는 그다지 눈에 띄는 학생은 아니었다.

대부분의 성적은 언제나 적당한 B와 B+이었고, 교우 관계도 활발하지 않았으며 모든 강의는 제일 구석진 자리에서 들었으니까. 그래서 화요는 정 선생이 자신을 알아보는 게 의외였다.

"역시 자네가 맞군. 기억하네. 졸업 작품으로 냈던 곡이 대리코드를 꽤 재미있게 썼던 친구 맞지?"

정 선생의 칭찬에 화요의 볼이 불그스름하게 물들었다.

"그 전까지는 그렇게 눈에 띄질 않았던 걸로 기억하는데, 졸업 작품으로 냈던 것은 꽤 좋았지. 그나저나 김형우 밑에서 있었다는 건 사실인가? 헬로우 사장이 도망간 이후 원래 그 친구가 계약하기로 했다던데 어떻게 자네가 여길 온 거야?"

"네? 김형우 작곡가님은 계약 안 하셨어요?"

화요가 어리둥절한 얼굴로 묻자 정 선생은 더 어리둥절한 얼굴로 대답하였다.

"몰랐나? 그 친구는 계약 안 됐어. 어째서인지는 모르지만 처음에는 적극적으로 영입하려던 차 이사가 갑자기 계약 이야기를 없던 걸로 했다던데. 그 대신 계약을 한 게 처음 들어보는 이름이라 좀 의아했지. 자네 혹시 차 이사랑 아는 사이였나? 듣자 하니 자네를 적극적으로 추천한 게 차 이사라고 하던데."

궁금한 게 많았던지 정 선생의 질문이 줄줄 이어졌다.

"어, 아는…… 사이는 아니고요."

"그럼 어디서 계약 제안을 받은 건가? 실력은 없는 주제에 욕심만 많은 김형우 그놈이 제 몸값 불리는 대신 자네를 소개해 주었을 리는 없고."

화요는 쓴웃음을 지었다. 우진과 자신의 첫 만남에 대해서 설명하는 게 어려웠기 때문이었다.

"뭐, 어찌 되었건 간에 이렇게 만나서 반갑군. 자네한테는 좋은 기회이기도 하니까 잘해 보도록 하게."

"감사합니다, 교수님! 아…….."

습관적으로 정 선생을 교수님이라고 부른 화요는 저도 모르게 손으로 입을 틀어막았다. 정 선생은 웃으며 화요의 어깨를 가볍게 토닥였다.

"졸업한지가 언젠데 교수님 타령이야? 다른 사람들이 부르는 것처럼 불러, 그냥."

"네, 알겠습니다. 선생님."

정 선생은 오랜만에 제자를 만난 선생님처럼 인자하게 웃다가, 곧 무언가가 떠오른 듯 얼굴을 살짝 찌푸렸다.

"그나저나 자네, 고생 좀 할 테니까 마음 단단히 먹도록 하게."

우진이 했던 말과 똑같은 충고가 정 선생의 입에서 흘러나오자 화요는 어깨를 굳혔다. 대체 왜 이렇게 다들 겁을 주는 지 알 수가 없었다.

"원래 자네 자리에 김 프로듀서 후배가 들어올 예정이었거든. 그런데 그 대신 자네가 들어오게 된 거라 그 사람 심기가 아주 불편할 거야. 나야 자네 졸업 작품이나 학부 시절을 기억하니까 실력을 의심하지는 않지만, 김 프로듀서는 실력으로 트집을 잡을 수도 있을 걸세. 차 이사가 워낙 완강하게 자네를 밀었던지라 김 프로듀서가 상당히 성질이 나긴 했거든."

이 자리가 원래 다른 사람의 자리였다는 걸 안 화요의 얼굴이 어두워졌다.

자신에게 더할 나위 없이 좋은 기회인 것처럼 그 사람에게도 이 자리는 놓치고 싶지 않은 기회였을 터였다.

그런데 이름도, 뭣도 없는 아마추어 신인에게 자리를 뺏긴 그 사람은 얼마나 화가 났을까. 그리고 그런 후배를 본 김 프로듀서는 또 얼마나 속상했을까.

김 프로듀서가 내내 자신을 못마땅하게 노려보던 이유가 이제야 이해가 갔다.

화요는 정 선생에게 알려줘서 고맙다는 인사를 꾸벅하였다. 정 선생이 회의실을 빠져나간 후, 혼자 남은 화요는 한숨을 푹 쉬었다.

이제부터는 예전과는 다른 종류의 고생길이 그녀를 기다리고 있다는 예감이 들었다.

대표실과 달리 온통 하얀색 일색으로 꾸며진 회장실.

평소에는 제 자리를 지키는 법이 거의 없는 회장실의 주인이 책상 앞에 앉아 있었다. 우진은 그 앞에 서서 자신과 똑 닮은 서늘한 눈매의 아버지를 혐오스럽다는 시선으로 바라보고 있었다. 그것을 모를 리 없건만, 차 회장은 우진의 차가운 눈빛을 무시하였다.

"회장님. 프로젝트 릴라 관련 보고서입니다."

사무적인 어조로 말한 우진은 책상 위로 보고서를 내려놓았다. 고개를 한 번 들어 우진의 얼굴을 확인한 차 회장은 보고 있던 자료를 옆으로 밀어 두고, 보고서를 확인하기 시작하였다.

"미국으로는 네가 직접 갈 예정이라고?"

보고서를 한참 들추던 차 회장의 질문에 우진이 바로 답했다.

"네, 본선에만 참여할 예정입니다."

"쓸데없는 짓을 하려고 가는 건 아니겠지?"

차 회장의 엄한 말투에 우진은 피식 웃었다.

"그건 '회장님'이나 그러시겠죠. 전 공사 혼동 안 합니다."

빈정거림이 역력한 말에 차 회장이 고개를 휙 들어 올려 그를 노려보았다. 우진은 입가에 느슨한 미소를 건 채 고개를 비틀었다.

"그게 무슨 말버르장머리냐?"

"오디션을 보러온 뭣 모르는 순진한 여자를 꼬드겨서 덜컥 임신부터 시키는 바보 같은 짓은 안 할 거란 뜻입니다."

"이 건방진 녀석이!"

성이 난 얼굴로 차 회장이 보고 있던 서류를 내던졌다. 그러자 요란한 소리와 함께 서류 더미가 바닥으로 우수수 쏟아졌다. 우진은 제 발까지 날아온 서류 한 장을 집어 들었다.

언제나 그렇듯 참 레퍼토리가 변하질 않는 사람이었다. 냉소적으로 웃은 우진은 손에 든 서류를 책상 위에 올려두었다.

"보고서 확인 다 끝났으면 최종 결재나 내려주시죠."

친부를 대하는 태도라고 생각할 수 없을 만큼, 우진은 차가웠다. 차 회장 역시 그에 지지 않을 만큼 싸늘한 눈빛을 하고 있었다.

"듣자 하니, 네가 프로젝트에 이름도 없는 작곡가 하나를 끼워 넣었다던데."

"여기 회사입니다, 회장님. 함부로 '너'라는 표현은 안 쓰셨으면 좋겠네요."

"……설화요라는 작곡가, 차 이사가 아는 사람인가?"

"아닙니다."

입술에 침 한 방울 안 바르고 우진은 태연하게 거짓말을 하였다. 차 회장은 의심스러운 눈으로 우진을 보고 있었다.

"듣자 하니 자네가 상당히 강제적으로 그 작곡가를 프로젝트에 참여시키자고 결정했다던데. 이유가 뭐지?"

"원래 참여하기로 했던 작곡가 김형우, 기억하십니까? 설화요 씨는 그 작곡가의 고스트 라이터였습니다. 헬로우에서 김형우 이름으로 나온 곡은 사실 모두 그녀의 곡입니다."

앞뒤가 딱 들어맞는 말을 막힘없이 줄줄 읊었음에도 불구하고, 차 회장의 눈빛은 여전히 의심으로 가득 차 있었다.

"계약 조건이 신인에게 하는 것치고는 너무 좋던데. 그리고 개인 작업실까지 차려줬다고 들었는데 둘이 모르는 사이라고?"

"좋은 환경에서 좋은 곡을 쓰라는 배려였습니다. 이번 프로젝트 성공 여부에 따라서 2년 안으로 충분히 계약금 이상의 수입을 기대할 수 있을 테고요."

"……."

차 회장이 여전히 미심쩍다는 얼굴로 자신을 보자 우진은 일부러 피식 웃었다.

"회장님. 이건 그냥 투자입니다. 제가 회장님처럼 '누군가'에게 집을 사 준 것도 아니고, 차를 사 준 것도 아닌데 왜 그리 과민 반응이신지 모르겠군요."

우진의 말에 차 회장의 얼굴이 일그러졌다.

"가 보겠습니다. 결재 내리신 서류는 김 비서 통해서 받아보겠습니다."

바닥에 널린 서류더미를 보란 듯 밟은 후, 우진이 등을 돌렸다. 등 뒤로 칼로 찌르는 듯한 시선이 느껴졌지만, 그는 개의치 않았다.

하지만 회장실을 나오자마자 내내 여유 넘치던 우진의 얼굴이 어두워졌다.

자신이 티나게 화요를 편애하고 있다는 자각이 어느 정도는 있었다. 그래서 최대한 차 회장의 귀에 화요에 대한 이야기가 들어가지 않도록 조심히 움직일 예정이었다.

그런데 프로젝트를 본격적으로 시작하기 전부터 차 회장이 화요의 존재를 알아버렸으니 성가셔도 여간 성가신 게 아니었다.

우진이 신경질적으로 혀를 찼다. 사실 차 회장이 화요에게 관심을 깃는 건 그다지 문제가 아니었다. 우진이 경계하는 것은 자신이 화요를 특별하게 대하고 있다는 걸, 차 회장이 알게 되는 순간이었다.

그는 이제까지 단 한 번도 자신이 먼저 무언가에 관심을 가진 적이 없었다. 그것이 사람이건 물건이건 간에.

그랬던 우진이 직접 나서서 계약을 제안했을 뿐만 아니라 그녀를 일부러 고립시켜서 결국 ZIN에 오게 만들었다는 게 알려진다면 차 회장은 분명 화요를 탐탁지 않게 여길 것이다.

아니, 탐탁지 않게 여기는 정도가 아니라 우진에게서 그녀를 떼어놓으려고 할 수도 있다.

어떻게 하면 그녀를 지킬 수 있을까. 깊은 고민에 빠져 있던 우진의 휴대폰이 울렸다. 전화를 받자 프로젝트 릴라의 리더를 맡은 김 프로듀서의 목소리가 들려왔다.

〈이사님. 저 A&R팀 김 팀장입니다. 드리고 싶은 말씀이 있어서 연락드렸습니다.〉

"아, 김 프로듀서. 하실 말 있으면 지금 하시죠."

〈그게…… 되도록 직접 뵙고, 말씀드리고 싶은 일이라서요.〉

머뭇거리는 그 목소리에서 우진은 뭔가 수상한 낌새를 감지하였다. 잠시 생각에 잠겨 있던 그는 선선히 고개를 끄덕였다.

"알겠습니다. 대표실로 오세요."

〈감사합니다. 그럼 10분 후 쯤, 찾아뵙겠습니다.〉

전화를 끊은 우진은 대표실로 바로 돌아갔다.

제자리로 돌아온 우진은 김 프로듀서가 찾아오기 전까지, 쌓여있는 서류 더미와 씨름하였다.

그가 막 서류 결재를 끝마칠 무렵, 문을 두드리는 소리가 들렸다.

"들어와요, 김 프로듀서."

문이 열리는 소리와 함께 김 프로듀서가 대표실 안으로 들어왔다. 정리가 끝난 서류를 한 쪽에 밀어둔 우진은 김 프로듀서에게 자리를 권하였다.

자리에 앉은 김 프로듀서는 무언가를 단단히 결심한 얼굴을 하고 있었다. 우진은 그가 무언가 아주 어려운 말을 하러 온 것이라고 짐작하면서 입을 열었다.

"하고 싶은 말이 있다고 하셨죠? 뭡니까?"

"설화요 씨에 대한 이야기입니다."

너도냐. 조금 전 회장실에서 같은 주제로 시달리다 온 우진이 얼굴을 꽉 찌푸렸다.

"들어 보니 김형우 작곡가 밑에서 일을 좀 한 모양이던데, 그것만 가지고는 이번 프로젝트를 맡는 게 좀 부족하다는 생각이 듭니다."

"부족합니까?"

"아무래도 이번 프로젝트가 중요한 만큼 좀 더 신중을 기해서……."

"그래서 신중을 기해서 설화요 씨는 빼고 김 프로듀서 후배를 그 자리에 대신 넣고 싶다 이겁니까?"

신랄한 지적에 김 프로듀서가 뜨끔 하는 얼굴을 하였다. 우진은 긴 다리를 한 번 꼬고 무릎 위로 손깍지를 꼈다. 그는 마치 화보 촬영 현장에서 포즈를 잡는 모델처럼 자연스럽고 우아하게 웃었다.

"김 프로듀서. 명색이 프로젝트 리더면 공사 혼동은 좀 자제해야 하지 않겠습니까?"

우진이 이제까지 한 짓을 아는 사람이 있다면 '그러는 지는!'이라고 분개했으리라. 그만큼 그는 뻔뻔하게 김 프로듀서를 나무랐다.

"블라인드 테스트를 했을 때, 설화요 씨의 노래가 김 프로듀서의 후배 노래보다 더 좋은 평가가 나왔잖습니까. 그것만으로는 납득할 수 없다는 겁니까?"

우진은 그저 설화요가 마음에 든다는 이유만으로 쓸데없는 고집을 부리는 것이 아니었다. 물론 어느 정도는 사심이 있었지만, 그렇다고 해서 실력 없는 사람을 중요한 자리에 앉혀둔 건 결코 아니었다.

"그, 그건……."

당황한 듯, 김 프로듀서는 머뭇거렸다.

우진의 말대로 이미 화요는 A&R팀 내부에서 실력을 검증 받은 상태였다. 용의주도한 우진은 나중에라도 트집 잡힐 일이 없도록 평가를 블라인드 테스트로 진행하였다. 그 결과는 압도적이었다.

"설화요 씨 노래는 전반적으로 좋은 점수와 신선하다는 평가를 받았잖습니까. 그걸로 부족한 겁니까?"

"그렇지만 정말 근소한 차이였습니다. 제가 추천했던 후배도 평가는 나쁘지 않았고요."

미련이 남은 것인지 김 프로듀서는 도저히 물러설 기미가 보이질 않았다. 우진은 눈을 가늘게 뜨고 그를 훑어보았다. 이미 결정된 사항은 쉽게 번복할 수 있는 게 아니다. 그런데도 그가 이렇게까지 집요하게 굴자 매우 짜증스러웠다.

"본론을 말해요, 김 프로듀서. 그래서 하고 싶은 말이 정확히 뭡니까?"

"설화요 씨 실력을 제가 직접 테스트하고 싶습니다."

무언가 속셈이 있는 것이 분명한 제안에 우진의 눈썹이 꿈틀거렸다. 김 프로듀서는 매우 비열한 얼굴로 말을 이었다.

"물론 차 이사님께서 추천하시는 사람인만큼 실력이 부족할 거라고 생각하지는 않습니다. 하지만 경험이라는 게 무시 못 하는 중요한 요소잖습니까. 무엇보다 차 이사님은 원래 음악에 대해서는 잘 모르시다보니 간과하신 부분이 있을 수도 있고……."

"그러니까, 정리하자면 이거로군요. 차우진은 음악의 음도 모르는 놈이니 잘 알지도 못하면서 괜히 아무나 팀에 끼워 넣으려고 하지 말고, 인사 결정권은 나한테 다 넘겨라?"

"하하, 이사님. 제 뜻은 그게 아니잖습니까."

김 프로듀서가 오해하지 말라며 손사래를 쳤다. 하지만 그 가식적인 말을 믿을 정도로 우진은 바보가 아니었다.

원래부터도 살살 우진의 신경을 긁던 남자였다. 그런데도 우진이 성질 머리대로 그를 밀쳐내지 못하는 건, 그가 차 회장과 친분이 있기 때문이었다.

"어떻게 테스트를 하고 싶다는 겁니까?"

무표정한 얼굴로 우진은 물었다. 조금 직급이 낮은 직원이라면 적당한 선에서 해결이 가능했겠지만, 김 프로듀서는 A&팀의 팀장이었다. 그것도 회장과 직접적인 친분 관계를 갖고 있는 아주 까다로운 상대.

우진은 화요를 위해서라도 일단 김 프로듀서의 제안을 받아들여야 한다는 걸 알고 있었다. 이 이상 그녀가 김 프로듀서의 눈 밖에 난다면 일 자체를 하기 어려워질 게 분명했다.

"간단합니다. 설화요 씨에게 노래를 준비해 오라고 하고, 그걸로 심사를 하고 싶습니다."

"심사는 누가 하고요? 설마 김 프로듀서가? 아무리 생각해도 그건 공정하지 못할 게 뻔한데요?"

우진이 입꼬리를 씨익 올리며 고개를 뒤로 젖혔다. 여유롭던 김 프로듀서의 얼굴에 쩌적 금이 갔다. 설마 하니 우진이 대놓고 이런 말을 할 거라고는 예상하지 못했기 때문이었다.

"이사님, 아무리 그래도 제가—"

김 프로듀서는 절대 공사혼동을 하지 않겠다고 주장하려 들었다. 하지만 우진은 긴 손가락을 탁 튕기며 그 말을 끊어버렸다.

"좋습니다. 김 프로듀서, 하죠. 설화요 씨 실력 테스트인지 뭔지. 하지만 심사는 김 프로듀서나 내가 하는 거보다 다른 사람이 하는 게 공정할 것 같네요."

"……다른 사람이라면 누굴 하실 생각입니까?"

"일단 한 명은 정서유 선생님이 심사하시면 될 것 같고……음, 윤 차장이 어떻습니까? 작곡 전공은 아니어도 듣는 귀가 상당히 좋잖습니까."

우진의 제안에 김 프로듀서가 얼굴을 구겼다. 좀처럼 싫은 내색을 감추지 못하는 남자였다. 우진은 피식 웃으며 말했다.

"윤 차장이 별로입니까? 그럼, 흠…… 유단 프로듀서는 어떻습니까? 프로듀싱과 작곡 모두 맡아 하는 분이니 그분의 귀라면 믿을 수 있겠네요."

김 프로듀서의 미간 주름이 더욱 깊어졌다. 우진이 말한 유단 프로듀서는 김 프로듀서와는 사이가 아주 안 좋은 인물이었다. 그는 얼른 우진의 제안을 반박하였다.

"유 프로듀서는 회사 소속이 아닌 사람이잖습니까? 이번 프로젝트 정보가 외부에 유출되지 않도록 각별히 신경 쓰라고 하신 건 차 이사님이신 걸로 아는데요."

김 프로듀서는 넌 스스로 한 말도 기억 못하냐고 비아냥거리는 듯한 눈빛으로 우진을 보았다. 우진은 어깨를 으쓱하였다.

"분명 유단 프로듀서는 우리 회사 사람은 아니죠. 하지만 우리와는 작업을 몇 번 같이 한 적이 있는데다가 '회장님'과도 아는 사이니 함부로 ZIN의 내부 사정을 말하고 다닐 분도 아니잖습니까? 제가 알기로 유단 프로듀서는 누구랑 다르게 입 싼 양반이 아니라서."

우진은 김 프로듀서가 어깨에 힘을 주며 후배들에게 힘 좀 써주겠다느니 어쩐다느니 말하고 다닌 사실을 알고 있었다. 그 대가로 한 자리를 내준 후배에게는 착취에 가까운 수준의 수수료를 떼먹을 요량이었다는 것도.

김 프로듀서는 분명 프로듀서로서의 능력은 나쁘지 않았지만, 인성은 별개의 문제였다.

우진이 웃으면서 김 프로듀서의 신경을 벅벅 긁자 점차 그의 얼굴이 빨갛게 달아올랐다. 그 보기 흉한 얼굴을 보며 우진은 화요가 얼굴을 얌전히 붉히던 모습을 떠올렸다.

똑같이 빨개진 얼굴인 데도 한쪽은 삶은 문어처럼 보기가 흉했고, 한쪽은 곱게 익은 사과처럼 예뻐 보인다는 사실이 참 신기하게 느껴졌다.

"차 이사님, 그건 말도 안 됩니다! 프로젝트 리더인 제가 심사할 수 없으면 대체 그게 무슨 의미가 있습니까?"

의미라. 속셈이 뻔한 그 반발에 우진이 코웃음을 쳤다.

만일 우진이 이 말을 꺼내지 않았다면 김 프로듀서는 틀림없이 자신이 혼자 심사를 맡겠다고 했을 터였다. 그럼 화요가 아무리 좋은 곡을 써와도 소용이 없을 게 분명했다.

어디서 제 멋대로 설치려고. 우진은 입꼬리를 가늘게 말아 올리며 손가락 끝으로 입가를 툭툭 쳤다.

"전 분명 김 프로듀서의 의견을 존중했습니다. 김 프로듀서가 원하는 대로 설화요 씨 실력을 테스트하자고요. 다만 공정을 기하기 위해 심사는 제 쪽에서 제시한 대로 하자는 것뿐인데, 여기 이의를 제기하실 게 있나요?"

"그, 그렇긴 하지만……."

"뭐, 정 그러시다면 김 프로듀서도 심사에 참여하세요. 대신 아까 말한 대로 정서유 선생님과 윤 차장, 아니면 유단 프로듀서도 함께 심사하는 걸로 하죠. '정말' 공정한 방법이지 않습니까?"

공정하긴 대체 뭐가 공정하단 말인가. 얼핏 보면 분명 우진은 김 프로듀서가 원하는 대로 해 주는 것처럼 보였다.

하지만 실제로 김 프로듀서의 뜻대로 된 일은 없었다.

김 프로듀서는 우진을 향해 눈을 부라렸다. 정 선생은 처음부터 화요에게 큰 반감이 없었던 만큼 굳이 김 프로듀서의 편을 들어줄 리가 없었다. 그리고 윤 차장이나 유단 프로듀서 역시 일부러 설화요의 점수를 짜게 주는 행동은 하지 않을 게 분명했다.

김 프로듀서는 제 후배와 설화요의 실력을 객관적으로 비교해 보았다. 그리고 조금이라도 더 후배에게 유리한 환경을 만들어 놓지 않으면 안 되겠다는 생각에 조바심이 났다.

"차 이사님, 그럼 적어도……."

또 무슨 헛소리를 하려고 이러나. 우진은 한숨을 쉬었다. 그의 입장에서는 김 프로듀서의 헛소리를 전부 들어준 것만 해도 충분히 양보한 셈이었다. 더 이상 무의미하게 시간을 낭비할 수 없었다.

"나 그렇게 한가한 사람 아닌 거 알죠? 빨리 이야기 끝내죠.

누구로 할 겁니까? 윤 차장? 아니면 유단 프로듀서? 둘 중 하나만 고르세요. 그리고 대답한 후에는 바로 나가주시죠."

우진이 단호하게 말하자, 김 프로듀서는 입술 끝을 꾹 깨물었다. 그리고 매우 짜증스러운 목소리로 대답했다.

"……윤 차장이 좋겠습니다. 그런데, 이사—"

김 프로듀서는 끝까지 말을 마치지 못한 채, 강제로 자리에서 일어나는 수밖에 없었다. 시큰둥한 얼굴을 한 우진이 그를 거칠게 일으켜 세웠기 때문이었다.

대한민국 남자 평균 신장보다도 무려 15cm가 더 큰 우진에게 압도당한 김 프로듀서가 주춤주춤 뒤로 물러섰다.

"좋아요. 그럼 윤 차장에게 말해 두죠. 설화요 씨 테스트 잘해 보세요. 결과가 아주 기대되네요."

싱긋 웃은 우진은 그대로 김 프로듀서를 대표실 밖으로 내쫓았다.

문이 탕 닫히는 것과 동시에 우진은 얼굴을 찌푸렸다.

"……하루 빨리 늙은이 내쫓고 회사 물갈이나 해야겠네."

위험한 혼잣말을 중얼거린 후, 그는 화요의 노래가 녹음된 USB를 꺼내 만지작거렸다. 무언가 생각에 잠길 때 그 USB를 만지작거리는 것이 우진의 새로운 버릇이었다.

이렇게 해도 그녀는 괜찮을까? 머릿속이 복잡해진 우진이 미간 사이를 가볍게 문질렀다. 화요를 ZIN으로 데려오기까지도 험난했건만 아직도 해야 할 일이 한참 남은 것 같았다.

이제 김 프로듀서는 시시때때로 트집을 잡아 화요를 괴롭히려 들리라. 그때마다 그 겁 많은 여자가 다치지는 않을까 걱정이 되었다.

마음 같아서는 직접 나서서 화요를 도와주고 싶었다. 분명 한두 번 도와주는 정도는 그렇게 어려운 일도 아니다. 하지만 그러면 안 된다는 걸, 그는 알고 있었다.

만일 우진이 그녀의 일에 적극적으로 나서면, 차 회장은 화요에게 지금보다 더 관심을 갖게 될 게 분명했다.

우진은 제 아버지가 화요를 주시하는 게 달갑지 않았다. 화요가 우진의 '특별한 존재'라고 판단하면, 차 회장이 그녀에게 무슨 짓을 할 지 알 수 없었으니까.

조금 전 회장실에서 보았던 차 회장의 분노 어린 눈빛을 떠올린 우진은 다시 한 번 화요의 USB를 만지작거렸다.

그녀를 돕고 싶다. 지키고 싶다. 하지만 이 마음에는 분명 한계가 있었다. 그러니 이제부터는 화요가 스스로 어려움을 잘 헤쳐 나가길 바라는 수밖에 없었다.

"하—"

우진은 유리창에 비친 제 얼굴을 보고 짧게 웃었다.

참 이상했다. 그는 이제까지 단 한 번도 다른 사람 일로 이렇게까지 고민한 적이 없었다. 그런데 어째서인지 유독 화요가 신경 쓰여 견딜 수가 없었다.

설화요는 남들에게 말 못할 비밀을 갖고 있는 여자니까? 아니면 자신에게는 꼭 필요한 수면제 같은 존재니까? 그 어느 것도 아니라는 생각이 들었다.

한동안 답 없는 고민에 빠져있던 그는 고개를 저었다. 지금은 이런 문제로 시간을 낭비할 때가 아니었다. 자리에 다시 앉은 그는 한숨을 쉬었다. 하지만 아무리 밀어내려고 해도 머릿속에서 화요에 대한 걱정이 떠나질 않았다.

하루가 다 가도록, 그는 그 이유가 무엇인지 끝끝내 알지 못했다.

'뭔가 큰 실수를 하고 교무실로 불려온 것 같아.'

긴장한 화요는 침을 꼴깍 삼키면서 제 앞에 있는 김 프로듀서를 보았다. 그는 매우 노골적으로 기분 나쁘다는 얼굴을 하고 있었기에 더더욱.

A&R팀 사무실 안에는 김 프로듀서를 제외한 몇 명의 사원이 모두 화요를 힐끔거리고 있었다.

그래도 그들은 김 프로듀서와는 달리 화요에게 호의적인 시선을 보내고 있었다. 그중에는 우진에게 역겹다는 소리를 들은 김 대리도 있었는데, 그는 열심히 파이팅 포즈를 취하며 그녀를 응원하고 있었다.

사람들의 말없는 따듯함에 화요의 표정이 한결 풀어졌다.

"설화요 씨. 오늘 왜 내가 설화요 씨를 이렇게 부른지 알고 있습니까?"

짐작 가는 바가 전혀 없었기에 화요는 고개를 저었다. 김 프로듀서는 그런 그녀를 업신여기는 눈빛으로 보며 비웃음을 흘렸다.

"그러시겠죠. 복잡한 건 싫으니 간단히 말하겠습니다. 난 사실 설화요 씨가 우리 팀에 들어올 실력인지 아직 확신이 안 서서요. 그래서 설화요 씨의 실력을 제대로 테스트 해보려합니다. 물론 차 이사님도 허락하셨고요."

아, 그런 거구나. 난 또 뭐라고.

아무 이유도 모른 채 불려왔을 때는 별의별 생각이 다 들어서 불안했지만, 이유를 알고 나니 안심이 되었다.

"네, 그럼 제가 뭘 하면 될까요?"

적극적인 화요의 모습에 김 프로듀서는 당황한 듯 눈을 깜빡였다. 그는 아무래도 화요가 반발하리라 예상한 모양이었다.

하지만 화요는 무조건 자신을 믿어 주는 것보다는 차라리 신중하게 평가하려는 김 프로듀서의 태도가 옳다고 생각하였다.

물론 그런 화요의 생각을 알 리 없는 김 프로듀서는 이상하다는 듯 얼굴을 찌푸렸다.

"……테스트를 해도 괜찮습니까? 저는 설화요 씨가 좀 기분나빠하거나 그러지 않을까 생각했는데."

"네? 아니요, 그렇지 않아요. 프로듀서님이 보시기에 제가 아직 부족함이 많은 신인일 테니, 실력을 확인하고 싶어 하는 건 당연하다고 생각해요."

사실 이 업계는 실력이 있다고 해서 무조건 성공할 수 있는 건 아니었다. 실력은 기본, 그리고 든든한 인맥까지 뒷받침이 되어야 성공할 가능성이 높아졌다.

그렇기에 필요하다면 단 한 번의 기회를 위해, 싫어하는 사람에게라도 굽실거려야 할 때도 있었다. 그런 수모에 비하면 제 실력을 증명하라는 이 요구는 그렇게 어렵고, 불편한 것도 아니었다.

반드시 이 사람에게 인정받고 마리라. 의욕에 불이 붙은 화요는 반짝반짝 빛나는 눈으로 김 프로듀서를 보았다.

그 얼굴을 고깝게 본 김 프로듀서가 얼굴을 찌푸렸다. 그의 눈에는 '무엇이든 열심히 하겠습니다!' 라는 화요의 얼굴이 '댁이 아무리 그래 봐야 내 뒤에는 차우진 이사가 있다니까?' 라고 비아냥거리는 걸로 보였다.

"자신이 있다니 다행이네요. 그럼 내일까지 노래 세 곡 정도 만들어오세요."

"네? 내일까지 세 곡이요?"

화요가 눈을 휘둥그렇게 떴다. 화요뿐만이 아니라 사무실에 있던 다른 직원들도 놀라, 모두들 하던 일을 멈추고 김 프로듀서를 보았다.

하루에 세 곡이라니? 김 팀장님, 제정신 맞아?

직원들은 메신저로 김 프로듀서의 정신 상태를 의심하는 메시지를 주고받았다. 김 프로듀서가 말한 내용은 음악의 신이라도 강림하지 않는 한, 절대로 해낼 수 있는 일이 아니었다.

당사자인 화요 역시 난감해지고 말았다. 보통 작곡 의뢰가 들어오면 기간이 넉넉한 경우는 별로 없긴 했다. 그래서 이번에도 어느 정도는 무리한 일정일 거라고 각오는 하고 있었지만, 김 프로듀서의 요구는 화요가 생각한 수준을 넘어서는 것이었다.

"왜요? 못 하겠습니까?"

그 질문에 화요는 잠시 생각에 잠겼다. 그녀는 손이 제법 빠른 편이었다. 그러나 아무리 그렇다고 하더라도 하루 안에 세 곡을 만드는 것은 역시 무리였다.

퀄리티를 높인다면 이틀 만에 한 곡, 그것보다는 조금 낮은 퀄리티로 만든다면 두 곡. 머릿속으로 재빠르게 계산을 해 본 화요는 천천히 고개를 저었다.

불가능해. 절대 그렇게는 못 할 거야. 어쩌면 화요가 좀 더 경험 많은 작곡가라면 하루에 세 곡을 만들어 내는 것도 가능할지 모른다. 하지만 아직 화요에게는 그런 요령이 없었다.

그저 넘치는 의욕으로 할 수 있다고 큰 소리를 치는 건 쉬운 일이었다. 하지만 호감을 사기 위해 하지도 못할 일을 무조건 할 수 있다고 큰소리치는 것만큼 바보 같은 일도 없었다.

화요는 솔직하게 말했다.

"죄송합니다. 프로듀서님. 그렇게는 어려울 것 같아요."

그렇게 말하자 김 프로듀서가 한쪽 눈썹을 삐쭉 올렸다. 건수 하나를 잡았다는 것 같은 의기양양한 얼굴이었다.

상황을 지켜보던 직원들이 서로 불안한 시선을 주고받는 가운데 화요는 침착하게 말을 이어 나갔다.

"프로듀서님께서 원하시는 건 틀림없이 어느 정도 수준 있는 노래일 테니까 하루에 세 곡은 무리라고 생각합니다. 하지만 이틀, 혹은 사흘 동안 한 곡이라면 가능할 것 같습니다. 대신 제가 만들 수 있는 수준의 최고의 노래를 가져올 수 있고요."

이거 봐라 싶은 마음에 김 프로듀서는 팔짱을 끼고 화요를 보았다. 그는 화요가 이 상황을 모면하기 위해 무조건 YES를 외치거나 혹은 못한다고 우는 소리를 할 거라고 생각했다.

그러나 그녀는 자신의 한계를 솔직하게 인정하였다.

"만일 프로듀서님께서 원하시는 게 빠른 시간 안에 얼마나 곡을 많이 써올 수 있는지를 확인하고 싶으신 거라면…… 노래의 질과는 상관없이 세 곡도 가능할 것 같습니다. 다만 그렇게 할 경우에는 여유를 두고 만든 노래보다는 아무래도 부족한 게 많을 거라고 생각하고요. 프로듀서님은 어느 쪽을 원하세요?"

화요는 조금 쭈뼛거리면서도 끝까지 제 의견을 제시하였다. 김 프로듀서는 얼굴을 찌푸렸다.

겁 많은 아이 같은 표정을 짓고 있는 주제에 그녀의 눈빛이 제법 생기 넘치는 게 마음에 들지 않았다.

어디 한 번 얼마나 잘 해오는지 한번 보자.

그렇게 생각한 김 프로듀서는 생색을 내듯 말했다.

"그럼 사흘…… 아니, 나흘 주겠습니다. 그때까지 한 곡 만들어 봐요. 대신 정말 제대로 만드는 게 조건이고."

"알겠습니다. 곡은 어떤 장르로 할까요?"

"알아서 가져오세요. 가장 잘 할 수 있는 걸로."

시큰둥하게 말한 김 프로듀서는 이제 그만 가보라며 화요를 사무실 밖으로 내보냈다. 다른 직원들이 걱정 어린 시선으로 화요의 뒷모습을 지켜보고 있다는 것도 모른 채, 그녀는 공손하게 인사하고 사무실을 빠져나왔다.

인적이 드문 복도를 걸어가며 화요는 어떤 장르의 노래를 만들지 고민해보았다.

사실 화요가 가장 좋아하는 장르는 어쿠스틱이었지만, 댄스곡도 제법 욕심이 났다. 무엇보다 ZIN에서 마련해 준 작업실 장비를 이것저것 써보기에는 일렉트로닉한 댄스곡이 적합할 것 같았다.

역시 댄스곡이 좋겠다. 그렇게 장르를 정하고 나니 이번에는 주제나 편집, 진행이 문제였다.

아이디어 프레이즈는? 어떤 코드를 쓰고, 어떤 멜로디를 붙일까? 악기는 뭘 쓰지? 반주는? 어레인지를 할까 말까? 아님 편곡 중심으로 갈까? 그럼 베이스가 될 샘플을 뭐로 하지?

순식간에 화요의 머릿속은 노래 구상으로 가득 차고 말았다. 그렇기에 그녀는 자신의 맞은 편에서 걸어오는 우진의 존재를 전혀 눈치채지 못하였다.

"화요 씨."

화요가 무어라 중얼거리는 모습을 본 우진이 반갑게 그녀를 불렀다. 하지만 깊은 생각에 잠긴 화요는 그것도 모른 채, 계속 앞으로 걸어갈 뿐이었다.

어라, 저거 위험한데? 우진은 그대로 두었다간 화요가 벽에 쿵 부딪치는 사고가 벌어질 것이라고 직감하고, 그녀의 뒤를 따랐다.

아니나 다를까. 화요는 코앞에 벽이 있는데도 앞만 보고 달리는 멧돼지처럼 앞으로 돌진하고 있었다.

당황한 우진은 서둘러 손을 뻗었다. 덕분에 그녀가 벽에 부딪치기 직전에 충돌 사고가 일어나는 것을 막을 수 있었다. 안도한 우진은 한숨을 푹 내쉬었다. 꽤 아슬아슬한 순간이었다.

"어?"

어리둥절한 화요는 주변을 둘러보다 자신의 팔을 단단히 붙잡고 있는 우진을 발견하고는 깜짝 놀랐다.

"차 이사님?"

"네, 저 차 이사입니다. 알아보시겠어요?"

놀리듯 묻자 화요는 영문을 모르겠다는 얼굴로 눈만 깜박거렸다. 그 모습이 마치 천진난만한 아이처럼 귀여웠기에 우진의 입꼬리가 절로 실룩거렸다.

"아까 아무리 불러도 화요 씨가 들은 척도 안 하기에 제가 누군지 잊어버린 줄 알았거든요. 그게 아니면 내가 존재감이 없는 건가?"

우진이 장난스럽게 덧붙인 말에 화요의 얼굴이 빨갛게 달아올랐다.

"죄송해요! 그게요, 실은 제가 한번 생각에 빠지면 정신을 잘 못 차려서, 어, 그러니까…… 으, 죄송합니다."

횡설수설하는 화요의 눈가가 촉촉하였다. 너무 놀리면 그녀가 울어버릴까 걱정되었기에 슬슬 이쯤에서 멈춰야 할 것 같았다.

"농담이에요. 그나저나 무슨 생각을 그렇게 했어요?"

아까 전 화요가 A&R팀 사무실에서 나오는 걸 보았기에 짐작 가는 바는 있었다. 그래도 우진은 짐짓 모르는 척 화요에게 물었다.

그걸 알 리 없는 화요는 우진의 질문에 순순히 입을 열었다.

"새로 노래 구상을 하느라고요."

"노래 구상? 아직 멤버도 안 뽑았는데 벌써부터 무슨 노래를 구상해요?"

"아…… 김 프로듀서님이 제가 어떤 장르를 잘하는지 확인하고 싶다고 한 곡 만들어 와보라고 하셔서요."

화요는 배시시 웃으며 별거 아니라는 투로 이야기하였다. 우진에게 불필요한 걱정을 끼치지 않으려는 게 분명했다.

사실을 모두 알고 있는 우진은 잠시 화요를 가만히 바라보았다.

자신이 모르는 척 운을 뗴면 혹시나 화요가 우는 소리를 하지 않을까 싶었는데, 화요는 전혀 그런 기색이 보이지 않았다. 오히려 어떤 노래를 만들면 좋을지 고민에 빠진 그 얼굴이 어딘지 모르게 행복하게 보일 정도였다. 우진은 조금 기가 막혔다.

"화요 씨. 피곤하지 않아요?"

그렇게 성실하고 착하게 사는 거. 우진은 일부러 뒷말은 삼켜 버렸다. 그 말을 하면 이 여린 사람의 눈에 정말 눈물이 고일 것 같았으니까.

이런 건 평소의 그답지 않은 배려였다. 우진은 이제까지 살면서 남 눈치 본 적도 없고, 다른 사람 기분 같은 건 배려해 본 적도 없었다.

하지만 화요 앞에선 유독 마음 쓸 일이 많아 조금 귀찮기까지 하였다. 그런데 신기하게도 이 귀찮음이 그리 싫지는 않았다.

"피곤? 아니요. 괜찮은데."

우진의 속마음을 아는지 모르는지 화요는 여전히 생기발랄한 얼굴이었다.

"저…… 이렇게 말하면 좀 웃기지만, 사실 그동안은 제대로 일한 적이 없잖아요. 그러니까, 음. 제 이름으로 노래를 발표하거나 그런 적이 없으니까. 그런데 이제는 진짜 제 이름으로 일할 수 있게 된 거…… 너무 신나요."

그녀가 아이처럼 웃으며 한 말에 우진은 할 말을 잃고 말았다.

화요는 바보 같을 정도로 착하긴 해도 생각이 없는 멍청이는 아니었다. 그러니 분명 알고 있을 터였다.

김 프로듀서가 무리한 요구를 하는 건 화요를 괴롭히기 위한 수작 그 이상, 그 이하도 아니라는 걸.

그래도 화요는 기죽지 않았다. 오히려 그녀는 어깨를 펴고 말했다.

"……저는 괜찮아요, 이사님."

믿던 사람에게는 사기를 당하고, 남자 친구에게는 뒤통수까지 맞았다. 그러니 이런 일로 기가 죽을 필요는 없었다.

최악이었던 시기 다음으로 찾아온 건 절대 놓칠 수 없는 행운이었으니까.

본래 성격의 영향도 있겠지만, 그 커다란 행운이 화요를 낙천주의자 캔디처럼 만들어 주었다.

"조금 피곤해도 괜찮아요. 덕분에 기회가 생겼는걸요."

화요는 눈을 가늘게 접으며 부드럽게 웃었다.

그녀는 우진이 무슨 뜻으로 피곤하지 않느냐고 물은 건지 제대로 이해하고 있었다. 그리고 어쩌면 그가 자신을 도와줄지 모른다는 것도.

우진은 김 프로듀서보다 훨씬 높은 직급에 있는 사람이니 도움을 청하면 분명 손을 써 줄지도 모른다.

하지만 절대 그러고 싶지는 않았다.

요령 없이 열심히 하기만 하는 사람은 바보다. 요즘 세상은 약삭빠른 사람이 이기는 거다. 넌 그렇게 손해만 보며 살 거다.

이제까지 화요는 그런 말을 숱하게 들어왔다. 불과 얼마 전에는 화요 역시 그렇게 생각하기도 했다. 다른 사람을 믿지 말고, 조금 더 얌체같이 처신하는 게 정답이라고.

하지만 우진을 통해 얻은 기회 덕에 그녀의 생각은 달라졌다.

열심히 하는 게 왜 나쁘지? 당장 좋은 결과가 나오지 않더라도 노력은 언젠간 반드시 보상받을 수 있지 않을까?

다른 사람을 믿는 건 왜 나쁠까? 나에게 웃어주는 사람이 모두 거짓으로 날 대하는 건 아니지 않을까?

화요는 증명하고 싶었다.

자신의 꿈을 이루기 위해 노력하는 것과 다른 누군가를 믿는 건, 절대 어리석은 일이 아니라는 걸.

"저는 피곤하게 산 덕분에 대표님을 만날 수 있었다고 생각하거든요. 그래서 괜찮아요."

날 만날 수 있었으니 피곤하게 산 것도 괜찮다?

우진은 피식 웃어 버리고 말았다. 살다 살다 이런 바보 같은 말은 또 처음 들어 본다 싶었다. 그리고 이렇게 사람을 기분 좋게 만드는 엉뚱한 말도 처음이었다.

"화요 씨는 생각보다……."

우진은 말을 멈추고 화요를 보았다. 그녀가 동그란 눈동자를 깜빡거리며 자신의 말을 가만히 기다리고 있었다. 그런 그녀를 보고 있자니 우진의 가슴 안에 묘한 감각이 번졌다. 마치 누군가가 부드러운 깃털로 그의 심장을 간지럽히는 것처럼 낯선 감각이었다.

생전 처음 느끼는 그 감각에 가슴이 먹먹해진 우진은 잠시 입을 열 수 없었다.

"……씩씩하네요."

한참 후, 그렇게 말을 맺은 우진이 화요의 머리를 부드럽게 쓰다듬어 주었다. 화요는 놀란 눈을 하였지만, 우진의 손을 뿌리치거나 싫은 얼굴을 하지는 않았다. 대신 의기양양하게 고개를 끄덕였다.

"맞아요, 저 굉장히 씩씩해요."

하긴 그렇지 않으면 떼인 돈 받겠다고 회사에 출근 도장 찍어가며 다녔을 리가 없지. 우진은 피식 웃었다.

얼핏 보기에는 비실비실해 보이는 이 여자는 자기 말대로 꽤 씩씩했다.

큰 불행이 닥치면 당장은 울며 주저앉을지도 모른다. 하지만 엉엉 울고 난 다음에는 눈물을 닦고 일어서서 앞으로 어떻게 하면 좋을지 궁리할 타입이었다.

'그럼 이렇게 씩씩한 당신이 대체 왜 그렇게 노래하는 걸 겁내는 거지?'

우진은 9년 전, 자신이 처음 보았던 화요를 떠올렸다. 비록 뒷모습뿐이지만 창문에 얼핏 비친 소녀의 얼굴이 행복해 보였다는 게 어렴풋이 떠올랐다.

가장 최근에 봤던, 헬로우 녹음실에서 노래하는 화요 역시 마찬가지였다. 노래하는 게 너무 좋아 견딜 수 없다는 그 얼굴이 아직도 눈에 선했다.

그랬던 그녀가 남들 앞에서 노래 부르는 걸 그토록 무서워하고 감추려는 이유는 뭘까? 대체 화요의 노래에는 무슨 비밀이 있는 걸까?

잠시 머릿속 한 구석에 묻어 두었던 궁금증이 다시 스멀스멀 고개를 들었다.

"차 이사님? 왜 그러세요?"

우진이 아무 말 없이 생각에 잠겨 있자 화요가 그의 이름을 불렀다. 퍼뜩 정신을 차린 우진은 아무것도 아니라고 말하며 웃었다.

서두르지 말자. 그의 로렐라이가 이렇게 눈앞에 있으니 이제 그녀의 비밀을 밝혀내는 건 시간 문제였다. 심지어 처음에는 자신을 경계하던 그녀가 지금은 전혀 그런 기색을 보이지 않는다는 것도 그의 마음을 한결 편안하게 만들어 주었다.

"아무것도 아닙니다. 다음 주에 미국 출장을 가야해서 잠깐 그 생각을 하느라고요."

"아! 들었어요. 미국 오디션은 이사님이 가서 심사하신다면서요?"

"직접 가는 게 마음이 편할 것 같아서요. 뭐, 저는 음악적 센스가 없어서 그렇게 큰 도움은 안 되겠지만."

우진은 진심 섞인 자기 비하를 하며 쓴웃음을 지었다. 아무리 좋게 포장을 하고 싶어도 자신이 음악 감각이 없는 건 사실이었다.

그는 남들이 다 기본 점수는 받는다는 리코더 연주조차 점수 판정 불가라는 희대의 평가를 받은 남자였다.

내가 혜진이의 반의반만이라도 닮았으면 좋았을 텐데. 음악이 특기던 제 막냇동생을 떠올린 우진의 눈빛이 조금 어두워졌다.

그의 얼굴이 딱딱하게 굳어진 걸 본 화요는 우진이 무슨 생각을 하고 있는지 모른 채, 안타까워하였다.

'어떡해…… 이사님이 좀 심하게 음치이신가 보구나.'

그녀는 얼른 입을 열었다.

"아니요, 그렇지 않아요! 음악을 잘 못 한다고 해서 좋은 노래를 모르는 건 아닌걸요. 가요를 듣는 일반 사람들이 전부 음악적 감각이 있는 건 아니잖아요. 어, 그러니까 이사님도 너무 걱정하지 마시고, 듣고 느낀 대로 심사하면 된다고 생각해요. 좋은 노래를 알아보는 건 음악적 감각이 있고 없고가 전부가 아니니까요."

우진을 위로하려는 것처럼 화요가 평소보다 한 톤 높은 목소리로 힘주어 말했다. 그녀가 이런 일로 목소리를 높일 거라고 생각하지 않았던 우진이 놀란 표정을 지었다. 그것을 깨달은 화요가 얼굴을 붉혔다.

"아, 죄송합니다. 이사님이 알아서 잘 하실 텐데, 제가 괜히 주제넘게 말했네요."

괜히 나선 걸까 싶은 후회가 뒤늦게 들었다. 그래도 화요는
우진이 자신에 대해 안 좋게 말하는 것을 참을 수가 없었다. 단
지 자신이 속한 회사의 대표에게 잘 보이고자 하는 마음에서가
아니었다.

우진은 화요의 노래를 알아봐 주고, 칭찬해 준 사람 중 하나였
다. 그러니 그가 스스로를 의심하는 말을 하면 마치 자신의 능력
도 의심받는 것 같다는 생각에 슬퍼졌다.

"아닙니다. 화요 씨가 그렇게 말해 준 덕분에 자신이 생기네
요. 하긴, 난 화요 씨 재능도 한 번에 알아본 사람이잖아요. 생각
보다 그렇게 센스가 없지는 않나 봐요."

우진이 장난스럽게 한 말에 화요는 안심한 얼굴을 하였다. 그
녀가 그런 얼굴을 하자 우진의 마음도 자연스레 편안해졌다.

"가서 찾아보겠습니다. 화요 씨 노래를 최고로 불러줄 수 있
는 사람을. 그러니까 화요 씨는……."

"저도 잘 하고 있을게요. 걱정 마세요."

어려운 일이 있으면 연락하라고 말하려던 우진은 그만 웃어
버렸다. 이 여자는 자신에게 도무지 점수 딸 틈을 주지 않았다.

"그럼 이사님. 조심해서 잘 다녀오세요. 저는 이만 가 보겠습
니다."

인사를 마친 화요는 그대로 천천히 복도 끝으로 사라졌다. 우
진은 그 뒷모습을 물끄러미 바라보았다.

'그러니까 이사님도 너무 걱정하지 마시고—'

자신을 위로하기 위해 필사적으로 말을 고르던 그녀의 모습이 기억 속에 선명하게 남아있었다.

"……역시 참 재밌는 여자야."

그렇게 중얼거리는 우진의 얼굴에는 감출 수 없는 미소가 걸려있었다.

미국에서 오디션 예선이 진행되는 동안, 우진은 회사에 붙어 살다시피 하며 업무를 처리하였다. 덕분에 출발하기 전에는 홀가분한 마음으로 가방을 꾸릴 수 있었다.

출국 전날, 우진은 며칠 머무는 데 필요한 짐을 챙기겠답시고 집안을 들쑤셨다. 그렇게 한바탕 집을 발칵 뒤집어 놓은 후, 커다란 캐리어에 능숙하게 물건을 챙겨 꾸려 넣었다. 모델 생활을 할 때 워낙 해외촬영이 잦았던 지라, 그는 짐정리 하는 것이 매우 능숙하였다.

캐리어 안에 들어간 물건을 하나하나 체크하던 우진은 습관처럼 마지막으로 수면제 병을 챙기려고 하였다.

"아—"

하지만 곧 그럴 필요가 없다는 걸 깨달았다.

그는 이제 강력한 수면제보다도 훨씬 좋은 것을 갖고 있었으니까.

우진은 서재 책상 위에 있던 USB를 집어 들었다. 화요의 노래가 녹음된 이 USB 덕분에 최근 컨디션은 최고였다.

예전 같으면 일주일도 넘게 지속되는 불면증 때문에 잔뜩 예민해질 시기였다. 그런데도 지금은 전혀 그런 일이 없었다.

김 비서조차 요새 무슨 좋은 일이라도 있냐고 물어볼 정도였다.

물론 김 프로듀서라거나 차 회장처럼 자신을 귀찮게 하는 사람이 있을 때는 치밀어 오르는 욕지거리와 짜증을 감출 수 없었지만, 그건 컨디션과는 별개의 문제였다.

우진은 손가락 한 마디보다 작은 USB를 내려다보며 씨익 웃었다.

조금 과장해서 말하자면 지금 이 USB는 우진의 생명줄이나 다름없었다.

이것만 있으면 아무리 장기간 비행이라고 하더라도, 6천 마일 넘게 떨어진 타국에서 보내야 할 밤도 두렵지 않았다.

화요의 노래를 한 곡만 듣는다면, 아니 한 곡을 다 듣기도 전에 편안하게 잠들 수 있을 테니까.

이 USB를 손에 넣은 뒤에는, 잠들지 못해서 그토록 괴로워하던 시간이 마치 거짓말 같이 사라졌다.

사실 그의 불면증이 평소보다 유독 심해질 때가 종종 있었다.

우진의 어머니가 자신과 동생들을 두고 집을 나갔던 시기, 그리고 막냇동생 혜진의 기일.

그 날짜가 가까워질 때마다 그는 더욱 고통 받았다.

어떤 때는 몸을 피곤하게 하면 잠이 오겠지 하는 생각에 운동을 미친 사람처럼 한 적이 있었다. 하지만 아무리 열심히 운동을 해도 잠은 오지 않았다.

결국 우진은 불면증에 운동 중독증이라는 병을 추가로 얻어 한동안 병원 신세를 져야만 했다.

병원에 입원해 있는 동안, 의사는 불면증에 시달리는 우진을 위해 조금 강도가 강한 수면제를 처방해 주었다. 몰려오는 약 기운에 강제로 눈을 붙여도 수면 시간은 어림잡아 1시간을 넘기지 못했다.

당시 우진을 담당했던 간호사는 "고문 중에 제일 잔인한 고문이 잠 못 자게 하는 고문이라던데. 완전 산 고문이네요."라며 우진을 동정하였다.

그 말에 당시의 우진은 웃어버리고 말았다. 그녀는 농담으로 했던 말이었지만, 장본인인 우진에게는 전혀 농담으로 들리지 않았으니까.

띠리릭—

우진이 잠시 옛 생각에 잠겨 있을 때 휴대폰이 울렸다. 그는 상대를 확인하지도 않고 바로 전화를 받았다. 그가 통화 버튼을 누르는 것과 동시에 전화기 너머에서 반가움과 당혹스러움이 동시에 섞인 목소리가 튀어나왔다.

〈형! 여길 온다고?〉

건강한 동생의 목소리에 우진의 입가에 슬며시 미소가 걸렸다.

"정보가 빠른데? 누구한테 들었어?"

〈내가 어떻게 알았겠어. 김 비서님이 연락 주셨으니까 알지. 근데 진짜 와? 출장이야? 아님 설마 나 보러 오는 거야? 얼마나 있다 갈 거야? 일 끝나고 만날 시간은 있어?〉

궁금한 게 많은지 유진이 순식간에 질문을 한 아름 던졌다. 우진은 일부러 딴청을 피우며 대답을 피하였다.

"맨해튼은 요새 어때? 추운가? 내가 지금 모직 코트를 하나 챙겼는데 이걸로 되려나?"

〈머플러를 캐시미어로 챙겨오면 충분할 거야. 그나저나 말 돌리지 말고! 언제 오는 거야?〉

"누가 너 만나러 간다고 했냐? 왜 벌써부터 김칫국을 마셔?"

〈뭐야? 그럼 나 보러 오는 건 아니야?〉

전화기 너머에서 툴툴거리는 목소리가 들려오자 우진이 픽 웃었다. 유진은 이런 소리를 태연하게 할 정도로 붙임성이 좋은 동생이었다.

"너 보러 가는 거 아니거든. 일 때문에 가는 거라 시간도 별로 없을 거고. 그래도 너 만날 시간은 몇 시간 낼 수 있겠지."

〈흥. 누가 형 만나준대? 왜 김칫국이야?〉

이놈이. 우진은 잽싸게 저를 따라하는 유진의 괘씸함에 얼굴을 찌푸렸다. 마치 그 모습을 지켜보고 있기라도 한 것처럼 유진이 웃음을 터트렸다.

〈하하. 농담인 거 알지, 형? 오면 꼭 연락해. 명절에도 제대로 못 보는 사인데, 기회 생기면 얼굴은 보고 살아야지.〉

"남만도 못한 사이네. 명절에도 제대로 얼굴 못 보는 형제라니."

말을 뱉은 우진은 아차, 싶었다. 그럴 의도는 없었지만 마치 유진을 비난하는 것 같은 말이었다.

유진은 이미 한국에 몇 년째 들어오지 않고 있었다. 하지만 우진은 유진의 심정이 이해가 갔기에 얼른 말을 얼버무렸다.

"뭐, 그래도 전화는 자주 하는 편이라 목소리는 안 잊어버리겠어."

사실 그 역시 기회가 닿으면 이 나라를 떠나고 싶다는 생각을 종종 했다. 그에게서 막냇동생을 빼앗아 간 곳이니 정이 갈 리가 없었다. 그래도 사슬처럼 발목을 붙잡고 있는 미련이 아직 그를 이 땅에 묶어 두고 있었다.

그 미련도 화요와의 재회 덕에 얼마 전에 해결되고 말았지만.

〈그러게. 형 목소리는 언제 들어도 참 미남이라니까.〉

"목소리만 그런 게 아니라 얼굴도 여전히 잘났지."

나르시즘 환자 같은 우진의 말에 유진이 낄낄 웃었다. 실제로 그는 이런 잘난 척이 용서되는 얼굴이었으니까. 한동안 유쾌하게 웃던 유진은 곧 깊게 한숨을 내쉬었다.

우진은 제 동생이 무언가 어려운 말을 꺼내려고 한다는 걸 알아차렸다.

〈……형, 아버지랑은 어때?〉

"차 회장님? 회사에서만 만나지. 사적으로 얼굴 안 본 지 꽤 됐어. 너만큼이나."

〈형. 건방진 소리라는 건 아는데, 내가 이렇게 사니까 적어도 형은…….〉

유진이 말끝을 흐리자 우진은 서둘러 뒷말을 가로챘다.

"건방진 소리인 거 알면 하지 마. 그리고 정 하고 싶으면 얼굴 보고 직접 하든가. 마침 나 너한테 물어볼 것도 있거든."

〈……물어볼 거? 뭔데?〉

"너 궁금해 죽으라고 직접 만나서 물어볼게."

유진이 바람 소리 같은 웃음을 흘렸다.

〈알았어. 궁금해 죽기 전에 약속부터 정하자. 어디서 볼까?〉

"카페 D라는 가게 아직 있어?"

우진은 모델 시절 맨해튼에서 한 번 찾았던 카페 이름을 떠올렸다.

〈5th Avenue에 있는 거? 물론 아직 있지. 거기서 볼래?〉

"그래. 장소는 거기로 하자. 그리고 시간은……."

마저 짐정리를 하는 것도 잊은 채, 우진은 그렇게 유진과의 통화에 열을 올렸다.

그리고 그로부터 정확히 이틀 하고도 12시간 후.

우진은 카페 D에서 유진과 얼굴을 마주하고 있었다.

앞에 놓여 있는 아메리카노를 우아하게 한 모금 마시며 유진이 먼저 입을 열었다.

"형, 여전히 신수가 훤하시네. 모델 하던 때보다 지금이 때깔이 더 좋아 보여?"

"그러는 너도 더 좋아 보인다? 방랑 화가 노릇이 이제 아주 몸에 붙었나 보네."

"나야 뭐."

유진이 어깨를 으쓱하자 우진이 피식 웃었다. 참 오랜만에 보는 데도 저 성격은 변함이 없었다.

그렇게 우진과 유진이 서로의 얼굴을 무심하게 훑어보는 사이.

그들 주변에서 커피를 마시고 있던 여성 한 무리가 유진과 우진을 보고 소곤거리기 시작하였다.

맨해튼에서 동양인을 보는 건 드문 일이 결코 아니었다.

하지만 키가 190에 가깝고, 어깨는 미식축구 선수만큼 떡 벌어진 단단한 몸매의 동양인 남성을 보는 건 드문 일이 분명했다.

게다가 두 남자의 얼굴은 길을 가는 사람들의 시선마저 잡아끄는 완벽한 이목구비였다. 카페 안에 있는 손님들은 그들이 동양계 모델일 거라 추측하며 저들끼리 떠들고 있었다.

그런 반응에 익숙한 형제는 주변의 소음을 무시한 채, 대화를 이어 갔다.

"일은 잘 해결됐어?"

"……아니, 실은 별로 잘 풀리진 않았어. 큰소리는 치고 왔는데."

우진은 아쉬움 가득한 얼굴로 한숨을 쉬었다.

"좀 더 시간을 들여 뒤져보면 분명 스타가 될 인물이 하나쯤은 나오겠지만, 2주 동안 열었던 서프라이즈 오디션으로는 어림도 없더라."

"오디션 때문에 온 거였어?"

"응. 새 걸그룹 준비 중이거든. 해외 진출을 염두에 두고 있어서 되도록 외국인 멤버를 넣을 예정이고. 미국 말고도 중국과 일본에서도 오디션은 진행 중이야."

"규모가 꽤 크네? 형이 ZIN에 들어간 이후로 최대 규모인 것 같은데?"

"맞아. 덕분에 아주 요새 힘들어 죽을 맛이야."

"그런 것치고는 얼굴이 너무 멀쩡해 보이시는데, 형님?"

우진이 중증의 불면증 환자라는 것을 아는 유진은 신기하다는 얼굴을 하였다.

"최근에 로렐라이를 한 명 친구로 사귀었거든. 아주 끝내주는 자장가를 불러 주는 로렐라이. 덕분에 잠을 푹 잘 수 있지."

능청스러운 미소를 지으며 우진이 턱을 괴었다. 그 모습을 보고 있자니 손이 근질거렸다. 별거 아닌 저 동작조차 우아한 차우진의 초상화를 그려보고 싶다는 욕심이 났으니까.

하지만 형이 절대 허락해 줄 리가 없었다. 그것을 잘 아는 유진은 제 안에 욕심을 꽁꽁 묻어둔 채, 장난스럽게 입을 열었다.

"로렐라이? 자장가를 침대에서 밤마다 불러 주나 봐?"

다른 사람이 했으면 저질스러워 얼굴을 찌푸렸을 말이었다. 하지만 유진의 산뜻함 덕에 불쾌함은 없었다.

"유감스럽지만 그런 건 아니야. 그냥 정말 좋은 노래를 불러 주는 사람이야. 그녀의 노래를 들으면 안심하고 잠들 수 있거든."

우진이 매우 진지하게 답하자 유진이 고개를 갸웃하였다.

"뭐야? 형답지 않게 왜 정색? 혹시 그 로렐라이가 형한테 환각제 같은 거 먹였어? 아니면 상한 음식?"

후. 우진은 턱을 괴고 있던 손을 풀고 웃어버렸다. 화요가 자신에게 환각제나 상한 음식을 먹이려고 노력하는 모습을 상상하는 것만으로도 웃음이 터졌다.

그녀는 절대 남을 속이거나 골탕을 먹일 수 있는 여자가 아니었다. 혹시라도 장난을 치기 위해 작은 거짓말을 한다 해도 금방 들통이 날 게 분명했다.

"그런 거 아니야. 너야말로 요새 만나는 사람은 있어?"

"아니. 요세는 사람 만나는 것도 귀찮아."

"벌써부터 늙은이 같은 소리 하기는."

핀잔을 주며 우진은 적당히 식은 커피로 입술을 적셨다. 유진은 그런 우진을 물끄러미 보았다.

주변에서 간간히 들려오는 사람들의 대화 소리, 그리고 카페 안에 그윽하게 퍼지는 커피 향이 형제 사이를 가득 메우고 있었다.

비록 아무 대화가 없어도 우진과 유진 모두 서로를 불편하다고 생각하지는 않았다. 다만 유진은 우진이 무언가를 묻기 위한 타이밍을 재고 있다는 걸 알아차렸다.

"그래서 형이 나한테 물어보고 싶다는 건 뭐야? 그거 때문에 보자고 한 거 아니야?"

우진은 만지작거리던 커피 잔을 테이블 위에 올려두었다. 눈치 빠른 제 동생 덕에 시간 낭비를 안 해도 된다는 사실이 고마웠다.

"얼마 전에 내가 '설화요'에 대해 물어봤던 거 기억나?"

"기억나지. 몇 년 전도 아니고 정말 얼마 전 이야기잖아. 근데 그게 왜?"

"혹시 고등학교 때 말이야. 설화요라는 그 사람이 노래를 하거나 하진 않았어? 합창단에 있었다거나 밴드 보컬을 했다거나."

"화요가? 아니. 내가 알기로는 그런 적은 없어. 걔 정말 소심해서 사람 앞에 잘 나서는 성격이 아니거든."

"그래? 그럼 음악 시간에 노래 부르는 시험 같은 건 없었어? 그때 노래를 불렀다거나……."

"음. 노래 시험?"

유진은 살짝 미간을 찌푸리고 기억을 더듬어 보았다. 벌써 10

년 가까이 된 일이라 바로 떠오르는 기억은 없었지만, 곧 그는 이상했던 일 하나를 떠올렸다.

"아― 그러고 보니…… 화요는 음악 시간에 가창 시험을 절대 안 보긴 했어. 덕분에 음악 점수가 안 좋았지. 2학년 때는 아마 예체능 교과목으로 미술을 선택했던 것 같아. 그림 그리는 걸 진짜 싫어했는데, 미술 선택을 했던 게 이상해서 기억나."

"가창 시험을 절대 안 봤다, 라."

우진은 턱 끝을 쓰다듬으며 생각에 잠겼다. 설화요의 노래가 사람을 잠재우는 이상한 힘을 갖고 있는 건 의심할 여지가 없다. 보아하니 화요 본인 역시 그걸 알고 있는 모양이었다.

"근데 그건 걔가 워낙 부끄러움이 많아서 사람들 앞에 안 나서는 타입이라 그랬던 것 같아. 친구들이랑 노래방 갈 때도 혼자만 슬쩍 빠지더라고. 화요가 목소리는 참 예뻐서 노래 부르면 되게 듣기 좋을 것 같았는데."

"그래? 흠."

한 가지 의문이 풀리자 우진은 곧 다른 것이 궁금해졌다.

화요의 그 능력은 선천적인 것일까? 아님 후천적인 것일까? 어쩌면 그녀의 겁 많은 그 성격은 그 이상한 힘을 얻게 되면서 생겨난 게 아닐까? 우진은 그렇게 추측하며 물었다.

"그럼 그 친구는 원래부터 그렇게 부끄러움이 많았어? 아니면 언제부턴가 그렇게 바뀐 거야?"

"응? 으음― 원래부터 일걸. 어릴 때부터 겁도 많고, 소심했다고 스스로 그랬거든."

아무래도 후천적인 능력은 아닌 모양이군. 그럼 그녀는 날 때부터 계속 그런 힘을 갖고 살아왔던 걸까? 우진은 어쩐지 화요가 가엽게 느껴졌다.

"그런데 왜 자꾸 화요에 대해서 묻는 거야?"

우진은 원래부터 동생의 교우관계에 큰 관심이 없는 형이었다. 그런데 그런 그가 이미 오래 전부터 연락이 닿지 않는 동창에 대해 꼬치꼬치 캐물으니, 상당히 수상하다는 생각이 들었다.

"저번에 물어본 그걸로 끝 아니었어? 혹시 진짜 화요랑 무슨 일 있는 건 아니지?

유진이 걱정스러운 얼굴을 하였다. 잠시 고민하던 우진은 동생의 걱정을 덜어주는 선에서 사실을 털어놓았다.

"그런 건 아니야. 최근에 우리 회사랑 계약했거든."

"뭐!? 화요가? 진짜?"

"그래, 진짜. 새 프로젝트에서 2,3곡 정도를 맡길 생각이야."

"우와, 이렇게 인연이 되기도 하네? 하하. 화요는 어때? 건강해? 잘 지내고 있어? 여전히 낯가림도 심해?"

오랜만에 들은 친구의 소식이 반가웠는지 유진이 기쁜 얼굴을 하였다. 어째서인지 우진은 그게 상당히 불쾌했기에 퉁명스럽게 답하였다.

"그렇게 궁금하면 직접 연락해서 물어보든가. 왜 그걸 나한테 물어?"

"치사하기는. 이게 뭐 큰일이라고 대답도 안 해 줘?"

"……그렇게 걱정이 많이 되는 친구면 평소에 연락 좀 하고 지내지 그랬어?"

"나야 당연히 그러고 싶었지. 하지만 화요가 그걸 원치 않는 것 같아서 참았어."

유진이 쓸쓸한 얼굴로 한숨을 푹 쉬었다.

"우리 집에 친구들 데리고 놀러갔던 날 있잖아. 형 다쳐서 구급차 부르고 난리 났던 날. 저번에도 말했지만, 그날 처음으로 형 발견 한 게 화요거든. 많이 놀랐는지 엄청 울더니 그 이후에는 날 좀 피하더라고. 아무래도 그 날 진짜 충격을 많이 받았나 봐. 그래서 그런가? 좀…… 많이 신경 쓰이더라, 화요가."

"……."

아까부터 이상하네, 이거. 우진은 얼굴을 찌푸리며 가슴을 손끝으로 쓱 문질렀다.

유진이 아련한 눈으로 화요에 대한 이야기를 할 때마다 그의 기분이 급속도로 나빠질 뿐만이 아니라 가슴이 답답해지는 기분이었다.

"차유진. 너 설화요 좋아했냐?"

그 찝찝함을 참다못한 우진이 단도직입적으로 물었다. 그러자 유진이 눈을 휘둥그렇게 뜨더니 작게 웃었다. 우진과 어딘지 모르게 닮았지만, 우진과는 달리 꿍꿍이가 없는 진심 어린 웃음이었다.

"좋아했지."

그렇게 말하는 유진의 말투는 우진이 생각한 것과는 조금 달랐다.

잠깐 당황한 우진은 곧, 그가 말한 '좋아함'이 정말 순수하게 친구로서 좋아했다는 뜻이라는 걸 알아차렸다. 유진의 다음 말에 그의 그런 생각이 더욱 굳어졌다.

"뭐랄까, 보고 있으면 다람쥐? 아님 토끼? 겁 많은 초식동물 같아서 보고 있으면 도와주고 싶었다고 해야 하나. 보호 본능을 자극하는 느낌?"

문득 우진의 머릿속에 전 남자 친구와 다투고 있던 화요의 모습이 떠올랐다.

평소 같으면 아무리 아는 사람이어도 그냥 모른 체 했을 상황이었는데, 우진은 저도 모르게 화요를 도와주고 말았다. 그녀를 꼭 도와줘야 할 것 같은 강한 책임감을 느꼈기 때문이었다. 아무래도 유진이 말하는 '보호 본능을 자극하는 느낌'은 그런 감각인 모양이었다.

"그런 점은 혜진이랑 좀 비슷하다는 생각도 들었…… 미안."

무심코 금기어를 꺼낸 유진이 움찔 놀라더니 얼굴을 딱딱하게 굳혔다. 우진은 조용히 커피를 마시고 입을 열었다.

"괜찮아. 넌?"

다른 사람이 들으면 무엇이 괜찮다는 건지 또 무얼 묻는 건지 의아해할 게 분명했다. 하지만 같은 아픔을 공유하고 있는 형제

답게 유진은 형이 무엇을 묻는 건지 금방 알아차렸다.

"……나도 괜찮아."

유진이 웃었다. 혜진의 장례식 이후 몇 번이나 보았던 그 미소는 여전히 슬프고 처연했다. 전혀 괜찮지 않다는 증거였다. 무언가 울컥이는 게 가슴 안을 콱 틀어막고 있는 것 같은 기분이 들어, 우진은 일부러 다른 말을 꺼냈다.

"그럼 조만간 한국 좀 들어와. 슬슬 여권 유효기간 끝나갈 때 아니야?"

"아직 여유 있거든요, 형님? 그래도 조만간 가긴 할게. 들어가야 할 일이 생기기도 했고."

"들어가야 할 일?"

"오늘은 커피 한 잔 얻어먹은 게 다니까, 한국 가서 맛있는 것 좀 얻어먹으려고."

순간적으로 가라앉은 공기를 떨쳐 버리려는 것처럼, 유진이 너스레를 떨었다. 피식 웃은 우진은 마지막 남은 커피를 들이켰다. 잔을 깨끗이 비운 그가 먼저 자리에서 일어섰다.

"그래. 그럼 이만 슬슬 가 보마. 한가한 그림쟁이와는 달리 네 형은 꽤 바쁘거든. 동생 밥 사 줄 돈도 벌어야 하고."

우진의 말에 유진은 코웃음을 쳤다.

"어련하시려고. 기왕이면 돈 많이 벌어서 미래가 불안정한 동생 노후도 좀 책임져 줘."

유진의 머리를 툭 때려준 후, 우진이 등을 돌렸다. 뒤에서 유진이 볼멘소리로 투덜거리는 게 들렸지만, 그는 성큼성큼 걸어 가게를 떠났다.

밖으로 나오자마자 찬바람이 우진에게 달려들었다. 맨해튼의 추위는 뺨을 에일 듯 서늘했다. 그는 코트 깃을 추켜올리며 걸음을 옮겼다.

"No way! You're so cheap!"

"Yeah. Right."

그의 옆으로 장난치며 웃는 동양계 여성 몇이 지나갔다.

이제 갓 고등학생이 된 것처럼 보이는 어린 소녀들 사이로 문 득 낯익은 얼굴이 보인 것만 같았다. 우진은 저도 모르게 걸음을 멈추고 말았다.

그녀들이 완전히 지나가고 나서도 그는 좀처럼 걸음을 옮길 수 없었다. 아마 혜진이가 살아 있다면 지금쯤 저만큼 컸겠지. 그의 입술에서 뿜어져 나온 찬 입김에 동그랗고 귀여운 소녀의 얼굴이 겹쳐졌다.

"오빠, 큰오빠. 어제도 못 잤어? 내가 노래 불러줄까? 내 가 용돈이 필요해서 그러는 건 아니고, 그냥 울 잘생긴 큰 오빠 얼굴에 주름이 생길까 봐 걱정되어서 그러는 거지."

그의 기억 속에 남아 있는 막내 여동생은 늘 웃음 많던 14살 소녀였다. 혜진은 그 이후로 우진의 기억 속에서 자란 적이 단한 번도 없었다. 아무리 시간이 흘러도 혜진은 중학교 교복이 살짝 크게 맞던 소녀의 모습 그대로였다.

한동안 걸음을 떼지 못하던 우진은 머리를 짓누르는 것 같은 통증에 얼굴을 확 찌푸렸다.

요즘은 좀처럼 느낀 적 없는 두통에 그는 당황하였다. 잠을 못 잔 것도 아니고, 몸 상태가 안 좋은 것도 아니었다. 그런데도 혜진에 대한 걸 떠올리자마자 찾아오는 두통에 그는 짜증이 치밀어 올라왔다.

그건 아직도 그가 동생의 죽음을 극복하지 못했다는 증거였으니까.

우진은 신경질적으로 코트 주머니에 손을 넣어 안을 휘저었다. 평소 같으면 금방 잡혔을 약병이 오늘따라 잡히질 않았다. 대신 주머니 속에서 딱딱한 무언가가 잡혔다. 반사적으로 그것을 꺼내 본 우진의 얼굴이 묘하게 바뀌었다.

USB. 그것을 물끄러미 내려다보던 우진의 얼굴이 한결 누그러졌다. 그는 주머니 안에 다시 USB를 넣고 호텔 방향으로 몸을 틀었다. 간헐적인 두통이 이어지고 있었지만 참지 못할 정도는 아니었다.

숙소에 가서 약을 먹고 화요의 노래를 들어야겠다는 생각에 그는 서둘러 걸었다.

그때, 지나가던 한 행인이 우진의 어깨를 툭 부딪쳐왔다. 주머니 속에 있던 손이 밖으로 밀려나오면서, 반사적으로 USB도 튕겨져 나와 바닥에 떨어졌다.

하지만 우진은 자신과 부딪친 행인의 사과를 받느라 그것을 전혀 눈치채지 못하였다.

"Sorry, are you all right?"

"No problem."

정중한 사과에 가볍게 대답한 우진은 그대로 앞으로 걸어 나갔다.

그에게는 생명줄과도 같은 USB가 주머니에서 감쪽같이 사라진 것도 모른 채.

"난 왜 굳이 테스트를 한 번 더 해야겠다는 건지 모르겠는데. 설화요 씨 실력은 나도 어느 정도 인정하는 바인데 김 프로듀서는 대체 뭐가 불만인 겁니까?"

ZIN 엔터테인먼트의 회의실 안.

정 선생이 김 프로듀서를 향해 따져 묻는 가운데, 화요는 처음 보는 남자와 나란히 어깨를 마주 하고 앉아 있었다.

그녀 옆에 있는 남자는 화요를 향해 못마땅하다는 기색을 고스란히 내비치고 있었다. 화요는 그가 릴라 프로젝트에 참여하기로 했던 김 프로듀서의 후배라는 걸 짐작할 수 있었다.

"정 선생님. 제가 불만이 있어서가 아니라 아무래도 신중을 기하자는 차원에서 한 번 더 테스트를 하자는 겁니다. 차 이사님도 허락하신 거고요. 그래서 윤 차장도 이 자리에 있는 거잖습니까."

정 선생은 고개를 휙 돌려 제 옆자리에 앉아 있는 윤 차장을 보았다. 윤 차장은 즐거워 보이는 얼굴로 화요와 화요 옆에 있는 작곡가를 번갈아 쳐다보고 있었다.

못마땅하게 그 둘을 보던 정 선생은 한숨을 푹 쉬었다. 그러더니 화요를 향해 안쓰러운 시선을 보냈다.

그녀에게 김 프로듀서를 조심하라고 충고한 만큼 정 선생은 화요에게 꽤 신경을 쓰고 있는 눈치였다. 그래도 제자라고 자신을 챙겨 주는 정 선생의 마음 씀씀이에 감동한 화요는 빙그레 웃었다.

"저는 괜찮습니다. 교수— 선생님. 김 프로듀서님 말씀대로 노래도 준비해 왔고요."

화요의 대답에 김 프로듀서가 반색하였다.

"보세요, 선생님. 본인도 저렇게 말하지 않습니까? 이럴 게 아니라 얼른 테스트를 끝내면 되지 않겠습니까? 자, 그럼 바로 시작합시다."

그렇게 말한 김 프로듀서가 블루투스 스피커를 켠 후 고갯짓을 한 번 하였다. 그러자 그의 후배가 잽싸게 준비해 온 USB를 내밀었다.

몇 분이 지나지 않아, 스피커에서 빠른 템포의 노래 한 곡이 흘러나오기 시작했다. 화요는 귀를 쫑긋 세우고 김 프로듀서의 후배가 가져온 노래에 귀를 기울였다.

데모곡임에도 불구하고 노래에 사용된 기타나 피아노의 음원이 완벽하였다. 아무리 생각해도 나흘 만에 나올 만한 퀄리티가 아니었다.

화요는 그제야 김 프로듀서가 전부터 이 테스트를 몰래 준비해 왔다는 것을 깨달았다. 모르긴 몰라도 김 프로듀서의 후배는 적어도 일주일은 넘게 이 노래를 준비해 왔을 게 분명했다.

그만큼 그가 준비해 온 노래의 완성도가 높았다.

객관적인 관점에서 화요는 자신의 노래가 상대 노래보다 부족한 점이 있다고 판단하였다. 하지만 그렇다고 해서 자신이 그보다 뒤지는 노래를 가져왔다고는 생각이 들지 않았다.

회의실에 울려 퍼지던 노래가 끝난 후, 윤 차장은 고개를 한번 갸웃하더니 종이에 무언가를 적기 시작하였다. 김 프로듀서는 제 후배를 향해 만족스러운 눈빛을 보냈다. 그 사이, 팔짱을 낀 채 눈을 감고 있던 정 선생이 입을 열었다.

"이제 설화요 씨도 준비한 노래를 한 번 재생시켜 보세요."

"아, 죄송하지만 그 전에 잠시 말씀드릴 게 있습니다."

화요가 머뭇거리며 입을 열자 사람들이 모두 그녀를 보았다. 자신에게 몰린 사람들의 시선이 부담스러웠지만 그녀는 차분하게 말을 이었다.

"저는 리드 보컬이 메인 보컬과 거의 비슷한 분량의 파트를 소화한다는 전제로 트렌디한 댄스곡을 만들었습니다. 그리고 리드 보컬이 밝은 소리를 내되, 메인 보컬은 어두운 소리를 내도록 음색을 가공했습니다. 어, 그러니까 이 노래는 일부 파트를 따로 떼어 내면 그 자체로도 하나의 곡이 성립될 수 있습니다."

윤 차장이 어리둥절한 얼굴로 화요를 보며 되물었다.

"파트를 따로 떼어 낸다고요? 그게 무슨 말이죠?"

"그건⋯⋯ 직접 들어보시면 알 것 같아요. 일단 들어보겠습니다."

화요는 앞서 김 프로듀서의 후배가 그랬던 것처럼 가져온 노래를 재생시켰다. 스피커에서 노래가 나오기 시작하자 사람들은 모두 귀를 쫑긋 세우고 화요가 가져온 노래에 귀를 기울였다.

노래가 시작되고 단 몇 초 만에 김 프로듀서의 표정이 미묘하게 바뀌었다. 윤 차장이나 정 선생 역시 흥미로운 얼굴로 스피커에서 나오는 노랫소리에 끝까지 귀를 기울였다. 그들의 얼굴에는 한결같이 '아니, 이럴 수가!'라는 경악이 쓰여 있는 것 같았다.

급기야 노래가 끝나자마자 윤 차장이 박수를 짝 치며 외쳤다.

"아! 이래서 따로 뗄 수 있다?"

화요가 말한 뜻을 그제야 알겠다는 것처럼 윤 차장이 즐거워하였다. 정 선생 역시 숙제를 아주 잘해 온 학생을 보는 것 같은 기특한 눈빛으로 화요를 보고 있었다. 화요는 뿌듯함에 절로 어깨가 으쓱하는 것을 느꼈다.

"베이스를 이런 식으로 섞어버리는 건 진짜 참신한데요? 벌스에서 코러스로 넘어갈 때 느낌이 확 틀려서 재미있네. 코러스에서 쓴 기타는 어디 소스지? 그리고 베이스가 딱딱 안 끊어지고 넘어가는 느낌이……."

"포르타멘토를 쓴 것 같은데?"

"아, 맞아요! 그런 것 같네요. 딴, 딴, 딴! 딴— 이 아니라 딴, 딴, 따안! 딴— 이런 느낌이더라고요."

"음, 레이어 겹친 부분도 정말 좋군. 단일 음색이라면 밋밋했을 텐데 이런 식으로 음을 겹치니까 괜찮네."

신이 난 정 선생과 윤 차장은 저들끼리 화요의 노래를 분석하느라 정신이 없었다. 이미 화요의 실력을 알아보겠다는 핑계의 테스트는 뒷전이었다.

김 프로듀서와 그의 후배는 인정사정없이 얼굴을 구기고 있었다. 이대로 가다간 본전도 못 찾겠다는 생각에 김 프로듀서는 재빨리 입을 열었다.

"그…… 상당히 재미있는 건 사실인데 아무래도 곡 완성도가 좀 부족한 게 아닐까 싶은데요."

그 말에 정 선생과 윤 차장은 얼굴을 마주 보았다.

"흠, 완성도라."

"그러게요, 완성도는 뭐…… 김 프로듀서님 말대로 좀 부족하긴 하네요. 베이스가 조금 부족한 느낌? 대신 리듬 부분이 탄탄하던데. 처지겠다 싶은 부분에서 비트 한 번 살짝 올려주니까 좋고."

고개를 휙 돌린 윤 차장이 화요를 향해 물었다.

"화요 씨, 리듬 작업 하는데 어느 정도 시간이 걸렸어요?"

"네? 아— 하루하고도 조금 더요. 제가 원래 리듬 작업에서 좀 손이 느려서……."

"이 리듬이 하루 만에 나왔다고? 그럼 노래는 얼마 만에 나온 건가?"

흥분한 것인지 정 선생의 말투가 어느새 작곡가 동료가 아닌 제자를 대하는 말투로 돌아와 있었다. 하지만 그 사실을 신경 쓰는 사람은 아무도 없었다.

"나흘 전에 김 프로듀서님이 말씀하시고 바로 작업 들어갔으니까 사흘하고 반나절 정도 더 걸렸어요."

그 말을 들은 윤 차장이 대뜸 김 프로듀서의 후배에게 물었다.

"김 프로듀서님이 추천하신 분 노래는 완성도가 상당히 높던데 어느 정도 시간이 걸린 거죠?"

갑작스럽게 질문을 받은 그는 선뜻 대답을 하지 못하고 우물쭈물하였다. 여기서 솔직하게 자신은 예전에 작업한 노래를 들고 왔다고 한다면 사람들의 질타를 받을 게 당연했으니까.

하지만 그렇다고 해서 작업 기간을 속인다면, 나중에 들통났을 때가 또 문제였다. 한참을 끙끙 앓던 그는 결국 솔직하게 털어놓았다.

"저는 전에 작업해 둔 노래라…… 한 달 정도……."

"한 달? 그럼 뭐, 설화요 씨도 한 달 정도 작업했으면 저 정도

완성도는 나올 것 같은데. 어떻게 생각하세요, 정 선생님?"

"충분히 나올 거야. 설화요 저 친구가 예종대 출신이라 잘 아는데, 졸업 작품으로 냈던 노래 완성도도 상당히 좋았어."

김 프로듀서는 모처럼 준비한 자신의 계획이 물거품으로 돌아가게 생겼다는 걸 깨닫고 애꿎은 화요를 노려보았다. 화요는 그것도 모른 채, 대화에 열을 올리는 윤 차장과 정 선생을 지켜보고 있었다.

"아, 정 선생님 제자였나요? 그럼 뭐 굳이 테스트 이거 할 필요 있어요? 선생님 보시기에는 저 친구 실력 어떤데요?"

"음…… 경험은 아직 부족하긴 하겠지만, 실력 자체는 나쁘지 않지. 저 친구 상당히 감각이 있어."

좀처럼 후한 칭찬을 하는 법이 없는 정 선생의 말에 화요의 얼굴이 환해졌다. 업계 대선배이자 존경하는 교수님에게 칭찬을 받았으니 기분이 고공비행을 하는 건 당연했다.

"그럼 뭐, 테스트 하는 의미가 굳이 필요한가요? 혹시 좋은 노래 듣고 좀 쉬다가 일하라는 우리 팀장님과 이사님 배려였나요?"

윤 차장이 의미심장하게 던진 말에 정 선생이 껄껄 웃음을 터트렸다. 김 프로듀서와 후배만이 웃지 못하고 굳은 얼굴을 하고 있었다. 아주 속이 시원하다는 얼굴로 정 선생이 말했다.

"뭐, 결론이 난 것 같긴 하지만 그래도 한번 정리해 볼까요? 나는 김 프로듀서가 데려온 친구보다 설화요 씨가 이번 프로젝트 참여 멤버로 더 적합하다고 생각하는데, 윤 차장은 어떻게 생각합니까?"

"동감이에요. 객관적으로 보았을 때 설화요 씨 노래가 더 좋네요. 분명 완성도가 좀 부족하긴 하지만 나흘 만에 나온 곡이라는 걸 감안하면 충분히 훌륭한 수준이고요."

"흠, 그럼 김 프로듀서는 어떻게 생각합니까?"

정 선생이 아무 말 없는 김 프로듀서를 향해 심술궂게 물었다. 헉 소리가 나게 어려운 과제로 학생들을 괴롭히던 교수님다운 모습이었다.

"……후우. 네, 좋습니다. 이번 프로젝트는 설화요 씨가 같이 하는 걸로 하시죠."

내던지듯 말을 뱉은 김 프로듀서는 자리에서 벌떡 일어섰다. 그는 후배를 향해 무언의 눈빛을 보낸 후, 정 선생과 윤 차장을 향해 인사를 하였다.

"죄송하지만, 전 먼저 일어나 봐야겠습니다. 해야 할 일이 있어서."

"뭐, 그러시겠죠."

윤 차장이 이해한다는 얼굴로 고개를 끄덕였다. 김 프로듀서의 얼굴이 벌그죽죽하게 변하였다. 그는 화요를 향해 고개를 획 돌리더니

"어디 한번 잘해 봅시다. 설화요 씨."

라는 말을 무섭게 남기고 밖으로 나가 버렸다. 김 프로듀서의

후배 역시 엉거주춤 인사를 하고 그 뒤를 따랐다.

밖에서 김 프로듀서가 버럭 화를 내는 소리 같은 것이 들려왔지만, 회의실에 남아 있는 이들은 아무도 그것을 신경 쓰질 않았다.

"에휴, 지쳤다. 그럼 전 식당에 가서 늦은 점심이나 먹어야겠네요. 정 선생님, 점심 안 드셨으면 같이 안 가실래요? 드셨어도 같이 가서 대화 상대나 해 주시면 더 좋고."

"넉살 좋긴. 알았어, 갈게. 화요 자네는 어쩔래?"

"아, 저는 아까 먹어서…… 괜찮습니다."

사실 긴장 때문에 아침부터 굶었지만, 여전히 밥 생각이 없었다. 화요가 어색하게 웃으며 거짓말을 하자, 윤 차장은 매우 아쉽다는 얼굴을 하였다.

"그래요? 유감이네. 다음에 식사 한번 같이 해요. 그럼 정 선생님, 가시죠."

"그러지."

윤 차장과 정 선생마저 나가자 회의실 안이 조용해졌다. 그제야 숨이 트인 화요는 의자에 털썩 주저앉았다. 나흘 동안 제대로 먹지도 자지도 못하고 노래를 만들어왔던 만큼, 긴장이 풀리자 온몸에서 힘이 빠져나갔다. 그래도 기분은 말 못 하게 좋았다.

'차 이사님 돌아오시면 제일 먼저 알려드려야지.'

비록 친한 사이는 아니었지만, 우진이 자신을 많이 걱정하고 있다는 걸 화요는 알고 있었다. 그래서 제일 먼저 그에게 이 사실을 알리고 싶었다.

자신을 못마땅하게 여기는 김 프로듀서에게 실력으로 인정받았다는 것을.

"이사님이 가신지 4일째니까, 그럼 이제 이틀 남았네……"

우진이 돌아올 날을 헤아려 보던 화요는 문득 주머니에 있는 휴대폰이 울리고 있다는 것을 깨달았다. 얼른 휴대폰을 꺼내보니 액정에 발신자 번호 표시 제한이라는 표시가 떠있었다.

어라, 누구지? 화요는 의아한 얼굴을 한 채 전화를 받았다.

하지만 수화기 너머에서 들려오는 기분 나쁜 소리에 화들짝 놀라 휴대폰을 떨어트리고 말았다.

뭐지? 이게 대체 뭐야?

화요는 커다란 눈을 깜빡이며 조심스레 휴대폰을 주워들었다.

어느새 전화가 끊겨 있었기에 수화기에서 들리는 소리는 전화가 끊겼음을 알리는 기계음뿐이었다. 불안한 얼굴로 휴대폰을 만지작거리던 화요는 곧, 이 전화가 질 나쁜 장난 전화라고 결론을 내렸다.

세상에는 할 일 없는 사람도 참 많네. 이런 일은 빨리 잊어버려야겠다며 화요는 아무렇지 않은 척, 한숨을 쉬었다.

하지만 가슴 한구석에 슬그머니 내려앉은 불안감은 좀처럼 가시질 않았다.

5

Goodnight, chocolate

테스트 사건 이후, 김 프로듀서가 노골적으로 화요를 무시하거나 업신여기는 일은 없었다. 무엇보다 정 선생이 눈을 시퍼렇게 뜨고 있었기 때문에 감히 그 앞에서는 화요에게 뭐라고 하지 못했다.

하지만 화요는 김 프로듀서가 자신을 괴롭힐 기회를 호시탐탐 엿보고 있다는 걸 알 수 있었다.

그래도 화요는 크게 신경 쓰지 않았다. 사실 김 프로듀서보다 더욱 신경 쓰이는 일이 있기 때문이었다.

드르륵―

오랜만에 집에서 편안히 작업을 하고 있던 화요는 휴대폰의 진동 소리에 깜짝 놀랐다. 그녀는 조심스럽게 휴대폰 액정을 확인한 후, 얼굴을 찌푸렸다.

또 누군지 알 수 없는 상대로부터 걸려온 전화였다.

화요는 전화를 재빨리 끊어버리고, 요란하게 뛰는 심장을 진정시키기 위해 깊게 심호흡을 하였다.

벌써 몇 번째일까.

처음 이런 전화가 걸려왔던 이후, 하루에 세 번 정도는 기분 나쁜 전화가 걸려왔다.

물론 되도록 전화를 무시하였지만, 상대는 집요했다.

새벽 3시 혹은 아침 6시, 그때쯤 전화가 걸려오면 화요는 잠결에 전화를 받게 되고 말았다. 그런 일이 몇 번 반복되자 잠들기 전에 아예 휴대폰을 꺼두는 것이 습관이 되었다.

드르륵—

또 다시 휴대폰이 울렸다. 화요는 무서움과 분노가 섞인 얼굴로 휴대전화를 집어 들었다가 안도의 한숨을 내쉬었다. 이번에 액정에 뜬 번호는 낯선 것이 아니었다. 그녀는 서둘러 친구 미나에게서 온 전화를 받았다.

"미나야!"

〈어머, 웬일로 이렇게 반가워하며 전화를 받아? 평소에는 다 죽어 가는 목소리로 받더니.〉

화요가 평소와 좀 다르다는 걸 눈치 챈 미나가 의아하다는 듯 물었다. 괜한 일로 친구를 걱정시키고 싶지 않았기 때문에 화요는 얼른 말을 얼버무렸다.

"아니야. 그냥 반가워서."

〈후. 그렇게 반가우면 먼저 연락 좀 해. 맨날 내가 연락해야 목소리 좀 듣고 사네.〉

"미안해. 요새 정신이 좀 없었거든."

미나의 툴툴거리는 목소리에 화요가 웃으며 사과를 하였다. 미나 역시 웃으며 이해한다는 어조로 말했다.

〈하긴 바빴겠지. 어때? 큰 회사 물은 좋아?〉

"음, 좋은 것 같아. 아, 맞아! 나 이번에 정 교수님이랑 같이 일한다?"

〈뭐? 정 교수님이면 정서유 교수님? 대박! 이번에 ZIN에서 뭔가 큰 건 하나 준비하는 것 같다는 소문 돌던데 진짜인가 보다?〉

"응, 자세한 건 말 못하지만, 아마 조만간 정식으로 발표가 있긴 할 거야."

화요는 다음 주부터 시작될 국내 오디션을 떠올리며 대답하였다.

지금이야 되도록 프로젝트 릴라에 대한 정보가 외부에 새어 나가지 않도록 막고 있지만, 국내 오디션이 진행되면 정보를 모두 통제하는 건 불가능할 게 분명했다. 그래서 ZIN에서는 오디션 진행과 동시에 대형 걸그룹을 선보일 준비를 하고 있다는 기본적인 정보만을 공개할 예정이었다.

〈그나저나 듣자 하니 ZIN의 차 이사가 성질이 그렇게 더럽다던데, 너 괜찮아?〉

"응? 뭐?"

〈아니, 너 전화 받고 나서 나도 궁금해서 ZIN에 대해 이것저 것 알아봤는데…… 차우진 대표에 대한 소문이 영 안 좋더라고. 모델 일 할 때도 성격 더러운 걸로 유명했나 본데, ZIN에 들어간 이후로 더더욱 소문이 안 좋아졌다고 해야 하나?〉

"……차 이사님 소문이 대체 어떤데?"

〈음, 여러 이야기가 있긴 한데 가장 최근에 들은 건 이거야. 작년에 개봉했던 '12월의 정원'이라는 영화가 하나 있는데, 이 게 ZIN에서 투자했던 영화 중 하나거든. 영화 자체는 괜찮았는 데, 상업적으로는 성공을 못 했어. 그래서 이때 투자를 결정했던 ZIN 기획팀 직원이 차 이사한테 엄청 깨지고 잘렸다는 말도 있 더라. 그 직원이 그동안 다른 쪽으로도 공헌한 게 많았는데도 단 칼에. 진짜 살벌하지 않아?〉

미나의 말에 화요는 잠시 입을 다물었다. 그녀가 처음 본 차 우진이라면 분명 그렇게 냉정하게 대응을 했을 수도 있다는 생 각이 들었다.

하지만 지금은 그때와는 분명 달랐다.

"아마 그건 다른 이유도 있었을 거야. 차 이사님이 그렇게 막 차갑기만 한 분은 아닌 것 같아."

사실 이런 말을 할 정도로 화요는 우진에 대해 아는 게 별로 없었다. 기껏해야 몇 번 대화하고, 얼굴을 마주 한 게 전부였으 니까.

그래도 그녀는 자신의 머리를 쓰다듬어 주던 우진의 손이 얼마나 다정했는지를 기억하고 있었다. 자신을 향해 웃던 그의 얼굴이 정말 상냥했다는 사실도.

어째서 그를 처음에는 무서운 사람이라고 생각했던 걸까.

생각해 보면 우진은 자신이 민우 때문에 곤란할 때 달려와서 도와주기까지 했던 사람이었다. 사적으로도 그의 도움을 받았던 화요는 새삼 우진에게 고마움을 느꼈다.

〈어머, 그래?〉

"응. 소문은 어차피 다 믿을 게 못 되잖아. 차 이사님, 정말 그렇게 나쁜 분 아니야. 나한테 정말 잘해 주시거든. 작업에 집중하라고 ZIN에 개인 작업실도 마련해 주셨어."

우진이 자신 앞에서만 다정한 사람이 된다는 걸 알 리 없는 화요는 열심히 그의 편을 들었다.

〈흐음? 개인 작업실? 흐음, 개인 작업실이라.〉

미나는 무언가 수상하다는 것처럼 같은 말을 반복했지만, 그 이상 무언가를 묻거나 말하지는 않았다.

그 후, 두 사람은 사소한 이야기로 수다를 떨었다. 덕분에 수화기 너머에서 누군가가 미나를 무르는 목소리가 들려올 때쯤에는 시간이 제법 지나있었다.

〈어머머, 시간이 벌써 이렇게 늦었네? 나 이만 끊어야겠다. 화요야, 다음에는 네가 연락 좀 해라. 하여간 죽었는지, 살았는지도 내가 꼭 챙겨야 한다니까!〉

"알았어, 미안해. 다음에는 내가 먼저 연락할게."

화요가 웃음기 어린 목소리로 대답하자 미나는 전화를 끊기 전, 마지막으로 의미심장한 말을 남겼다.

〈참, 화요야. 일반적인 관점으로 보았을 때 말이야, 남자가 여자에게 유독 잘해 주는 건 이유가 다 있단다. 잊지 마, 알겠지?〉

"뭐? 야, 미나—"

당황한 화요가 그게 무슨 말이냐고 따지기도 전에 전화가 끊겨버렸다.

뚜— 뚜—

기계음을 들으며 멍청히 있던 화요는 미나의 말을 되새겨 보며 중얼거렸다.

"남자가 여자에게 유독 잘해 주는 이유?"

그 이유를 짐작하기 위해 화요가 고개를 갸웃하던 찰나.

갑자기 현관문 앞에서 누군가가 문을 두들기는 소리가 들려왔다.

그녀는 반사적으로 대답을 하며 자리에서 일어섰다. 그리고 문 앞에 서서 "누구세요?" 라는 질문을 던졌다.

하지만 아무리 기다려도 문밖에서는 아무 대답이 돌아오지 않았다.

내가 잘못 들었나? 화요는 이상하다는 얼굴로 현관을 서성이다 다시 방안으로 들어왔다.

그때 그녀의 눈에 테이블 위에 놓여 있는 휴대폰이 들어왔다.

저도 모르게 걸음을 멈춘 화요는 현관문 쪽과 휴대폰을 번갈아 쳐다보았다.

설마, 하는 생각에 잠시 불안해 하던 화요는 고개를 저었다. 자신의 생각이 지나친 것이라고 스스로를 억지로 안심시키며.

"중국에서 최종 선발된 참가자는 16살 소녀 나나로……."

시원하게 뻗은 눈썹을 팔자로 찌푸린 우진은 김 비서의 말에 귀를 기울이는 동시에 책상 위에 있는 서류를 확인하느라 정신이 없었다.

맨해튼에 다녀오기 전에 이리저리 바쁘게 뛴 덕에 밀린 일이 많지는 않았지만, 그래도 자리를 며칠 비웠던 터라 한가하진 않았다.

"―이상 다음 주부터 진행될 국내 오디션 일정이…… 괜찮으십니까, 이사님?"

"뭐가 말입니까?"

김 비서의 걱정스러운 목소리에 우진은 다소 가시 돋친 차가운 목소리로 대답하였다.

아이쿠, 우리 이사님 기분이 썩 좋지 않으시군. 몇 년간 우진을 수행한 덕에 김 비서는 그의 기분이 매우 저조하다는 것을 바로 감지할 수 있었다.

대체 뭐가 문제였을까? 김 비서는 생각해 보았다.

분명 맨해튼에 가기 전까지만 해도 우진은 평소보다 상태가 좋아보였다. 하지만 맨해튼에서 돌아온 우진은 출장을 가기 전과는 천지차이였다.

미국에서 괜찮은 참가자가 없어서 이러시나. 한참을 고민한 김 비서가 떠올린 이유는 고작 그런 것이었다.

"회장님 결재 나온 거죠? 그럼 일정 그대로 진행하세요."

우진은 신경질적으로 미간 사이를 문지르며 김 비서에게 손짓하였다. 그것이 이만 나가보라는 신호라는 걸 알아들은 김 비서는 정중하게 고개를 숙여 인사한 뒤 뒤로 물러섰다. 쓸데없는 불똥이 튀기 전에 빨리 자리를 피할 생각이었다. 하지만 김 비서가 몸을 돌린 순간, 우진이 급하게 그를 불렀다.

"아, 잠시만. 김 비서. 김 프로듀서가 한다던 테스트는 어떻게 되었습니까? 설화요 씨 실력을 보니 어쩌느니 하던 그거."

김 비서는 재빨리 자세를 바로 하고 답하였다.

"그 테스트라면 최종적으로 설화요 씨가 하기로 결정되었습니다."

"김 프로듀서가 용케 인정했네. 설화요 씨는 어때요? 그 일로 마음 상해하거나 그러지는 않았습니까?"

우진이 제법 걱정스러운 음색으로 묻자 김 비서는 순간적으로 당황하였다. 그가 유독 설화요라는 신인 작곡가를 챙기고 있다는 생각이 들긴 했지만, 설마하니 화요의 기분까지 신경 쓸 거라고는 생각하지 못했기 때문이었다. 김 비서는 최대한 신중하게 대답하였다.

"아니요, 그런 것 같지는 않았습니다. 지금은 김 프로듀서를 제외한 다른 팀원들과도 원만하게 지내고 있는 것 같고요."

"그래요, 알았습니다. 나가 보세요."

다시 한 번 인사를 한 김 비서가 나가자마자 우진은 또 다시 신경질적으로 이마를 문질렀다. 맨해튼에서 시작된 두통이 좀처럼 가라앉질 않고 있었다.

그는 괜한 화풀이를 하고 싶은 기분을 꾹 눌러 참으며 서랍에서 진통제를 꺼내 들었다.

습관처럼 약을 입 안에 털어 넣으려던 우진은 멈칫하였다. 아무리 진통제를 먹어 봐야 소용이 없다는 건 이미 알고 있었다. 그는 쓰레기통에 약을 버린 뒤, 관자놀이를 손끝으로 눌렀다.

이럴 때는 화요의 노래가 그 어떤 약보다도 효과가 있었지만, 문제는 그녀의 노래가 녹음된 USB가 없어졌다는 사실이었다.

대체 그걸 어디서 잃어버린 걸까. 우진은 무거운 한숨을 내쉬었다. 맨해튼에서 유진과 만난 뒤, 숙소로 돌아온 우진은 바로 화요의 노래를 들으려고 했다.

하지만 분명 주머니 안에 있던 USB가 없었다. 그 사실을 깨달은 순간에는 좀처럼 당황하는 일이 없는 우진의 등 뒤로 식은땀이 주르륵 흐를 정도였다. 그는 미친놈처럼 호텔 방을 발칵 뒤집었고, 유진과 만났던 카페까지 찾아갔으며, 급기야는 길바닥까지 낱낱이 살펴보았다.

그럼에도 불구하고 USB는 찾을 수 없었다.

덕분에 우진은 또다시 불면증과 지독한 두통에 시달리고 있었다. 낮에는 끝이 뾰족한 바늘 수백 개가 머리를 찍어 내리는 것 같은 통증 때문에, 그리고 밤에는 발작처럼 찾아오는 수면장애 때문에 미칠 것만 같았다.

"하아—"

한동안 눈을 감고 있던 우진은 깊은 한숨과 함께 천천히 눈을 떴다. 그 얼굴에는 지친 기색이 가득하였다. 그는 거의 충동적으로 전화기를 집어 올린 뒤, 화요에게 전화를 걸었다.

몇 번의 신호음 후, 전화는 바로 연결되었다.

〈아, 여보세요? 이사님?〉

조심스럽게 전화를 받는 그녀의 모습이 눈앞에 그려지는 것 같아 우진은 저도 모르게 픽 웃었다. 기분 탓인지는 몰라도 화요의 목소리를 듣는 순간, 통증이 조금 약해진 것만 같았다.

"화요 씨. 지금 작업실에 있어요? 아님 집이에요?"

〈저요? 전 지금 작업실인데…… 혹시 무슨 일 있으세요?〉

"네, 무슨 일 있어요."

〈네?! 무슨 일—〉

"내가 지금 화요 씨 보러 갈 테니까 잠깐만 기다려요."

〈네? 아—〉

우진은 화요가 무어라 대답을 하기도 전에 전화를 끊고 자리에서 벌떡 일어섰다.

이상하게도 지금 당장 그녀를 만난다면 이 죽을 것 같은 통증에서 조금이라도 벗어날 수 있을 것 같다는 생각이 들었다. 상식적으로 자신의 생각이 말이 안 된다는 걸 알고 있었다. 그런데도 마음이 우진에게 지시했다.

지금 당장 설화요를 만나라고.

우진은 욕망에 충실하였다. 단숨에 화요의 작업실까지 달려온 그는, 노크도 없이 멋대로 문을 열었다. 혼자 앉아 작업 중이던 화요가 우진을 보고 놀란 얼굴을 하였다.

"이사님, 어, 안녕하세요?"

당황한 기색이 역력한 얼굴로 화요가 우진에게 인사를 하였다. 그 모습을 본 우진의 입가에 작게 미소가 걸렸다. 다른 사람 앞에서는 억지로 웃는 것조차 힘들었는데, 화요를 보니 이상하게도 편하게 웃을 수 있었다.

"그래요, 안녕. 잘 지냈어요, 화요 씨?"

우진의 다정한 인사에 화요가 엉거주춤 자리에서 일어서며 물었다.

"네, 저는 잘 지냈어요. 이사님은요?"

전혀 잘 지내지 못했지. 화요의 노래가 든 USB를 잃어버렸고, 낮에는 두통에 시달렸으며 밤에는 불면증으로 고통 받았다. 게다가 어렵사리 잠이 들려하면 어김없이 끔찍한 악몽이 그를 찾아왔다. 최악도 이런 최악이 없었다.

그래도 우진은 그런 내색 없이 웃었다.

"잘 지냈죠."

하지만 우진의 대답에 화요는 오히려 걱정스러운 얼굴을 하였다. 아무래도 우진의 상태가 좋지 않다는 걸 눈치 챈 모양이었다. 우진은 말을 돌릴 겸 일부러 다른 이야기를 꺼냈다.

"갑자기 불쑥 찾아와서 미안해요. 들자 하니까 김 프로듀서가 낸 테스트를 잘 끝냈다기에 축하하고 싶어서 찾아왔어요."

급히 생각해낸 허술한 변명이었지만, 사람 좋은 화요는 그 말을 곧이곧대로 믿는 눈치였다.

"축하는요. 그냥 당연히 해야 하는 걸 한 건데요."

"그래도 힘들지 않았어요? 김 프로듀서가 꽤 피곤하게 했을 것 같은데."

김 프로듀서가 일방적으로 상황을 조작할 수 없도록 미리 손을 썼지만, 그래도 화요가 김 프로듀서의 테스트를 통과하는 게 쉽지는 않았으리라. 우진이 걱정스레 물은 말에 화요는 얼른 고개를 저었다.

"아니요. 괜찮았어요. 그리고 전에도 말씀드렸잖아요. 저 좀 피곤한 것도 괜찮아요."

화요는 수줍게 웃으며 말했다. 그녀의 그 모습에 우진은 따뜻한 무언가가 가슴 안에서 퍼져 나가는 것을 느꼈다. 아까까지는 머리를 옥죄는 것 같던 통증 역시 점차 희미해지고 있었다.

그것을 깨달은 우진은 충동적으로 말했다.

"화요 씨, 뭐 갖고 싶은 거 없어요?"

"네? 갖고 싶은 거요?"

"테스트를 잘 끝냈으니까 뭔가 보상이 있어야 하지 않아요? 갖고 싶은 거 있으면 말해 봐요."

화요는 당황한 듯 고개를 붕붕 저었다. 그녀에게 있어서 김 프로듀서의 테스트는 당연히 치러야 하는 일이었다. 그렇기에 보상 같은 걸 생각하거나 바란 적은 없었다.

하지만 우진은 우진 대로 그녀에게 무언가를 주고 싶어 안달이었다. 자신이 화요에게 다정하게 대하면 대할수록 그녀는 자신에게 호의를 갖게 될 것이기에.

그리고 그렇게 된다면 화요를 계속 곁에 두고 언제까지나 그녀의 노래를ㅡ

거기까지 생각한 우진은 저도 모르게 굳어졌다. 지금 자신이 하고 있는 행동이 '누군가'와 무척 닮았다는 걸 떠올렸기 때문이었다.

절대 자신을 돌아보지 않는 어머니에게 돈을 퍼부으며 애정을 갈구하던 아버지. 가장 혐오하는 그 남자의 모습이 떠오르자 우진은 저도 모르게 주먹을 꾹 쥐었다.

"이사님?"

화요는 갑자기 무서운 표정으로 입을 다문 우진을 보고 의아하다는 얼굴을 하였다. 가만히 보니 그의 얼굴이 맨해튼에 가기 전보다 좀 핼쑥해져 있는 것 같았다.

"왜 그러세요? 혹시 어디 안 좋으세요?"

걱정스러운 마음에 화요는 손을 들어 우진의 이마에 살짝 댔다. 그리고 우진의 이마가 제법 뜨겁다는 걸 깨닫고, 깜짝 놀랐다.

"이사님! 열 있으세요. 혹시 감기 걸리셨어요?"

"네? 아니, 감기는—"

감기 일리는 없었다. 아마 오래 잠을 자지 못한데다가 두통 때문에 열이 오른 것일 뿐이었다. 하지만 그 속사정을 털어놓을 수 없었기에 그는 입을 다물었다.

그 사이, 화요는 우진을 얼른 자리에 앉혔다.

"약은요? 병원은 가셨어요?"

"……아니요, 한국에 들어오고 나서 바로 회사로 왔습니다. 회장님께 미국 오디션 상황 보고를 해야 했고, 중국 쪽 오디션 합격자 정보도 받아야 해서."

그래서 쉴 틈이 없었다는 우진의 말에 화요는 안타까운 얼굴을 하였다.

"그래도 잠깐이라도 쉬시면 안 돼요? 아플 때 일하면 실수할 수도 있잖아요. 아주 잠깐이라도 쉬시는 게 좋을 것 같은데."

우진이 씁쓸하게 웃었다. 그 역시 쉴 수만 있다면 쉬고 싶었다. 하지만 아무리 침대에 누워 눈을 감아도 그의 몸과 마음은 편안해지지 않았다. 오히려 잊고 싶은 기억들이 떠올라서 괴로워질 뿐.

고개를 살짝 숙인 우진은 화요가 뭐라 대답할지 알면서도 물었다.

"……그럼 화요 씨. 노래 한 곡만 불러줄래요?"

"네에!? 노래요?"

우진의 갑작스러운 말에 화요는 얼마나 놀랐는지 뒤로 몇 걸음이나 물러섰다.

"제, 제, 제, 노래를 왜……."

화요는 또다시 못 들을 말을 들은 사람처럼 얼굴이 새하얗게 질리고 말았다. 가벼운 마음으로 말을 꺼냈던 우진은 그녀가 가여워졌다. 화요를 안심시켜주기 위해 우진은 얼른 장난스러운 표정을 하였다.

"별 건 아니에요. 말했잖아요. 난 좋은 노래 들으면 잠이 온다고. 그래서 화요 씨 노래 들으면서 좀 쉬고 싶었거든요."

화요는 우진의 말에 더더욱 곤란한 표정을 지었다. 우진은 속으로 쓴웃음을 지었다. 난 늘 당신을 곤란하게 만드는군.

평소 같으면 상대가 얼마나 곤란해 하건 말건 상관없이 제 마음대로 행동했을 우진이 자리에서 일어섰다.

지독한 두통 때문에 아주 잠깐, 화요가 아주 겁 많은 사람이라는 걸 잊고 있었다.

"농담입니다. 그냥 한 번 해본 말이니까 신경 쓰지 마세요. 전 이만 가 보죠. 혹시 나중에라도 갖고 싶은 거 생각나면 말해요."

우진은 문가로 향하였다. 등 뒤에서 화요가 자신의 눈치를 살피고 있다는 걸 알 수 있었지만, 그는 일부러 뒤를 돌아보지 않았다.

그는 지금 '화요에게 부담을 주지 말자'는 매우 기특한 생각을 행동으로 실천하고 있었다.

"차 이사님!"

그가 막 문을 빠져나가려는 찰나, 화요가 우진을 불렀다. 혹시나 하는 기대에 우진이 고개를 돌렸다. 화요는 미안함이 가득한 눈으로 그를 보고 있었다.

"······시간 날 때는, 꼭 쉬세요."

당신이 노래를 불러준다면 언제든 그럴 수 있을 텐데. 그 말이 입 안에서 맴돌았지만 우진은 그저 웃었다. 지금은 화요와 이렇게 대화를 하는 것만으로도 괜찮았다. 여기까지 그녀를 데리고 오는 것만 해도 충분히 강제적인 방법을 썼다.

만일 그동안 자신이 한 짓을 화요가 안다면 틀림없이 놀라 도망칠 것이다.

우진은 그것을 원치 않았다.

자신은 아버지와 달랐다. 그리고 화요는 어머니와 달랐다.

그는 화요가 스스로 원해서 제 옆에 있길 원했다. 그러니 지금은 신중히 행동해야만 했다. 만일 여기서 더 욕심을 낸다면 아버지와 같은 길을 걷게 될 게 분명했다. 우진은 그것이 두려웠다.

"고마워요. 화요 씨도 너무 무리하지 마요."

어떻게 하면 당신은 스스로 자신의 비밀을 밝힐까. 언제쯤이면 날 완전히 믿어 줄까.

그런 복잡한 감정을 가슴에 묻은 채, 우진은 웃었다.

지금은 그저, 이렇게 그녀와 대화를 나눌 수 있는 것만으로도 좋았다.

프로젝트 릴라의 국내 오디션 준비가 본격적으로 시작되었다.

우진은 중국에서 선발된 멤버 1명의 비자 발급과 장기 체류 준비로 정신이 없었기에 국내 오디션 진행은 김 프로듀서에게 일임하였다.

곧 마케팅팀이 만든 자료로 ZIN의 새 프로젝트가 언론에 보도되었다. 공개하는 정보를 최소화하라는 차 회장의 지시에 따라 아주 기본적인 내용만이 밝혀졌다.

10대 소녀들을 멤버로 하는 걸그룹을 준비 중이라는 것, 그리고 멤버를 선정하기 위한 오디션은 역대 최대 규모의 오디션이라는 것 정도였다.

하지만 ZIN에서 대형 아이돌 그룹을 준비하고 있다는 사실만으로도 화제가 되었다. 오디션 참가자를 모집한다는 공지가 뜨자마자 ZIN의 모든 전화통에는 불이 붙고, 문의 메일이 쇄도할 정도였다.

진행 장소는 ZIN이 회사 건물과는 별도로 소유한 공연 예술 센터로 결정 났다. 그곳은 원래부터 비정기적으로 오디션이 열리던 곳인 만큼 설비나 시설이 잘 갖추어져 있었다.

오디션은 총 세 번에 걸쳐 진행하기로 하였다. 사흘 간 열릴 1차 예선에서 전체 참가자 중 50%의 인원을 선발하고, 그 이후 본선에서 남은 인원의 50%를 선발, 마지막 결선에서 최종 합격자를 가려내는 방식이었다. 오디션 준비는 그렇게 별 문제 없이 진행되었다.

그 과정에서 화요가 할 수 있는 일은 별로 없었다. 그래도 그냥 지켜보는 것만으로도 배울 수 있는 점이 많았다. 그녀는 회의에 꼬박꼬박 참여하였고, 매번 구석진 자리에 앉아서 팀원들이 나누는 열띤 논의에 귀를 기울였다.

연예 기획사에서 아이돌이라는 존재는, 우진의 표현대로 그 회사의 '간판'이나 마찬가지였다. 회사의 아이돌이 얼마나 인기가 있는지 혹은 인기 있는 아이돌이 얼마나 많이 소속되어 있는지에 따라 회사의 인지도가 달라졌다.

프로젝트 릴라는 바로 그 '간판'을 새로 만드는 일이었다. 그런 만큼 이번 프로젝트에 임하는 모든 직원의 마음가짐이 뜨거웠다.

"중국에서 뽑힌 멤버 나나는 올해로 15살이니까 적어도 이 나이보다는 위로 연령대를 잡죠. 1년 후 데뷔를 목표로 한다면 너무 어린 나이는 활동에 제약이 많을 겁니다."

"하지만 나이에 제약을 두면 오히려 참가자의 자질과 재능을 판단하는데 방해가 될 텐데요?"

"그렇긴 한데요. 요즘은 너무 어린 나이의 아이돌이 활동하는 것에 대해서 부정적인 여론이 많은 편이잖아요. 논란이 될 것 같으면 미리 피하면 좋지 않을까요? 게다가 귀여운 컨셉으로 활동할 때야 상관없지만, 섹시한 컨셉으로 활동할 때는 자칫 잘못하면 몰매 맞기 십상이고요."

오늘도 팀원들이 나누는 대화를 들으며 화요는 귀를 쫑긋 세웠다.

이번 회의 주제는 바로 심사 기준에 관한 것이었다.

심사할 때 무엇을 가장 중요하게 볼 것 인가?

누군가는 실력을 우선으로 보자고 말했고, 다른 이는 나이를 고려하자고 했다. 또 다른 누군가는 끼가 제일 중요한 게 아니냐고 말하기도 하였다.

이렇게 팀원 간의 의견차는 좀처럼 좁혀지질 않았다.

"그래도 역시 나이가 너무 어린 건……."

"하지만 어리다는 이유로 실력 있는 애를 놓치는 것도……."

논쟁이 끊이질 않는 가운데, 화요는 덩달아 깊은 생각에 잠겼다.

잘 갖추어진 실력이 중요할까? 아님 활동을 오래 할 수 있는 적정 연령대인 게 중요할까? 그것도 아니면 타고난 끼?

물론 이 세 가지를 다 갖춘다면 좋겠지만, 이것을 전부 갖춘 사람을 찾는 건 결코 쉬운 일이 아니었다.

"흠…… 설화요 씨는 어떻게 생각하세요?"

그때까지 가만히 상황을 지켜보고 있던 윤 차장이 자신을 부르자 화요는 깜짝 놀라 고개를 들었다.

"네? 저요?"

회의실에 있던 모든 사람들의 시선이 자신에게 집중되었다는 걸 깨달은 화요가 어쩔 줄 몰라 하였다. 그러자 윤 차장이 부드러운 목소리로 말했다.

"너무 어렵게 생각 말고 편하게 말해 봐요."

아무래도 윤 차장은 일부러 화요가 발언할 수 있는 기회를 주려는 모양이었다. 화요는 그 배려가 고마운 동시에 부담스러웠다.

"그래요. 그러고 보니 설화요 씨가 이제까지 별 의견 낸 게 없긴 하네. 한 번 말을 해 봐요."

이제까지 길가에 있는 돌 보듯 화요를 무시하던 김 프로듀서 역시 한 마디를 거들고 나섰다. 화요는 익숙하지 않은 상황에 귓불을 붉게 물들이며 입을 열었다.

"어, 저는…… 저는, 어디까지나 제 의견인데요."

어렵게 운을 뗀 화요가 크게 숨을 들이켰다. 그리고 천천히 신중하게 말을 이어 갔다.

"일단 예선에서만큼은 잠재력만 보고 뽑으면 좋을 것 같아요. 나이나 실력 같은 부분은 나중에 본선과 최종 결선을 통해서도 충분히 참고할 수 있는 만큼, 일단은 잠재력이 뛰어난 참가자를 가려내는 게 제일 중요하지 않을까 싶어요."

어디까지나 제 개인적인 생각이라고 언급한 화요는 말을 끝냈다. 그 말에 반갑게 고개를 끄덕이는 사람이 있는가 하면 묘한 표정을 짓고 있는 사람도 있었다.

"분명 화요 씨가 한 말이 맞는 말이긴 한데, 그 끼를 가려내는 게 현실적으로 어려운 게 문제죠."

팀원 중 한 명이 한숨을 쉬며 말하자 다른 사람도 동의하였다.

"맞아요. 아까도 나온 이야기지만, 심사는 아무리 짧아도 7시간 이상은 기본으로 걸리잖아요. 그러다 보니 한 100번대가 넘어가면 이젠 얘가 잘하는 건지 마는 건지 헷갈리지 않아요? 게다가 대부분 실력이 고만고만하기도 하니까 어느 순간에는 얘가 재능이 있는 건지 아닌지도 모르겠더라고요."

아, 그런 문제가 또 있구나. 미처 몰랐던 사실을 깨달은 화요가 저도 모르게 고개를 끄덕였다.

유명 엔터테인먼트 오디션일수록 많은 지원자가 많이 몰린다는 건 알고 있었지만, 구체적으로 시간이 얼마나 걸리고 참가자들의 수준이 어느 정도인지까지는 몰랐기 때문이었다.

"그 문제는 사실 심사 측에서 해결해야 할 문제인 것 같네요. 일단 심사단은 3시간 간격으로 교대를 하죠. 그렇게 하면 피곤해서 귀가 닫히는 일이야 없지 않을까요? 그리고…… 설화요 씨의 말에는 저도 찬성입니다. 나이가 많건 적건, 기본기가 좀 부족하든 아니든 상관없이 일단은 잠재력으로 1차 예선의 참가자를 가려보죠."

화요를 곤란하게 했던 게 미안했는지 윤 차장이 얼른 구원 사격에 나섰다. 그 뒤를 이어 정 선생 역시 입을 열었다.

"내 생각에도 그게 좋을 것 같습니다. 사실 실력이 다들 고만고만하면 오히려 진짜 재능 있는 친구를 가려내기 쉽죠. 왜 그런 애들 있잖습니까. 첫 소절 딱 듣는 순간, 몸에 전율이 올 정도로 소름 끼치게 노래를 부르는 친구."

"아, 하긴—"

"맞아요, 그런 애들이 있긴 하죠."

팀원들이 너나할 것 없이 고개를 끄덕이는 가운데, 화요는 조용히 미소를 지었다. 그렇게 다른 사람에게 감동을 주는 노래를 부르는 사람은 '로렐라이'일 가능성이 매우 높았다. 물론 '힘'이 아니라 '매력'을 가진 로렐라이가 대부분이었지만.

노래로 듣는 사람을 기분 좋게 만드는 '매력'을 가진 로렐라이는 사실 그렇게 보기 드문 것이 아니었다. 화요 역시 고등학생 때나 대학 시절에 몇 번 '매력'을 가진 로렐라이를 본 적이 있었다.

다만 그들은 자신이 로렐라이라는 사실을 모르는 경우가 많았다.

자신이 로렐라이라는 걸 자각하는 건 주로 '힘'을 가진 로렐라이였다. '힘'을 가진 로렐라이의 능력은 다양했다. 노래로 다른 사람의 마음을 조종하는 이가 있는가 하면, 다른 사람의 부상이나 병을 치유할 수 있는 이도 있었다.

기왕 '힘'을 가질 거면 누군가에게 도움이 되는 능력이면 좋았을 텐데. 화요는 다른 로렐라이의 '힘'에 비하면 그저 사람을 잠들게 만드는 제 능력은 아주 초라하다 생각하였다.

"기본적으로 발성이나 음정은 트레이닝을 하면 1년 안에도 충분히 수준을 끌어올릴 수 있죠. 하지만 감정은 다릅니다. 그걸 잘 쓰는 친구들은 타고난 거예요. 그게 재능이죠."

"그럼 정 선생님은 감정을 잘 표현하는 참가자를 위주로 1차 예선을 진행하자는 말씀이신가요?"

가만히 이야기를 듣던 팀원 중 한 명이 묻자 정 선생이 고개를 끄덕였다. 팀원들이 저마다 생각에 잠긴 얼굴을 하고 있는 가운데, 김 프로듀서가 턱을 만지작거리며 말했다.

"흠─ 그 의견은 저도 찬성입니다. 그럼 1차 예선에서는 '끼'만 봅시다. 윤 차장 말대로 나이와 기본기는 부수적인 요소로 봅시다."

상황이 대충 정리되자, 화요는 안도의 한숨을 푹 쉬었다. 소심한 그녀에게 있어 이렇게 제 의견을 밝히는 건 꽤나 용기가 필요한 일이었다. 그래도 이런 식으로 서로 의견을 내고, 절충안을 찾아가는 과정은 꽤 즐거웠다.

만일 우진을 만나지 않았다면 절대 알지 못했을 새로운 즐거움이었다. 그런 생각을 하던 화요는 자신도 모르게 멈칫하였다.

'그러고 보니 차 이사님은 이제 좀 괜찮으실까?'

얼마 전, 작업실에서 만난 이후로 그와는 좀처럼 얼굴을 볼 기회가 없었나.

비록 같은 회사 안에 있었지만, 화요의 작업실과 우진이 있는 대표실은 꽤 멀리 떨어져 있었다. 그렇기에 화요가 일부러 대표실에 찾아가거나 반대로 우진이 화요의 작업실로 오지 않는 한, 두 사람이 쉽게 만날 수 없는 게 당연했다.

화요는 문득 뜨거웠던 그의 이마와 핼쑥하던 얼굴을 떠올리고 얼굴을 찌푸렸다. 자신에게 노래를 한 곡 불러줄 수 없냐고 청하던 그의 모습이 계속 떠올라 마음이 어지러웠다.

정말 노래를 한번 불러줄 걸 그랬나 하는 약한 마음과 함께, 그랬다간 비밀이 들통날지도 모른다는 두려움이 그녀를 무겁게 짓눌렀다. 혼자 끙끙 앓던 화요는 어느새 회의가 끝났다는 사실을 깨달았다.

다른 사람들이 모두 회의실을 비우는 가운데, 정 선생이 화요를 향해 말을 걸었다.

"설화요! 무슨 일 있어? 무슨 병든 병아리처럼 그렇게 혼자 앓아?"

"네? 아무것도 아니에요."

어색하게 대답한 화요는 자리에서 벌떡 일어섰다. 허둥거리며 소지품을 챙긴 그녀는 정 선생과 나란히 회의실을 빠져나왔다. 화요가 오디션 심사 때문에 긴장했다고 생각한 것인지 정 선생은 농담 섞인 이런저런 이야기를 하였다. 하지만 머릿속에 우진에 대한 걱정이 가득 찬 화요의 귀에 그 이야기가 들어 올 리 없었다.

"……래서 말이다. 응? 어, 김 비서네?"

낯익은 이름에 화요가 멈칫하였다. 정 선생의 말대로 복도 맞은편에서 김 비서가 걸어오고 있었다. 어째서인지 지친 기색이 역력한 얼굴이었다.

"김 비서!"

정 선생이 손을 흔들며 그를 부르자 김 비서는 정 선생과 화요를 향해 걸어와 정중하게 인사하였다.

"안녕하십니까, 정 선생님. 설화요 씨."

"많이 힘들어 보이네. 혹시 중국 쪽 멤버 일이 잘 안 풀렸어요?"

그 질문에 김 비서는 고개를 저었다.

"아뇨. 나나 일은 잘 해결됐습니다. 부모님한테 동의를 받았고, 비자 발급도 큰 문제가 없을 것 같습니다."

"잘됐네요. 그런데 왜 그렇게 죽을상입니까?"

"아이고, 그게 말입니다. 요새 차 이사님이 다시 또…….."

거기까지 말한 김 비서가 고개를 절레절레 저었다. 안 그래도 우진에 대한 생각을 하고 있던 화요는 저도 모르게 대화에 끼어들고 말았다.

"차 이사님이 왜요? 무슨 일이라도 있으세요?"

"네? 아…… 병이 또 도지셔서 말입니다."

"병이요?!"

화요가 깜짝 놀라자 정 선생이 웃으며 화요의 어깨를 툭툭 쳤나.

"걱정 마라, 화요야. 김 비서가 오버해서 말하는 거야. 업계에서는 나름 유명하지. 차 이사가 일중독인 거."

정 선생의 말에 발끈한 듯, 김 비서가 불만어린 얼굴로 말했다.

"정 선생님, 이거 오버 아닙니다, 저 엄청 진지해요. 이사님이 벌써 사흘째 주무시지도 않고 회사에서 살다시피 하시니까 저까지 덩달아 죽겠습니다. 쉬지도 않고 일만 계속 저렇게 하시니 짜증도 다시 점점 늘고…… 미국 가시기 전에는 참 상태 좋았는데, 다시 예전으로 돌아와서…….

화요는 딱딱하게 굳은 얼굴로 물었다.

"이사님이 잠을 안 주무신다고요? 계속?"

"아, 원래 이사님이 잠이 별로 없으신 편이라 하루 이틀 정도는 밤을 새실 때도 많긴 합니다. 요새는 식사까지 거르시는 게 좀 위험하다 싶긴 한데, 제가 아무리 잔소리를 해도 듣질 않으시니."

김 비서는 방금 전까지 불만스러운 얼굴을 했던 것과 달리 이번에는 걱정스럽다는 얼굴을 하였다. 정 선생도 덩달아 심각해지고 말았다.

"그 정도야? 차 이사가 아직 젊다고 너무 무리를 하는 거 아닌가 모르겠어."

"저도 그래서 걱정…….."

김 비서가 한숨과 함께 푸념을 쏟아내려던 순간, 화요가 다급하게 외쳤다.

"차 이사님 지금 회사 안에 계신 거죠? 대표실에 계세요?"

"네? 아, 네. 방금 뵙고 왔으니 아마 계속 계실 겁니다."

"감사합니다! 정 선생님, 저 잠깐 차 이사님 좀 뵈러 가 볼게요!"

화요는 순식간에 복도 너머로 사라졌다. 마치 발에 모터를 단 것같은 재빠름이었다. 순식간에 덩그러니 둘만 남겨진 정 선생과 김 비서는 서로를 마주 보며 눈을 껌벅일 뿐이었다.

대표실 앞에 도착한 화요는 깊게 숨을 한 번 들이마신 후, 문을 두 번 두드렸다. 하지만 문 너머에서는 아무 소리도 들려오지 않았기에 덜컥, 심장이 내려앉았다.

혹시 이사님 쓰러지시거나 그런 건 아니겠지?

불안감이 극에 달한 화요는 슬그머니 문을 열어 보았다.

"차 이사님?"

손바닥만큼 열린 문틈으로 화요가 조심조심 우진을 불렀다. 책상 앞에서 그의 모습이 보이지 않았기에, 화요는 대표실 안으로 들어왔다. 두리번거리며 우진을 찾던 그녀는 그제야 소파 팔걸이 위로 삐죽 튀어나온 다리를 발견하였다. 다가가 보니 우진이 소파 위에서 눈을 감고 있었다.

잠이 든 걸까. 아니면 그냥 눈만 감고 있는 걸까.

화요는 우진의 얼굴 위로 몇 번 손을 휘저어 본 후, 그가 자고 있는 중이라고 판단하였다.

"……아."

그때, 갑자기 우진의 입이 열리더니 신음 같은 소리가 흘러나왔다.

혹시나 그가 깰까 싶어 화요는 움찔하였지만, 우진은 여전히 눈을 감고 있었다. 아무래도 잠꼬대인 모양이었다.

안도의 한숨을 푹 내쉰 화요는 우진이 계속 앓는 소리를 내고 있다는 걸 깨달았다. 잘 살펴보니 그가 얼굴을 잔뜩 찌푸리고 있었다.

그것을 본 화요는 저도 모르게 우진의 이마 위에 손을 올렸다.

혹시라도 그의 이마에서 또 열이라도 나면 시판 감기약이라도 사와서 줘야 하는 게 아닌가 싶었으니까.

하지만 다행히도 열은 없었다. 손을 천천히 들어 올린 화요는, 우진의 미간 사이에 주름이 잔뜩 잡혀있다는 걸 깨달았다. 악몽이라도 꾸는지 그는 괴로워 보였다.

지독하게 힘들어하는 그를 보니, 어떻게든 그를 편하게 해 주고 싶다는 생각이 들었다.

화요는 주변을 두리번거려 이곳에는 정말 자신과 우진 밖에 없다는 걸 확인하였다. 그리고 크게 심호흡을 한 후, 조그만 목소리로 노래를 부르기 시작하였다.

잘 자라. 우리 아가.

화요는 짧은 자장가 한 소절을 불러 주며 우진의 머리를 쓰다듬어 주었다.

그때, 그녀의 손끝에 무언가 닿는 것이 있었다. 자세히 들여다보니 오래된 흉터 자국이 보였다. 그 만질만질한 부분을 만지고 있자니 문득 이 흉터가 왜 생긴 것인지 궁금해졌다.

그가 모델 일을 그만둔 건 이 흉터와도 관련이 있는 걸까? 아니면 원래부터 있던 흉터였던 걸까?

참 이상하게도 언제부턴가 우진과 관련된 일이라면 아무리 사소한 것일지라도 이렇게 신경이 쓰였다.

하지만 그것을 깨닫지 못한 채, 화요는 노래에 더욱 힘을 쏟았다.

노랫소리가 차츰 커지자 우진의 표정도 점점 밝아졌다. 노래가 좋은 약이 된 모양이었다. 그 사실에 안도하며 화요는 노래를 마쳤다.

우진은 이제 부드럽고 편안한 얼굴로 눈을 감고 있었다.

다행이다. 설마 자신의 노래가 이런 식으로 누군가에게 도움이 될 수 있을 줄이야. 감사한 마음에 화요가 빙그레 웃었다.

편안하게 잠든 우진을 살펴보던 그녀는 문득 김 비서의 말을 떠올렸다.

'요새는 식사까지 거르시는 게 좀 위험하다 싶긴 한데, 제가 아무리 잔소리를 해도 듣질 않으시니.'

밥도 제때 먹지 않고, 잠도 제대로 자지 않으니 이 잘생긴 얼굴이 이렇게 초췌한 거겠지. 안타까워진 화요는 무심코 주머니에 손을 넣었다. 때마침 작은 초콜릿 몇 개가 손에 잡혔기에 그것을 우진의 책상 위에 올려 두었다.

그대로 대표실을 조용히 빠져나가려던 화요는 멈칫하였다. 메모라도 한 장 남겨 두고 갈까? 아니야, 그럼 안 되겠다. 화요는 고개를 절레절레 저었다.

그녀가 우진을 걱정하는 건 정말 순수한 마음이었다. 하지만 메모를 남기면 어쩐지 그에게 잘 보이기 위해 생색이라도 내는 것처럼 보일지도 몰랐다.

화요는 소파 위에 누워 있는 우진 쪽을 힐끔 보았다. 역시 아무리 봐도 질리지 않을 만큼 멋진 남자였다. 자는 모습조차 완벽한 그 얼굴을 가만히 보고 있자니 어쩐지 부끄러워졌다. 이유는 모르지만, 부끄럽다는 걸 자각한 순간부터 가슴이 요란하게 뛰기 시작하였다.

'나쁜 짓을 한 것도 아닌데 대체 왜 이러지?'

얼굴이 붉게 달아오른 그녀는 더 이상 우진의 얼굴을 볼 수가 없었다. 조금이라도 여기 더 있다가는 심장이 터져 버릴 것만 같았다.

빨리 나가야겠다는 생각에 화요는 허둥지둥 대표실을 빠져나왔다.

책상 위에 형형색색의 초콜릿을 남겨둔 채.

우진은 가만히 자리에 서서 앞을 보고 있었다.

그는 자신이 지금 꿈을 꾸고 있다는 사실을 알 수 있었다. 왜냐하면 지금 그의 눈앞에는 제 허리춤에도 오지 않는 작은 체구의 어린 '차우진'이 있었으니까.

어린 우진은 큰 우진처럼 가만히 방문 앞에 서 있었다.

문 너머에서 비명에 가까운 고함이 들려오자, 우진은 자신이 지금 어떤 꿈을 꾸고 있는지 깨달았다.

이건 어머니가 나오는 꿈이었다.

'이제 만족해?! 날 이렇게 새장 속의 새처럼 가둬서 만족하냐고!!!'

와장창—

물건이 깨지는 소리가 들려왔다.

곧 이어지는 건 울음소리, 비명, 무언가가 깨지는 소리.

전부 어린 시절, 우진이 지겹도록 들었던 소리들이었다.

우진의 뒤로 아직 걸음마가 서툰 유진이 아장아장 걸어왔다. 유진은 문을 두드리며 엄마 품을 찾아 울었다. 닫혀 있던 방문이 열리고 얼굴이 눈물범벅인 어머니가 나왔다.

모습이 아무리 엉망이어도 아름다운 사람이었다. 그건 어렸을 때의 기억과 꿈속 모두 크게 다르지 않았다.

표정 없는 아버지가 그들을 휙 지나쳐 복도 너머로 사라지자 어머니는 유진을 안아 올렸다. 그리고 우진을 노려보며 앙칼지게 말했다.

'넌 여기서 뭘 하고 있어? 네 동생이 울면 좀 달래야 할 것 아냐?'

당시의 우진은 초등학교에 갓 입학한 어린아이였다. 아기를 안는 법과 달래는 법도 모르는 아이에게 동생을 잘 돌보지 못한다고 윽박지르는 건 매우 불합리한 일이었다. 하지만 그런 식으로 비난 받는 건 우진의 일상이었다.

어머니는 유독 우진을 미워했으니까.

'넌 정말 끔찍한 아이야.'

우진을 볼 때마다 어머니는 종종 그런 말을 하였다. 난 네가 정말 싫다고.

어린 우진은 그 이유를 알지 못했다.

하지만 꿈을 지켜보고 있는 현재의 우진은 그 이유를 알고 있
었다.

어머니를 많이 닮은 유진과 달리 우진은 아버지를 많이 닮았
다. 그러니 아버지를 증오하던 어머니 눈에는 어린 우진 역시 징
그럽도록 소름이 끼쳤으리라.

우진은 어린 시절의 자신이 어머니 품에 안겨 있는 유진을 물
끄러미 보는 모습에 피식 웃었다. 저건 어린 차우진이 아무리 원
해도 가질 수 없는 것이었다.

어머니는 유진을 침대에 눕히고, 자장가를 불러 주었다.

그것을 무표정하게 보던 어린 우진이 옆으로 고개를 돌린 순
간, 화면이 바뀌는 것처럼 공간이 뒤엉켰다.

이제 제법 큰 우진이 침대에 눕자 우진의 어머니가 한 번도 본
적 없는 다정한 얼굴로 다가와 속삭인다.

자장가 불러줄까, 우진아?

웃는 얼굴만큼이나 낯선, 부드러운 목소리에 고학년인 우진
은 잠시 망설였다. 자장가를 듣기에는 자신이 너무 커다랗다는
생각을 했기 때문이었다.

하지만 평소와는 다른 그녀의 태도에 우진은 곧 고개를 끄덕
였다. 그리고 자장가로 인해 잠들었던 우진은 쩌렁쩌렁한 고함
소리에 깨서 알게 된다.

어머니가 자신과 유진, 태어난 지 얼마 안 된 막냇동생 혜진을 두고 집을 나갔다는 사실을.

곧 우진의 눈앞에 새카만 어둠이 드리웠다. 눈을 감아도, 떠도 고개를 돌려도 어둠 속에서 빠져나갈 수가 없었다.

아무도 그를 찾지 않았고, 그 역시 다른 누구도 찾을 수 없었다. 숨이 턱턱 막혀 오는 불안감 속에서 우진은 필사적으로 주변을 둘러보았다.

그는 이제 이 꿈이 어떻게 끝날지 알고 있었다.

아마 어디선가 전화벨 소리가 울리고, 그 전화를 받으면―

따르릉.

그의 예상대로 전화벨 소리가 들려왔다. 아무것도 없던 공간에 달랑 전화기 한 대가 둥둥 허공에 떠 있었다.

저 전화를 받으면 안 돼. 받으면 안 돼.

우진이 스스로에게 속삭였지만, 그의 두 다리는 자연스럽게 전화기 쪽으로 향하고 있었다.

그의 손이 허공에 있는 전화기를 향해 천천히 움직였다. 아무리 애를 써도 손은 도저히 멈추질 않았다.

그는 눈을 감았다.

이 꿈을 꾸고 나면 당분간은 훨씬 더 심한 불면증에 시달리게 될 것이다.

최악이군.

모든 걸 체념한 우진은 몸에서 힘을 뺐다. 마치 교수대를 앞에

둔 사형수 같은 심정으로.

그 순간, 갑자기 벨소리가 뚝 멈추었다.

우진은 놀라 주변을 둘러보았다.

새카맣던 공간이 어느새 천천히 밝아지고 있었다. 몸을 따뜻하게 데워 주는 바람, 갓 말린 빨래처럼 향긋한 햇빛 냄새, 부드럽게 속살거리는 나뭇잎의 소리.

그는 어리둥절하였다. 이제까지 몇 백 번, 아니 몇 천 번도 반복해서 꾼 꿈이었지만 꿈의 내용이 이런 식으로 바뀐 적은 단 한 번도 없었다.

우진이 당황하고 있는 가운데 어디선가 나긋한 목소리가 들려왔다.

잘 자라, 우리 아가.

아름다운 그 목소리는 우진이 알고 있는 누군가와 똑 닮아 있었다. 그는 노랫소리에 귀를 기울였다. 우진의 눈이 스르르 감겼다. 눈을 감자 소리가 더욱 또렷해졌다.

노래가 들리는 동안 우진은 아프거나 슬프지 않았다. 그를 괴롭히는 어둠조차 없었다.

편안하고 행복한 기분으로 우진이 눈을 떴다.

익숙한 대표실 천장의 모습이 눈에 들어왔다. 그는 자신이 소파에 잠깐 누웠다가 잠들었던 것이라는 사실을 깨달았다. 몸을 일으킨 우진은 시계를 한 번 본 뒤, 마른세수를 했다.

고작 30분 정도 졸았을 뿐인데, 온몸이 날아갈 것처럼 가벼웠다.

정말 오랜만의 단잠이었다.

"……이상하네."

정말 이상하다는 얼굴로 우진이 중얼거렸다. 이 꿈을 꾼 날은 여지없이 불쾌한 기분으로 눈을 떴다. 그런데 대체 어찌 된 일인지 몸도 마음도 가뿐하였다.

별일도 다 있다며 우진은 소파에서 일어섰다. 어찌되었던 몸 상태가 좋아졌으니 다시 일에 집중할 생각이었다.

하지만 그는 책상 앞에 서 멈칫하였다.

책상 위에는 낯선 초콜릿 몇 개가 놓여있었다.

단 걸 그다지 좋아하지 않는 우진은 얼굴을 팍 찌푸렸다.

대체 이게 왜 여기에 있는 거지? 그는 의자에 앉아 초콜릿을 내려다보았다.

혹시나 김 비서가 두고 간 게 아닐까 하는 생각이 떠올랐으나, 곧 그럴 리 없다는 걸 깨달았다. 김 비서는 우진이 단 걸 안 먹는다는 사실을 알고 있으니 쓸데없이 이런 걸 두고 갈 리가 없었다.

우진은 머릿속으로 다른 인물의 얼굴을 그려보았다.

대표실에 자유롭게 출입을 할 사람 혹은 자신한테 초콜릿을 넘겨주고 갈 사람.

문득 그는 자신이 아까 꾼 꿈을 떠올렸다.

꿈속에서 들은, 귀에 익은 그 목소리는 분명 화요의 것이었다.

그렇다면 이 초콜릿도 어쩌면—

"······옛날이야기에서 본 것 같은데."

우진은 아주 오래전, 어릴 때 본 동화를 떠올렸다.

동화 속에서 주인공은 여러 고난을 겪는다. 그럴 때마다 귀여운 요정은 어려움에 처한 주인공을 도와주고는 하였다.

그것도 주인공이 모르도록 조용히.

그는 초콜릿을 한 개 집어 올려 포장을 풀어냈다. 그리고 그것을 입 안에 넣어 보았다. 입 안 가득 퍼지는 단맛이 그렇게 불쾌하지는 않았다. 우진의 손안에서 단내가 나는 초콜릿 포장지가 바스락 소리를 냈다. 그것을 매만지며 우진은 씨익 웃었다.

우진을 도와주는 이는 동화 속 요정만큼이나 귀여운 사람이었다.

1차 오디션 첫날. 화요는 자신이 참가하는 것이 아닌데도 요란하게 방망이질 치는 가슴을 주체할 길이 없었다.

오디션이 진행되는 예술 센터 근처에는 어느새 구름 떼같이 몰린 사람들이 진을 치고 있었다. 커다란 유리창 너머로 보니 참가자뿐만이 아니라 언론에서 나온 기자들도 여럿 보였다.

오디션은 룸 A와 B, 이렇게 두 곳에서 진행되었다. 예술 센터 안에는 그 외에도 참가자들을 위한 대기실과 스태프들을 위한 휴게실까지 완벽하게 마련되어 있었다.

제 차례가 올 때까지 휴게실에서 대기하던 화요는 괜스레 답답한 마음에 휴게실을 나섰다. 밖에서는 수십 명의 스태프들이 정신없이 움직이고 있었다.

"오디션 룸 B, 곧 심사 위원 교대 들어갑니다!"

"김 프로듀서님이 정 대리님 찾으세요!"

화요는 그들에게 방해가 되지 않도록 복도의 구석을 따라 걸었다.

그렇게 한참을 걷던 그녀는 아래층이 훤히 보이는 계단 근처에서 멈추어 섰다. 참가자들이 오디션 장에 들어가기 위해 길게 줄을 서있는 모습이 보였다.

긴장한 얼굴로 양손을 꼭 쥐고 있는 소녀, 무슨 생각을 하는지 알 수 없는 무표정한 얼굴의 소녀, 다른 참가자들에 비해 여유가 넘치고 자신만만한 얼굴의 소녀, 정신없이 입을 오물거리며 무언가를 중얼거리는 소녀.

모여 있는 소녀들의 모습은 모두 제각각이었지만, 이곳에 그 아이들이 모인 이유는 같았다.

스타가 되고 싶다는 열망. 꿈을 이루고 싶다는 소망.

화요는 눈에 담을 수 있을 만큼 최대한 그 아이들의 얼굴을 눈에 담았다. 오늘 이곳에 온 참가자 중, 반 혹은 그 이상의 아이들이 결국 오디션 불합격 통보를 받게 될 것이다.

모두 똑같은 꿈을 꾸고, 똑같이 노력하지만 결과가 완전히 같을 수는 없었다.

화요 역시 꿈을 좇는 입장이기에 불합격 한 아이들이 느낄 좌절과 슬픔을 이해할 수 있었다. 바로 얼마 전까지만 해도 자신이 꾸는 꿈에 대한 회의를 느끼기도 했으니 더더욱.

그래서 화요는 자신이 심사 위원이라는 자리에 서는 것 자체가 미안했다.

내가 정말 저 아이들의 꿈과 역량을 평가할 자격이 있을까? 점점 마음이 무거워졌기에 화요의 어깨가 축 늘어졌다.

그때, 누군가가 화요의 처진 어깨를 가볍게 툭 두드렸다. 깜짝 놀라 뒤를 돌아본 화요는 뒤에 선 사람을 보고는 더욱 놀라고 말았다.

"차 이사님?"

"안녕, 설화요 씨. 여기서 뭐해요?"

유독 기분이 좋아 보이는 얼굴로 우진은 화요에게 인사를 건넸다.

화요는 머뭇거리며 우진과 계단 아래를 번갈아 보았다. 그녀를 따라 계단 아래를 본 우진은 곧 화요가 무엇을 보고 있었는지를 깨달았다.

"줄이 예상보다 길어져서 복도까지 세운다더니 이래서구나."

우진이 혼잣말처럼 중얼거린 소리에 화요가 입을 열었다.

"저 줄이 오디션 장 들어가기 전에 서는 줄이죠? 다들 서서 기다리느라 힘들 것 같아요."

"아, 그거라면 걱정 마요. 원래 다들 대기실에서 기다리고 있다가 순번이 다가오면 밖으로 다시 줄 서는 거니까. 보통 한 번에 10명 정도 오디션 룸에 들어가거든요. 그러니까 한 10팀만 줄을 세워도 인원은 총 100명이 줄을 서는 거라 저렇게 줄이 긴 거예요."

"아아— 그런 거구나."

화요가 고개를 끄덕이자 우진이 피식 웃었다.

"애들이 다리 아플까봐 걱정되어서 보고 있던 거였어요?"

"아니요, 그런 건 아니고……."

조금 전까지 자신이 한 생각, 그리고 느낀 감정은 한두 마디로 설명할 수 있는 것이 아니었다. 화요는 뭐라 말해야 할지 몰라 그저 멍하니 계단 아래를 내려다보았다.

우진은 그런 화요를 물끄러미 본 후, 천천히 입을 열었다.

"오늘은 지원자가 1천 명 좀 넘게 온 모양이에요. 아직 현장 마감 안 했으니까 지원자는 더 추가될 수도 있고요. 그리고 내일과 모레도 거의 오늘과 비슷한 수준, 아니면 더 많은 지원자가 올 겁니다."

"첫날인데도 그렇게 많이 왔나요?"

"대대적으로 히는 오디션이니까요. 언론 보도 덕에 화제성도 있었고. 원래부터도 ZIN에서 분기 별로 하는 공개 오디션은 매번 600명 이상의 지원자가 와요."

ZIN의 공개 오디션은 1년에 네 번씩 진행되었는데, 이번 프로젝트 릴라 오디션은 공개 오디션 일정과 겹치지 않았기에 지원자들이 더욱 관심을 갖는 건 당연했다.

"다들 이 오디션에 거는 기대가 장난이 아니겠죠. 최종 멤버로 선발된다면 그야말로 꿈으로 향하는 지름길이 열리는 셈일 테니까."

"……그렇겠죠."

화요가 기운 없이 우진의 말에 대답하자, 그가 화요를 힐끔 다시 보았다.

"무서워요? 남의 인생을 좌지우지할 수 있는 입장이 되었다는 게?"

화요는 깜짝 놀라 고개를 들었다. 우진의 얼굴은 평상시에 다정한 얼굴이 아닌, 조금 차가워 보이는 무표정한 얼굴이었다.

마치 화요가 헬로우에서 그를 처음 본 그날처럼.

"화요 씨는 마치 자신이 시험대에 오르는 사람 같은 얼굴을 하고 있어서요."

그렇게 말한 우진이 제 얼굴을 가리켜 보였다. 화요는 저도 모르게 제 얼굴을 손으로 감싸고 말았다. 아니라고 변명하기에는 자신을 보는 우진의 눈이 너무나 예리했다.

"아마 차 이사님 말씀이 맞는 것 같아요. 저기 있는 아이들은 모두 정말 간절한 꿈을 갖고 이곳에 왔을 거예요. 그런데 제가 감히 저 아이들의 꿈을 평가할 수 있는 사람인지 모르겠어요."

화요의 말에 우진이 작게 웃었다. 다른 사람이 이런 말을 했다면 약해 빠진 소리를 하지 말라며 면박을 주고 무시했을 터였다.

하지만 화요의 말은 이상하게도 전혀 거슬리지 않았다. 오히려 그녀의 약한 모습이 사랑스럽게 보일 정도였다.

그는 풀죽은 화요를 향해 불쑥 물었다.

"화요 씨. 화요 씨는 만약 절 만나지 않았다면…… 제가 ZIN과 계약하자는 제안을 하지 않았다면 어떻게 되었을 것 같아요?"

"네? 어…… 음."

화요는 잠시 생각에 잠겼다.

우진을 만나지 못하고, ZIN과 계약을 하지 못했다면 어떻게 되었을까? 당장 돈이 급하니 무슨 일이라도 했을지 모른다. 그리고 어느 정도 생활고가 해결되면 다시―

"작곡을 계속 했을 거예요."

처음에는 이 길을 포기해야하는 게 아닐까 망설이고, 주저앉았을지도 모른다. 하지만 최종적으로 다시 작곡을 했으리라.

화요는 확신하였다. 자신은 계속 노래를 만들었을 거라고.

"왜요? 데뷔는 쉽지도 않고, 히트곡을 낸다는 보장도 없고, 생활은 불안정하고, 돈은 떼이고. 좋은 일이라고는 하나도 없었는데 왜 화요 씨는 계속 작곡을 하려고 할까요?"

우진의 질문에 화요는 다시 생각에 잠겼다. 그의 말대로 작곡은 그리 평탄한 길이 아니었다. 작곡을 포기한다면 조금 더 안정적인 길도 분명 존재할 것이다.

다른 사람들처럼 평범한 일을 하고, 평범한 생활을 하다가 평범하게 결혼을 해서 가정을 꾸리는 삶. 화요의 부모님이 실제로 화요에게 권하는 삶의 모습은 그러했다.

하지만 화요는 고개를 저었다.

"작곡을 할 수밖에 없으니까요."

우진의 질문에 대한 대답은 간단했다. 왜 작곡을 하냐는 질문에 무언가 거창한 대답도 존재할지 모른다.

하지만 화요의 대답은 단 하나였다.

작곡을 하고 싶으니까, 그걸 할 수밖에 없으니까.

처음에는 그저 노래를 못하는 대신, 대용품으로 선택한 게 작곡이었다. 몸 안에 흐르는 소리를 밖으로 쏟아내야만 살 수 있는 게 로렐라이의 운명이었으니까.

하지만 작곡을 공부하고, 배워가면서 화요의 안에서 '작곡'은 이제 대용품이 아니었다. 7년이라는 결코 짧지 않은 시간을 전부 바치고, 앞으로 남은 생을 모두 바쳐도 될 정도로 작곡은 중요한 가치를 갖고 있었다.

화요의 대답은 들은 우진은 빙그레 웃었다. 아주 만족스러운 대답을 들은 것 같은 얼굴이었다.

"그럼 어떤 방해가 있더라도 화요 씨는 작곡하는 걸 포기하지 않았겠네요?"

"네. 저는 아마 계속 작곡을 했을 거예요. 다른 일과 병행하는 한이 있더라도 계속요."

"……그렇다면 화요 씨에게는 이미 자격이 충분하네요."

우진은 어느새 평소의 다정한 얼굴로 돌아와 있었다.

"꿈은 누구나 가질 수 있어요. 하지만 모두가 꿈을 이룰 수 있는 건 아니죠. 그래서 꿈을 이루는 소수의 사람을 보며 사람들은 희망을 갖죠. 그만큼 꿈을 이룬다는 건 어려운 일이고, 각오가 필요해요. 저기 모여 있는 아이들은 모두 그걸 알고 있는 아이들 예요."

화요는 다시 한 번 복도 끝에 선 아이들을 보았다. 모두 앳된 얼굴이었지만, 그 얼굴에서 느껴지는 강한 의지만큼은 전혀 어리지 않았다.

"오늘 이 오디션에 떨어졌다고 해서 꿈을 포기할 사람은 아마 없을 겁니다. 우리 회사에 '메이'라고 하는 가수가 있는데, 그녀는 우리 회사와 다른 회사를 포함해서 오디션을 30번도 넘게 봤다고 하더군요."

"네? 메이가 그렇게 오디션을 많이 봤어요?"

깜짝 놀란 화요가 눈을 동그랗게 떴다. 우진이 말한 가수의 이름은 우리나라에서 모르는 사람이 거의 없는 유명한 여가수의 이름이었다.

"사실 메이뿐만이 아니에요. 생각보다 많은 가수나 배우가 그래요. 배우의 경우 특히 작품 오디션을 볼 때가 어렵죠. 운 좋게 데뷔를 해도 배역을 따내지 못하면 사람들에게 얼굴을 알릴 기회조차 없으니까. 데뷔 다음에도 그들을 기다리고 있는 건 끝없는 경쟁입니다. 그리고 그건 오늘 여기서 통과할 참가자들 역시 마찬가지죠."

운 좋게 1차 예선을 통과해도 본선, 그리고 최종 결선이 아직 남아 있었다. 게다가 결선까지 무사히 통과하여 프로젝트 릴라의 최종 멤버가 된다고 해도 데뷔하기 전까지 적어도 1년의 연습생 기간을 거쳐야 한다. 뿐만 아니라 데뷔한 후에도 다른 쟁쟁한 아이돌과 경쟁해야 한다.

스타를 꿈꾸는 아이들이 진정한 꿈에 다가가기 위한 길은 아직도 까마득히 멀고 험하였다.

"이런 오디션에는 승자도 패자도 없어요. 여기서 이겼다고 인생에서 이기는 건 아니죠. 결국 가장 마지막까지 버틴 사람이 이기는 거예요. 그리고 그 마지막까지 버티는 원동력이 뭔지는 나보다 화요 씨가 더 잘 알 것 같네요."

우진이 살짝 미소를 지으며 한 말에 화요는 작게 고개를 끄덕였다. 무슨 일이 있어도, 누가 반대를 하더라도 반드시 '하고 싶은 일을' 하고 싶다는 열정이 그녀의 안에도 있었다.

아까 전에는 불합격하게 될 참가자의 심정이 이해가 갔다면, 이번에는 합격할 참가자의 심정이 이해가 갔다.

"그러니까 너무 걱정하지 말아요. 화요 씨가 저기 있는 참가자들의 인생을 망치거나 불행하게 만드는 게 아니에요. 그 반대죠. 당신은 오늘 기회를 잡을 준비가 된 사람들에게 기회를 주는 사람이에요. 꽤 멋진 역할 아닌가요?"

우진이 장난스럽게 마지막 말을 내뱉자, 화요는 웃어 버렸다. 아까까지 느꼈던 긴장은 이제 온데간데없었다. 언제나 그의 이런 배려가 그녀를 편안하게 만들어 주었다.

"……이사님, 고맙습니다."

화요는 고개를 들어 그를 올려다보았다. 우진의 눈매는 분명 다른 사람들이 말하는 것처럼 차갑고 날카로웠다.

하지만 그 눈동자 안에 서린 감정까지 차갑지는 않았다.

"별 말씀을요, 화요 씨."

적어도 화요를 향하는 눈빛만큼은.

한동안 복도에서 이런저런 대화를 나누던 두 사람은 심사 시간에 맞추어 오디션 룸으로 향하였다. 덕분에 그들이 오디션 룸에 도착했을 때는 이미 준비가 모두 끝나 있는 상태였다.

우진과 화요, 그리고 윤 차장까지 심사 위원석에 자리를 잡고 앉자, 스태프 한 명이 우진에게 다가와 물었다.

"이사님. 준비되셨으면 애들 들여보내도 될까요? A18번 팀 들어올 순서입니다."

"네, 들여보내세요."

우진과 윤 차장은 익숙한 손놀림으로 앞에 놓여 있는 참가 지원서를 학인히였다. 지원서에는 지원 부문, 이름, 국석, 생년월일, 나이, 주소, 전화번호 같은 간단한 신상 정보가 적혀 있었다.

그들을 따라 지원서를 들척거리던 화요는 문득 휴대전화를 진동 모드로 바꿔 두지 않았다는 걸 떠올렸다. 오디션 진행 중에 또 장난 전화가 오면 안 될 텐데.

허둥지둥 휴대전화를 꺼내 든 그녀는 고개를 갸웃하였다.

낯선 번호에서 대용량 문자가 한 통 와 있었다.

순간, 내용을 확인하고 싶다는 호기심이 일었다. 하지만 문이 열리는 소리가 들렸기에 전화 모드를 진동으로 바꿔 두기만 하였다.

스태프를 따라 안으로 들어온 지원자들은 대부분 바짝 긴장한 얼굴로 심사 위원들 앞에 섰다. 그중에는 이제 막 초등학생이 되었을까 싶을 정도로 어린아이도 있었다. 마치 자신이 오디션을 보는 것마냥, 화요는 깊게 심호흡을 하였다.

우진 덕에 자신이 이 아이들의 장래를 망칠지도 모른다는 불안감은 더 이상 없었다. 화요는 제 옆에 있는 우진의 얼굴을 힐끔 보았다. 눈이 마주친 우진이 싱긋 웃어 주었다. 부끄럽기도 하고, 괜히 기쁘기도 한 마음에 화요의 귓불이 불그스름하게 물들었다.

"A18번팀 440번부터 450번 지원자입니다."

문 근처에 있는 스태프가 큰 소리로 안내를 하자 지원자들 옆에 있던 스태프들이 번호순으로 줄을 세웠다. 10명 중 5명은 앞으로 나와 섰고, 나머지 5명은 뒤로 물러서서 준비된 간이 의자에 앉았다.

"440번, 시작하세요."

진행 스태프가 440번 참가자를 불렀지만, 잠시 동안 오디션 룸은 조용하였다. 심사 용지를 꼼꼼히 훑어보고 있던 화요는 무슨 일인가 싶어 고개를 들어 올렸다.

고등학생 정도로 보이는 440번 참가자는 멍하니 앞만 보고 있었다.

그리고 그 아이의 시선 끝에 있는 것은, 바로 우진이었다.

그것을 눈치 챈 게 화요만은 아닌지 우진 옆에 있는 윤 차장이 쿡 웃음을 터트렸다. 화요와 눈이 마주친 윤 차장은 입 모양으로 '저런 애 가끔 있어요.'라고 말하였다.

"440번? 시작 안 해요?"

이런 일이 정말 익숙한 것인지, 우진은 표정 변화 하나 없었다.

"아, 네!"

새빨갛게 얼굴을 붉힌 440번 참가자는 그제야 앞으로 나와 노래를 시작하였다. 하지만 노래하는 내내, 그녀는 우진을 보느라 노래에는 제대로 집중을 못하고 있었다. 화요는 우진이 "내가 불러도 저거 보다 낫겠네."라고 짜증스레 중얼거리는 소리를 들을 수 있었다.

결국 440번 참가자는 30초를 채우지도 못하고, 쫓기듯 자리로 돌아가야만 했다. 하지만 자리에 돌아가고 나서도 440번 참가자는 여전히 우진에게 넋을 놓고 있었다.

그것을 보고 있자니 묘하게 가슴 속이 울렁거리는 기분이 들었다.

이상하네. 점심 먹은 게 체했나? 화요는 가슴을 살짝 문지르며 무심코 힐끔 우진을 보았다.

그때, 우진이 화요를 향해 고개를 돌리더니 싱긋 웃었다. 마치 그림으로 그린 듯 완벽한 미소에 화요는 멍해지고 말았다. 그는 화요 쪽으로 몸을 바짝 붙이더니 귓가에 대고 소곤거렸다.

"나만 보지 말고, 심사에 집중해야죠."

소름 돋도록 나직한 목소리로 속삭인 뒤, 그는 장난스레 입김을 후— 불었다.

"꺅!"

당황한 그녀는 작게 소리를 지르며 허둥지둥 몸을 뒤로 뺐다.

그 소리를 들은 몇몇 사람이 의아하다는 얼굴로 화요를 보았다. 창피함에 화요는 얼른 고개를 숙였다. 때마침 앞에 나와 있던 참가자가 자리로 돌아가던 때라서 다른 사람들은 금세 화요로부터 시선을 돌렸다. 그래도 민망함은 쉽게 가시질 않았다.

화요는 붉어진 귓불을 만지작거리며 우진을 향해 원망 어린 시선을 보냈다.

하지만 우진은 언제 장난을 쳤냐는 듯 시치미를 뚝 뗀 얼굴로 지원서를 보고 있었다. 자신을 놀리고도 이렇게 당당한 그를 보고 있자니, 화요는 우진이 조금 얄미워졌다.

그녀는 심사 용지에 '차 이사님, 못됐어요.' 라고 크게 적은 후, 일부러 우진 앞에 그것을 펼쳐 놓았다. 우진은 그것을 힐끔 보더니 픽 웃어 버렸다. 그리고 화요가 적은 글씨 밑에 '내가 뭘요.'라는 글자를 또박또박 써내려갔다.

어쩜 이렇게 뻔뻔할 수가 있담. 화요는 얼른 그 밑에 다시 반박하는 글을 적으려고 하였다. 하지만 막 '아'라는 글자를 적은 순간, 윤 차장과 눈이 마주쳤다.

그녀는 조금 어이없다는 얼굴로 화요와 우진을 지켜보고 있었다.

"둘이 지금 뭐해요?"

어이없다는 기색이 역력한 질문에 화요는 고개를 푹 숙였지만, 우진은 아무렇지 않게 입을 열었다.

"알려고 하지 마요. 비밀이에요. 화요 씨랑 나만 아는 비밀."

그 말을 들은 윤 차장이 무어라 할 수 없는 얼굴로 화요를 바라보았다.

딴 짓은 같이 했는데 창피함은 왜 나 혼자의 몫일까. 화요는 빨갛게 물든 얼굴을 지원서로 가렸다. 우진이 옆에서 쿡쿡 웃는 소리가 들렸다. 화요의 얼굴이 더욱 붉게 물들었다.

그로부터 한동안 화요는 지원서로 얼굴을 가린 채, 심사를 봐야만 했다.

심사를 시작한 후, 어느새 몇 시간이 훌쩍 지났다.

200명 남짓한 참가자들을 심사하는 동안 화요는 안타까움을 느꼈다.

조금만 더 좋은 트레이닝을 받았더라면, 안 좋은 버릇을 몇 개만 버린다면 지금보다 더 잘할 수 있는 참가자들이 생각보다 많았다.

그중에는 분명 이번 예선을 통과하지 못하는 사람도 있을 터였다. 그렇다면 그들은 자신의 문제점이 뭔지 모른 채, 이 오디션을 끝내게 될 것이다.

그런 참가자들에게 조언 한 마디씩만이라도 해 줄 수 있으면 얼마나 좋을까 하는 생각이 들었다. 지원자를 지켜보는 화요의 눈빛이 점차 애틋해졌다. 우진은 그런 화요의 시선을 눈치챘지만, 이유를 묻진 않았다.

창밖이 제법 어두워져서 불빛이 하나둘 들어올 무렵.

A룸으로 마지막 팀이 들어왔다.

다들 꽤 지쳐 있는 상태라 마지막 팀 지원자들에 대한 기대는 크지 않았다. 무난한 노래, 무난한 실력. 그런 지원자들이 하나둘 노래를 끝내고 뒤로 물러선 뒤, 하얗고 동그란 얼굴의 소녀가 앞으로 나왔다. 그녀는 다른 참가자들에 비해 유독 겁에 질려 있었다.

"2005번 참가자, 시작하세요."

진행 스태프의 말에 2005번 참가자가 바들바들 떨며 노래를 시작하였다. 얼마나 떠는지 노래는 차마 들어주기 어려운 수준이었다.

"2005번 참가자, 다시 하세요."

우진의 지시에 2005번 참가자가 어깨를 움츠리더니 다시 더듬더듬 노래를 부르기 시작했다. 금방이라도 울음이 터질 것 같은 눈을 한 소녀는 이제 아예 기어들어가는 소리를 내고 있었다.

누가 들어도 이건 아니다 싶은 소녀의 노래에 다들 얼굴을 찌푸렸다.

기계적으로 점수를 매기려던 우진은 문득 묘한 느낌에 옆을 힐끔 보았다. 화요가 무언가를 말하고 싶어 하는 얼굴로 혼자 입을 달싹거리고 있었다.

"화요 씨. 저 참가자한테 뭔가 하고 싶은 말이라도 있어요?"

우진의 속삭임에 화요는 화들짝 놀랐다. 그녀는 잠시 흔들리는 눈동자로 우진을 바라보았다. 입으로는 아무 대답을 안 했지만, 그 얼굴에는 온통 '네'라고 쓰여 있는 것 같았다.

"하고 싶은 말이 있으면 해요. 괜찮으니까."

우진의 허락이 떨어지자 화요는 조심스럽게 앞에 있는 참가자를 불렀다.

"저, 2005번…… 이한나 양?"

"네, 네에……."

"혹시 공연 전 불안 증후군(performance anxiety), 어, 그러니까 무대 공포증이 있나요?"

사람들 사이에서 소위 무대 공포증으로 알려져 있는 증세는 원래는 정식 명칭이 공연 전 불안 증후군이었다. 화요의 질문에 2005번 참가자는 여전히 겁먹은 얼굴로 몸을 움츠린 채 고개를 끄덕였다. 그것을 본 화요는 그녀를 안심시키려는 것처럼 다정하게 웃었다.

"한나 양은 목소리가 참 좋아요. 지금은 음이 좀 뭉개졌지만,

아마 제대로 소리를 낸다면 상당히 선명하고 또렷한 음이 날 것 같고요."

너무 떨어서 음정이 불안정한데다가 호흡조차 엉망이긴 했지만, 화요는 2005번 참가자의 노래에서 칭찬할 만한 구석을 몇 가지 찾아내었다.

"누구라도 무대에 서면 평소 실력을 100% 발휘할 수는 없어요. 그러니까 100%가 아니더라도 괜찮아요. 한나 양이 할 수 있는 최선을 다 하는 게 가장 중요해요. 그냥 지금은 좋아하는 걸 한다고 생각하고 편히 해 봐요. 한나 양은 노래하는 걸 좋아하니까 이곳까지 온 거잖아요."

무대 공포증으로 인한 강박관념은 사람에 따라서는 그 정도가 매우 달랐다. 심한 경우에는 그 자리에서 발작을 일으키거나 기절해 버리는 사람도 있었다. 새파랗게 질린 얼굴을 보아하니 2005번 참가자는 아무래도 심한 경우인 모양이었다.

참 대견하다. 화요는 2005번 참가자를 향해 다정한 미소를 지었다. 저렇게 심하게 겁을 먹었음에도 불구하고, 여기까지 온 작은 소녀가 기특했다.

사람들 앞에 선다는 공포를 이겨 내고 오디션을 보려고 하는 것만으로도, 그녀가 얼마나 노래를 좋아하는지 알 수 있었다.

화요는 그 소녀의 모습에 마치 자신이 겹쳐 보이는 것 같았다.

"……2005번 참가자, 한 번 더 해 보세요. 설화요 심사 위원 말대로 할 수 있는 데까지만 다시 한 번."

우진의 어조가 아까보다 한결 부드러웠다. 그것에 힘을 얻은 듯 2005번 참가자가 크게 대답하였다.

"네, 네!"

조금 전보다는 차분한 얼굴로 소녀가 천천히 노래를 부르기 시작하였다. 여전히 군데군데 음이 불안하긴 했지만, 이번에는 정말 노래다운 노래였다. 노래를 잘 모르는 사람이 듣기에도 조금 전과는 천지 차이의 실력이었다.

30초도 안 되는 짧은 노래를 끝낸 소녀의 얼굴이 마치 100미터 달리기를 방금 끝낸 사람처럼 벌겋게 달아올라 있었다. 화요는 그녀를 향해 진심어린 격려를 보내주었다.

"무대 공포증은 완전히 극복하기는 어렵지만…… 그렇다고 해서 이겨 내지 못할 건 아니에요. 정말 잘하셨어요."

조곤조곤한 그녀의 목소리에 2005번 참가자의 눈망울에 물기가 어렸다. 덩달아 무언가가 가슴 안에서 뭉클, 하는 기분에 화요는 고개를 숙였다.

노래를 너무나 좋아하는 데도 무대 공포증 때문에 사람들 앞에서 노래를 부르지 못하는 소녀.

그리고 마찬가지로 노래를 사랑하지만, 로렐라이의 '힘' 때문에 남들 앞에서 노래를 부를 수 없는 자신.

어쩌면 이것은 보상 심리일지 모른다. 자신이 못하는 것을 적어도 저 소녀는 했으면 좋겠다는, 해냈으면 하는 그런 마음.

혹은 쓸데없는 참견이거나 그저 제 욕심일 수도 있다.

하지만 그래도 화요는 2005번 참가자가 노래를 포기하지 않으면 좋겠다고 생각하였다.

때로는 노력으로 기적이 만들어질 수도 있다고 믿고 싶었으니까.

"수고하셨어요."

화요의 인사에 2005번 참가자는 고개를 꾸벅 숙였다. 그리고 이제까지 낸 것 중, 가장 큰 목소리로 "감사합니다!"라고 외쳤다. 그 아이가 제자리로 돌아가는 걸 보는 화요의 눈빛이 따뜻했다. 그리고 그런 화요를 바라보는 우진의 눈빛 역시 다정했다.

남은 두 명의 지원자를 심사한 후, 길었던 1차 오디션이 간신히 종료되었다.

심사가 끝나자 수고하셨다는 인사가 곳곳에서 들려왔다.

"수고하셨습니다!"

"네, 수고! 장비는 여기부터 뺄게요!"

화요 역시 고생한 스태프들에게 고개를 꾸벅 숙여 인사하였다. 모두들 웃는 낯으로 화요의 인사에 답해 주었다. 그것을 물끄러미 보던 윤 차장이 다정한 엄마 같은 얼굴로 말했다.

"보통 다른 때 같으면 일정보다 딜레이 되었다고 다들 엄청 투덜거리는데…… 오늘은 싫은 내색 하는 스태프가 하나도 없네."

"어, 아……! 죄송합니다! 저 때문에 진행이 늦어졌나요?"

화요는 오디션이 예정보다 늦게 끝난 게 자신 탓이라는 걸 깨닫고, 얼굴을 굳혔다. 마지막에 2005번 참가자를 격려한다고 이런저런 오지랖을 부리느라 생각보다 시간을 많이 잡아먹은 탓이었다.

"아, 뭐라고 하는 거 아니니까 걱정 말아요. 다들 화요 씨를 보는 눈빛이 귀여운 강아지 보는 것 같아서 재밌어서 한 말이에요. 그리고 그렇게 많이 늦지도 않았는걸요."

윤 차장은 장난스럽게 어깨를 으쓱하였다. 그럼에도 불구하고 화요의 표정이 썩 밝지 않자 가만히 그것을 보고 있던 우진이 입을 열었다.

"윤 차장 말대로예요. 고작 10분 늦게 끝난 거니까 신경 쓰지 마요."

우진은 화요에게만 들릴 작은 소리로 덧붙였다.

"만약 누가 뭐라고 하면 내가 혼내줄게요."

화요는 저도 모르게 작게 웃었다. 아까 자신에게 장난을 치던 것처럼 그의 말투가 장난스러웠다. 힐끔 보니 우진이 그윽한 눈으로 자신을 보고 있었다. 괜히 가슴이 두근거려 화요는 얼른 고개를 옆으로 돌렸다. 마침 옆에 있던 남자 스태프가 화요를 향해 인사하였다.

"수고하셨습니다, 설화요 씨."

"아, 수고하셨습니다."

"화요 씨는 심사 참여는 처음이라면서요? 많이 피곤하지 않으세요?"

"아—"

남자 스태프가 계속 살갑게 말을 붙이자, 화요는 조금 곤란해졌다. 그때, 윤 차장과 대화를 나누고 있던 우진이 불쑥 그들 사이에 끼어들었다.

"화요 씨, 심사용지 정리 다 끝났어요?"

"네? 아, 잠시만요. 네! 이제 끝났어요."

화요가 서둘러 심사 용지를 내밀었다. 그러자 우진은 그것과 자신의 용지를 섞어 남자 스태프에게 던지듯 넘겼다. 얼결에 대화를 방해받은 남자 스태프가 머쓱하게 그것을 받아들었다.

"뭐합니까. 그거 안 치울 겁니까?"

우진의 목소리가 살벌하다 싶을 정도로 차가웠다. 처음에는 무심하게 상황을 지켜보던 윤 차장이 놀라 눈을 휘둥그렇게 뜰 정도였다.

"아, 아닙니다! 빨리 치우겠습니다, 이사님!"

잔뜩 겁먹은 얼굴을 한 채 스태프는 허둥지둥 밖으로 나가버렸다. 그것을 본 우진은 씩 웃으며 자리에서 일어섰다.

"어머머."

윤 차장이 의미심장한 얼굴로 감탄사를 흘리자 우진과 화요가 동시에 그녀를 보았다. 윤 차장은 히죽 웃으며 고개를 저었다.

"아무 것도 아닙니다, 이사님. 그냥 재미있는 생각이 떠올라서 그런 거니까 신경 쓰지 마세요."

그 대답에 우진은 무심하게 고개를 끄덕였다.

"그래요. 하— 오늘 일정은 이제 회의만 남았네요. 화요 씨, 올 때는 다른 사람들이랑 같이 차타고 왔어요?"

"네? 아, 네."

"그럼 갈 때는 나랑 같이 가요."

우진이 다정스레 웃으며 한 말에 화요는 별 생각 없이 고개를 끄덕였다. 그러자 윤 차장이 또 다시 히죽 웃으며 말했다.

"어라? 이사님, 지금 화요 씨만 편애하시는 거 맞죠?"

"내가 무슨 편애를 한다고 그래요, 윤 차장?"

"편하고 안락한 차 이사님 차에 화요 씨만 태우는 건, 엄연히 편애 아닌가요?"

"그럼 윤 차장은 이 과장한테 차 태워달라고 하세요. 이 과장 차도 편하고 안락하지 않아요?"

우진이 놀리는 어조로 한 말에 윤 차장이 얼굴을 찌푸렸다.

"우리 신랑, 이 아니라 이 과장 운전 솜씨 최악이에요. 차라리 제가 차를 끄는 게 낫죠. 운전도 못하고, 집안일도 못하고, 내 비위맞추는 것도 못하고. 아휴. 가끔 나 기분 좋으라고 예쁜 짓만 안하면 진즉 내쫓았을 텐데. 아, 잠깐만요. 이것도 가져가요."

한참 남편 험담을 하던 윤 차장은 장비 정리를 하는 스태프에게 자신이 갖고 있던 핸디캠도 넘겼다. 그 사이, 우진은 화요에게 자신을 따라오라는 눈짓을 하였다.

"그럼 우리 먼저 출발합니다, 윤 차장. 이따가 회사에서 보죠."

그렇게 말한 우진이 먼저 오디션 룸을 빠져나갔다. 화요는 윤 차장에게 인사를 한 번 한 뒤, 그 뒤를 쫄래쫄래 따라갔다.

밖으로 나와 보니 아까 전까지는 어수선하던 복도가 지금은 제법 한산하였다. 지나다니는 사람들과 꾸벅꾸벅 인사를 하며 화요는 우진의 옆에 바짝 붙었다.

"차 이사님."

머뭇거리던 화요가 조심스레 입을 열자 우진이 부드러운 목소리로 대답하였다.

"응, 왜요?"

"저…… 아까요. 저 때문에 너무 늦게 끝나서—"

"잘했어요."

사과를 하려던 화요는 갑자기 자신을 칭찬하는 우진 때문에 하던 말을 멈추고 말았다. 당황하여 옆을 보니 우진이 기분 좋게 웃고 있었다.

"화요 씨는 진짜 굉장한 사람인 거 알아요? 늘 내 기대를 배신하네요. 좋은 의미로."

우진이 심사가 시작하기 전에 화요의 기운을 북돋아 준 건, 그냥 너무 부담을 갖지 말라는 뜻이었다. 최선을 다하면 된다고 한 말 역시 상투적으로 한 말에 지나지 않았다.

그런데도 화요는 정말 최선을 다했다.

심사위원은 대부분 지원자를 기계적으로 대하기 마련이었다. 시간이 지날수록 더더욱. 하지만 지원자를 대하는 화요의 태도는 시종일관 진지했다. 잔뜩 긴장했을 지원자들에게 그런 화요의 태도는 큰 힘이 되었으리라. 마지막 팀에 있던 지원자 한 명이 눈물마저 글썽거린 게 충분히 이해가 갔다.

"이게 화요 씨 방식이라면 나쁘지 않은 것 같아요. 예선부터 힘을 빼는 건 좋은 게 아니긴 하지만."

"……."

우진의 말이 칭찬인지 아닌지 알 수 없다는 듯, 화요가 불안한 얼굴을 하였다. 귀엽기는. 우진은 화요의 볼을 살짝 꼬집고 싶은 못된 충동을 느끼며 픽 웃었다.

"잘했어요, 진짜로. 다만 화요 씨 힘들까 봐 걱정되어서 하는 말이에요."

화요는 그제야 안심한 얼굴로 살짝 웃었다.

"저는― 아."

괜찮다고 말하려던 화요는 주머니 속에서 울리는 진동에 잠시 멈칫하였다. 그녀는 자신이 휴대폰을 진동 모드로 바꾸어 두었다는 것을 떠올리고 얼른 전화를 꺼내 들었다.

"어?"

이번에도 낯선 번호에서 온 대용량 문자 메시지가 와있었다. 화요는 고개를 한 번 갸웃한 후, 확인 버튼을 눌렀다.

그 순간, 끔찍한 사진 한 장이 휴대전화 화면을 가득 채웠다.

"꺄아악!!!"

새파랗게 얼굴이 질린 화요는 전화를 바닥으로 떨어트리고 말았다. 우진이 얼른 휘청거리는 화요의 몸을 붙잡았다.

"무슨 일이에요, 화요 씨?"

"사, 사진……."

덜덜 떨며 화요는 바닥에 떨어진 휴대전화를 가리켰다. 그것을 집어 들어 화면을 살핀 우진의 얼굴이 곧 딱딱하게 굳어졌다. 입 밖으로 꺼내고 싶지 않을 만큼 잔인한 사진이 액정을 가득 채우고 있었다. 우진은 손가락을 움직여 재빨리 발신자를 확인해 보았다.

"010…… 이 번호 아는 번호입니까?"

화요가 고개를 젓자 우진은 그녀에게 양해를 구하고 다른 문자도 확인해 보았다. 심사 전에 도착한 문자에서도 마찬가지로 기분 나쁜 사진이 첨부되어 있었다. 성적 불쾌감을 주기 위한 의도가 다분한 사진이었다.

그것을 본 우진의 얼굴이 잔뜩 찌푸려졌다. 한 번이라면 몰라도 두 번이나 그것도 각각 다른 사진을 보낸 걸 보면, 상대는 화요를 괴롭히기 위해 일부러 이런 짓을 하는 게 분명했다.

"화요 씨. 짐작 가는 것도 없어요? 혹시 전에도 비슷한 문자를 받은 적이 있다거나."

이번에도 고개를 저으려던 화요는 한 가지를 떠올리고 멈칫하였다. 그녀는 충격 받은 얼굴로 우진을 올려다보았다.

"어, 그…… 이상한 전화 같은 게……."

"언제부터요?"

언제부터였더라?

화요는 기억을 더듬어 보려고 노력했지만, 너무 충격을 받아서 그런지 머릿속이 좀처럼 정리되질 않았다.

그것을 눈치챈 것인지, 우진이 화요의 손을 부드럽게 잡아주었다. 차갑게 얼어붙었던 손에 천천히 온기가 돌기 시작하였다.

"일단 오늘은 집으로 데려다줄게요. 가서 쉬는 게 좋겠어요."

우진이 화요를 배려해서 한 말에 그녀는 더더욱 겁먹은 얼굴을 하였다. 눈치 빠른 우진은 곧바로 그 이유를 알아차렸다.

"……화요 씨, 혼자 살죠? 회사로 가는 게 더 낫겠어요?"

화요가 고개를 끄덕이자 우진은 알았다며 화요의 휴대전화를 챙겼다. 걸음을 옮기려던 그는 자신이 잡고 있는 화요의 손이 여전히 차다는 걸 깨달았다.

뿐만 아니라 그 손끝이 미세하게 떨리고 있다는 것도.

무서워하지 말라는 말 대신 우진은 화요의 손을 잡은 제 손에 힘을 꼭 주었다.

그녀의 손이 자신의 손과 같은 온도가 될 때까지, 우진은 손을 놓지 않았다.

회사로 향하는 동안, 화요와 우진은 별다른 대화를 나누지 않았다. 우진은 우진대로 생각할 게 잔뜩 있었고, 화요는 화요대로 머릿속이 복잡했다.

물론 화요의 머릿속을 가득 채우고 있는 것은 단 한 가지였다.

'대체 누가 왜 이런 짓을 하는 걸까?'

그녀는 이제까지 자신이 살면서 남에게 큰 폐 한 번 안 끼치고 살아왔다고 생각하였다. 그런데 누군가가 자신에게 이런 악질적인 짓을 할 정도로 자신이 미움을 받고 있다고 생각하니 소름이 돋았다.

입술을 꾹 깨문 화요는 되도록 침착하게 생각해 보았다.

이렇게나 날 미워하는 사람이 누가 있을까?

제일 먼저 떠오른 것은 김 프로듀서의 얼굴이었다.

비록 지금은 화요를 반쯤 무시하고 있는 상태긴 했지만, 가끔 눈이라도 마주치면 그는 화요를 향해 눈을 부라렸다.

그 무서운 눈빛을 떠올린 화요가 어깨를 흠칫 떨었다. 무엇보다 김 프로듀서는 화요의 연락처를 알고 있으니 이런 식으로 문자를 보내거나 전화를 거는 것 정도는 어렵지 않을 터였다.

그 다음으로 떠오른 것은 김 프로듀서의 후배라는 사람.

특히 후배 쪽은 화요 때문에 큰 프로젝트에 참여하게 될 기회를 빼앗기게 되었으니 충분히 화요를 원망할 법도 했다. 그 역시 김 프로듀서를 통해 화요의 연락처 정도는 쉽게 손에 넣을 수 있을 것 같았다.

다음에는 김형우 작곡가의 얼굴이 뇌리를 스쳤다.

원래라면 그가 ZIN과 계약을 했을 텐데, 화요가 진짜 작곡가라는 게 밝혀진 덕에 그는 ZIN과 계약을 맺지 못했다.

심지어 들리는 소문에 의하면 사실이 알려진 덕에 작곡가 협회에서도 제명을 당했다는 이야기도 있었다. 헬로우에서 의뢰를 받았을 때 한 번 정도 연락을 했던 적이 있으니, 김형우 역시 화요의 연락처를 알고 있을 터였다.

마지막으로 민우의 얼굴을 떠올린 화요는 입술을 꽉 깨물었다. 헤어짐은 최악이었지만 그래도 그와 지냈던 시간이 전부 최악은 아니었다. 그래서 되도록 그는 아니라고 믿고 싶었다.

아니, 사실 그뿐만이 아니라 다른 사람들도 믿고 싶었다. 딱히 그 사람들을 믿어서가 아니었다.

화요에게는 누군가를 의심하는 일 자체가 상당히 괴로웠다. 이런 의심을 하면 할수록 점점 자신이 부정적인 사람이 되어 가는 기분이었다.

"……경찰에 신고할까요?"

무거운 침묵을 깨고, 우진이 던진 질문에 화요가 깜짝 놀랐다. 경찰? 옆을 보니 운전대를 잡고 있는 우진의 옆얼굴이 무표정하였다. 그래도 그에게서 자신을 향한 걱정이 분명 느껴졌다.

잠시 생각에 잠겨있던 화요는 고개를 저었다.

"아니요, 그건…… 지금은 어려울 것 같아요."

신고하는 것 자체야 아무 문제가 없었다. 하지만 경찰이 적극적으로 대응해 줄 거라는 생각은 들지 않았다.

"전에 친구 한 명이 스토킹을 당한 적이 있는데…… 신고를 했지만, 별 소용이 없었어요."

화요의 친구는 병원에 다니며 우울증 치료제를 복용해야 할 정도로 심한 스토킹에 시달렸다. 그런데도 경찰은 스토커가 친구의 전 남자 친구라는 이유로 범칙금 8만원을 내라고 한 게 전부였다. 그 이후 더욱 심해진 괴롭힘 때문에 친구는 아예 한국을 떠나 버렸다.

"경찰 조사를 통해서 누구인지 알아낸 후에는 법정에 세우면 됩니다. 정보 통신법 위반으로 적어도 집행유예 반 년 정도는 받아 낼 순 있을 겁니다."

우진은 필요하다면 자신이 아는 변호사를 소개시켜주겠다는 말을 하려고 했지만, 이번에도 화요는 고개를 저었다.

"상대가 누구일지는 모르지만…… 그럴 경우에는 더 앙심을 품어서 오히려 지금 보다 위험한 행동을 할지도 몰라요."

우진은 다소 놀랐다. 조금 전까지는 덜덜 떨던 그녀가 벌써 차분함을 되찾은 것이 의외였다. 잠시 생각에 잠겼던 우진은 고개를 끄덕였다.

"화요 씨 말이 맞군요. 그럴 가능성도 있어요. 하지만 그렇다고 해서 이대로 내버려 둘 수도 없습니다. 반대로 화요 씨가 무시하면 오히려 더욱 공격적으로 나올 가능성도 있으니까요."

"일단 며칠만 더 상황을 지켜보고 싶어요. 그 후에 어떻게 할지 결정해야 할 것 같아요."

본인이 신중하게 움직이고 싶다는 말에 제3자인 우진이 무어라 참견을 할 수는 없었다. 그래도 역시 이대로 지켜볼 수만은 없었다.

그는 재빨리 머릿속으로 한 가지 계획을 세우며 입을 열었다.

"화요 씨."

"네."

"무슨 일 있으면 말하라고 하고 싶은데, 그 단계에서는 이미 늦은 거니까 되도록 무슨 일 생기기 전에 말해요. 내가 화요 씨 도와줄 수 있게."

우진은 화요가 자신에게 쉽게 도움을 청하지 않으리라는 걸 알고 있었다. ZIN에서 내민 빵빵한 계약서를 걷어차고 굳이 힘든 길을 찾아가려고 했던 여자였다.

그런 그녀가 자신에게 기댈 리가 없다. 그래도 그는 말해 주고 싶었다. 혼자 불안해하지 말고, 혼자 싸우려고 하지 말고, 여차하면 나에게로 도망쳐 오라고.

"······신경써 주셔서 감사합니다."

애처롭게 웃는 그녀의 얼굴이 마치 자신을 거부하는 것처럼 보였기에 가슴 속이 욱신거렸다. 조금 더 이 사람이 날 의지했으면 좋겠다는 욕심이 들었다.

시간이 지날수록 종잇장같이 새하얗던 화요의 얼굴이 차츰 원래의 색을 되찾았다. 이윽고 회사에 도착했을 때에는 완전히 평소의 얼굴이 되었다.

차에서 내린 그녀를 휴게실로 데려가려던 우진은 멈칫하였다. 어쩌면 혼자 있는 것이 더 불안할 지도 모른다. 그렇다고 해서 회의에 참석해야 하는 우진이 계속 화요 옆에 있어줄 수는 없었다.

"화요 씨, 어쩔래요? 휴게실에 가서 쉴래요? 아님 회의에 참석할래요?"

"당연히 회의에 가야죠."

화요는 얼른 답하였다. 다른 팀원들이 모두 참석하는 회의에 자신 혼자 빠질 수는 없었다.

"괜찮겠어요?"

"네, 괜찮아요. 폐 끼치지 않을게요. 걱정 마세요."

우진은 피식 웃어버렸다. 자신이 무슨 말을 해도 그녀는 절대 고집을 꺾지 않으리라는 생각이 들었다. 우진이 조금 장난스럽게 말하였다.

"화요 씨는 폐 좀 끼쳐도 돼요. 아니, 조금이 아니라 많이 끼쳐도 괜찮아요. 그리고 난 내 마음대로 화요 씨 걱정도 할 겁니다. 아주 많이."

농담 같은 그 말은 사실 우진의 진심이었다. 하지만 그것을 알 리 없는 화요가 쿡쿡 웃었다. 그 밝은 얼굴에 우진은 비로소 마음이 놓였다.

"이사님은 정말 좋은 분이세요."

"내가요? 그럴 리가 없는데."

일말의 양심이 남아있는 우진이 화요의 말을 부정하였다. 그러자 화요는 더욱 강한 어조로 말하였다.

"아니에요, 진짜 좋은 분이세요. 전 이사님에게 늘 감사하는걸요."

그럴 리가. 이 만남을 고마워해야하는 건 당신이 아니라 나인데. 그런 말이 입 밖으로 튀어나올 것 같았기에 우진은 조용히 화요의 머리를 쓰다듬었다. 이번에도 화요는 싫은 얼굴을 하지 않았다.

우진은 어째서인지 그게 무척 행복한 일처럼 느껴졌다.

두 사람이 회의실에 도착했을 때, 이미 김 프로듀서를 포함한 팀원 대부분이 도착해 있었다. 김 프로듀서는 우진과 함께 들어오는 화요를 보며 노골적으로 얼굴을 찌푸렸다. 하지만 우진을 의식해서인지 화요를 괴롭히는 일은 없었다.

2시간에 걸친 회의 끝에 1차 합격자가 정해졌다. 캐스팅 팀에서 그들의 지원서와 촬영 영상을 가져갔다. 다른 팀원들은 누락된 사항이 없는지 다시 한 번 검토하기 시작하였다. 화요 역시 사람들과 머리를 맞대고 정신없이 일에 열중하였다.

"……걸로 하죠. 나머지는 내일 회의 때, 체크할게요. 자, 그럼 일단 오늘 일은 끝!"

캐스팅 팀을 따라간 김 프로듀서 대신 윤 차장이 회의를 마무리 지었다. 그러자 우진이 자리에서 일어서며 입을 열었다.

"그래요, 오늘은 이걸로 끝내죠. 다들 수고했어요. 그리고 내일도 수고합시다."

찬물을 끼얹는 마지막 말에 다들 원망 어린 눈으로 우진을 보았다. 앞으로 오늘 같은 중노동을 이틀이나 더 해야 하다니. 팀원들은 모두 축 늘어져서 회의실을 빠져나가기 시작했다.

"오늘은 가서 족욕이나 좀 해야겠다."

"난 가서 무조건 잘래요. 내일 아침 조라 일찍 일어나야 해
서……."

"뭣 좀 먹고 갈까? 사내 식당은 이미 닫았죠?"

사람들의 대화 소리를 들으며 화요는 멍하니 자리에 앉아 있
었다.

어느새 시곗바늘이 11을 가리키고 있었다. 원래라면 그녀도
얼른 회의실을 나섰겠지만, 오늘은 선뜻 발이 떨어지질 않았다.

회의실이 조용해지자 잊고 있던 공포가 다시 떠올랐다.

혹시라도 누군가가 자신을 습격하기라도 하면 어쩔까 하는
불안, 그리고 아무도 없는 집으로 가야한다는 초조함에 화요는
입술 끝을 꾹 깨물었다.

"화요 씨."

우진이 자신을 부르는 목소리에 화요는 퍼뜩 정신을 차렸다.
어느덧 회의실에 남은 건 우진과 화요 둘뿐이었다.

"저녁 같이 먹지 않을래요?"

오디션이 끝난 후 바로 회사로 왔으니 당연히 저녁 식사를 할
여유 같은 건 없었다. 그러니 우진도 화요도 속이 텅 비어있는
상태였다. 하지만 식욕은 전혀 없었다. 이런 상태에서 저녁을 먹
었다간 탈이 날 것 같았기에 화요는 고개를 저었다.

"죄송해요, 차 이사님. 지금 밥 생각이 별로 없어서요."

"그럼 집으로 바로 갈 겁니까?"

화요는 곤란한 얼굴로 우진을 보았다. 집으로 가기는 싫지만, 그렇다고 해서 누군가에게 하룻밤 재워달라고 부탁할 수도 없었다. 가장 친한 친구 미나는 요새 야근을 밥 먹듯 한다고 했으니 전화를 거는 것조차 미안했다.

차라리 집에 갈까? 하지만 차가 끊겼으니까 택시를 타고 가면 돈이…… 아니면 근처에 모텔 같은 거라도 찾아봐야 하나? 화요가 이런저런 생각을 하는 찰나, 우진이 말했다.

"……화요 씨. 우리 회사에 수면실 있는 거 알아요?"

"수면실, 이요?"

그런 게 있었나? 화요는 눈을 깜빡거리며 생각에 잠겼다. 우진과 회사를 한 바퀴 돌긴 했지만, 워낙 정신없이 돌아다닌 탓에 기억이 잘 나질 않았다.

우진은 화요에게 따라오라는 것처럼 손짓하였다. 화요가 쫄래쫄래 뒤를 따르자 그는 그녀를 데리고 4층의 휴게실로 향하였다.

평소 잘 오지 않는 곳이라 화요는 연신 주변을 두리번거렸다.

휴게실에는 만화책이나 잡지 같은 오락서적과 벽면 하나를 다 차지한 거대한 TV, 그리고 다양한 종류의 게임기가 놓여 있었다.

화요가 휴게실에 놓여 있는 물건들을 힐끔거리는 사이, 우진은 휴게실 옆에 있는 문 하나를 열더니 화요를 불렀다.

"화요 씨? 이리로 와 봐요."

"아, 네!"

화요는 얼른 우진이 있는 곳으로 달려갔다. 휴게실에 연결된 문에는 또 두 개의 문이 있었다. 우진은 그중 W라고 쓰여 있는 방문을 가리켰다.

"오늘은 여길 쓰세요. 원래 사원들이 집에 못 가게 되면 쓰게 만든 방이니까 부담 없이 쓰시면 됩니다. 안에 작지만 욕실도 있으니까 간단히 씻는 것도 가능할 거예요. 갈아입을 옷은 이 옆에 가면 피트니스 센터 있는 거 알죠? 거기 사원들 쓰라고 둔 트레이닝 복 있으니까 그 중 하나를 쓰면 될 겁니다."

미리 외워 온 사람처럼 우진이 척척 설명을 해 나가자 화요는 눈을 동그랗게 떴다.

대표님이 어떻게 그렇게 잘 아세요? 입으로는 말하지 않아도 화요의 얼굴이 그런 의문을 고스란히 드러내고 있었다. 그것을 본 우진이 씩 웃으며 맞은편에 있는 방문을 가리켰다.

"나도 몇 번 쓴 적이 있거든요. 여긴 남성용 수면실, 거긴 여성용."

"아—"

화요가 이해가 간다는 얼굴로 고개를 끄덕이자 우진이 방문을 열어 주었다.

"피곤할 텐데 쉬어요."

"감사합니다."

오늘 하루 대체 몇 번이나 당신 도움을 받았는지 모르겠네요.

화요는 고마움을 가득 담아 고개를 꾸벅 숙였다.

문득 미나가 했던 말을 떠올렸다.

'듣자 하니 ZIN의 차 이사가 성질이 그렇게 더럽다던데.'

대체 누가 그런 헛소문을 만든 걸까? 이사님은 이렇게 다정한 분인데. 화요는 진심으로 속상하였다. 그토록 무서웠던 우진의 첫인상이 어느새 눈 녹은 듯 사라져 버린 지 오래였다.

"그리고 죄송해요. 오늘 너무 많이 제가 폐를 끼쳐서……."

"아까도 말했잖아요. 폐 좀 끼쳐도 된다고. 내가 멋대로 걱정하고, 내가 멋대로 도와주려는 거예요. 그러니까 화요 씨는 미안하단 말 하지 마요."

평소에는 서늘하게 보이는 우진의 눈매가 부드럽게 휘어져 있었다. 세상에서 가장 다정한 눈웃음이었다.

그 순간, 화요의 가슴이 쿵― 울렸다. 마치 무언가가 가슴에 무겁게 내려앉은 것 같았다. 그 낯선 감각에 당황한 화요가 허둥지둥 입을 열었다.

"이, 이제 이사님도 가보셔야죠! 많이 늦었으니까. 이사님도 쉬셔야 하고."

"아, 괜찮아요. 어차피 전 오늘 퇴근 못 합니다. 일이 있어서 대표실 가서 다시 일해야 하거든요."

"네? 시간이 이렇게 많이 늦었는데요?"

깜짝 놀란 화요가 걱정스러운 눈으로 우진을 보았다. 그녀는 얼마 전까지만 해도 그의 얼굴빛이 그렇게 좋지 않았다는 걸 기억하고 있었다. 그러니 당연히 우진이 걱정될 수밖에 없었다.

하지만 정작 우진은 가벼운 어조로 말했다.

"맞아요. 시간이 많이 늦었죠. 그러니까 화요 씨야말로 얼른 쉬어요. 낯선 곳이라 잠은 잘 안 올 수도 있겠지만."

"어, 아니에요. 저 잠 되게 잘 자는 편이라 괜찮아요."

"그래요? 다행이다."

당신이 나와는 달라서. 우진은 씁쓸한 얼굴로 중얼거렸다.

"네? 방금 무슨 말씀 하셨어요?"

우진의 말을 제대로 듣지 못한 화요가 고개를 갸우뚱하였지만, 그는 고개를 저었다.

"아니에요, 아무것도. 그럼 난 이만 가볼— 아, 참. 혹시 모르니까 화요 씨 전화는 내가 잠깐 맡아둘게요. 밤사이에 혹시라도 또 그런 사진이 오면 지워서 화요 씨한테 돌려주려고요. 괜찮겠어요?"

그 고마운 제안에 화요는 얼른 고개를 끄덕였다.

전원을 꺼두는 동안에는 아무리 상대가 수작을 부려도 상관이 없었다. 하지만 전원을 다시 켠 순간, 혹시라도 또 누군가가 끔찍한 사진을 보내거나 전화를 걸지도 모른다는 사실이 불안했다.

"아, 그리고 내가 막 문자 뒤지거나 그럴 일은 없으니까 걱정

말고요. 못 믿겠으면 전원 여기서 끝까요?"

우진이 한 말에 화요는 고개를 저었다.

"아니요. 전 차 이사님을 믿어요."

화요의 말을 들은 우진이 살짝 놀란 얼굴을 하였다. 하지만 그는 곧 기쁘게 웃었다. 자신을 향한 그녀의 전적인 신뢰가 상당히 그를 기분 좋게 만들었다.

"믿어 줘서 고마워요. 그럼 이제 진짜 갈게요. 화요 씨는 다른 생각하지 말고 푹 쉬어요. 아, 혹시라도 무슨 일 있으면 나한테 연락해요. 바로 올게요."

물가에 아이를 두고 가는 사람처럼 우진이 걱정 어린 얼굴을 하였다. 화요는 그를 안심시키기 위해 밝게 웃으며 고개를 끄덕였다.

하지만 우진이 시야에서 서서히 멀어져가자 화요의 얼굴이 살짝 어두워졌다. 이상하게도 그가 멀어지자 가슴 한구석이 허전하였다.

아쉬움이 가득한 눈으로 화요는 한동안 우진의 뒷모습을 지켜보았다. 그가 시야에서 완전히 사라지자 화요는 깊게 한숨을 쉬었다.

괜히 축 늘어진 그녀는 힘없는 걸음으로 수면실 안으로 들어갔다.

수면실은 화요의 생각보다도 훨씬 넓었다. 푹신한 시트가 깔려 있는 2층 침대, 드라이기와 기초 화장품 일부가 놓여 있는 화장대, 새 칫솔과 바디 워시 등이 전부 갖추어진 욕실. 보통 회사에서 마련하는 수면실이라기보다는 잘 꾸며진 게스트 하우스의 룸 같다는 생각이 들 정도였다.

방을 꼼꼼히 확인한 후, 화요는 우진이 일러 준 대로 사내 피트니스 센터에 가서 트레이닝 복을 하나 챙겨 왔다. 사람이 거의 없는 회사 안을 혼자 돌아다니자니 기분이 좀 묘했다.

수면실로 돌아온 화요는 씻고, 옷을 갈아입은 뒤 침대에 누웠다. 낯선 곳이긴 했지만 그래도 이 건물 어딘가에 우진이 있다는 생각이 그녀를 안심시켰다.

침대에 누운 채, 화요는 생각에 잠겼다.

'차 이사님은 왜 이렇게 나한테 잘 해 주시는 걸까?'

자신을 향한 다정한 눈빛, 따뜻한 말, 섬세한 마음 씀씀이.

그에 대해 생각하는 동안 화요의 심장이 평소보다 조금 빠르게 뛰었다. 기분 좋은 두근거림이었다.

한동안 그 기분 좋은 두근거림에 취해 있던 화요는 문득 우진이 했던 말을 떠올렸다.

'화요 씨가 제 동생 같은 생각이 들었나 봅니다.'

그 말을 떠올린 순간, 기분 좋은 두근거림은 서서히 멎어 들었다.

'맞아, 그랬지, 참. 동생. 내가 동생 같다고 했어.'

화요는 눈을 감고 크게 한숨을 쉬었다. 이런 일로 멋대로 두근거리는 제 마음이 야속했다. 우진은 뭘 하든 서툰 자신이 안되어 보여서 도와준 것뿐일 텐데.

괜히 코끝이 시큰해진 화요는 조금 더 세게 눈을 꼭 감았다. 그래도 쉬이 잠이 오지는 않았다.

평소와 다르게 그녀는 조금 오랫동안 잠을 설쳤다.

대표실 의자에 앉은 우진은 화요의 휴대전화를 손에 쥐고 얼굴을 찌푸렸다. 휴대전화가 울려 확인해 보니 또다시 기분 나쁜 문자가 도착해 있었다.

그것도 연달아 세 통이나.

상대는 악질이어도 보통 악질인 게 아니었다.

대체 어떤 놈일까.

하지만 아무리 머리를 굴려본들 발신인을 알아낼 수는 없었다.

이럴 때 필요한 것은 바로 전문가의 도움이었다.

우진은 얼른 제 휴대전화 전화번호부에서 '강 사장'이라는 이름을 찾아냈다. 작은 심부름센터를 운영하는 강 사장은 정·재계 인물들 사이에서 제법 유명했다.

강 사장은 죽은 사람의 입에서 금고 번호라도 털어올 수 있다고 불리는 인물이었다. 화요에 대한 간단한 신변 조사를 할 때도 도움을 받은 적이 있었다.

강 사장에게 전화를 걸기 전, 우진은 아주 잠시 망설였다. 화요의 동의 없이 멋대로 행동하는 게 마음에 걸렸다.

하지만 망설임은 짧은 순간뿐이었다.

화요의 휴대전화가 다시 울리기 시작했다. 확인하지 않아도 상대가 누구일지는 뻔하였다.

더 이상의 지체 없이 우진은 강 사장에게 전화를 걸었다. 상대방이 졸음기 가득한 목소리로 전화를 받자, 우진이 씩 웃으며 입을 열었다.

"강 사장. 오랜만입니다. 네. 덕분에. 강 사장 일도 잘 되죠? 하하, 다행이네. 실은 말이죠. 한 가지 부탁하고 싶은 게 있어서 전화했어요. 실은 지금 어떤 번호로 문자가 계속 오고 있는데 말이죠."

우진은 반대쪽 손으로 화요의 휴대전화를 쥐어 올렸다. 액정에는 그가 예상한 대로 혐오스러운 사진이 가득하였다. 그것을 본 우진이 서늘하게 속삭였다.

"이 미친놈이 누군지 내가 꼭 좀 알아야겠거든요."

6.

누군가를 위한 기다림이 주는 것들

평소보다 이른 시간에 눈을 뜬 화요는 낯선 천장을 올려다보며 잠시 어리둥절하였다. 하지만 자신이 지금 어디에 있는지, 그리고 어제 무슨 일이 있었던 건지를 곧 떠올렸다.

침대에서 벌떡 일어선 화요는 수면실 안에 있는 시계를 확인해 보고, 버스 첫차가 이제 다니기 시작했다는 걸 알아차렸다.

멍한 와중에도 화요는 습관적으로 욕실로 향했다. 그녀는 아침잠이 많은 편이라 잠을 깨기 위해서는 겨울에도 찬물로 세수를 하고, 머리를 감았다. 그래야 간신히 눈에 붙은 졸음기를 떼어낼 수가 있었다.

개운하게 양치질까지 끝낸 후, 화요는 평소처럼 동그란 눈을 반짝거리며 욕실을 빠져나왔다. 화장대 근처에 있는 드라이기를 집어 들려던 그녀는 문득 작은 수첩이 한 권 놓여 있는 걸 발견하였다.

전날에는 너무 피곤해서 미처 발견하지 못했던 물건이었다. 겉에는 귀여운 글씨체로 '수면실 방명록'이라는 글자가 적혀 있었다.

웬 방명록? 회사에서? 저도 모르게 화요는 수첩을 펼쳤다. 수첩에는 다양한 사람들이 남긴 글이 적혀 있었다.

그러자 제일 처음 눈에 들어온 글자는 딱 네 글자였다.

'야근 싫어.'

짧지만 강렬한 문장에 화요는 웃음을 터트리고 말았다. 그 밑으로 줄줄이 '나도 싫다.', '집에 보내주세요, 팀장님.', '호화로운 감옥에 갇혀 있는 기분임.' 같은 글들이 쓰여 있었다.

호화로운 감옥. 그 문장을 보고 화요는 또 웃음이 터졌다.

ZIN에서 직원들을 위해 마련해 준 이곳이 상당히 좋은 시설인 건 사실이지만, 그렇다고 해서 사원들이 잦은 야근을 반길 리가 없었다.

친구 미나가 야근을 하면서 맨날 죽는소리를 늘어놓는 통에 그녀 역시 직장인에게 야근이 얼마나 끔찍한 것인지 잘 알고 있었다.

화요는 미나가 "모든 직장인의 꿈은 '칼퇴'와 '조퇴'야." 라고 했던 것을 떠올리고 고개를 절레절레 저었다.

살펴보니 수첩에는 수면실에서 묵었던 사원들의 짧은 메시지가 적혀 있었다. 그 수첩을 누가 가져다 둔 것인지는 몰라도 정말 '방명록' 같은 역할을 수행하고 있는 모양이었다.

팔랑팔랑 수첩을 몇 장 더 넘기던 화요의 손이 잠시 멈칫하였다. 방명록에 적혀 있는 우진에 대한 글을 발견했기 때문이었다.

'우리 대표님 솔직히 진짜 너무 잘생긴 듯.'

'미친 잘생김이죠.'

'모델 왜 그만뒀을까요? 4대 패션쇼에 다 섰을 정도로 잘 나갔잖아요.'

그러게. 정말 차 이사님은 모델 일을 왜 그만둔 걸까.

글을 쭉 읽어 내려가던 화요 역시 고개를 갸웃하였다.

우진에 대한 정보를 인터넷에서 검색할 때도 그녀는 우진의 갑작스러운 은퇴에 의아해하는 글을 제법 많이 보았다.

가업을 잇기 위해 빨리 은퇴를 했을 거라는 설부터 모델 동료들과의 불화 때문이라는 설, 혹은 그기 긴장성의 문세가 있다는 설, 혹은 이마에 난 흉터 때문이라는 설까지.

'역시 정말 그 흉터 때문인 걸까?'

화요는 심각한 얼굴로 팔짱을 꼈다. 물론 다른 것들도 다 그럴싸하긴 했지만, 가장 마지막 이유도 제법 설득력이 있어 보였다.

그녀가 들은 바로는, 우진이 모델 일을 하던 시절에 그를 둘러싼 큰 스캔들이 몇 건 있었다고 했다.

그중에서도 그가 잘나가는 두 여배우 사이에서 양다리를 걸친 적이 있다거나, 유명 여성 모델 몇 명이 우진 때문에 철천지원수가 되었다는 소문은 제법 유명하였다.

어쩌면 그 스캔들 중 하나가 진짜여서 그의 이마에 상처가 생긴 거라면—

화요는 문득 자신의 가슴 한구석이 따끔따끔 하는 기묘한 감각을 느끼고 얼굴을 찌푸렸다.

이상하다 싶은 마음에 그녀는 가슴께를 문질렀다. 우진이 양다리를 걸쳤건 문어 다리를 걸쳤건 그의 과거가 자신과 대체 무슨 상관이 있단 말인가. 그는 어디까지나 자신이 계약한 회사의 대표이사일 뿐이었다.

한동안 이유를 알 수 없는 불쾌함에 입술을 자근자근 깨물던 화요는 문득 자신이 이런 생각을 할 때가 아니라는 걸 깨달았다.

지금의 화요에게는 우진이 왜 모델을 그만두었는지 궁금해하는 것보다 더 중요한 일들이 잔뜩 있었다.

'일단은 오늘 있을 예선 심사에 최선을 다하자.'

화요는 자신이 입고 있는 트레이닝 복을 한 번 내려다본 후, 벽에 걸어둔 제 옷을 연신 흘깃거렸다. 원래는 그냥 회사에서 바로 오디션 심사장으로 갈 예정이었지만, 이틀 연속 같은 옷을 입고 심사장으로 가자니 영 찝찝하였다.

아직 말리지 않아 축축한 머리를 긁적이며 그녀는 잠시 고민했다. 지금이라도 차를 타고 가서 옷을 갈아입고 와야 하나?

오디션 심사 시작은 2시부터였으니 집까지 다녀올 시간은 충분했다. 어제는 마냥 무섭고 불안해서 혼자 돌아갈 엄두가 안 났지만, 날이 환하게 밝아 오는 지금이라면 괜찮을 것 같았다. 시간이 지나자 전날의 공포심이 조금 희미해진 탓도 있었다.

'이렇게 날이 밝으면 수상한 사람도 접근 못 할 거야.'

그런 근거 없는 자신감을 갖고 화요는 일단 머리를 말리기 시작하였다. 머리를 말린 후에는 우진을 찾아가 휴대전화를 돌려받고 집에 들를 계획이었다.

잠시 후, 병아리의 솜털처럼 보송보송해진 머리를 거울에 비추어 보며 화요는 만족스럽게 웃었다. 그대로 그냥 방을 나서려던 화요는 멈칫하였다.

생각해보니 이제부터 만나러 갈 상대는 '미친 잘생김'이라는 소리를 듣는 남자였다. 그런 남자 앞에 도저히 맨얼굴로 나설 수는 없었다. 그녀는 파우치를 뒤져 빈곤한 도구들로 기본적인 메이크업을 마치고 빙을 나섰다.

그토록 부산을 떨었는데도, 회사는 아직도 텅 빈 것 같았다. 출근 시간까지는 아직 1시간이나 남아 있으니 어찌 보면 당연하기는 하였다.

화요는 복도를 부지런히 쓸고 닦는 청소원 몇 사람을 발견하고 어색하게 인사를 하였다. 청소원들은 야근하는 사원을 보는 게 새삼스럽지 않다는 얼굴로 마주 인사해 주었다.

비록 화장한 티도 잘 안 나는 앳된 그녀를 향해 '저 사람은 사실 좋아하는 연예인 때문에 회사에 무단 침입한 고등학생은 아닐까?'하는 의심의 눈초리를 보내기는 하였지만.

대표실 앞에 도착한 화요는 문을 똑똑 두드렸고, 곧바로 문 너머에서 "들어와요, 화요 씨."라는 우진의 목소리가 들려왔다. 조심스럽게 문을 열고 들어간 화요는 몇 걸음을 걷지도 못하고 그 자리에 멈추어 섰다.

블라인드가 끝까지 올라간 유리창 밖에서 밝은 빛이 가득 들어오고 있었다. 부서질 것 같은 빛을 등지고 의자에 앉아 있는 우진의 모습이 마치 그림 같았다.

거품을 걷어 낸 카푸치노처럼 연한 갈색의 머리칼, 그리고 머리카락만큼이나 연한 갈색의 또렷한 눈동자. 선천적으로 색소가 옅은 것인지 우진의 머리도 눈도 모두 색이 옅었다.

하지만 그 존재감만큼은 결코 옅지 않았다.

"화요 씨? 안 들어오고 뭐해요?"

그 자리에 못 박힌 것처럼 서 있는 화요를 향해 우진이 이상하다는 것처럼 물었다.

그제야 퍼뜩 정신을 차린 화요는 앞으로 천천히 걸어갔다. 우진이 사무실 안으로 들어오는 화요를 향해 다정스레 웃어 주었다.

그런 그에게 가까워지면 가까워질수록, 화요의 심장이 쿵쿵쿵 요란하게 뛰었다.

이제야 전날 그를 넋 놓고 보았던 고등학생 소녀의 마음도, 우진을 보며 속닥거리는 사내 직원들의 마음도 이해가 갔다.

우진이 잘생긴 거야 원래부터 알고 있던 사실이었지만 오늘따라 유독 그가 반짝반짝 빛나 보였다. 이미 수없이 마주한 얼굴인데도, 그 얼굴을 볼 때마다 가슴이 이렇게 떨릴 수 있다는 게 신기할 정도였다.

아침부터 봐서 그런가? 그런 엉뚱한 생각을 하며 화요는 우진을 향해 고개를 꾸벅 숙였다.

"좋은 아침이에요, 차 이사님."

"화요 씨도 좋은 아침. 잘 잤어요?"

우진의 질문에 화요는 고개를 끄덕거렸다. 평범한 아침 인사였지만, 눈을 뜨자마자 제일 먼저 인사를 주고받은 사람이 우진이라는 사실이 묘하게 부끄럽게 느껴졌다.

화요의 귓불이 붉어진 것을 본 우진은 만족스러운 얼굴로 웃었다. 그 웃는 얼굴에 또 가슴 한구석이 달큰해졌기에 화요는 순간 어리둥절하고 말았다. 대체 자신의 심장이 왜 이러는지 정말 알 수가 없었다.

"핸드폰 때문에 온 거죠? 자요."

우진이 내민 휴대전화를 받아 든 화요는 우선 전원부터 켜보았다. 새로운 문자가 없다는 사실에 그녀는 안도의 한숨을 내쉬었다. 우진은 무표정하게 전화를 힐끔 본 후, 곧 화요 앞에서만 보여 주는 다정한 차우진의 얼굴로 돌아왔다.

"김 비서 시켜서 알아보니까 번호 변경이 요새 쉽게 된다고 하네요. 아예 번호 변경을 해 두려고 했는데, 본인이 아니면 안 된다고 신청은 못 했어요. 조금 귀찮겠지만 화요 씨가 직접 변경 신청을 하는 게 좋을 것 같습니다."

"네, 그럴게요. 이것저것 신경 써 주셔서 감사합니다."

자신이 잠든 사이에 우진이 대체 무슨 일을 했는지는 짐작도 못한 채 화요는 마냥 고마워하였다.

"별것도 아닌걸요, 뭐."

거기까지 말한 우진은 자리에서 일어서서 화요의 앞으로 다가갔다. 화요는 갑자기 가까워진 우진과 자신의 거리에 당황하였다.

우진은 "잠깐만요, 화요 씨."라고 말하더니 그녀의 얼굴을 가만히 들여다보았다. 혹시나 아까 바른 비비크림이 뭉치기라도 했나 하는 불안에 화요는 눈알을 데굴데굴 굴렸다. 한동안 화요의 얼굴을 살펴보던 우진은 곧 고개를 끄덕였다.

"웅, 정말 잘 쉬었나 보네요. 얼굴색도 좋고, 다행이다."

그렇게 말한 우진이 자연스럽게, 그리고 아주 당연하다는 것처럼 화요의 머리를 쓰다듬어 주었다. 몇 번이고 머리를 쓰다듬은 우진은 이내 천천히 손을 떼어 냈다.

"있죠, 화요 씨. 배고프지 않아요?"

얼이 빠져 있던 화요는 갑작스러운 우진의 그 질문에 엉겁결에 "넷?"이라고 외쳤다.

"어제 저녁도 안 먹었잖아요. 지금은 아침 먹을 시간이고. 배고프지 않아요?"

"아, 저는—"

괜찮습니다, 라고 의젓하게 대답하려던 화요는 뱃속에서 들려오는 꼬르륵 소리에 굳어 버렸다.

무슨 만화나 영화 속에 나오는 장면도 아니고, 하필 이 타이밍에 이런 큰 꼬르륵 소리가 나다니. 살면서 이런 창피한 경험은 처음이었다.

화요의 얼굴이 마치 홍당무처럼 빨개지자 우진은 새어 나오려는 웃음을 참기 위해 이를 억지로 악물어야만 했다.

"역시 배고프죠? 아침부터 먹으러 가죠. 사내 식당 아직 안 열었으니까 나가서 먹어요, 우리. 밥 먹고 적당히 시간 때우다가 같이 가면 되니까요."

"아, 니요. 저는 그냥 집 가서 밥 먹을게요."

정확히는 옷을 갈아입기 위해서 집에 가고 싶었지만, 그런 말을 하기는 쑥스러웠기에 화요는 괜히 밥 핑계를 대었다. 그러자 우진이 갑자기 기분이 상한 것처럼 얼굴을 팍 찌푸렸다.

"화요 씨, 너무하네요."

"네?"

우진의 말에 화요는 깜짝 놀랐다. 자신이 정말 뭔가 실수라도 했나 싶어서 안절부절못하는 화요를 향해 우진은 투덜거리기 시작했다.

"화요 씨가 집에 가서 밥 먹으면 난 혼자 쓸쓸하게 아침 먹어야 하잖아요. 난 집에 먹을 밥도 없는데."

"픕."

마치 토라진 아이처럼 우진이 내뱉은 불평에 잔뜩 긴장해 있던 화요는 저도 모르게 웃음을 터트리고 말았다.

잘 보니 우진의 눈에 감출 수 없는 장난기가 덕지덕지 묻어 있었다. 그것을 보니 안심이 되는 한편, 의외라는 생각이 들었다. 이사님이 이런 장난도 치는 분이었구나.

지금의 우진을 보고 있자니, 처음 헬로우에서 보았던 차우진은 사실 다른 사람이 아닐까 하는 생각이 들 정도였다.

"뭐예요? 난 지금 정말, 정말, 서운한데. 화요 씨는 왜 웃는 거예요?"

우진은 웃는 화요를 향해 더더욱 토라진 얼굴을 하였다. 화요는 그런 우진이 귀엽다는 어이없는 생각을 하며 얼른 입가를 가렸다. 당연히 이제 와서 해 봐야 소용없는 행동이었지만.

"하아— 아무래도 안 되겠다. 화요 씨가 나랑 같이 밥 안 먹어 주면 난 오늘 아침도 그냥 굶어야겠네."

우진은 보라는 듯이 화요를 향해 우울한 얼굴을 하였다. 그가 일부러 삐진 척을 하고 있다는 걸 알고 있는데도 그 얼굴을 보니 괜스레 마음이 안 좋아졌다.

"그러지 말고 식사하셔야죠."

"혼자 무슨 재미로요."

우진은 마치 살면서 한 번도 혼자 밥을 먹어 본 적이 없는 사람처럼 시무룩한 얼굴을 하였다. 그것을 본 화요가 입술을 작게 달싹거렸다.

그는 화요의 커다란 눈이 어쩔 줄 몰라 하는 것처럼 데굴데굴 움직이는 것을 보며 속으로 작게 웃었다. 사람 좋은 화요가 이런 말을 듣고도 그냥 갈 수 있을 리가 없다는 걸 알고 있었으니까.

아니나 다를까, 머뭇거리던 화요는 결국 우진이 원하던 말을 하였다.

"그럼 아침 같이 드실래요?"

시간이 좀 빠듯하긴 해도 아침을 먹고 난 후에 집에 들러도 되겠다 싶어 넌지시 제안을 하자 우진은 활짝 웃었다. 조금 전까지 시무룩해 하던 얼굴은 이미 온데간데없었다.

"그럴까요? 뭐 먹을까요?"

환한 우진의 그 얼굴을 보고 있자니, 이렇게 알면서 속아주는 것도 나쁘지 않다는 생각이 들었다. 어쩌면 이 사람의 이런 모습은 그렇게 쉽게 볼 수 있는 게 아닐지도 모르니까.

우진만큼이나 기분이 좋아진 화요는 아침 메뉴로 뭐가 좋을지 생각에 잠겼다.

아침이니까 간단하게 토스트나 샌드위치 같은 걸 먹어도 되겠지만, 문제는 어제저녁부터 굶은지라 제 뱃속이 꽤 허하다는 점이었다.

딱히 가리는 음식이 없긴 해도 화요는 기본적으로 빵보다는 밥을 좋아했다. 이번엔 특히 전날 점심은 부실하게 먹고, 저녁은 굶기까지 한 터라 더더욱 밥이 간절했다.

화요는 우진의 눈치를 힐끔 살폈다. 우진은 뭐든 말해 보라는 얼굴로 화요를 보고 있었다. 화요는 목구멍까지 차오른 "찌개 메뉴 먹고 싶어요!"라는 말을 꾹 눌러 삼켰다.

친구들과 하는 식사면 몰라도 그다지 친밀하지도 않은, 그것도 고작해야 일 관계로 알고 지내는 우진과 먹기에는 적절하지 않은 메뉴겠다 싶었기 때문이다.

'찌개 말고 다른 거! 먹을 때 냄새 안 나고, 입 크게 안 벌려도 되는데 배는 부르고, 손에 뭐 묻거나 하지 않는 메뉴가 뭐 있지?'

"화요 씨는 뭐 좋아해요?"

열심히 생각에 잠겨 있는 화요를 향해 우진이 물었다. 뭘 먹어야 할까 심각하게 고민하고 있던 화요는 자신도 모르게 곧이곧대로 대답했다.

"밥이요."

"……."

생각지 못한 화요의 대답에 우진은 잠시 멍한 얼굴을 하였다.

보통 뭘 좋아하냐고 물으면 어떠한 음식을 좋아한다고 대답하는 거 아닌가? 그런데 밥?

우진은 당황한 기색이 역력한 얼굴 그대로 다시 물었다.

"밥이요?"

"네, 밥. 생활비 여유 없을 때는 흰밥에다가 간장이랑 참기름 넣고 반숙 계란프라이 넣어서 비벼 먹는 거 좋아……."

무심코 자신이 좋아하는 간장계란밥 이야기를 하던 화요가 헉, 하는 얼굴로 입을 틀어막았다. 우진의 질문에 대한 제 대답이 너무 엉뚱하고 궁상맞은 것이라는 걸 그제야 깨달았기 때문이었다.

물론 자신이 간장계란밥을 제일 좋아하는 건 사실이지만 그렇다고 지금 이 자리에서 커밍아웃 할 필요는 없었다.

우진은 웃음을 참으려는 것처럼 꿈틀거리는 입가를 손끝으로 누르며 말했다.

"그, 건…… 파는 식당이 있는지 모르겠네요. 그거 말고 다른 건 좋아하는 거 없어요?"

"……아무 거나 다 잘 먹어요."

화요가 부끄러움을 감추지 못하고 기어들어 가는 목소리로 말했다. 우진은 입가를 매만지며 생각에 잠겼다.

밥이라, 밥. 그는 곧 회사 근처에 사원들이 자주 가는 백반 식당이 하나 있다는 걸 깨달았다.

윤 차장과 김 비서가 추천할 정도로 음식이 괜찮기도 하고, 무엇보다 가게가 상당히 특이하다는 소문이 돌았다.

어쩌면 그 '특이한 점'이 심적으로 지친 화요를 기분 좋게 만들어 줄지도 모른다는 생각에 우진은 얼른 제안하였다.

"화요 씨. 밥 좋아한다고 했죠?"

"네? 네."

"간장계란밥은 아니지만 밥 먹으러 가죠."

그가 장난스럽게 한 말에 화요의 얼굴이 다시 한 번 붉어졌다. 우진은 쿡쿡 웃으며 앞장섰다.

우진이 안내한 가게는 회사에서 그리 멀지 않은 골목길 근처에 있는 작은 식당이었다.

화요는 우진이 이런 가게를 안다는 게 상당히 의외라는 생각이 들었다.

암만 봐도 우진은 아침에는 밥 대신 빵을 먹을 것 같았고, 식사 때에는 젓가락과 숟가락 대신 포크와 나이프를 쓸 것 같은 이미지였기 때문이다.

옆에 선 우진을 힐끔 본 화요는 잠시 고민에 빠졌다. 정장을 말끔하게 차려입은 이 남자와 아침부터 백반집이라니. 역시 지금이라도 그냥 토스트 같은 거나 먹자고 할까.

화요가 그런 생각을 막 하는 찰나, '아침 식사 가능'이라고 적혀 있는 가게 앞에서는 구수한 밥 냄새가 솔솔 흘러나오고 있었다. 그 냄새를 맡자 다시 뱃속이 요란하게 아우성을 치기 시작했다.

지금 당장 입 안으로 밥을 넣어 주지 않으면 금방 위장이 폭동을 일으킬 것만 같았다. 화요는 정직하다 못해 눈치가 없는 제

위장이 조금 원망스러워졌다.

"여기가 꽤 음식이 맛있는데다가 재미있다고— 화요 씨?"

김 비서와 윤 차장이 추천해 준 가게라는 설명을 한참 하던 우진은 배를 양손으로 끌어안고 있는 화요를 보고 이상하다는 얼굴을 하였다. 화요는 화들짝 놀라 고개를 격하게 저었다.

"아무것도 아니에요! 들어가요!"

그렇게 외친 화요가 먼저 문을 열고 앞장섰다. 저절로 우진은 한 박자 느리게 그 뒤를 따랐다.

두 사람이 가게 안에 들어가는 것과 동시에 굵직한 목소리로 "어서 오십시오!"라는 인사가 들려왔다. 가게 안을 둘러보니 얼굴이 험상궂은 남자가 아기자기한 꽃무늬 앞치마를 매고 테이블을 닦고 있었다. 아무래도 그가 이 가게의 주인인 모양이었다.

"두 분이십니까?"

"네. 지금 식사 가능합니까?"

우진의 질문에 주인이 고개를 끄덕이더니 벽을 가리켰다.

벽에는 동글동글한 귀여운 글씨체로 '김치찌개 정식', '고등어 구이 정식', '된장찌개 정식', '제육볶음 정식', '내 마음대로 정식' 딱 다섯 개의 메뉴가 적혀 있었다. 우진은 제일 마지막에 있는 메뉴를 보고 물었다.

"사장님. 저 '내 마음대로 정식'은 뭡니까?"

"제 마음대로 만들어서 내놓는 정식입니다."

무뚝뚝한 주인의 대답에 우진과 화요는 서로의 얼굴을 마주

보았다. 우진은 윤 차장이 이 가게를 '재미있다'고 표현한 이유가 뭔지 슬슬 알 것 같았다. 틀림없이 이 특이한 사장 때문일 것이다. 호기심이 발동한 그는 그 메뉴를 가리키며 말했다.

"그럼 전 저걸로 하죠. 화요 씨는 뭐로 할래요?"

"저도 같은 걸로 할래요."

사실은 된장찌개가 먹고 싶긴 했지만, 화요는 그냥 우진과 같은 것을 선택하였다. 화요까지 주문을 마치자 무뚝뚝한 주인은 알았다는 듯 고개를 한 번 끄덕이더니 바로 주방으로 들어갔다.

자리를 잡고 앉은 화요는 가게 안을 두리번거리다가 한쪽 벽면에 줄줄이 걸려 있는 오페라 포스터를 발견하고 눈을 휘둥그레 떴다.

이런 백반집에 오페라 포스터? 상당히 특이한 인테리어다 싶어서 그것을 물끄러미 보고 있던 그녀는 곧 주방에서 들려오는 노랫소리에 그만 굳어 버렸다.

"Nessun dorma! Nessun dorma!"

화요가 멍하니 앞을 보자 굳어 버린 건 우진 역시 마찬가지였다. 두 사람은 동시에 주방을 향해 고개를 획 돌렸다. 그 사이에도 드라마틱한 노래가 계속 이어지고 있었다.

가만 들어 보니 노래 가사는 유명한 오페라 곡 중 하나였다. 화요는 저도 모르게 벽에 걸려 있는 오페라 포스터를 다시 한 번 보았다. 다시 보아도 심상치 않은 기운이 느껴졌다.

주방에서 식욕을 자극하는 음식 냄새가 점점 진해질수록 굵직한 남성의 노랫소리도 더욱 크게 들려왔다. 우진은 매우 심각하고 진지한 얼굴로 화요에게 물었다.

"저런 목소리를 바리톤이라고 하는 겁니까?"

오페라를 전공한 건 아니지만, 어쨌든 음악 전공자인 화요는 고개를 저으며 정정해 주었다.

"테너네요."

우진은 바리톤과 테너의 차이가 뭔지 전혀 몰랐지만, 그냥 그런가 보다 하며 고개를 끄덕였다.

훌륭한 노랫소리가 멈춘 것은 사장이 쟁반 가득 접시를 올리고 주방에서 나왔을 때였다.

그는 부끄러워하는 기색 하나 없이 곰 발바닥 같은 손으로 화요와 우진 앞에 음식을 척척 내려놓았다.

고소한 냄새가 솔솔 나는 새송이 버섯볶음, 색이 곱고 선명한 시금치 무침과 잘게 다진 야채가 들어간 계란말이, 아삭해 보이는 김치, 그리고 맑은 뭇국은 보기만 해도 입맛이 절로 돌았다.

하지만 우진과 화요 모두 가게 주인을 신경 쓰느라 쉽게 젓가락을 들 수 없었다.

손님들이 저를 보거나 말거나 사장은 뻔뻔한 얼굴로 카운터에 가더니 근처에 있는 스피커를 만지작거렸다. 곧 조용하던 가게 안에 웅장한 노랫소리가 울려 퍼지기 시작하였다.

또 오페라였다.

때마침 시원한 뭇국을 한입 뜨던 화요는 저도 모르게 숟가락을 떨어트릴 뻔했다. 힐끔 앞을 보니 우진은 미간에 주름을 잔뜩 잡은 채, 젓가락을 놀리고 있었다. 얼핏 보기에는 화가 난 게 아닌가 싶은 얼굴이었지만, 화요는 그의 입가가 미세하게 떨리고 있다는 걸 알아차렸다.

화요는 틀림없이 자신도 우진과 비슷한 얼굴을 하고 있을 거라고 생각하며 부지런히 손을 움직였다. 총 다섯 곡의 노래가 흘러나오는 동안, 두 사람은 아무 말 없이 식사를 했다.

물론 김 비서와 윤 차장의 추천대로 음식 맛은 매우 훌륭했다.

식사를 마치고 가게 밖으로 나온 우진과 화요는 한동안 말없이 가게만 보고 있었다. 음식은 정갈하고, 가게 안도 깨끗하건만 손님이 없는 이유가 뭔지 알 것만 같았다.

우진과 화요 모두 음식이 코로 들어가는지, 입으로 들어가는지 모르고 먹었으니까.

한동안 가게를 쳐다보던 우진과 화요는 드디어 고개를 돌려 서로를 보았다. 눈이 마주친 그 순간, 결국 두 사람 모두 참아 왔던 웃음이 터지고 말았다.

"아하하하하! 차, 차 이사님! 여기, 가게, 대체 누구한테 들으셨다고요?"

숨이 넘어가도록 까르륵 웃는 화요를 보며 우진 역시 웃음기가 가득한 목소리로 대답했다.

"김 비서랑 윤 차장이요. 특히 윤 차장이 재미있는 가게라고 엄청 추천하더라고요."

"하하하하! 진짜 대박이다! 너무, 아— 하필 저 사장님이, 노래를 좀 하시니까 더 웃겨요."

차라리 노래를 정말 못했다면 이렇게까지 웃기지도 않았을 것이다. 하지만 백반집 사장님의 노래 실력은 생각보다 훨씬 괜찮았다.

물론 프로가 될 정도는 아니지만 일반인 치고는 제법인데? 싶은 수준. 그래서 화요는 더 웃겨 미칠 지경이었다. 마음 같아서는 TV 예능 프로그램에 한번 나가 보라고 추천해 보고 싶을 정도였다.

"아, 아까 솔 베이지의 노래 나올 때 들으셨어요? 저 사장님이 따라 흥얼거리는 거? 그거 되게 비슷하지 않았어요?"

당연히 음악에 대해 문외한인 우진이 그런 걸 들어도 알 리가 없었다. 그는 그저 아이처럼 신난 화요를 보며 덩달아 웃을 뿐이었다.

사실 아침밥을 먹으러 오기 전까지만 하더라도 그녀의 눈동자 깊은 곳에서는 아직 완전히 떨쳐 버리지 못한 걱정이 보였다. 하지만 이제 화요의 얼굴에 전날 밤 서려 있던 그늘은 없었다. 심지어 우진에게 향하는 화요의 웃음은 마치 모래사장에서 부서지는 햇빛처럼 빛나고 있었다.

우진은 그게 좋았다.

화요가 웃는 모습, 화요가 즐거워하는 모습, 화요가 기뻐하는 모습을 보고 있으면 오랫동안 움직이지 않았던 심장이 갑자기 움직이는 것만 같았다.

그는 화요가 오페라에 대해 이런저런 이야기를 하는 걸 유심히 들어 두었다.

"화요 씨는 오페라도 좋아하나 보네요?"

우진이 슬쩍 던진 질문에 화요는 고개를 끄덕였다. 비록 대중가요 작곡가지만 그녀는 가극이나 클래식에도 관심이 많았다.

문제는 그런 종류의 음악은 일상에서 접하기 어려운 음악이라는 점이었다.

"좋아하긴 해도 워낙 표가 비싸서 보러 간 건 몇 번 안 돼요. 학교 다닐 때는 학생 할인 받은 거랑 교수님이 주신 표 같은 걸로 본 적 있지만."

워낙 먹고 사는 게 빠듯했던지라 최근에는 문화생활다운 생활을 누려 본 기억이 없었다. 화요는 영화를 보러 극장에 갔던 것도 민우와 개판으로 헤어지기 전이었다는 걸 떠올리고 시무룩해졌다.

"흐음, 그렇구나. 오페라, 라."

화요의 대답을 들은 우진이 의미심장한 얼굴을 하였다. 그가 지금 머릿속으로 '설화요랑 오페라를 같이 보러 갈 계획'을 매우 주도면밀하게 구상하고 있다는 것도 모른 채, 화요는 기분 좋게 웃었다.

"이사님 덕분에 재미있었어요. 밥도 잘 먹었고요. 감사합니다."

"화요 씨가 좋아하는 간장계란밥이 아니긴 했지만요."

우진은 아침에 화요가 했던 말을 잊지 않았는지 장난스러운 표정으로 대답했다. 화요는 제 대답이 얼마나 궁상맞았으면 우진이 아직도 이러나 싶어서 입을 삐죽였다.

"저, 그거 아니어도 좋아하는 거 많아요! 그리고 방금 먹은 밥도 진짜 맛있었어요!"

발끈하여 외치는 화요를 보며 우진은 자꾸 입꼬리가 위로 올라가려는 걸 억눌러야만 했다. 그는 화요가 자신을 향해 이렇게 점차 편한 모습을 보여 주는 게 꽤 마음에 들었다.

그건 그녀가 자신에게 마음의 문을 열고 있다는 증거였으니까.

하지만 아직도 부족했다. 그의 마음속에는 어느새 화요가 자신을 더 편하고 생각하고 의지해 주길 바라는 욕심이 자리 잡고 있었다.

"그럼 다른 건 뭐가 좋은데요? 간장계란밥 말고."

우 씨, 또 그놈의 간장계란밥. 발끈한 화요는 우신을 흘겨보며 말했다.

"저 콩국수 좋아해요! 그리고 음…… 쌈밥도 좋아하고, 가지튀김도 좋아하고, 꼬리곰탕도 좋아하고, 감자탕도 좋아하고, 어……."

하나하나 손가락을 꼽아가며 좋아하는 음식을 말하기 시작한 화요는 어느새 사뭇 진지한 얼굴을 하고 있었다.

화요가 좋아하는 음식들은 대부분 젊은 아가씨가 좋아할 만한 음식은 아니었다. 겉으로만 본다면 그녀는 귀여운 생김새에 어울리는 아기자기한 디저트같은 걸 좋아할 것 같았으니까.

우진은 의외라는 생각을 하면서도 고개를 끄덕였다. 그는 화요가 좋아하는 것을 잊지 않자고 생각하며 머릿속 한구석에 그것들을 전부 집어넣었다.

"콩국수, 쌈밥, 가지튀김, 꼬리곰탕, 감자탕 전부 좋아요. 다음에는 화요 씨가 좋아하는 다른 것도 같이 먹죠."

우진의 '다음'이라는 말에 화요는 잠시 당황한 얼굴을 하으나 곧 그가 겉치레로 한 말이라 생각하고 그냥 고개를 끄덕였다. 헤실헤실 웃는 화요의 얼굴이 마치 다음에 또 놀자는 소리를 들은 아이처럼 천진난만하였다.

그 얼굴을 보고 있자니 우진의 손이 근질근질하였다. 그녀의 머리를 만지작거리고 싶다는 생각 때문이었다.

참 이상한 일이었다. 이런 충동은 우진에게는 무척 드문 것이었다.

대체 왜 이 여자를 보고 있으면 이렇게 머리를 쓰다듬고 싶고, 안아 주고 싶고, 기쁘게 해 주고 싶은 걸까.

도무지 알 수 없는 일이었다.

"아! 이사님, 이제 저 집에 다녀와야겠어요, 가 볼게요."

휴대폰으로 시간을 확인한 화요는 슬슬 집으로 출발해야 할 시간이라는 걸 깨달았다.

여기서부터 집까지 걸리는 시간과 집에서 준비하고 나오는 시간, 그리고 집에서 다시 오디션 장소까지 향하는 시간을 전부 합치면 지금 출발해도 사실 아슬아슬했다.

화요의 얼굴에 다급한 기색이 서린 걸 본 우진은 고개를 끄덕였다.

"알았어요, 가죠."

"네? 어딜요?"

"화요 씨 집에 간다면서요. 차로 데려다 줄게요. 같이 가요."

"어? 아니에요! 저 혼자 다녀올 수 있ㅡ"

"버스 타고 왔다 갔다 하는 것보단 내 차 타고 가는 게 빠를걸요? 가요."

그렇게 말한 우진이 휙 앞장서자 화요는 멍하니 그 뒷모습을 보았다.

"뭐해요? 빨리 와요, 화요 씨."

우진이 부드러운 목소리로 독촉하자 화요는 얼결에 그 뒤를 쫄래쫄래 따랐다.

머릿속으로야 이게 아닌데 싶었지만, 우진의 태도에는 그를 거스를 수 없는 묘한 박력이 있었다.

"저, 이사님. 저 정말 괜찮은데요."

밥도 얻어먹고, 차까지 얻어 타다니. 화요는 우진의 차를 앞에 두고도 미안한 마음에 계속 머뭇거렸다.

"응, 화요 씨는 괜찮아도 내가 안 괜찮아요. 그러니까, 자ー"

우진이 자연스러운 동작으로 조수석 문을 열어주며 타라는 눈짓을 하였다. 하지만 화요가 쉽사리 올라타지 못하고 계속 망설이자, 그는 한숨과 함께 화요를 반 강제로 조수석에 앉혔다.

결국 화요는 우진의 차를 타고 아주 편하게 집까지 돌아왔다. 버스를 타면 제법 걸렸을 거리가 우진의 차로는 순식간이었다.

"여기서 기다릴 테니까 천천히 볼일 보고 나와요."

집 근처에 있는 유료 주차장에 차를 세운 우진의 말에 화요는 곤란하다는 얼굴을 하였다. 차 이사님이 기다리시면 제가 불편하잖아요, 라는 솔직한 마음을 털어놓을 수는 없었다.

먼저 오디션 장소로 가시라고 권해도 우진은 고개를 저을 뿐이었다. 그의 고집을 꺾는 일은 쉬운 일이 아니었기에 화요는 이번에도 한숨과 함께 물러설 수밖에 없었다.

"그럼 여기 말고 저 앞에 있는 카페에서 기다리세요. 금방 다녀올게요."

화요가 가리킨 가게는 전에 우진과 화요가 처음 만날 약속을 잡았던 그 카페였다. 우진은 알았다고 고개를 끄덕였고, 화요는 빨리 오겠다는 약속을 재차 하고는 후다닥 뛰어갔다.

그녀가 빌라 입구로 들어서는 것을 본 우진은 일부러 카페 창가에 자리를 잡고 앉았다. 화요가 빌라에서 나오면 바로 자리에서 일어서기 위해서였다.

그가 막 커피를 한 잔 시키는 것과 동시에 우진의 휴대전화가 울렸다.

조사를 의뢰한 강 사장으로부터 걸려온 전화였다. 범인을 벌써 찾았나 보다 하는 기대에 우진은 반갑게 그 전화를 받았다.

"강 사장. 찾았습니까? ……네? 대포폰이라고요?"

화요에게 전화와 문자로 악질적인 괴롭힘을 해 온 전화번호는 총 세 개. 그 세 개의 번호는 모두 소유자의 정보를 알 수 없는 대포폰이라는 게 강 사장의 설명이었다.

"뭡니까, 그럼? 그 미친놈 당장 못 잡는 겁니까? 시간? 어느 정도면 됩니까? 흐음…… 알았습니다, 일단. 그럼 진척이 있으면 연락주세요."

전화를 끊은 후, 우진은 신경질적으로 이마를 문질렀다. 금방 해결할 수 있겠다고 생각한 일이 생각보다 쉽지는 않을 것 같았다. 설화요가 더 불안해하기 전에 최대한 빨리 해결해야 할 텐데. 우진은 그런 생각을 하며 턱을 괴었다.

어제는 밤새도록 화요의 휴대폰으로 문자가 날아왔다.

문자의 내용은 각양각색이었다.

중요한 것은 어떤 내용이건 간에 젊은 여자에게는 상당히 두려움과 모욕감을 줄 내용들이라는 점이었다.

우진은 그것을 한 줄, 한 줄 읽어 보며 상대에 대한 분노를 키웠다.

아침이 되기 전, 그는 화요의 휴대폰으로 온 문자 내용을 전부

복사하여 강 사장에게 넘겼다.

사실 가장 편한 방법은 화요의 휴대폰을 해킹하여 전화와 문자 내역을 전부 확인하는 것이었다. 그 경우에는 앞으로 올 전화나 문자 내용도 손쉽게 확인할 수 있었다.

하지만 화요의 동의 없이 조사를 진행하고 있는 입장인 만큼 불법적인 일에 손을 댈 수는 없었다. 무엇보다 나중에 들켰을 때 감수해야 할 페널티가 너무 컸다.

다른 사람이 상대라면 몰라도 우진은 화요에게는 미움 받고 싶지 않았다. 그녀가 자신을 향해 실망한 표정을, 상처받은 얼굴을 하면 마음이 아플 것 같다는 막연한 생각이 들었다. 그녀가 이제 자신에게 슬슬 마음의 문을 열고 있었기에 더더욱.

설화요에게는 슬프거나 괴로운 얼굴이 어울리지 않는다. 그녀에게 어울리는 건 음악 이야기를 할 때처럼 빛나고, 맛있는 음식 이야기를 할 때처럼 행복한 그런 얼굴이었다.

문득, 식당 앞에서 천진난만하게 웃던 화요의 얼굴을 떠올린 우진은 저도 모르게 소리를 내어 피식 웃어 버렸다.

때마침 커피를 가져다주던 아르바이트생이 황홀한 눈빛으로 그를 보았다. 말이라도 한 번 걸어보려는 것처럼 아르바이트생이 주변을 기웃거렸다. 그것을 무시하며 우진은 창밖을 내다보았다.

화요는 아직도 나올 기미가 보이질 않았다. 그녀가 눈에서 보이지 않으니 이상하게 마음이 허전하고, 걱정이 되었다. 이상한 일이었다.

'대체 왜 이렇게까지 그 여자가 신경 쓰이는 거지?'

마침 생각할 시간은 충분했다. 우진은 커피 잔의 가장자리를 손가락으로 톡톡 두드렸다.

일단 기본적으로 우진은 타인에게 그다지 관심이 없었다. 남의 삶이 불행하건 행복하건 그에게는 그다지 중요하지 않았다. 우진이 관심을 갖는 단 하나의 인물이 있다면 그건 자신의 아버지였다.

그가 절대 행복하지 않기를 바라기 때문이었다.

그런 자신이 누군가를 위해 이렇게까지 움직일 수 있다는 게 스스로도 신기하였다.

'이 여성분이 차 대표님과 상당히 가까운 분인가 봅니다?'

문득, 우진이 조사를 맡겼던 심부름센터의 강 사장이 했던 말이 떠올랐다.

가깝다, 라. 그는 냉정하게 자신과 화요 사이의 거리를 가늠해 보았다.

그냥 아는 사이보다야 가까운, 하지만 친구라고 하기에는 애매한 거리.

그것이 지금 자신과 화요의 관계였다.

"……어째설까, 정말."

깊은 생각에 잠겨 있던 우진이 저도 모르게 중얼거렸다.

돌이켜보면 처음에는 이용하기 위해서 그녀가 필요했던 것뿐이었다. 그는 화요를 제 옆에 두기 위해 그녀의 주변을 정리하였고, 결국 그녀가 ZIN으로 올 수밖에 없도록 만들었다. 거기까지는 스스로 이해할 수 있었다. 자신을 잠재울 수 있는 설화요의 '노래'가 탐이 났으니까.

하지만 문제는 그게 다가 아니라는 점이었다.

이제 우진은 화요가 그저 자신의 옆에 있는 것으로 만족할 수가 없었다. 웃고 있는 화요가 보고 싶었고, 누군가 그녀에게 해가 된다면 자신이 그녀를 지켜 주고 싶었다.

누군가를 위해 이렇게까지 무언가 해 주고 싶다고 생각한 건 처음이었다.

그리고 지금처럼 불필요한 친절을 발휘하여 누군가를 기다려 본 일 역시 처음이었다.

상대가 화요가 아니었다면, 집까지 바래다주지도 않았을 것이고, 이렇게 기다리지도 않았을 게 분명했다.

기본적으로 우진은 기다리는 걸 지독하게 싫어했다. 그에게 기다림은 불확실하고 의미 없는 행위일 뿐이었기 때문이다.

어머니가 자신과 동생들을 버리고 갔을 때도, 아버지가 일 때문에 며칠을 집에 돌아오지 않을 때도, 이제는 하나만 남은 동생이 바람에 떠밀리는 들풀처럼 이리저리 떠돌고 다녀도 그는 그들을 기다려 본 적이 없었다.

그는 기다린다는 행위 자체가 무의미하다고 생각하였다.

언젠가, '우진 씨가 날 좋아하게 될 때까지 기다릴 수 있어요.'

라는 말을 하던 여자를 비웃은 적도 있었다.

제법 잘 나가는 배우였던 그녀는 우진에게 제발 자신을 좀 봐달라며 울고 매달렸다. 화장이 전부 번진 얼굴을 보며 참 꼴불견이라고 당시의 우진은 생각했다.

그런데 이상하게도 지금은 그 여자의 마음을 조금 알 것만 같았다. 비록 엉망진창이 되더라도 누군가를 위해 기다리는 건, 그렇게 나쁜 일이 아니라는 생각이 들었다.

우진은 냉정하게 생각해보았다. 누군가를 갖고 싶은 마음, 단한 사람을 송두리째 욕심내는 마음, 그리고 누군가를 기다리고 싶어 하는 마음.

이건 분명―

"……."

한 가지, 최악의 가정이 떠올랐다.

아닐 거라고 부정하고 싶은 가정이었다. 하지만 만일 이 감정이 무엇이냐고 남들에게 물으면 다른 사람들이 '무엇'으로 정의할지 우진은 알고 있었다.

'아니. 아직은 아니야. 서두를 필요는 없지.'

우진은 고개를 저었다. 어쩌면 지금 이건 착각일지도 모른다.

9년 전, 환상이라고 생각했던 소녀에 대한 동경과 집착 때문에 느끼는 착각.

그 착각을 '사랑'으로 결론 내린다면 불행해지는 건 틀림없이 화요였다. 자신의 어머니가 그랬던 것처럼.

주문한 커피가 적당하게 식었을 무렵, 빌라 입구에서 화요가 헐레벌떡 달려오는 것이 보였다. 저렇게 서두를 필요가 없는데.

그래도 기다리는 자신을 위해 서두르는 거라고 생각하니 기분이 나쁘진 않았다. 어느새 단걸음에 달려와 카페 유리창 너머를 살피던 화요가 우진과 눈이 마주쳤다.

창 너머로 우진을 발견한 화요가 조금 쑥스러운 것처럼 웃었다. 그는 그 웃는 얼굴을 보고 예쁘다고 생각하였다.

사실 화요는 특별히 아름답거나 사람의 눈을 끄는 그런 여자가 아니었다. 그녀는 평범했다. 솜털 같은 머리칼과 커다란 눈동자가 인상적인 겉모습도, 부끄럼과 정이 많은 소심한 성격도 모두.

그런데도 그녀는 우진에게 무언가를 끝없이 갈구하는 욕망을, 동시에 누군가를 한없이 지키고 싶은 애정 같은 기분을 느끼게 만들었다. 아이러니하게도 그것이 평범한 그녀를 특별하게 만들었다.

그 순간, 우진은 한 가지를 깨달았다.

이 의미 없는 '기다림'이 그렇게 싫지 않은 상대는, 오직 화요뿐이라는 걸.

예선 마지막 날.

버스를 타고 오디션 장소까지 가려던 화요는 빌라 앞에 있는 낯선 차를 보고 멈칫하였다. 암만 봐도 이 근처에서는 보기 드문 고급 외제차였다.

이상하게 저 외제차를 어디서 본 것 같다는 생각을 하며 화요는 그 옆을 지나가려고 하였다. 그러자 검게 선팅이 된 차창 문이 열리는 것과 동시에 선글라스를 낀 우진이 고개를 쑥 내밀었다. 그는 선글라스를 위로 슬쩍 밀어 올리며 화요를 불렀다.

"화요 씨!"

"어? 차 이사님?"

놀라 눈을 가물거리는 화요를 향한 우진의 눈빛에는 섭섭함이 묻어 있었다.

"왜 모르는 척하고 가요?"

"네? 모르는 척한 게 아니라, 어— 이사님이 여기 계실 거라고 생각을 못 해서요. 여기는 어쩐 일이세요?"

"화요 씨 데리러 왔죠."

무슨 그런 당연한 걸 묻느냐는 얼굴로 우진이 화요를 향해 어서 차에 타라며 손짓하였다. 화요는 당황하여 고개를 저었다. 대체 왜 우진이 자신을 데리러 온 것인지, 그리고 왜 당연히 자신이 그의 차에 탈거라고 생각하는 것인지 그녀는 알 수가 없었다.

"저는 버스 타고 갈 건데."

"그래요? 난 화요 씨를 내 차에 태우고 갈 건데."

화요가 뭐라 하던 그녀의 말을 들을 생각이 없음이 분명한 우진이 어깨를 으쓱하였다. 화요는 대체 우진이 왜 이리 고집을 피우나 알 수 없어서 곤란한 얼굴을 하고 말았다. 그것을 본 우진이 얼른 말을 덧붙였다.

"걱정되어서 그래요, 누구 이상한 사람이 화요 씨 따라다닐까봐."

우진의 말에 화요는 그제야 아, 하는 짧은 소리를 내며 한숨을 쉬었다. 엊그제 받은 기분 나쁜 문자의 내용이 다시 떠오르자 그녀의 얼굴이 어두워졌다. 그것을 본 우진은 가볍게 클랙슨을 울리며 화요를 재촉했다.

"그러니까 차에 타요, 화요 씨. 안전하게 내가 데려다 줄게요."

한 번 더 우진의 제안을 사양하려던 화요는 길을 지나다니는 사람들이 호기심 어린 눈으로 자신과 우진의 차를 보고 있다는 걸 깨달았다.

그녀는 빨리 이곳을 떠나는 게 낫겠다는 생각에 어쩔 수 없이 그의 차에 올라탔다. 우진은 만족스러운 미소를 지으며 운전대를 손가락으로 툭툭 두드렸다.

화요가 안전벨트를 매자 그의 차가 소리도 없이 움직이기 시작했다. 이미 몇 번 탄 차건만, 영 마음이 불편하였기에 화요는 안전벨트만 만지작거렸다.

"어제는 잘 잤어요? 혹시 이상한 문자가 또 오거나 그러진 않았어요?"

우진의 목소리에는 그가 스스로 말한 것처럼 그녀를 향한 걱정이 듬뿍 배어 있었다. 화요는 어색한 미소를 지으며 "네."라고 대답하였다. 힐끔 그것을 본 우진이 단호한 어조로 말했다.

"거짓말이네. 어제도 왔죠? 이상한 문자."

"……그렇게 티 나나요, 저?"

왜 자신의 거짓말을 모두들 이렇게 빨리 알아차리는 걸까 고민하며 화요는 한숨을 쉬었다. 우진은 고개를 끄덕였다.

"티 나요. 화요 씨는 거짓말하는 요령이 없거든요."

"거짓말에도 요령이 있어요? 어떻게 하는 건데요?"

그런 요령이 있다면 꼭 좀 배우고 싶다고 생각하며 화요가 물었다. 그 물음에 우진이 진지한 얼굴을 하였다.

"알고 싶어요?"

"네, 꼭요."

"흐음…… 화요 씨가 꼭 알고 싶다니까 어쩔 수 없네. 잘 들어요. 거짓말을 할 때는요, 딱 하나만 제대로 하면 됩니다."

우진이 뭔가 정말 그럴싸한 방법을 알려 주려는 것 같았기에 화요는 귀를 쫑긋 세웠다. 선글라스에 감춰진 그의 눈이 장난기 어린 빛을 하고 있다는 걸, 그녀는 전혀 알지 못했다.

"거짓말을 하기 전에, 입술에 침을 발라요."

"네."

"끝."

"……네?"

화요는 반사적으로 휙, 소리가 나게 몸을 옆으로 돌렸다. 우진의 입가가 씰룩거리는 걸 발견한 그녀는, 그제야 자신이 놀림받았다는 것을 깨달았다.

"이사님!"

"하하하하. 진짠데? 왜 있잖아요? 입에 침도 안 바르고 거짓말 한다는 말."

그건 알기 쉬운 거짓말을 하는 사람을 놀리기 위한 말이잖아요! 속으로는 빽 소리를 지르고 싶었지만, 소심한 화요는 그저 기분 좋게 웃는 우진을 흘겨보는 것밖에 할 수가 없었다.

우진은 화요의 새초롬한 시선을 받으면서도 웃음을 멈추질 못했다. 자신의 말에 진지하게 귀를 기울이던 화요의 모습을 생각하니 도저히 웃음이 멈추질 않았다.

다른 사람이 그랬다면 바보 같다고 흘린 비웃음이겠지만, 화요가 하는 걸 보니 정말 귀여워서 나오는 웃음이었다.

"······그럼 이사님은 거짓말할 때 진짜 입에 침 바르고 거짓말 하세요?"

그의 말에 진지하게 귀 기울였다는 부끄러움과 어떻게 날 놀려 먹을 수 있냐는 원망을 동시에 담아 화요가 우진에게 물었다. 그러자 우진은 잠시 생각에 잠겼다.

"음······ 난 거짓말을 잘 안 해서."

"······그 말 자체가 거짓말 같은데요."

아까까지는 참았지만, 이번만큼은 도저히 참을 수 없었던 본심이 슬그머니 화요의 입 밖으로 흘러나왔다. 조용한 차 안에서 그녀의 목소리가 뚜렷하게 울렸다. 하지만 우진은 일부러 못 들은 척 물었다.

"화요 씨, 지금 무슨 말 했어요?"

"아니요! 아무 말도 안 했어요!"

깜짝 놀라 고개를 절레절레 젓는 화요를 보며 우진이 다시 한 번 웃었다. 그러나 그의 웃음은 오래가지 않았다.

그는 곧 웃음기를 싹 지운 얼굴로 말했다.

"그래서? 어제는 또 무슨 문자가 왔죠? 아님 전화가 왔나요?"

"……둘 다요."

우진에게 거짓말이 통하지 않는다는 걸 깨달은 화요가 순순히 털어놓았다. 우진은 한 손으로는 운전대를 잡은 채, 다른 손을 화요를 향해 내밀었다. 화요는 어리둥절하게 그 손을 내려다보았다.

손? 뭐지? 손잡아 달라는 건가? 아니, 손잡아 준다는 건가? 그렇게 생각한 화요는 반사적으로 자신의 손을 내밀어 우진의 손을 마주 잡았다.

잠시 동안 화요의 작은 손이 우진의 커다란 손 위에 올라가 있었다. 하얗고 작은 깃털이 손끝을 간질이는 것 같은 감각에 우진이 잠시 침묵한 후 말했다.

"……문자. 아직 안 지웠으면 보여 줘요."

"아!"

자신이 엄청나게 터무니없는 착각을 했다는 걸 깨달은 화요가 후다닥 손을 떼어 냈다. 옆으로 시선을 돌린 우진은 화요의 귓불이 불타는 것처럼 새빨갛게 물들어 있다는 걸 알아차렸다.

전에도 몇 번 봤지만, 그녀는 당황하면 귓불이 빨개지는 모양이었다. 우진은 화요의 붉은 귓불이 유독 눈에 밟혔다. 이상하게 입술이 말라 버석거리는 것만 같아, 우진은 혀로 입술을 한 번 훑었다. 그 사이 화요가 부스럭거리며 휴대폰을 내밀었다.

"여, 여기요."

사실 친하지도 않은 타인이 휴대전화를 보여 달라고 요구하는 건 상당히 무례한 행동이겠지만, 화요는 우진의 요구가 그렇게 불쾌하지 않았다.

다만 이런 식으로 자신을 챙기는 그의 태도가 조금 의아하게 느껴졌다.

비록 자신이 우진에 대해 많은 것을 아는 건 아니었지만, 차우진이라는 남자가 이렇게 신경 쓰는 상대는 많을 것 같지 않아 보였다.

"흐음……."

휴대전화를 받아 들어 문자 내용을 한 번 쓱 훑은 우진은 그것을 바로 화요에게 돌려주었다.

"회사에서는 사실 아무 걱정이 없어요. 우리 회사 보안은 업계 최고인 '블랙 아이즈'에서 맡고 있으니까요. 문제는 회사 밖이네요."

'회사? 아아, 그렇구나.'

화요는 그제야 우진이 자신을 유독 챙기는 이유가 무엇인지 알 것 같다고 생각했다.

우진은 화요에게 어떤 불미스러운 일이 생길 경우, 회사 이미지에 큰 타격이 가거나 손해가 생기는 걸 염려하는 것이리라. 그렇게 생각하면 그의 이런 걱정과 관심이 이해는 갔다.

우진은 설화요라는 개인을 걱정하는 게 아니라 ZIN이라는 회사에 속한 아티스트를 걱정하는 것일 테니까.

그러자 이상하게도 화요의 마음이 무거워졌다. 납득할 만한 대답을 손에 넣었건만, 문제는 자신이 찾은 대답이 마음에 들지가 않았다.

막 신호가 바뀌어 운전에 열중하던 우진은 화요가 혼자 우울해 하고 있는 것은 눈치채지 못한 채, 물었다.

"전화번호 변경 신청은 했어요?"

화요는 축 처졌던 고개를 억지로 들어 올렸다.

"아직요. 그게 생각보다 좀 과정이 복잡해서 예선이라도 끝나고 여유 생기면 하려고요."

"바로 해요. 어차피 예선 끝나도 시간 여유 별로 없을 겁니다. 예선 일주일 후쯤에는 바로 본선이잖아요. 오늘이라도 당장 변경하세요. 김 비서 통해서 들은 건데, 변경하고 나서 휴대폰 전원을 껐다 켜면 바로 새 번호로 사용이 가능하다고 하더라고요."

우진의 말에 화요는 고개를 끄덕이는 수밖에 없었다. 그녀 역시 오늘이라도 번호 변경 신청을 해야 하는 게 아닐까 생각하고 있던 찰나긴 했으니까.

"그리고…… 혹시 몰라서 한 번 더 물을게요. 신고는요?"

우진은 저번과 같은 질문을 하였다. 화요는 이번에도 고개를 저었다.

"……저도 저번에 말씀드렸던 거랑 같아요. 친구 중에 스토킹 피해를 입은 친구가 있었는데, 이것보다 더 심한 일을 많이 겪었 거든요. 근데 결국 상대는 제대로 된 처벌을 받지 않더라고요. 전 그래서 신고 자체는 별 도움이 안 된다고 생각하고 있어요."

"그럼 문자는 왜 아직 안 지웠어요? 증거를 모으려는 거 아니 에요?"

"그런 건 아니고요. 혹시라도 또 이 문자가 온다면 일단 같은 번호인지 확인을 해야 할 것 같아서요. 엊그제 온 문자는 지워 버렸더니 어제 이 번호로 연락이 와도 같은 번호인지 아닌지 알 수가 없더라고요."

마음 같아서는 당장에라도 문자를 전부 지우고 싶었다. 하지 만 일단 상대가 동일 인물인지 확인을 해야 한다는 생각에 화요 는 꾹 참았다. 혹시나 이런 문자를 한 명이 보내는 게 아니라 불 특정 다수가 보내는 것일 가능성도 있었다.

"스토커가 제 친구 번호를 이상한 사이트에 올려놓았었던 적 이 있어요. 그때 거기서 엄청 많은 사람들이 친구한테 이상한 문 자를 보내고 그랬었거든요. 만약 그런 거라면 오히려—"

"오히려 최초 유포자를 개인정보법 위반 혐의로 처리할 수 있 겠네요. 개인정보법 위반이 5년 이하 징역이나 5,000만원 벌금

이던가?"

우진이 선글라스 너머로 나른하게 눈을 뜨며 중얼거렸다. 화요는 우진이 법률도 제법 아는가 싶어서 그를 감탄 어린 눈으로 보았다. 그것을 알아차린 우진은 가벼운 어조로 대답하였다.

"우리 회사 연예인 중에서도 스토킹 피해를 입은 사람이 있었거든요. 배우 이로운 알죠?"

우진의 입에서 나온 배우의 이름은 낯익은 것이었기에 화요는 고개를 끄덕였다.

실력파인 데다가 독특한 분위기와 개성 넘치는 성격으로 유명한 배우 이로운은 심지어 얼굴까지 잘생겼기에 여성 팬이 제법 많았다.

그것도 안 좋은 의미의 극성팬이.

"한 번은 이런 적도 있었어요. 로운이가 촬영 스케줄 끝내고 새벽 4시에 집에 들어갔는데, 거실 한복판에서 생전 처음 보는 여자가 알몸으로 앉아 로운이를 기다리고 있더래요. 어지간해서는 놀라는 일이 없는 놈이 그때는 상당히 놀란 모양이더라고요."

헉, 맙소사. 화요는 상상해 보았다. 지친 몸을 이끌고 텅 비어 있을 집에 들어갔더니 거실에 생전 처음 보는 이성이 알몸으로 앉아 있다?

온몸에 소름이 쭈뼛 돋을 정도로 무섭고 끔찍한 이야기였다.

"관심을 가지면 가질수록 더욱 악질적인 행동을 하는 사람들도 많지만, 반대로 무시하면 극단적인 행동으로 나서는 사람도 있어요."

우진의 목소리가 무거웠다. 화요는 그가 무슨 말을 하고 싶은 건지 알 수 있었기에 고개를 끄덕였다.

"괜찮아요, 저 최대한 조심해서 처신할게요. 회사에도 폐 안 끼치고, 차 이사님이 신경 쓰실 만한 일 없게 할게요."

"······네?"

화요는 자신이 우진의 전폭적인 지지로 ZIN의 전속 작곡가가 되었다는 사실을 잘 알고 있었다. 그렇기에 그녀가 무언가 문제를 일으키면, 우진의 입장이 난처해질 것이다.

"전 이사님이 추천했던 사람이니까, 저한테 무슨 일 생기면 이사님이 귀찮아지시는 거죠? 걱정하지 마세요. 저 알아서 잘 할게요."

딴에는 우진을 안심시키기 위해서 한 말이었지만, 정작 우진은 전혀 만족스러워 보이질 않았다.

아니, 오히려 그는 화가 난 것 같았다.

"화요 씨."

"네."

"내가 언제 회사에 폐 끼치지 말라고 한 적 있어요?"

"네?"

화요는 어딘지 모르게 성이 난 것 같은 우진의 목소리에 깜짝 놀랐다. 불안한 마음으로 옆을 돌아보니 입가를 꾹 다문 채, 핸들을 쥐고 있는 우진의 모습이 보였다.

화요는 대체 자신이 무슨 말실수를 한 건지 알 수가 없어서 자기도 모르게 양손을 모아 쥐었다.

"어, 제가……."

"그리고 내가 신경 안 쓰게? ……그게 뭐예요. 내가 지금 어떻게 신경을 안 쓸 수 있어요?"

우진은 며칠 전에 보았던 화요의 모습을 떠올렸다.

핏기 하나 없이 부들부들 떨던 그녀의 모습은 마치 덫에 걸린 작고 연약한 동물 같았다. 그런 그녀를 생각할 때마다 우진의 가슴속이 먹먹해졌다. 그녀에 대한 걱정으로 숨 쉬는 것조차 버겁게 느껴질 때가 있을 정도였다.

그런데 정작 그가 걱정하는 상대가 우진의 마음도 모른 채, 스스로 알아서 하겠다는 말이나 해대니 그의 속이 타다 못해서 아주 썩어 문드러질 지경이었다.

"나 그렇게 못된 사람인가요? 화요 씨 걱정하는 게, 다른 속셈 있는 것 같아요?"

"아니요! 그런 게 아니고…… 죄송해요, 이사님. 저는 그런 뜻이 아니라 이사님이 제 일 때문에 회사에 타격이라도 생길까 봐 신경 쓰시는 줄 알고."

화요가 머뭇거리며 꺼낸 말에 우진은 혀를 차고 싶은 심정이었다. 그냥 순수하게 당신이 걱정되어서 걱정한다는데, 이걸 왜 굳이 그렇게 해석하는지 그로서는 알 수 없었다.

그는 생전 처음 진지하게 '내가 그렇게 못된 놈인가?'하는 고민마저 할 지경이었다.

"화요 씨. 내가 당신 걱정하는 건 회사랑 아무 상관없어요. 난 계속 화요 씨 걱정할 겁니다. 화요 씨가 신경 쓰지 말라고 하건 뭐라 하건 간에 신경 쓸 거예요."

마치 선전포고를 하는 사람처럼 우진이 딱딱한 어조로 말했다.

그가 말을 마친 후에 한동안 차 안에서는 무거운 침묵만이 감돌았다. 시간이 조금 지나자 흥분이 가라앉은 우진은 자신의 태도에 화요가 겁을 먹고 울먹이는 게 아닌가 하는 걱정이 되어 힐끔 옆자리를 보았다.

하지만 우진의 걱정과 달리 화요는 겁먹은 얼굴이 아니었다. 오히려 아주 안심한 것 같은 얼굴로 조용한 미소를 짓고 있었다.

우진은 조금 전까지만 해도 슬픈 눈을 하고 있던 화요가 이번에는 왜 기쁜 듯 웃는지 알 수 없었다. 겁 많은 그녀의 성격상 왈칵 눈물을 흘리거나 어깨를 움츠리고 있었다면 차라리 이해가 갔겠지만, 저런 얼굴을 보여 주는 건 정말 예상 밖이었다.

"……이런 말 하면 좀 그렇지만, 이사님이 그렇게 말하면서 화내시니까 어쩐지 좀…… 기쁜 것 같아요."

마치 우진이 무슨 생각을 하고 있는지 아는 것처럼 화요가 천천히 입을 열었다. 하지만 우진은 여전히 그녀의 말을 이해할 수 없었다.

자신이 화를 내는 걸 보고 대체 왜 기쁘다는 걸까? 혹시 설화요는 다른 사람에게 야단맞는 걸 즐기는 독특한 취향이라도 갖고 있는 건가? 그런 말도 안 되는 생각을 하며 우진이 자신의 의문을 입에 담았다.

"기뻐요? 왜요?"

"정말 절 걱정해 주시는구나, 하는 생각이 들어서요. 그런 거 있잖아요. 내가 엄마한테 말 안하고 밤늦게까지 놀다가 들어오면 엄마가 막 화를 내실 때. 엄마한테 야단맞으면 서럽긴 한데, 또 그만큼 엄마가 내 걱정해 주었구나, 싶어서 미안하기도 하고, 약간 여기가 간질간질한 기분이요."

화요가 자신의 왼쪽 가슴 언저리를 가리켰다. 그것을 보고도 우진은 아무 말을 할 수 없었다.

'걱정? 야단?'

그가 기억하는 어머니는 자신이 밤늦게 들어온다고 해서 화를 낼 사람이 아니었다. 남편이 며칠 집을 비우건, 자식이 늦은 밤에 들어오건 걱정 한 번 한 적이 없었다. 아니, 오히려 집에서 아버지와 우진의 모습이 보이지 않는 것을 기뻐했던 사람이었다.

"……그런가요."

그녀의 말을 이해할 수 없었던 우진의 목소리가 약간 가라앉았다. 하지만 화요는 그것을 눈치채지 못하고 고개를 끄덕였다.

"네. 대학 들어간 이후에는 바로 독립해서 엄마가 그렇게 화내는 거 볼일이 별로 없어서 그런지, 엄마 생각이 지금 좀 났어요."

화요가 살짝 웃는 것을 보니 우진은 이상한 기분이 들었다. 마치 가슴속이 뜨거운 것 같으면서도 차가운 것 같은 모순된 감정.

그래도 그 모순된 감정은 결국 하나의 결론에 도달했다.

다행이다.

당신은 사랑받으며 자란 사람이라.

우진은 어머니에 대한 이야기를 할 때 화요처럼 웃을 수가 없었다. 그의 기억 속에서 가장 고통스럽고 동시에 가장 지우고 싶은 것들은 대부분 어머니와 관련이 있었다.

그래서 우진은 안심했다. 만일 화요가 자신처럼 힘들게 어머니에 대한 이야기를 해야 하는 사람이라면—

그건 너무 괴로울 것만 같았다. 자신이 느꼈던 고통보다도 더욱.

화요의 웃음이 버석석하게 메마른 그의 가슴에 단비처럼 고스란히 스며들었다. 우진이 슬그머니 미소를 지었다.

다른 건 모르지만, 그녀가 말했던 가슴 언저리가 간질간질한 감각이 무엇인지 이해할 수 있었다.

누군가를 아주 많이 걱정하고 생각할 때 느끼는 감각이 바로 이런 거겠구나, 싶었다.

내가 당신에게 느끼는 이 감정 같은 거.

"……그래서 설마 내가 화요 씨 엄마 같다는 건 아니죠?"

"앗! 그런 건 아니에요! 이사님이 엄마라니요! 절대 아니에요! 이사님은 완전 남자답고, 저희 엄마랑 완전 다르게 생겼어요! 진짜예요!"

우진은 당연한 말을 필사적으로 하는 화요의 모습에 웃음이 새어 나올 것만 같았다. 그는 억지로 입꼬리를 꾹 누르며 장난처럼 말했다.

"다행이네요, 난 또 화요 씨가 날 엄마로 착각할까 봐 걱정이 들었거든요."

"……그냥, 말이 그렇다는 거죠. 제가 어떻게 이사님을 엄마랑 착각해요."

화요가 머쓱한 얼굴을 한 채 무릎 위에 가지런히 모아 둔 손가락을 꼼지락거렸다. 이제 그녀가 조금 전과 달리 우울한 기색이 없다는 걸 확인한 우진은 속으로 안도의 한숨을 내쉬었다.

"미안해요. 화요 씨. 친하지도 않은 내가 화요 씨한테 이런저런 말하는 거 완전 주제넘은 참견이라는 건 아는데, 화요 씨가 정말 걱정되어서 그래요."

"……제가 동생 같아서요?"

화요는 우진이 자신을 향해 했던 말을 똑똑히 기억하고 있었다. 우진의 이유 없는 호의에 당황하던 화요를 향해 그는 말했다. 당신이 내 동생 같다고.

그 말을 듣자, 운전대를 잡고 있는 우진의 손에 힘이 꾹 들어갔다.

그의 여동생은 이전에도 이후에도 단 한 명뿐이었다.

피아노를 잘 치고, 웃음이 많고, 장난치는 걸 좋아하면서 애교는 많은 어린 소녀, 차혜진.

영원히 자라지 못하는 작고 착한 내 동생.

"……네. 화요 씨가 내 동생 같아서 그래요."

스스로에게 들려주듯 한 말은 거짓말이었다.

설화요와 동생 혜진이는 닮은 구석이 별로 없었다.

혜진이는 걸핏하면 말썽을 일으키는 사고뭉치면서도 늘 자신감이 넘쳤다. 자신이 화라도 낼라 치면 애교를 살살 부리며 꾀를 냈다.

반대로 화요는 별로 큰일도 아닌데 마치 자신이 큰 잘못이라도 저지른 것처럼 주눅이 들어 있었다. 그러다가도 가끔 정말 생각지도 못한 곳에서 우진을 놀라게 만들었다.

또 혜진이는 웃을 때 목젖이 보일 정도로 입을 크게 벌리고 껄껄 웃었다. 숙녀가 그게 뭐냐고 핀잔을 줘도 원래 웃음은 호탕해야 복이 들어온다고 말하는 건방진 꼬맹이었다.

그러나 화요는 웃을 때도 누군가의 시선을 끌지 않으려는 것처럼 조용조용했다. 때때로 웃고 싶지 않은데도 웃는 것 같은 얼굴을 할 때도 있었다.

두 사람은 정말 달랐다. 하나부터 열까지.

다른 점을 꼽아 보라고 하면 얼마든지 말할 수 있을 정도로 달랐다.

하지만 그렇기에 오히려 우진은 더더욱 화요를 지켜 주고 싶었다.

혜진을 잃었을 때 느꼈던 상실감을 통해 그는 '잃는' 고통을 알고 있었다. 원래 무언가를 잃어 본 사람만이 상실의 고통을 알고, 무언가를 미워해 본 사람만이 용서의 한계를 아는 법이었다.

우진은 더는 무언가를 잃고 싶지 않았고, 더는 누군가를 미워하고 싶지 않았다.

만일 화요를 잃게 된다면 그는 지금보다 더 고통스러울 테고, 더 괴로울 터였다.

"그래서 지켜 주고 싶어요, 당신을."

자신의 옆에 있는 그녀가 언제나 웃었으면 좋겠다고 생각했다. 슬픈 일이나 나쁜 일이 그녀의 얼굴을 찌푸리게 두고 싶지 않았다. 이 감정에 대한 대답을 보류하기로 한 시점에서조차 그는 그렇게 바라고 있었다.

"그러니까 내가 화요 씨 걱정하는 거― 너무 기분 나쁘게 생각하지 말아요. 나도 도를 안 넘도록 조심할게요."

사실 이미 도를 넘었을지도 모르지만, 적어도 들키지 않게 할게요. 우진은 뒷말을 가슴 안에 꾹 묻어 둔 채, 드물게 진심으로 긴장하였다. 그녀가 곤란해 한다면 좀처럼 상처받는 일이 없는 제 심장이 아플 것 같다는 그답지 않은 생각을 하면서.

"기분 나쁘지 않아요. 아까도 말씀드렸잖아요. 기쁘다고요."

우진을 향한 화요의 조용한 목소리가 부드러웠다. 설령 빈말이라 하더라도 이렇게 다정한 목소리로 괜찮다고 말해 주는데 다른 게 다 무슨 상관이랴 싶었다. 안심한 것처럼 우진의 어깨에서 힘이 빠졌다.

언제나 그랬다. 이 여자는 설령 그게 의도가 아니더라도 제 심장을 쥐었다 놓는 게 능숙했다.

'……제가 동생 같아서요?'

화요가 조금 전 던졌던 질문이 귓가에 아직도 선하였다. 우진은 피식 웃을 뻔하였다

단 한 번도 동생 같다고 생각한 적이 없다고 말하면 당신은 과연 어떤 얼굴을 할까.

그가 차마 화요에게 들려줄 수 없는 생각을 하는 사이, 어느새 차가 오디션 장소에 도착해 있었다.

주차장이 아니라 건물 밖에 차를 세운 우진이 미안하다는 얼굴로 화요에게 말했다.

"화요 씨는 먼저 들어가요. 난 좀 할 일 있어서 오디션 시작 시간 맞추어서 들어갈 것 같아요. 아니면 좀 늦을 수도 있겠지만."

그렇게 말한 우진은 화요를 향해 대기실까지 바래다주지 못해서 미안하다는 말을 덧붙였다. 화요는 자신이 무슨 목숨의 위협을 받는 국가원수라도 되는 건가 싶어서 쓴웃음을 지었다.

"괜찮아요. 여기 로비 들어가서 엘리베이터만 타고 가면 바로 대기실 나오잖아요. 그리고 스태프들도 많고요."

참가자들이 몰려든 예술 센터 근처에는 사람이 바글거리다 못해 넘치고 있었다.

설마 이런 곳에서 무슨 일이 생기겠냐는 얼굴로 화요가 우진을 안심시켰다. 우진은 영 무언가가 마음에 걸린다는 얼굴을 한 채, 고개를 끄덕였다.

"꼭 사람 많은 데로 다니고, 혹시라도 무슨 일 있으면 소리부터 질러요. 소리를 지를 수 없는 상황에서 누군가한테 붙잡히면 바로 상대의 가랑이 사이를 걷어차요. 여자건 남자건 상관없이 효과적이니까요. 그리고―"

누가 보면 화요가 지금 가는 곳이 위험인물이 넘쳐흐르는 무법 지대가 아닐까 의심이 될 정도로 우진의 잔소리가 길었다. 그래도 그 말을 끊는 건 왠지 미안했기에 화요는 끝까지 걱정 가득한 잔소리를 참고 들어 주었다.

"이따 봅시다, 화요 씨."

"네, 이따 뵈어요. 이사님."

기나긴 잔소리에서 해방된 화요는 웃는 얼굴로 우진에게 손을 흔들어 주었다. 화요가 바로 건물 입구 방향으로 향하는 것과 달리 우진의 차는 예술 센터 반대 방향 쪽을 향했다.

그것을 본 화요는 우진이 다른 일 때문에 바쁜 와중에도 자신을 일부러 데리러 와 주었다는 생각에 괜히 가슴이 두근거렸다.

입구를 향해 걷기 시작한 화요는 곧 그곳에 모인 사람들의 시선이 자신을 향하는 걸 느꼈다.

"방금 저 차 봤어? 쩐다, 대박."

"부잣집 딸인가?"

"그렇게 보이진 않는데."

"쟤도 오디션 보러 온 거겠지?"

아직 어린 참가자들이 딴에는 소곤거린다고 하는 말을 고스란히 들은 화요는 쓴웃음을 지었다. 마침 입구 근처에 있던 스태프들이 화요를 알아보고 고개를 꾸벅하며 인사를 하자 소곤거리던 목소리들이 점차 사그라졌다.

"일찍 오셨네요, 화요 씨."

익숙한 목소리가 들리는 방향으로 고개를 돌리자 그곳에는 릴라 프로젝트 팀 멤버 중 한 명이 서 있었다. 화요는 자신에게 참 살갑게 대해 주는 친절한 그 남자 팀원의 이름을 기억해 내려고 애를 썼지만, 그녀가 기억할 수 있는 건 고작 그의 성과 직급뿐이었다.

"안녕하세요, 김 대리님."

"네! 안녕하십니까. 그나저나 아까 저기서 이사님 차 비슷한 차에서 화요 씨가 내린 것 같았는데, 아무래도 제가 잘못 봤나 봅니다."

"아, 이사님 차―"

맞다고 대답을 하려던 화요는 멈칫하였다. 생각해 보니 자신이 우진의 차를 타고 여기까지 왔다는 사실이 알려지면 우진의 평판에 좋지 않을 것 같다는 생각이 들었다.

우진은 정말 순수하게 자신을 걱정해서 이곳까지 데려다 준 것이지만, 사정을 모르는 사람들은 우진과 화요 사이를 오해하고 온갖 소문을 만들어 낼 것이 뻔했다.

그렇다고 해서 그런 오해를 풀기 위해 자신이 처해 있는 상황을 사람들에게 말하고 다닐 수도 없는 노릇이었다.

"……아니고요, 다른 차를 얻어 타고, 왔어요."

"다른 차요? 누구 차인데요?"

정말 순수하게 궁금하다는 얼굴로 김 대리가 던진 질문에 화요는 머리를 굴렸다.

누구 차? 누구 차라고 하지? 이 상황에서 내가 누구 차를 타고 왔다고 해야 이상하지 않은 거지?

"혹시 남자 친구 차? 오오! 화요 씨 남자 친구 되게 능력 있나 보네요? 우리 이사님이랑 같은 차 몰고 다닐 정도면~"

"아, 아니에요! 남자 친구 아니에요!"

남자 친구, 라니. 화요는 방금 자신을 이곳에 데려다준 우진을 떠올리며 귓불을 붉혔다. 그녀는 필사적으로 생각했다.

누구라고 하지? 누구라고 할까? 때마침 적당한 인물이 떠올랐다. 자신을 이곳까지 데려다줘도 사람들이 이상하지 않게 생각할 인물.

문제는 자신이 얼마나 거짓말을 잘 할 수 있느냐 였다.

'거짓말을 하기 전에, 입에 침을 발라요.'

문득 우진의 말을 떠올린 화요는 저도 모르게 혀끝으로 입술을 쓱 핥았다. 그가 장난으로 한 말이라는 걸 알고 있는데도, 저도 모르게 한 행동이었다.

"오빠, 오빠예요! 친오빠!"

그렇게 외친 후, 화요는 생각하였다. 우리 두 오빠들이 과연 차 이사님과 같은 차를 몰 수 있던가.

대답은 당연히 아니오, 였다. 화요는 큰 오빠가 타고 다니는 국산 중형 세단과 둘째 오빠가 모는 스쿠터를 떠올리며 억지웃음을 지었다.

다른 사람이 보았으면 누가 봐도 거짓말을 하는 얼굴이라고 생각했을 터지만, 둔한 김 대리는 화요의 말에 그냥 고개를 끄덕였다.

"오, 화요 씨 오빠가요? 우와! 부럽다아! 나는 언제 저런 차 몰아보나, 에휴…… 우리 이사님같이 돈이 많거나 돈이 많거나 돈이 많아야 저런 차 살 수 있겠죠?"

김 대리는 부러움이 가득한 시선으로 바깥을 보았다. 우진이 몰고 간 차는 이미 진즉에 흔적도 없이 사라져 버렸건만, 그는 아직도 머릿속에 남은 차의 모습을 그려 보고 있는 모양이었다.

"언젠가는 사실 수 있지 않을까요. 아, 저는 먼저 가 보겠습니다."

김 대리가 자신의 서툰 거짓말을 물고 늘어질까 봐 화요는 얼른 건물 안으로 들어갔다. 와글거리는 사람들을 지나친 화요는 직원용 엘리베이터가 있는 복도 끝으로 향하였다. 로비보다 인적이 드문 복도를 따라 걸으며 화요는 숨을 크게 들이 내쉬었다.

'거짓말을 하기 전에, 입에 침을 발라요.'

우진의 그 말을 곧이곧대로 따랐던 자신의 모습을 떠올리자 웃음이 새어 나왔다. 거짓말이라는 걸 분명 알고 있었다. 그런데도 아까는 그의 말대로 하면 거짓말을 잘할 수 있지 않을까 하는 생각이 들었다.

그 결과는 그럭저럭 성공이었다.

거짓말이 좋은 건 아니었지만, 그래도 우진이 알려 준 방법으로 무언가를 성공했다는 게 꽤 기분이 좋았다.

'이따가 차 이사님 보면 그 방법이 효과 있었다고 자랑할까.'

띠리릭—

별것도 아닌 일로 신이 난 화요가 막 열린 엘리베이터 안으로 발을 내디딘 순간, 주머니에 넣어 두었던 그녀의 휴대전화가 울렸다. 반사적으로 바로 액정을 확인한 화요는 그 자리에서 그대로 굳어 버렸다.

휴대전화에는 사진이 첨부된 문자가 와 있었다. 그리고 그 사진은—

방금 전 우진의 차에서 내리던 화요의 모습이었다.

〈다음 권에 계속〉